教育部人文社会科学研究一般项目
“晚清民国报刊文言小说研究”（17YJA751037）成果
黄山学院中国语言文学省级重点学科建设项目资助

霞落桑榆

——晚清民国报刊文言小说研究

张振国　著

文物出版社

图书在版编目（CIP）数据

霞落桑榆：晚清民国报刊文言小说研究 / 张振国著. -- 北京：文物出版社，2023.9

ISBN 978-7-5010-8184-4

Ⅰ.①霞… Ⅱ.①张… Ⅲ.①小说研究-中国-近代 Ⅳ.①I207.42

中国国家版本馆 CIP 数据核字（2023）第 172830 号

霞落桑榆

——晚清民国报刊文言小说研究

著　　者：张振国

责任编辑：刘永海
责任校对：赵　宁
封面设计：王文娴
责任印制：张道奇

出版发行：文物出版社
社　　址：北京市东城区东直门内北小街 2 号楼
邮　　编：100007
网　　址：http://www.wenwu.com
经　　销：新华书店
印　　刷：宝蕾元仁浩（天津）印刷有限公司
开　　本：710mm×1000mm　1/16
印　　张：16.75
版　　次：2023 年 9 月第 1 版
印　　次：2023 年 9 月第 1 次印刷
书　　号：ISBN 978-7-5010-8184-4
定　　价：88.00 元

目　录

绪　论

自1840年第一次鸦片战争开始，我国的历史进入晚清，此后的很长一段时间，一直处于列强的侵扰之下，其表现不仅是一系列的军事失利，更包括国土上的被蚕食，政治上的被欺侮，资源上的被掠夺，经济上的被盘剥和文化上的被侵蚀。这种全方位的侵略从晚清开始一直持续到民国才彻底结束，这对中国的近代文化产生了巨大的冲击，形成了西学东渐及东西交融的局面。我国文言小说的发展直到晚清一直沿袭了传统的写作手法，其间虽在篇幅上有一些新的尝试，如《蟫史》和《燕山外史》在篇幅上的突破，但总体格局不变。进入晚清之后，由于西方小说的译介影响和新兴传播媒体报刊的出现，再加上后来小说界革命对小说地位和价值的提升以及白话文运动对文言的冲击，让西方小说的创作理念开始对我国文言小说格局产生影响，也让文言小说作家开始重新审视传统文言小说的优缺点并进行了一定程度的探索和革新，力求让文言语体小说在西方文化浪潮冲击中得以存续下来。无论是小说语体的变革还是小说技法的更新，我国文言小说的现代化进程与近代报刊的发展和繁荣都具有不可分割的联系，因此探索这种内在的影响和联系以及文言小说在报刊中的存在状态和发展变化就成为一个不可回避的课题。

我国报刊文言小说的发展与晚清后报纸期刊特别是文学和小说报刊的创办息息相关。进入晚清后我国最早的报纸《申报》和最早的文学期刊《瀛寰琐纪》均创办于1872年，上面均刊载有部分文言小说作品，此后1884年出版的《点石斋画报》作为我国近代新闻画报的代表也开创了图文结合逐期刊载文言小说的经典范例。我国报刊小说真正走向蓬勃发展是在进入二十世纪以后。梁启超在晚清发起的三次革命，即诗界革命、文界革命和小说界革命中，“小说界革命最为当时文人热情接受”①。在此后掀起的提倡小说的文学运动浪潮中，出现了《新小说》（1902 ~ 1906）、《绣像小说》（1903 ~ 1906）、《小说月报》（1906 ~ 1908）、《小说林》（1907 ~ 1908）等著名的小说期刊。这些杂志都纷纷刊出征文广告，依托本社同仁，向社会广泛征求稿件，遂成为一时的风气，这些措施让“卖文为生”成为可能。

1905 年，清廷公布废除科举，切断了长期以来文人安身立命的根本，建立在科举制及官本位之上的文学生产体制土崩瓦解。文人失去了传统的仕进之路，且“文字而外无他长”②，文学创作（特别是小说）又有利可图，于是许多读书人纷纷投身于创作，将其作为谋生之路。对于许多“职业”文人来说，依靠写稿卖稿可以养家糊口，甚至过上较为充裕的生活，而不必如前人那样为了生计而另谋出路，文学创作成了他们主要甚至唯一的生活来源，由业余而专业，于是社会上第一批职业化作家便应运而生了。

在创作理念上，晚清的李伯元、寅半生、王国维等人提倡游戏文学观。“游戏说”为康德所首倡，他在《批判力批判》中说：“快适的艺术是单纯以享受做它的目的……此外属于这场合的还有一切游戏，这些游戏没有别的企图，只是叫人忘怀于时间的流逝。”③ 李伯元以寓庄于谐的风格于 1897 年在上海创办第一份小报《游戏报》。他在《论〈游戏报〉之本意》中说：“或托诸寓言，或涉诸讽咏，无非欲唤醒痴愚，破除烦恼。意取其浅，言取其俚，使农工商贾妇人竖子，皆得而观之。庶天地间之千态万状，真一游戏之局也。”④这种游戏文学观对民初作为文言小说创作主体的鸳鸯蝴蝶派具有直接影响，其中以《礼拜六》杂志的创办为代表。

对清末民初报刊文言小说创作产生影响的还有白话文运动的冲击。与提

---

① （美）孙康宜、（美）宇文所安主编，刘倩等译：《剑桥中国文学史》（下卷），三联书店，2013 年，第 492 页。

② 吴双热：《枕亚浪墨·序》，见徐枕亚：《枕亚浪墨初集》，小说丛报社，1915 年，第 4 页。

③ 伍蠡甫主编：《西方文论选》（上），上海译文出版社，1988 年，第 418 页。

④ 李伯元：《论〈游戏报〉之本意》，《李伯元全集》（5），江苏古籍出版社，1997 年，第 28 页。

倡新小说相对应，维新派的小说家还提出了用白话创作的主张，从而挑起了另一场论争。出于矫枉过正的需要，梁启超、裘廷梁等人对旧体文言的第一轮攻击之后，虽然造势甚大，但在文学创作领域收效甚微。五四运动前夕，新派作家和批评家们再次对旧体文言小说展开攻击。管达如《说小说》第六章《中国旧小说之缺点及今日改良之方针》中，认为旧小说缺点之一就是“长迷信依赖之习。人贵自立，中国之旧小说则动丧人自立之性者也。其故有二：一曰教人以依赖鬼神，如为善获福、为恶获祸，主张因果诸小说是也”，“一曰造作荒诞无稽之语以坏国民之智识也”①。1918 年，志希（罗家伦）在《今日中国之小说界》② 一文中将当时中国新出的小说分为三派：“黑幕派”“滥调四六派”和“笔记派”。“笔记派”小说又分为四支：一支是言情的；一支是神怪的；第三支是技击的；最后一支是轶事的。神怪的笔记又可分为两小支：一支是求仙式；另一支是狐鬼式。以上“四六派”和“笔记派”可以说几乎囊括了当时旧体文言小说的大部分内容。1918 年，胡适《建设的文学革命论》中说：“现在的小说（单指中国人自己著的）看来看去，只有两派。一派最下流的，是那些学《聊斋志异》的札记小说……此类文字，只可抹桌子，固不值一驳。”③ 由以上的言论可以看出，新派作家和批评家对文言小说尤其是其中的旧体文言小说是甚为鄙视的。但即使如此，民国文言小说仍然在逆境中苦苦支撑，甚至在民初创造了不俗的成绩，一度与白话分庭抗礼甚至略胜一筹，直到民国结束，文言小说才退出文学史舞台。

清末民初是一个思想活跃的时代，各种思潮剧烈撞击，为小说发展的多样化提供了思想源泉，而报刊的蓬勃发展也为小说的繁荣提供了有力的支撑。东西文化的碰撞融合和思想争鸣带来了小说体式的丰富多彩，各种新的小说样式纷纷登台亮相，传统与现代、激进与保守、继承与创新、文言与白话、长篇与短篇，都在易代之际的报刊上演绎了各自的精彩。虽然多数小说形式新颖，在刚出现的时候能够掀起一时的轰动，但时过境迁之后，很快被人们

① 《小说月报》1912 年第 3 卷第 11 期。

② 志希（罗家伦）：《今日中国之小说界》，《新潮》1919 年第 1 卷第 1 期。

③ 胡适：《建设的文学革命论》，《新青年》1918 年第 4 卷第 4 号。

遗忘，可作家们的各种尝试也为现代小说的发展提供了可资借鉴的宝贵经验，从而成为从古典到现代过渡的中介和桥梁。

在新派作家的猛烈攻击下，民初的文言小说创作分成了两派，采取守势的传统派以林纾等作家为代表，他们笔下的文言小说多数继承传统，虽然有所改进但创新不够。林纾主要是作为保守派的面目出现的，其小说语言保持了古文风格，因此又被称为“古文派”。变革派的代表是后来被列为鸳鸯蝴蝶派的一些作家。五四运动前后，鸳鸯蝴蝶派作家为了迎合社会需要，提高读者的兴趣，在小说形式上曾经创立过不少名目，翻过不少花样，除了文言长篇章回体小说空前繁荣外，骈体小说也风靡一时，还出现了自叙体、日记体、书信体、集锦体、“假传”体等文言小说新形式，尽管这种尝试未必成功，但却带来整个小说创作的一片盎然生机。同时，在文言短篇小说的叙事模式上，也开始由传统向现代转化。民初的文言小说还反映出社会变革时期的新兴思想萌动，如苏曼殊《断鸿零雁记》是写和尚恋爱；徐枕亚的《玉梨魂》则写寡妇恋爱；吴双热的《孽冤镜》则反对包办婚姻。另外，小说家受到国外小说的影响，开始注意大量设置悲剧结局，如民初的《断鸿零雁记》《玉梨魂》《雪鸿泪史》等均采用了悲剧结局模式。这些内容和手法上的变革都曾经使文言小说焕发生机和活力而风靡一时，让民初的文言小说即使不是占有绝对优势至少也能与白话小说平分秋色、各领风骚。袁进先生在他的《中国文学的近代变革》中说：“民初的文言短篇小说在运用新形式方面，表现出比白话短篇小说更大的勇气。民初的日记体、书信体小说大多是文言，运用限知视角叙事的小说大多是文言，改变情节为中心的结构，变成以心理为中心的结构，大多还是文言。文言短篇小说在民初获得了它在中国小说史上的最辉煌然而最短暂的一页。或许是白话章回体小说过于成熟，要突破‘章回体’的禁锢对白话小说来说绝非易事，小说的突破性变革的重担只好由文言小说来承担了。”①

五四运动以后，由于白话文运动的冲击，文言小说逐渐走向衰微。民初

① 袁进：《中国文学的近代变革》，广西师范大学出版社，2006年，第362页。

的一些小说刊物曾经是文言小说的重要阵地，但五四运动以后，逐渐倾向于白话。许指严将过去的文言小说创作否定，自称其文字“如村妇浓妆，自炫其美，不上不下，低昂无所就”[①]。经过五四新文化运动的冲击，进入民国后二十年代的文言小说创新性明显削弱，民初风靡一时的文言长篇小说几近消失，文言短篇数量也大幅减少。

进入二十世纪三十年代之后，报刊文言小说日益简短化、笔记化，篇幅较长的旧体传奇小说和新体文言短篇已经很少看到。笔记作为一种小说体裁，产生在传奇之前，又在文言传奇消失之后支撑了很久，其生命力不可谓不强，究其原因乃在于其篇幅短小的体制，内容上新奇有味，利于生存，条件允许可以付诸梨枣而流通天下，受到限制则可以藏诸皮箧而自我欣赏，又不像传奇和新体文言小说那样费心劳力、绞尽脑汁、加工润色、铺排设计。1935 年前后，随着社会复古风气的进一步浓厚，最后一次文言白话之争出现，但很快就消失了。

民国最后十年，是文言小说的消亡期，无论是旧体传奇还是新体文言，在经历了抗日战争和解放战争等一系列的动荡后，解决民族和国内矛盾并争取民族独立与民主自由富强成为中华民族面临的首要主题。随着社会的发展，文言小说还是不可避免地走向了消亡，虽然它也曾努力地试图改变，但时过境迁，最终更加通俗的白话大众文学取代了这种让传统文人引以为豪的文学体式，这是文学发展的一个必然结果，同时也与人们平等意识的提高有着莫大的关系，平民化的文学成为新文学的主题。这一时期，随着旧体文学作家的相继谢世和转型，仍然坚持从事文言短篇创作的已经是寥若晨星。在这最后的坚持者中，成就最为突出的就是吴绮缘，其传统文言小说集《奇人奇事录》和发表在报刊上的旧体传奇小说成为民国末期的仅存硕果。报刊上的笔记体小说虽然还有残存，但其篇幅和笔墨已经大不如前，且社会功利性远远大于文学性。随着吴绮缘的去世和其他旧体作家的转型，文言小说最终走向消失。

---

① 许指严：《说林杨觯》，《小说新报》1919 年第 5 卷第 4 期。

就目前的研究现状来看，对晚清民国的报刊文言小说进行整体研究的论著还未出现，对某一时段的文言小说以及重点期刊和作家的研究已经开始引起学界的关注，也产生了一系列有开拓意义的研究成果。拙著《民国文言小说史》就对民国时期产生的文言小说集和单篇文言小说的存在状况和发展脉络进行了梳理①。庄逸云的《收官：中国文言小说的最后五十年》将申报馆在上海成立的1872年作为文言小说“最后五十年”的起点，把1921年商务印书馆主办的《小说月报》改版作为文言小说退出历史舞台的标志，对1872年至1921年间的文言小说发展状况进行了研究，其关注重点是报刊发表的文言小说②。该著作是目前对清末民初报刊文言小说研究最系统和深入的成果。但需要注意的是，我国文言小说的终点并不在1921年，而是民国结束的1949年，因此民国中后期的文言小说尤其是报刊文言小说研究仍然是学术研究的薄弱环节。此外，与晚清民国小说相关的专著类成果还有马勤勤所著《隐蔽的风景：清末民初女性小说创作研究》重点探讨清末民初女性作家的小说创作状况和对传统的继承与创新③。胡全章所著《清末民初白话报刊研究》的研究重点为白话报刊，与文言小说关联不大④。陈国飞《清末民初翻译小说目录》的统计重点是1840年至1919年间产生的翻译小说⑤。

除了已出版专著外，与报刊小说有关的学位论文研究成果有：刘永文《晚清报刊小说研究》（上海师范大学博士学位论文，2004年）、杨凯《中国近代报刊中的翻译小说研究（1872～1911）》（华东师范大学博士学位论文，2006年）；文迎霞《晚清报载小说研究——以〈申报〉〈新闻报〉〈时报〉〈神州日报〉为中心》（华东师范大学博士学位论文，2007年）、顾迎新《清末民初北京小报小说研究》（复旦大学博士学位论文，2008年）、郭战涛《民国初年骈体小说研究》（华东师范大学博士学位论文，2008年）、肖爱云

---

① 张振国：《民国文言小说史》，凤凰出版社，2017年。

② 庄逸云：《收官：中国文言小说的最后五十年（1872～1921）》，商务印书馆，2019年。

③ 马勤勤：《隐蔽的风景：清末民初女性小说创作研究》，南开大学出版社，2016年。

④ 胡全章：《清末民初白话报刊研究》，中国社会科学出版社，2011年。

⑤ 陈国飞：《清末民初翻译小说目录（1840～1919）》，上海交通大学出版社，2018年。

《〈礼拜六〉周刊研究》（陕西师范大学硕士学位论文，2009 年）、谢仁敏《晚清小说低潮研究——宣统朝小说界为中心》（华东师范大学博士学位论文，2010 年）、孙琴《我国最早之文学期刊——〈瀛寰琐纪〉研究》（苏州大学博士学位论文，2010 年）、储可艳《近代岭南文言小说研究》（暨南大学硕士学位论文，2011 年）、陈伦文《近代在日中文报刊小说研究》（上海师范大学硕士学位论文，2011 年）、祝云赛《清末民初报刊言情小说研究》（复旦大学硕士学位论文，2011 年）、赵攀《汉文台湾〈日日新报〉刊载小说研究（1905～1911）》（上海师范大学硕士学位论文，2012 年）、安静《〈小说新报〉研究》（济南大学硕士学位论文，2013 年）、邱桃《〈小说新报〉短篇小说特征研究》（浙江师范大学硕士学位论文，2014 年）、许蒨《陈栩文学创作研究》（浙江大学硕士学位论文，2015 年）、郭琳《近代报（刊）载笔记体小说研究》（华东师范大学硕士学位论文，2016 年）、刘晓宁《近代岭南报刊小说研究》（暨南大学硕士学位论文，2016 年）、王文娟《近代章回体翻译小说研究》（华东师范大学硕士学位论文，2016 年）、牛志威《晚清粤港小说研究》（华东师范大学博士学位论文，2018 年）、王艾《〈小说丛报〉研究》（辽宁大学硕士学位论文，2020 年）、李梦玲《近代岭南报刊翻译小说研究》（暨南大学硕士学位论文，2020 年）、钟景就《晚清〈申报〉刊载小说研究（1907～1911）》（暨南大学硕士学位论文，2020 年）、冯颜《近代报刊言情小说研究》（沈阳师范大学硕士学位论文，2021 年）等。

以上各类成果对报刊小说研究均具有开拓价值和创新意义，其中涉及对重点报刊个案的研究如《瀛寰琐纪》《申报》《礼拜六》《小说丛报》《小说新报》等；对特殊类型文言小说的研究，如骈体小说、笔记小说等；对特定地域的文言小说如岭南文言小说；对小说作家个体的研究，如许指严、徐枕亚、陈栩等人小说创作的研究。这些成果为我们全面系统地对晚清民国（1872～1949）间的报刊文言小说进行研究提供了借鉴和参考。

第一章　晚清报刊文言小说发展概论

进入晚清以后，我国的文言小说并未直接走向衰落和消亡，而是随着时代的发展有所起伏，拙作《晚清民国志怪传奇小说集研究》中将光绪前中期的1875至1900年作为文言小说创作和出版的高潮期，而将1901至1919年的清末民初看作文言小说的新变期[①]。这主要是根据整个晚清民国时期文言体志怪传奇小说集的数量和质量得出的结论。对晚清文言小说创作产生影响的除了社会治乱因素外，新兴传播媒介报刊的出现是一个至关重要的因素。由于文学报刊的出现和兴起，小说的出版形式也变得更加多样，既可以在报刊上连载，又可以结集成书，这为小说作品的问世和传播提供了更为便利的条件。同时，为了增加结集出版的小说的销售量，报刊还为即将出版的小说大做广告宣传，这对于小说的创作和出版都具有革命性影响。报刊的出现和蓬勃发展，不但改变了此前落魄文人因囊中羞涩无力将著述付之梨枣的尴尬和无奈，更是催生了一批靠报刊稿酬来谋生的报人作家，让卖文为活成为可能。当然，传统文人转变为报人作家需要一个过程，但这种转变从晚清专业报刊出现后就开始了。

刘永文《晚清小说目录》共收录发表小说期刊121种，发表小说的日报47种，从中梳理出期刊小说1141篇，日报小说1239篇[②]，合计2380篇。当然，这些作品中包含相当数量的翻译小说和准翻译小说或仿翻译小说。笔者

① 张振国：《晚清民国志怪传奇小说集研究》，凤凰出版社，2011年，第13页。
② 刘永文：《晚清小说目录》，上海古籍出版社，2008年，第1页。

以刘永文先生《晚清小说目录》为主要依据，对其中涉及的小说进行文白甄别，除掉其中的翻译小说和部分仿翻译小说约 422 篇，还有少部分报刊小说未见原文无法确定其所用语体外，共筛选出 800 余篇（部）文言小说作品，其中既包括旧体传奇小说、笔记体小说、长篇章回体小说、骈体小说也包括受到西方小说观念影响而创作完成的新体文言小说。虽然从报刊文言小说的发表数量来说不及民国初期，但却为民初报刊文言小说的创作高潮奠定了基础。

接下来我们就对从《申报》和《瀛寰琐纪》创办的 1872 年至清朝结束的 1911 年间的报刊文言小说的发表状况进行总体的梳理和归纳分析。

第一节　晚清报刊文言小说产生的时代背景

近代报刊的大量出现对小说传播起到极大的促进作用。1872 年《申报》创刊的第一年就刊载了《谈瀛小录》《一睡七十年》《乃苏国奇闻》等小说。1872 年创刊的《瀛寰琐纪》是中国第一份文学期刊。1873 年 1 月，《申报》主人美查为了打开《瀛寰琐纪》销路，在杂志上连载翻译小说《昕夕闲谈》，一直连载至 1875 年，《瀛寰琐记》发行量因此很快有了改观。美查尝到了甜头，于是在 1877 年又印制出版《后水浒》一书。此后，申报馆和其属下几个书局又陆续推出其他小说并取得不错的销售业绩。其他的报馆、书局见有利可图，也纷纷跟进。1888 年，《字林沪报》连载夏敬渠长篇小说《野叟曝言》。著名报人作家韩邦庆于光绪十八年二月一日（1892 年 2 月 28 日）创办的《海上奇书》则是我国第一部小说专门杂志，主要连载韩自著的长篇小说《海上花列传》和传奇小说集《太仙漫稿》。

稿酬古称润笔，但在近代以前，没有明确的规定执笔者报酬多少，一般看主人的心意。而作者要想将自己的作品付之梨枣，则必须要支付一定的刻板印刷费用。到了同治末年，随着报刊的兴起，这种状况产生了变化。1872 年，英籍商人美查在上海创办的《申报》创刊号上登载了一份《条例》称：

“如有骚人韵士，有愿以短什长篇惠教者，如天下各名区竹枝词及长歌记事之类，概不取值。”① 表明《申报》有意免费发表“骚人韵士”的“短什长篇”。作者凭借作品本身便可获得公开刊行资格，这不能不说是一个进步。申报馆在 1875 年刊出《觅书》启事中称：

> 本馆以印刷各书籍发售为常，如远近诸君子有已成未刊之著作拟将问世，本馆愿出价购稿代为排印，抑或俟装订好后送书数百部以申酬谢之意亦无不可，总视书之易售与否而斟酌焉。如藏有世上罕见之本宜于重刊者，本馆亦可以价买，或送数十部新印之书藉以报谢。至原本于刊成之后仍可璧缴也②。

该启事明确表示作品出版后送一部分给作者作为回报，如果有罕见的版本还可以出价购买。晚清作家宣鼎的《夜雨秋灯录》及《续录》由申报馆出版后给出的稿酬是三十元，虽然作者在《夜雨秋灯续录》书稿交付申报馆时已经去世了，但是报馆仍然将稿酬托人转交给宣鼎的家人并在光绪六年的《申报》头条上刊登了《得书酬洋》启事：

> 《夜雨秋灯续录》一书为故友宣君瘦梅所著，君亡后家徒四壁，茕茕德曜无以为生。蒙取元稿见识，用即筹洋三十元以为身后之润，当交妥友，觅便转寄。收到后祈即赐收字为盼③。

另外，其他小说像《绘芳录》是申报馆“悬重金以购”④，王韬的《淞隐漫录》是点石斋“出重金敦请天南遁叟据所见闻演说绘图”⑤。稿酬制度的逐步完善为报人作家群体的生存提供了基本保障。

1884 年 5 月 4 日，点石斋主人又在《申报》上为申报馆创办的《点石斋

---

① 《本馆条例》，《申报》第 1 号，1872 年 4 月 30 日。

② 《申报》1875 年 10 月 20 日。

③ 《申报》1880 年 2 月 17 日。

④ 《新印〈绘芳录〉出售》，《申报》1882 年 2 月 15 日。

⑤ 《新印〈淞隐漫录图说〉十二卷发售告白》，《申报》1887 年 10 月 31 日。

画报》征稿并刊登《请各处名手专画新闻启》云：

> 本斋印售画报月凡数次，业已盛行。唯各外埠所有奇奇怪怪之事，除已登《申报》外，能绘入图画者，尚复指不胜屈。故本斋特请海内大画家，如遇本处有可惊可喜之事，以洁白纸新鲜浓墨绘成画幅，另纸书明事之原委，函寄本斋。如果惟妙惟肖，足以列入画报者，每幅酬笔资洋两元。其稿不论用与不用，概不寄还。画幅直里须中尺一尺三寸四分，横里须中尺一尺六寸，除题头应空少许外，必须尽行画足，里居姓氏亦须示知。其画收到后当付收条一张，一俟印入画报，即凭本斋原条取洋。如不入报，收条作为废纸，以免两误。

这是《申报》首次表示支付给作者明确的稿酬，它的出现标志着近代报刊稿酬制度的开始。在小说界，尽管书商支付给作（编）者酬谢的事古代就曾有过，但就整个小说史而言，这种现象还不是很普遍，而且缺乏明确、统一的标准。稿酬制度的出现无疑对于小说创作起到了巨大的刺激作用，使得职业作家的出现成为可能。

金钱是一把双刃剑，一方面商业利益的刺激和稿酬的诱惑对创作和出版起到了一定的促进作用，另一方面也带来许多负面的影响。有的出版商由于利益驱使，不惜窃刻盗印别人出版的作品，而许多文人为了获得稿酬则不惜剽窃别人的作品。光绪十三年，点石斋书局就因为味闲庐盗版王韬的《淞隐漫录》与之发生了纠纷。《淞隐漫录》一书本来是由点石斋“出重金敦请天南遁叟据所见闻演说绘图，附订画报（《点石斋画报》）后幅，按期分送”，从光绪十年刊登至十三年，每期一篇，配吴友如绘图一幅，“已集有十二卷”，因此，这部小说的版权为点石斋书局所有。而味闲庐却陆续收集了历年刊登在《点石斋画报》上的《淞隐漫录》文字及图画，预备在点石斋将该书缩印之前就抢先石印出版，并且还于这一年在《申报》上连续刊登了一则题为《石印〈后聊斋志异图说初集〉》的广告：

> 长洲天南遁叟，文坛健将，墨海闲人。是书为渠极得意之作，用笔

仿佛《聊斋》，命意等于说怪。以数十年之阅历，数万里之遨游，所见闻之侠女高人、灵狐老怪，以至青楼妙妓、白屋书生，凡有可惊可愕可敬可喜之事，无不曲意描摹，正所谓长篇不嫌长，短章不嫌短者。兹特不惜工本，抄成工楷，复请吴友如先生逐节绘图，同付石印，七月望日成书。吾知此书一出，实可与前《聊斋志》后先媲美矣。每部用红夹板，洋二元，在上海棋盘街宝文阁并各书坊发售①。

该广告最初没有引起美查等人的注意，并未想到味闲庐所言的《后聊斋志异图说初集》就是王韬的《淞隐漫录》。后来，美查证实了两本书实际上同为一本，所谓的《后聊斋志异图说初集》就是改头换面的《淞隐漫录》。面对这种抢先盗版印行出售并使点石斋日后出版的《淞隐漫录》销售量可能大为减少的恶劣行径，点石斋主人（美查）在《申报》头版的《拟印〈淞隐续录〉》告白中愤怒地斥责道："我则劳而无获，彼则安享厥成，言利则诚有得矣，揆之于理，窃未安也。"② 点石斋本来就打算将王韬的《淞隐续录》"选登于画报中，每期一篇，俟十二卷竣事之后，另行绘印成书，缩写袖珍小本，以成全璧"，所以点石斋主人就义正词严地警告盗版者说："恐世有借以翻版者，殊非雅道，特不思同是一书同在一地，彼既为捷足先登，我遂不觉瞠乎其在后……故嗣后若有蹈此弊者，则本斋所印数千部，尽当奉让，请给价值，用是先为布达。祈有以让我，勿责言之不早也。"③ 光绪丁亥秋七月三日天南遁叟王韬也发表《声明》谴责了这种盗版行为：

前数日见味闲庐《告白》谓有《石印〈后聊斋志异图说初集〉》出售，乃长洲天南遁叟所作，阅之骇异。余并无是书，以意揣之，当是《淞隐漫录》无疑。是书亦说部之流，每期选登一则，倩名手绘图，附于画报之末。自甲申年第六号画报为始，每一篇出，颇蒙海内名流所欣赏，至今殆盈一百二十则。是书凡十有六卷，犹未蒇事，拟俟书竣之日汇齐

① 《申报》1887年10月19日。
② 《申报》1887年8月24日。
③ 点石斋主人：《拟印〈淞隐续录〉》，《申报》1887年8月24日。

装订以成全璧。不意竟有捷足先登者，真为咄咄怪事。按是书乃由点石斋主人出重价购来，以后或照印，或排纂，或付剞劂氏，唯点石斋主人可为，即天南遁叟亦不得擅自刊售。何则？以已受书值故也。乃今者既不商之点石斋主人，又不下询之余，绝不一言，毅然竟为，抑何巧取豪夺一至于此！余自壬午年言旋沪上，唯知杜门著述，不涉户外事，唯此刊书一节有不得不亟为辨白者：一则与点石斋主人早有约言，不容擅印；一则点石斋主人屡来诘问，不免生疑。虽具百喙莫能自解，平昔所硁硁自信者安在？敬问味闲庐主人其将置余于何地？祈必有以覆我①。

味闲庐主则发表了《声明即请天南遁叟赐览》的告白：

昨读《声明〈后聊斋志异图说初集〉告白》一则，令人歉愧之心固不禁油然自生。是书确系尊著，今特不惜工本重为摹印，本拟预先陈明，只缘向未识荆，不敢造次。因思文章为天下之公器，而大著尤中外所钦佩，辱蒙下询，谨此奉闻并代声明，如不以不告自取为责，则幸甚矣。此复②。

这番冠冕堂皇的言辞为后世的盗版者开脱责任也提供了模板。颇为有意思的是，即使申报馆和王韬本人对盗版现象深恶痛绝，王韬自己名下的文言小说竟然也并非完全出自独创，《淞隐漫录》《续录》中的不少作品也是“借用”或者抄袭来的，只不过王韬的文名太大，别人对这种剽窃现象的打击力度远没有申报馆有效罢了。

民初文言小说的全面繁荣离不开清末小说的铺垫，清末的文言小说发展并未像许多白话作家想象中的不堪一击，反而呈现出繁荣热闹的局面。清末的小说不但呈现出文白并存的局面，而且小说的样式也已经开始不断翻新，如1906年陆君亮（绍明）《〈月月小说〉发刊词》将小说分为历史、哲理、

① 天南遁叟：《声明》，《申报》1887年8月24日。

② 味闲庐主：《声明即请天南遁叟赐览》，《申报》1887年8月24日。

理想、社会、侦探、侠情、国民、写情、滑稽、军事、传奇等若干门类[①]。1908年，觉我（徐念慈）在《小说林》第十期上发表《余之小说观》之六《文言小说与白话小说》中对当时的文白小说对比现状进行比较说：

> 之二者就今日实际上观之，则文言小说之销行较之白话小说为优。果国民国文程度之日高乎？吾知其言之不确也。吾国文字号称难通，深明文理者百不得一，语言风俗百里小异，千里大异，文言白话交受其困。若以臆说断之，似白话小说当超过文言小说之流行。其言语则晓畅无艰涩之联字，其意义则明白无幽奥之隐语，宜乎不胫而走矣。而社会之现象转出于意料外者，何哉？余约计今之购小说者，其百分之九十出于旧学界，而输入新学说者，其百分之九出于普通之人物，其真受学校教育而有思想有才力欢迎新小说者，未知满百分之一否也。所以，林琴南先生今世界小说界之泰斗也，问何以崇拜之者众，则以遣词缀句胎息史汉，其笔墨古朴顽艳，足占文学界之一席而无愧色。然试问此等知音可责诸高等小学卒业诸君乎？遑论初等。可责诸章句帖括冬烘头脑乎？遑论新学。（余非谓研究新学诸君概不冬烘头脑也。若斟酌字义、考订篇法，往往今不逮昔，即有文学彪炳者，试问果自学校中得来者否？）宜乎以中国疆土之广袤、衣冠之跄济，而所推为杰作者其印数亦不足万。较之他国庸碌之作家亦瞠乎后也。夫文言小说所谓通行者既如彼，而白话小说其不甚通行者又若是，此发行者与著译者所均宜注意者也[②]。

徐念慈指出在当时的环境下文言小说的发行销售量超过白话小说的现状并分析了产生这种现象的原因。

从文言小说样式来看，除了旧体传奇小说和笔记体外，已经出现了具有现代短篇小说特征的作品。清末民初的小说作家们发现我国传统小说“起笔多平铺，结笔多圆满；西国小说，起笔多突兀，结笔多洒脱”[③]。传统的文言

---

① 《月月小说》1906年第3号。

② 《小说林》1908年第10期。

③ 徐念慈：《电冠·赘语》，《小说林》1908年第8期。

小说都具有完整统一的故事情节，在结构上都具有明显的程式化特点，叙述中往往将人物、时间、地点交代清楚然后展开叙述，重在展现完整的故事情节，而现代的短篇小说则如胡适作说："用最经济的文学手段，描写事实中最精彩的一段或一方面，而能使人充分满意的文章。"① 他将这种方式称为截取生活的"横断面"。清末民初的短篇小说很多采用了一开头就进入叙述情景的方式，为民初新体文言小说的大量出现做了很好的铺垫，同时也成为我国古代短篇小说到现代短篇小说的过渡和桥梁。

清末民初文言小说在运用新形式表现出比白话小说更具活力的一面。它是在承传古典的基础上，又吸收西洋小说的技法，适应二十世纪初的特定的社会环境和文化环境而产生的。这种新形式对于从旧文学中转型过来的作家们来说，还是一种比较陌生的形式，开始创作的时候显得有点笨拙，艺术上也就谈不上有多高。但作为一种新旧过渡的特殊现象，我们不能否认其在清末民初的文化环境中所起到的影响作用。这些短篇小说有许多有益的成分被现代小说所吸收，成为现代文学短篇小说创作的前奏和先驱。比如它们所大量运用的第一人称叙事、倒叙、插叙等多种叙事手法，从叙述故事向截取片段发展，从注重故事情节向注重人物形象转变。清末民初小说作家们一系列新的尝试，有的小说因为适应了当时的阅读需求而引起轰动，取得极大成功。有的如昙花一现，似天际的焰火流星般划出美丽的痕迹后，也很快消失在人们的记忆中。无论成功与否，都为此后古代小说向现代小说的过渡提供了有益的借鉴。

第二节　1900 年前的报刊文言小说

一、《瀛寰琐纪》《四溟琐纪》《寰宇琐纪》中的文言小说

我国最早的文学期刊为上海申报馆创办的《瀛寰琐纪》，1872 年 11 月 11

① 胡适：《论短篇小说》，《新青年》1918 年第 5 期。

日（同治壬申年十月十一日）创刊，该杂志为月刊，1875 年 1 月停刊，前后共出二十八卷。此后作为对《瀛寰琐纪》的延续，申报馆续出《四溟琐纪》，1875 年 2 月创刊，共出十二卷后停刊。在《四溟琐纪》停刊后，1876 年申报馆又刊行《寰宇琐纪》，出版十二卷后停刊。严格意义上来说，这应该算是一份期刊在三个不同阶段的名称。

《瀛寰琐纪》第一卷同治壬申年十月十一日（1872 年 11 月 11 日）刊行，前有同治壬申年九月蠡勺居士在微尘稀米之庐所作《序》，介绍琐纪乃汇集四海寰宇奇闻异事，从选录体裁来看，诗、文、小说、杂记兼收并蓄，不拘一格。其刊发的文言小说分别为：第一卷（壬申十月）收录金华朱允成子钦《程勿卿寻亲记》。第二卷（壬申十一月）收录葛其龙《寄庵随笔》，其中包含《记王昌祺事》《双侠传》《异僧》《纪杨生事》《酒傭妇》《奇女子传》《阿儿传》7 篇文言小说，均采用传统文言小说笔法，部分篇目后有“龙湫逸史曰”评论。另外，该卷还收录滋畹楼主人所作《滋畹楼剩稿》之《梦禅小记》。第三卷（壬申十二月）收录青溪居士《蒋孝廉西征述异记》。第四卷（癸酉正月）收录鸳湖映雪生（孙熙曾）《记异四则》、薇洲逸史《蔓生传》、贾敦良《冰壶先生传》。第五卷（癸酉二月）收录寄庵居士《爱卿传》《龙母塚志异》。第六卷（癸酉三月）收录纪昀《明懿安皇后外传》。第八卷（癸酉五月）收录鹅湖逸士《吴宫老狐谈历代丽人记》、海上看花人《玉腰奴传》。第十卷（癸酉闰六月）收录西脊山人（秦云）《天禄大夫传》、寄庵《记冯子虚遇仙事》、东晋时人《汉孝惠张皇后外传》。第十二卷（癸酉八月）收录《记郑仙岩遇仙事》。第十三卷（癸酉九月）收录《侠盗济孀孤》。第十六卷（癸酉十二月）收录《汉孝武陈皇后外传》。第十七卷（甲戌正月）收录鸳湖映雪生（孙熙曾）《见闻杂志》，分别记录嘉言懿行、高谊、闺阁、园林胜迹、古玩、奇异等门类奇闻轶事。第十九卷（甲戌三月）收“白门啸霞轩主人录稿”的《汉孝哀傅皇后外传》。第二十一卷（甲戌五月）收“白门啸霞轩主人录稿”的《汉孝昭上官皇后外传》、浮眉楼《淡巴菰传》、沪渎村民《观海堂偶笔十二则》（收《偷儿感悟》《汪子遇鬼》等笔记体文言小说）。第二十二卷（甲戌六月）收曲阿樵叟《吴宫老狐续谈历代丽人记》。第二十三卷（甲戌七月）收鸳湖映雪生（孙熙曾）《饿乡记》。第二十五卷（甲戌九月）收白门啸霞轩主人《汉鲁元公主外传》、嘉善孙荣寿《青灯余墨五则》（笔记体小说）。第二十六卷（甲戌十月）收白门啸霞轩主人《汉孝惠张皇后外传》。这些收录的文言小说作品中既有笔记体文言小说集中的篇目，也有单篇传奇小说，写作手法趋向于传统，没有看到受新小说观念影响的痕迹。

《四溟琐纪》第一卷（光绪乙亥正月）未刊载小说作品。第二卷（光绪乙亥二月）收录停云馆主《侠匄传》、后怡红院主人《梦梅记》、鸳湖映雪生（孙熙曾）《虞美人传》。第三卷（光绪乙亥三月）收录棲云野客戏编、饲鹤山人评点《画圈儿》。第四卷（光绪乙亥四月）收鹤慵氏《孔方兄传》、沈懋良《江南春梦庵笔记逆踪七十二则》、檐冬畸人随笔《狐家逸事》（包含《松江狐》《海州狐》《二童子读书》《僦屋》4 篇笔记体小说）、舜湖毯溪外史《禅林佳话》。第六卷（光绪乙亥六月）刊载杭州小逋仙的《苦海新谈》（前有已酉冬月舟山王国铭少白所撰《序》、作者《自序》）收录《百福》《方生》《红叶媒》三篇文言小说，其中《红叶媒》为传奇小说。作者在篇末云："余曾作《红叶媒》说部凡一百卷五十万字，经兵乱后已亡，聊叙其颠末于此。"可见该篇为作者原著长篇的文言缩写本。第七卷（光绪乙亥七月）收录沈懋良《续录江南春梦庵笔记》。第九卷（光绪乙亥九月）刊载《南埜草堂杂记》，其中包含《恶人死后报》《城隍断讼》《欺诈恶报》《恶妇饶舌》《戒杀善报》《牛悲不友》《自来火有毒即洋媒头》《伤生奇报》等志怪杂事类文言小说。

《四溟琐纪》停刊后续出的《寰宇琐纪》十二卷中收录的作品除第五卷收石瓠山人《元元生传》、第九卷刊载的宣鼎《曲秀才传》《钟小妹传》属于文言小说范畴外，其余多诗文杂传类作品。

二、《点石斋画报》与《淞隐漫录》《淞隐续录》

我国最早的画报是光绪元年（1875）年范约翰创办的《小孩月报》，但《点石斋画报》无疑是我国晚清最杰出的图文结合的期刊。《点石斋画报》采用文配图的形式石印线装出版，每月上、中、下旬各出印一次，随《申报》

免费附送，若单独购买收大洋五分。《点石斋画报》由申报馆的点石斋印书局（又称点石斋画室）主办，创刊于光绪十年四月十四日（1884 年 5 月 8 号），前九期出版时间不固定，从第十期（光绪十年八月初六）开始，固定在每月的初六、十六、二十六发行，每期出版时，《申报》的头版都会刊登广告进行宣传。从光绪十年（1884）旧历四月第一期出版到光绪二十四年（1898）九月停刊，共出版 528 期，历时 15 年，是我国近代史上出版时间最长、内容最丰富的、影响最大的石印画报。其收录内容包括奇闻、果报、新知和时事诸多门类，不少篇目带有传统文言笔记体小说性质。如第 4 号《犬马报主》，第 5 号《雷殛侍者》，第 10 号《天鉴不远》《立时报应》《贞鬼不泯》，第 40 号《大力和尚》《狐遭雷殛》《猫猎》《梳洗鬼头》等皆其类，因其篇幅简短，数量众多，兹不一一列举。

《点石斋画报》对我国文言小说传播最大的贡献还在于对王韬文言小说集《淞隐漫录》《淞隐续录》中的传奇作品的刊载，开创了我国文言小说先报刊连载后结集出版的先河，对此后我国文言小说的创作和传播影响深远。《点石斋画报》从第六期（光绪十年闰五月）开始刊载王韬的《淞隐漫录 · 自序》和卷一《华璘姑》，到第一二五期（光绪十三年七月二十六，1887 年 9 月 22 日）《淞隐漫录》十二卷中的篇目全部登完。从第一二六期开始接着刊登《淞隐续录》（结集出版时更名《淞滨琐话》）中的篇目。

光绪十年（1884）王韬在《淞隐漫录 · 自序》中说“将陆续成书十有二卷”，并且后来刊登在《画报》上的《淞隐漫录》有不少篇章提到的时间在光绪十年（1884）之后，如《合记珠琴事》（丙戌，1886）、《东部雏伶》（乙酉，1885）、《胡姬嫣云小传》（乙酉，1885）、《清溪镜娘小传》（丙戌，1886）、《画船纪艳》（丁亥，1887）等，可以看出这些篇章是在《画报》开始连载后才创作完成的。又为了抢在盗版书商之前，报馆的经营者就在《淞隐漫录》单篇即将在《画报》上刊完的同时将单行本付印，这是商业竞争的结果。

后来《淞隐续录》在《画报》上只出了四卷就中止了。光绪十三年（1887）上海点石斋石印《淞隐续录》四卷本，共收 51 篇，这其实就是《点石斋画报》刊载的《淞隐续录》篇目的合订本，顺序都没有变，目次如下：

卷一：《徐麟士》《药娘》《李延庚》《田荔裳》《画船纪艳》《倪幼蓉》《刘淑芬》《柳青》《仙井》《严寿珠》

卷二：《邱小娟》《龚蒋两君轶事》《乐国纪游》《梅无瑕小传》《袁野宾》《纪四大和尚》《刘大复》《顾慧仙》《杨莲史》《罗浮幻迹》

卷三：《魏月波》《白琼仙》《卢双月》《金玉蟾》《煨芋梦》《辛四娘》《沈兰芬》《皇甫更生》《徐希淑》《反黄粱》

卷四：《剑气珠光小传》、《花妖》、《箫仙》、《画妖》、《孙伯篪》、《水仙子》、《谈艳》（上）、《谈艳》（中）、《谈艳》（下）、《红豆蔻轩薄幸诗》（上）、《红豆蔻轩薄幸诗》（中）、《红豆蔻轩薄幸诗》（下）、《朱素芳》、《东瀛艳谱》（上）、《东瀛艳谱》（下）、《燕台评春录》（上）、《燕台评春录》（下）、《珠江花舫记》、《纪双烈》、《真吾炼师》、《柳夫人》

此后王韬又在此基础上增加了 17 篇作品后改名《淞滨琐话》出版，《淞滨琐话》序言作于 1887 年，然《淞滨琐话》的最早印本则是 1893 年的淞隐庐铅印本。王韬的《淞隐漫录》《淞隐续录》从一开始采用了报刊连载这一新的传播形式，并且与广告宣传紧密结合起来，使得王韬小说的传播获得极大成功。但同时也是由于报刊连载的不可间断性，让王韬有时候为了能够及时供稿而将其友人或者其他人的作品稍加改写后掺入己作中发表，这也暴露出了报刊发展中不可忽视的著作权问题。

三、《海上奇书》与《太仙漫稿》

《海上奇书》是我国第一种小说期刊，1892 年 2 月 28 日在上海创刊，创办人为韩邦庆。1892 年 3 月 4 日《申报》上有大一山人（韩邦庆）为《海上奇书》所做广告，该期刊主要刊载主办者自撰小说《太仙漫稿》和《海上花列传》以及辑录前人文言小说的《卧游集》。其中《太仙漫稿》为文言系列小说，《海上花列传》为吴语方言小说，属于别体白话小说范畴。《卧游集》

则主要辑录前人的文言短篇小说，其中包括蒲松龄、纪昀、许奉恩、许元仲、宣鼎等人作品。

《太仙漫稿》在《海上奇书》中的刊载篇目依次为：光绪十八年二月朔日第一期刊载《陶仙妖梦记》(未完)；二月望日第二期刊载《陶仙妖梦记》(续)、《和尚桥记》；三月朔日第三期刊载《段倩卿传》；三月望日第四期刊载《段倩卿传》(续)；四月朔日第五期刊载《段倩卿传》(续)；四月望日第六期刊载《段倩卿传》(续完)、《蕊珠宫仙史小引》(未完)；五月朔日第七期刊载《蕊珠宫仙史小引》(续完)、《双龙钏铭并序》(未完)；五月望日第八期刊载《双龙钏铭并序》(续完)、《全欢喜佛传》(未完)；六月朔日第九期刊载《欢喜佛传》(续完)、《书袁痴恶作剧》(未完)；闰六月朔日第十期刊载《书袁痴恶作剧》(续完)、《大虫传》(未完)；七月朔日第十一期刊载《大虫传》(未完)；八月朔日第十二期刊载《大虫传》(续完)、《记河间先生语》、《心影说》；九月朔日第十三期刊载《心影说》《记鬼》；十月十一日第十四期刊载《陆心亭祠记》；十一月望日第十五期刊载《书临清盗》。

《太仙漫稿》中的篇目多数属于旧体文言传奇小说的范畴，以情节和文字取胜。作为第一种专门的小说期刊，《海上奇书》的创刊在小说传播史和新闻出版史上都具有开创性意义。

四、1872～1900年间的《申报》文言小说

《申报》作为我国近代影响最大的报纸创办于1872年，在进入二十世纪之前，其发表的文言小说数量并不多，比较有代表性的如《狐女报恩》[①]《船女良缘》[②]《无碍道人》[③]《蛙妻》[④]《山神娶妇》[⑤]《翠娥传》[⑥]《白发郎君》[⑦]

---

① 《申报》1872年6月11日。
② 《申报》1872年7月11、12日。
③ 《申报》1872年7月20日。
④ 《申报》1873年3月25日。
⑤ 《申报》1876年4月28日。
⑥ 《申报》1878年3月21日。
⑦ 《申报》1894年1月18日。

等，均采用文言小说传统写法。其中《狐女报恩》《无碍道人》《山神娶妇》《翠娥传》《白发郎君》属旧体笔记小说范畴，而《船女良缘》和《蛙妻》则为较为纯正的旧体传奇小说。

《狐女报恩》讲述了一个狐女报恩故事并对世道人心有所批判：

友人言：有书生读书野寺，殊苦岑寂，素习闻狐女故事，心艳羡之，希冀或有所遇，迄未得也。一日午餐毕，步寺外，见丛莽中物前驰，数犬从后追之甚急。亟往视，乃一狐已为犬所伤，毛血狼藉。书生悯之，乃持挺逐散群犬而自抱狐归，置诸室中，以汤沃之，并以药敷伤处，俟其苏息，始纵之去。次夜，时已三更，星月皎洁，风露清冷，生独坐空斋，倦而欲寐。忽人搴帘入，急起视，盖女子，缟衣綦巾，居然绝代佳姝也。骇问何人，奚为夜至此。女子乃言曰："昨遭大难，蒙郎君再生恩，特来拜谢，且闻郎君独宿无偶，倘不弃陋质窃愿为拂枕席侍栉沐也。"生喜出望外，即与共枕处。自是往来无虚夕，约两月余，生日就瘦际，心颇疑之，然相爱特甚，不能拒也。夜方共寝，忽闻窗外呼曰："阿三贱婢敢冒我名来魅郎君耶！我受郎君厚恩，以养创甫愈，尚未报德，不图贱婢敢于如此！倘郎君因此致疾，脱有不讳，不知者谓我负心。即知事出于汝，而郎君救我，我忍坐视其死而不救耶？今偕姑姨来诛汝！"女子闻声，惊起欲遁，业有数女排入，掣之立毙。书生睹其状，颇为蜿惜。旋见女向其再拜，自陈所以。生视之，容色尤丽。于是众女拥生与女行夫妇礼，旋设酒筵，山珍海错，罗列满前。生于灯光下睨视女郎，不觉心摇摇焉不自持矣。少顷，诸女哄然而散，遂赋定情，锦衾角枕乐可知也。自是女遂不去，后年余，生一子。生亦遂不复娶，竟以伉俪终焉。

此狐可谓能报恩者矣。今之人有受人厚恩不思感激图报而反面若不相识者，其亦有愧于此狐欤？

一笑先生的《无碍道人》是有笔记体特点的志怪小说，带有劝诫色彩：

一笑先生游于海上，见一道人飘飘有仙气，徐行于洋泾浜。时已月上矣，突一猘犬噬之，啮其足，乃足不伤而犬毙。异之，随其行。行里许，见竹篱茅舍中有幽居，道人入，先生亦入。道人顾而笑曰："先生有心人也。盍坐清谈乎？"先生曰："固所愿也。"皆坐，童子献茗毕，叩姓氏，始知道人自号无碍，云游者也。道人曰："先生来意云何？"先生曰："问道。"道人曰："道人不知道，无已，言犬事。先生不见顷之猘犬乎？彼固人也。"先生曰："犬也何人？"道人曰："犬之前身姓卢，自号令令逸史，乃文人，犯意淫多口孽，故为猘犬。"先生曰："愿闻其详。"道人曰："卢生不好妓女之色而好良家之色。夫好妓女之色，可恕也；好良家之色，不可恕也。乃卢生尝见洞庭渔舟中女郎娟好，见女无母，即登舟伪与其父言，其意淫可诛心矣。明日复访，舟去，久之尚忆，又访，其淫心可胜诛耶？夫唯犬也者，道遇其雌虽不识即近之而思淫耳。是固人面而犬心也。至其口孽，津津笔述与狐淫二事。夫人与兽淫乌乎可？卢生殆不好妓女之色而更好畜生之色者，兽与兽淫，宜也，则亦犬事也。文帝恶之，故罚为犬。"先生曰："为犬可矣，何为猘犬，使祸人噬人？"道人曰："彼心淫毒，见文人绮语，反又訾焉，故猘故噬。"先生曰："闻其人常自诵其文云：'征歌侑酒，虽曰我辈恒情；题柳品花，未免斯文扫地。'此四语，自承狎妓而责人评花，何也？"道人曰："此猘噬也犬也，尚与论是非耶？"先生曰："噬也可恶，毙也可怜。"道人曰："可生之。"偕出至故处，以丹纳犬口，犬即起，熟视道人，默然去。道人曰："勿噬勿吠，犬悔矣。"道人忽不见。先生奇之，援笔记之。

《船女良缘》写苕溪某公未遇时成就船女之美满姻缘事，情节曲折，结局亦完满。故事最后作者评论道：

夫渔船女子，人多以为路柳墙花可以任意攀折，卒之始乱而终弃者多矣。即不然，已则漠然而遂听其浮沉，卒令良缘错过，抱恨非天，安得谓孽非我作哉？然则如某公之深心作合，竭力成全，岂独为渔舶中佳话乎？宜其食报之隆矣。

《蛙妻》写了一个青蛙报恩助人致富娶妻家业兴隆的故事，虽命意未出前人窠臼，但在晚清报刊中出现亦可见文言小说的顽强生命力：

江宁李冠方茂才，谨慎持躬而家甚贫，丧偶未续。性喜放生，苦无资蓄，然见市田鸡者，虽质贷辄买以放生。一夕梦至一处，朱阑画阁，异草奇花，馨香扑鼻。正徘徊间，见数女郎出，丰姿绰约，皆丽人也。相与鼓掌曰："李郎来矣！"遂拉之入庭内。李惊讶，问此谁家院。众笑曰："此田七妹家。娇客到门，主人尚不出见，新嫁娘其害羞耶？"少顷众女郎拥一丽人出，年约十五六，娇艳绝伦。见李敛衽侍坐，旋即笙歌筵宴，备极奢华。李踧踖不安，屡欲告辞。众曰："妹子愿侍巾栉，如此良夜，何言归？"强挽之。宴毕，入寝室，床帐器具皆极精洁，目所未睹。黎明送之归。自此每夜必至其处，与众女郎共欢笑，或吹唱或饮酒，娱耳悦目，辄忘其为梦寐也。约数月，众谓田曰："妹向以郎君厚德，当请命于王爷，胡不为？"田曰："我已思之烂熟，深恐不遂我愿耳。"众曰："我等帮妹子一言。"田谢诺。即引李出，行数武，诣一衙署，甚威显。田与众人嘱李稍待，旋闻传请李某入见。李即趋入，殿宇上坐一冕旒者。李惶悚俯伏。上坐者拱手曰："汝有好生之德，余已请于上帝，将赐汝资财万贯，子贵孙贤，勉之无懈。"李曰："某一介寒儒，既乏资本，又无才能，何敢望此？"上坐者曰："非也，凡人善心是长资本，善行是真才能，七姑当护汝成家也。"李叩谢出。田谓李曰："今如我愿，请从此别。"李不忍去。田曰："流连声色是大罪业，与君数月缘，只欲报君德耳。东邻赵惠娘最贤能，君良偶也，为君图之。"言毕而醒。明日独行于野，见一瓮埋泥中，一蛙与一蛇踞其上。恐蛙为蛇伤，援之出放他处，旋视蛇亦不见，瓮中皆藏金，遂检归。至晚持香往叩谢，闻蛙鸣甚急自瓮中出，遂取瓮视之，则一蛙跃出，坎底皆白镪，因以致富。先是东邻赵姓，家素封，翁年花甲无子嗣，只一女名惠姑，视如掌珠，年二十五未字。一夕翁梦一女郎至，翩翩若仙，谓翁曰："今为尔择得佳婿，特来执柯，切勿误此良姻。"问谁家子，即以李告，醒而异之。翁已知李之暴富，且近在咫尺，已心许之。商诸其妻，亦同是梦。挽媒说合，遂缔姻焉。后惠娘生三子，次子官刑部郎中，出任云南观察。赵翁没，其资财亦归于李，遂巨富。

除了以上提到的几篇旧体传奇和笔记外，还有一篇无名氏的《海上奇缘》发表于1872年6月1日《申报》，开篇以骈体写成，其后则为传统文言叙事笔法，写王观察为已故幕僚之女撮合美满姻缘事。其开篇曰：

夫以孤鸾未老，双培姊妹之花；旅雁长鸣，畴结朱陈之约。依依弱息，从托命于鸳针；落落衰门，忽谐盟于凤侣。则有程氏者，淮北名楣，竹西旧族。夫依豸幕，来游申浦之旁；妇挽鹿车，忽抱未亡之痛。

虽然《海上奇缘》并未将骈体文进行到底，但这种尝试无疑为进入二十世纪后报刊骈体小说的大量出现进行了有益的探索和尝试。

通过以上几篇代表性作品我们可以看到十九世纪末期《申报》上发表的文言小说仍然坚持了传统笔法，我国文言小说创作手法的真正变革是在进入二十世纪后开始的。

第三节　1901～1911年的报刊文言小说

进入二十世纪以后，随着我国的报刊业飞速发展和人们对小说地位的重视程度越来越高，让文白语体小说都有了充足的发展空间，这一时期的报刊短篇小说中文言作品占有一定优势，长篇小说则仍是白话占绝对主导地位。笔者根据《晚清小说目录》所列篇目和检索报刊中发现的新增篇目共筛选出发表于这一时期的中短篇文言小说800余篇，文言长篇章回体小说16部。

一、清末期刊发表的文言小说

在《晚清小说目录》所列篇目基础上笔者进行了文白对比统计，据统计结果来看，发表文言小说较多的期刊主要有《大陆报》（1902 年创办）、《广益丛报》（1903 年创办）、《月月小说》（1906 年创办）、《小说林》（1907 年创办）、《振华五日大事记》（1907 年创办）、《中外小说林》（1907 年创办）、《竞立社小说月报》（1907 年创办）、《宁波小说七日报》（1908 年创办）、《扬子江小说报》（1909 年创办）、《十日小说》（1909 年创办）、《小说时报》（1909 年创办）、《南洋商报》（1910 年创办）、《小说月报》（1910 年创办）等，其中以《大陆报》《广益丛报》《振华五日大事记》《中外小说林》和《小说月报》最具代表性。

（一）《大陆报》的文言小说

1902 年 12 月创刊于上海的《大陆报》共收 43 篇原创小说，其中文言小说占 39 篇。《大陆报》上发表有"警世奇话"系列小说，包括像《白衣秀士》（1904 年第 1 期）、《猿将军》（1904 年第 2 期）、《女郎避乱》（1904 年第 3 期）、《老獐》（1904 年第 6 期）、《渔色》（1904 年第 9 期）、《捕贼》（1904 年第 9 期）等作品，篇幅不长，多带有寓言意味。有些来自西方寓言故事，如翻译法国作家威诺伦的《沐猴而冠》（1903 年 2 期）、《小狮争荣》（1903 年 2 期）、《蝙蝠中立》（1903 年 3 期）、《猴人》（1903 年 4 期）、《柔恶》（1903 年 4 期）、《试马场》（1903 年 5 期）等作品，这也体现出晚清西方文化对我国近代小说的影响。

《白衣秀士》写《水浒传》中的白衣秀士王伦被杀后冤魂穿越到欧洲的所见所闻经历，带有寓言色彩。其语言亦用浅近文言，与传统体文言有别。如其开头：

> 客有谈《水浒传》曰：当时白衣秀士王伦既为林冲所杀，冤魂不息，随风飘荡，来到一处，见洋楼林立，马路如织，来往之人皆高襟碧眼，风景全非。王大惊，且骇且行，过一巨室，闻人声鼎沸，门外高悬彩旗，上书"自由万岁"四字，其大如斗。王不解，姑驻足觇之。但见出入其中者皆风采凛凛，有慷慨激昂之气象，心窃异，徘徊不遽去。忽一老人

出，瞥见王，至其前审谛久之，诧曰："子非东亚之人乎？是何好风吹至此！"王唯唯，自陈来历①。

由此可以见到晚清文言小说通俗化的痕迹。除此之外，在《大陆》报上还发表"续子不语"系列志怪短篇小说，如 1905 年第 3 卷第 3 期发表《妖梦》《亡国游魂三则》《龙怪》《显灵止杀》《斫神头》《洪之黠》《海神无功》等；第 4 期发表《美人魔》《鬼与盲人》《美国铁路之妖》等；第 6 期发表《西班牙之伪鬼》《柯林治国之毒蛇》《胡威鲁纳》《瑞典理学士之鬼魅谈》《普鲁加利亚之怪树》；第 13 期发表《人首复仇》《精神杀人》《伦敦剧场之大火》等。与此前志怪类故事不同的是，里面增加了不少国外的志怪类题材，这是晚清特殊的社会环境对传统文言志怪类故事素材影响的结果。

（二）《广益丛报》的文言小说

1903 年创办于重庆的《广益丛报》收录原创小说 80 篇，除掉误收的戏曲作品 14 篇，实收录小说 66 篇，文言小说有 23 篇。其中无名氏《秦良玉遗事》（1907 年第 131 期）记明末女将领秦良玉传奇事迹。无名氏《魑魅镜》（1907 年第 148 期）记某"志士"的钻营混世经历，带有时代讽刺色彩。无名氏《某县令》（1908 年第 172 期）和无名氏《憨戆僧》（1908 年第 173 期）则为传统笔记体小说。沙介臣《圆圆记》（1909 年第 221 期、第 222 期）是记录陈圆圆事迹的作品。此外像无名氏《车生传》（1907 年第 175 期）记欧洲人车生在中国的经历。热血的《贰臣鉴》（1910 年第 223 期）则是以波兰为叙事背景撰写的小说。以上作品既有传统的传记体、笔记体写法，也有以浅近文言写成的作品，体现出过渡时期的小说文体特征。

（三）《振华五日大事记》《半星期报》的文言小说

1907 年创刊于广州的《振华五日大事记》共收录 13 篇小说，除第 16 期

① 《大陆报》1904 年第 1 期。

《专制魔》一篇外其余12篇全部为文言小说。其中辕系[①]的“侦探小说”《醋案》（《振华小说五日记》1907年第1~6期连载）将史传笔法与侦探小说结合起来进行叙事。轩胄[②]的“社会小说”《浪淘珠》（1907年第3、4、6、7期）以场景开篇，新式文言写法。轩胄“侠义小说”《侠报》（1907年第7期）采用传统文言小说写法。轩辕之胄“侠情小说”《海镜光》（1907年第8~13期；第15、17、18期）约8千余字，属于传奇小说范畴。而优“短篇小说”《收师傅》（1907年第12期）、《新妇智》（1907年第14期）、《强中强》（1907年第15期）采用传统笔记小说写法，后有“而优曰”评论。此外，大同的“短篇小说”《荡花风》（1907年第51期）、辛令（莫梓軨）“社会小说”《骗骗》（1907年第49、50期）同样采用传统文言小说写法。辕系“侠义小说”《奇际》（1907年第23、26期）行文中掺杂“的”字运用，文白参半，体现了小说转型期的特征。（恽）铁樵“社会小说”《孽镜花》（1907年第45、48期）写胡其生与张氏女因并非两情相悦而结合造成的婚姻悲剧，提倡婚姻自主，体现出新兴自由观念对社会思想的冲击，同样具有较为鲜明的时代特征。

1908年创办于广州的《半星期报》是在《振华五日大事记》停刊后原主办人莫梓轸另创的期刊，双周刊，收录的4篇作品《一落千丈》《偷儿术》《镇宅符》《双冤记》全部为文言小说。其中治懼的“离奇小说”《一落千丈》（1908年第1~12期）篇幅较长，以浅近文言写成。治懼的“社会小说”《偷儿术》（1908年第113、114期）记富家子易某偷人财物诬陷他人结果被同居室友发现并揭穿真相。嚼梦的“社会小说”《镇宅符》（1908年第15、16、18期）记新会梁世恩迷信风水之说被风水先生所骗耗尽家财，其妻则勤俭持家，以“勤俭”为镇宅之符，终于恢复家业。故事具有一定的社会教育意义。

---

① 辕系，与下文的轩胄、轩辕之胄应该都是黄轩胄笔名。

② 黄轩胄，香山人，报人小说家，曾任香港报社记者，在广州创办《国民日报》，曾与友人组织优天影剧团，1918年前去世。

（四）《中外小说林》的文言小说

1906年8月创刊于广州，旬刊，中外小说林社发行，初名《粤东小说林》，1907年社址迁到香港，改名《中外小说林》。《中外小说林》由广东籍报人小说家黄伯耀①、黄世仲②兄弟创办，收录的33篇小说中有30篇为文言小说。如1907年第5期发表亦然的“叙事小说”《昏庸镜》；1907年第6期发表业的“短篇小说”《孽》；1907年第9期的忏痴随笔“狡骗小说”《美人局》、乱劈《现形妖》、敕《烟侦探》；1907年第18期发表（黄）伯耀的“社会小说”《烟海回澜》；1907年第10～17期发表警庵的“义侠小说”《恩仇报》；1907年第11期发表“忏痴随笔”的“短篇小说”《情天石》；1907年第12期发表耀（黄伯耀）的“短篇小说”《好姻缘》；1907年第15期发表“忏痴随笔”的“短篇小说”《孽缘公案》；1907年第17期发表敕的“短篇小说”《惩忿镜》；1907年第18期发表无名氏“短篇小说”《花牡丹》；1908年第2卷第1期发表荛（黄世仲）“离奇小说”《大觉悟》、耀公（黄伯耀）《长恨天》；1908年第2卷第2期发表（黄）伯耀“艳情小说”《双美缘》、凿“砭俗小说”《孽因孽果》；1908年第2卷第3期发表（黄）伯耀“义侠小说”《侠女奇男》；1908年第2卷第4期发表（黄）伯耀“近事小说”《宦海恶涛》、译“近事小说”《小复仇》；1908年第2卷第5期发表荛（黄世仲）《无名之富翁》、（黄）伯耀“近事小说”《恶因果》；1908年第2卷第6期发表凿“短篇小说”《快梦》；1908年第2卷第7期发表细《朱显传》、凿“近事小说”《花月痕》、耀公（黄伯耀）“侦探小说”《凶仇报》；1908年第2卷第8期发表伯（黄伯耀）“冒险小说”《片帆影》、荛（黄世仲）“趣味小说”《沈醉生》；1908年第2卷第10期发表耀（黄伯耀）“讽世小说”《猛回

---

① 黄伯耀（1861～1939），名耀恭，笔名有耀公、病国青年、光翟、大樨、耀、翟、耀光、光、放光、老伯、伯、公等，广东番禺人。同盟会员，近代著名报人、革命派小说家。

② 黄世仲（1872～1912），字小配，又名世颂，号棣荪，笔名有世、帝、棠、棣、老棣、棣荪、荛、亚荛、世次郎、禺山世次郎、黄帝嫡裔、笑评、世界之个人、拾言、健儿等，广东番禺人。近代著名报人、小说家、革命家。

头》等。

这些作品中既有传统文言短篇小说作品，如黄伯耀的《好姻缘》《双美缘》《侠女奇男》《宦海恶涛》《恶因果》等，也有文言章回体小说，如警庵的“义侠小说”《恩仇报》八章连载于1907年第10~17期。此外，还有采用新式短篇小说写法的作品，如业的《孽》、凿的《快梦》等开篇具有现代特色。《孽》开篇写道：

塌其鼻，红其面，挛其指，圈弯其足，浮肿其耳。此何疾？此何疾？疯也。

出自东门，高矗而宽旷者，此疯人院也。彼胡不居于此，独煌煌然胡为乎来哉？客曰：彼大绅也？富户也？京卿耶？观察耶？某某总办耶？楚楚其衣裳，渠渠其夏屋，马于山，舟于水，车轿于城厢街道，堂哉皇哉，彼何必居于是？[①]

耀（黄伯耀）“讽世小说”《猛回头》[②] 则采用议论开篇，然后展开叙事，带有劝诫意味。译的“近事小说”《小复仇》[③] 写一女子靠武艺击败群无赖但最终因轻敌而被人用火铳击杀，其母不久亦故去，其妹则不敢再为其复仇。故事就此终结，带有典型的现代悲剧色彩。

从主题来看，部分小说体现出新的时代气息，如黄伯耀“社会小说”《烟海回澜》[④] 是以戒烟为主题的小说，而其“冒险小说”《片帆影》[⑤] 则受到西方航海主题作品的影响。

（五）《宁波小说七日报》的文言小说

1909年创办于宁波的《宁波小说七日报》属于专门的小说周刊，共收28

① 1907年第6期。
② 1908年第2卷第10期。
③ 1908年第2卷第4期。
④ 1907年第18期。
⑤ 1908年第2卷第8期。

篇作品，其中《冰炭记》为戏曲，《黑海回澜》为白话章回体小说，其余26篇均为文言小说。1909年第1期上发表有蛟西颠书生（倪承灿①）《拒款会》、病骸（庄禹梅②）《留学生》、十里花中小隐主（刘筠③）《亚东奇谈·关帝显圣》等篇；第2期发表蛟西颠书生《梦和女史小传》、《相面谈》、（庄）病骸《守钱虏之况味何如？……劝惩……》等；第3期刊发豫立（倪邦宪④）的"短篇小说"《无形之教育》、《潮州烈妇》、（庄）病骸《立宪》、孑影生《陈贞女传》等；第4期发表（庄）病骸《官吏与盗贼》、豫立"札记小说"《特别之嗣续》等。另外，豫立的"警世小说"《荡子棒》在1909年第4、5期连载；"警世小说"《迷信圈》在1909年第5、6期连载。1909年第6期上发表病骸《某县令》；1909年第8期上发表蛟西颠书生《董不全》。十里花中小隐主的"写情小说"《怨海》则在1909年第1、2、3、4、8、9期连载。

《宁波小说七日报》上的文言小说仍然体现出了过渡期的特征，但新式文言明显增多，如蛟西颠书生《拒款会》、病骸《留学生》、《立宪》、《官吏与盗贼》、十里花中小隐主《怨海》均采用新式文言语体和场景开篇等叙事手法。豫立的"警世小说"《荡子棒》和《迷信圈》则带有明显的社会劝诫意味。即使采用旧体文言叙事风格的作品，也体现出新的时代思想和进步的社会意识。如蛟西颠书生《梦和女史小传》写女子不幸的一生，带有浓郁的感伤基调。豫立"札记小说"《潮州烈妇》写因新婚闹房而出了人命，新娘子机智破案并请求官府判闹房杀人者死刑，后自杀殉夫。作者本意是控诉闹房陋习带来的危害。病骸《某县令》写某县令盛大出巡将松开发辫蓬松刘海的

---

① 倪承灿（1876～1962），字壮青，号轶池，别署蛟西颠书生，浙江镇海（今属宁波市）人。倪邦宪之子。光绪二十二年丙申科试以泮元入邑庠，曾任杭州《浙江潮日报》总主笔，并任《宁波小说七日报》《翼社》《艺文杂志》《友声》等报刊编辑。

② 庄禹梅（1885～1970），名继良，字禹梅，笔名病骸，浙江镇海（今属宁波市）人。近现代著名报人小说家。

③ 刘筠（1894～?），字筱墅，号蒨侬，又号花隐，浙江镇海（今属宁波市）人。南社社员，报人小说家。

④ 倪邦宪（1859～1937）名相孚，又名襄甫，字曙洲，号渔笠，又号一粟，浙江镇海（今属宁波市）人。光绪四年郡庠生，二十二年岁贡。邦宪有三子，长承灿，16岁时考上宁波府学第一名秀才；次承烈，自幼聪颖，惜英年早逝；幼承焘，继承家风，长于文学，培育子女，颇多成就。

少年痛打一顿，不待少年解释自己带人扬长而去。后有“病骸曰”评论道：“贤哉县令，明哉县令，整顿地方而以禁前刘海为基础，可谓行远自迩、登高自卑矣。虽然，不知少年果能改过否?”讽刺了清末耀武扬威思想守旧的恶官员。蛟西颠书生《董不全》写一个连秀才都考不上的书生董不全在科举取消后混进学堂当老师，讲授时错字连篇又不肯认错，结果成为学生的笑柄，但董仍然坚持误人子弟而不肯辞职。故事同样带有强烈的批判色彩。

（六）《小说时报》的文言小说

《小说时报》1909 年 9 月创刊于上海，属于小说类文学月刊，第 17 期起改为四月刊。该刊由小说时报社编辑发行，有正书局担任发行所，狄保贤主办，恽铁樵、陈景韩、包天笑等主编。《晚清小说目录》中所列《小说时报》23 篇小说作品有 15 篇为文言小说。其中较有代表性的有 1909 年第 1 期上发表冷（陈景韩）①“短篇新作”《催醒术》、梦《桃花劫》；1909 年第 2 期发表笑（包公毅）②《一缕麻》；1909 年第 3 期发表梦“短篇新作”《绛衣女》、微“哀情小说”《邵飞飞》；1910 年第 7 期发表笑（包公毅）《画符娘》；1910 年第 8 期发表怅盦《薪菲怨》；1910 年第 9 期发表影《未亡人语》；1911 年第 10 期发表琴心《一剪魂》、况槑（王蕴章）《啼鹃血》；1911 年 11 期发表慰元《樱花恨》；1911 年第 1～13 期连载《炽吾笔记》。

《小说时报》中的文言小说同样表现出新旧交融的特点，像《桃花劫》《绛衣女》《邵飞飞》《啼鹃血》《樱花恨》皆以场景开篇，受到当时西方翻译小说开篇模式的影响，在叙事中却又受到传统文言小说史传叙事的影响，体现出过渡期的痕迹。《画符娘》开篇传统写法，结局有人生悲剧，有劝诫意味。《薪菲怨》《一剪魂》虽然采用了我国传统的史传叙事模式，但其悲剧结

---

① 陈景韩（1878～1965），又作景寒，又名陈冷，笔名冷、冷血、不冷、华生、无名、新中国之废物，江苏松江县（今属上海）人。民国著名报人小说家，曾任职于《大陆报》《时报》《申报》等。

② 包公毅（1876～1973），初名清柱，后改名公毅，字朗生、朗孙、德宝，号天笑，别号包山，笔名天笑生、拈花、钏影楼主、秋星阁主等，江苏吴县（今苏州市）人。民国著名报人小说家，曾担任《小说时报》《妇女时报》主编，又在多家报刊担任编辑和主笔。

尾和感伤基调又明显具有清末民初的时代气息。《催醒术》《未亡人语》则采用新体文言小说写法，以浅显文言语体对话代替史传体叙述。只有《炽吾笔记》延续了我国传统的笔记体小说写法。

（七）《小说月报》的文言小说

1910 年创刊于上海的《小说月报》在清末发表的 41 篇小说中有 36 篇文言小说，其中以许指严的作品为最多。1910 年第 1 期上发表有王蕴章《碧玉环》；第 2 期发表无名氏的《化外土》、湘屏《凌波影》；第 3 期发表松风（王蕴章[①]）的《周郎怨》；第 4 期发表无名氏的“奇情小说”《明珠宝剑》；宣樊（林白水[②]）“侠情小说”《剑绮缘》在第 3、4 期上连载；第 5 期上发表许指严“哀情小说”《堕溷花》；第 6 期发表朱炳勋《美人局》、许指严《三家村》；1910 年的临时增刊上发表有鹃红“风俗小说”《赛鹦儿》、许指严“苦情小说”《绿窗残泪》、怅盦“奇情小说”《秦吉了》。

1911 年第 1 期发表怅盦“刑狱小说”《狱卒泪》；第 2 期上发表怅盦“醒世小说”《毒龙小史》（一名《盘龙毒》）、长佛“社会小说”《一日三迁》、抱真“哀情小说”《佛无灵》；第 3 期发表怅盦“记事小说”《探囊新术》；第 4 期发表许指严“侠情小说”《采苹别传》、南溟“怨情小说”《霜钟怨》；第 5 期发表水心“社会小说”《二十世纪之新审判》、不才（许指严）《巫风记》；第 6 期发表玉田赵绂章[③]《胭脂雪》；第 7 期发表不才（许指严）《巫风记三》（《三风记小说》之一）、前度《莲娘小史》；第 8 期发表凤雏“侠情小说”《情天红线记》、许指严“怨情小说”《榜人女》；第 9 期发表蛮儿“军事小说”《退卒语》、许指严《棋缘小记》；第 10 期发表许指严《掠卖惨史一》；

---

① 王蕴章（1884～1942），字莼农，号西神，别号窈九生、红鹅生，别署松风、二泉亭长、鹊脑词人、西神残客、西神王十三、梁溪莼农、十年说梦人等，室名菊影楼、篁冷轩、秋云平室、海山仙龛等，江苏金匮（今无锡市）人。光绪二十八年（1902）中副榜举人，后曾任学校英文教师、上海沪江大学、南方大学、暨南大学国文教授，上海《新闻报》编辑，上海正风文学院院长。近现代著名诗人、小说家。

② 林白水（1874～1926）原名獬，又名万里，字少泉，号宣樊、退室学者、白话道人等，福建闽侯（今福州市）人。近代著名的记者、报人作家。

③ 赵绂章（1877～1951），原名黼章，后改名焕亭，河北玉田人。近现代著名武侠小说作家。

第11期发表许指严《掠卖惨史二》、恨人“怨情小说”《冤禽语》、双影《呜呼》；侯官汪剑虹“哀情小说”《十字碑》发表在第10、11期；第12期发表傲、铁“科学小说”《地理教习》、静铨“写情小说”《陈生别传》。

《小说月报》在清末发表的作品以篇幅较长的作品为主，同时也体现出过渡期新旧杂糅的特点。既有采用传统叙事模式的小说，如王蕴章《碧玉环》、湘屏《凌波影》、无名氏《明珠宝剑》、许指严《绿窗残泪》、怅盦《秦吉了》、怅盦《探囊新术》、许指严《采苹别传》、不才（许指严）《巫风记》、赵绂章《胭脂雪》、许指严《榜人女》、静铨《陈生别传》、恽铁樵《孽海暗潮》等都采用了传统开篇和叙事模式。

也有不少作品采用了场景或议论开篇模式，具有新的时代特点，如《化外土》、松风（王蕴章）《周郎怨》、朱炳勋《美人局》、许指严《三家村》、鹃红《赛鹦儿》、怅盦《狱卒泪》、长佛《一日三迁》、抱真《佛无灵》、南溟《霜钟怨》、恨人《冤禽语》、双影《呜呼》、汪剑虹《十字碑》等均采用了这一开篇模式。

《化外土》采用新体文言写法，以场景对话开篇，写两省交界处成为双方都不管的地带，驻防营兵相互推诿从而让此地成为强盗的法外之地。《周郎怨》前有场景开篇，后有“松风曰”评论，体现出新旧叙事杂糅的特点。凤雏“侠情小说”《情天红线记》写景开篇，分八章节叙事，每节有小标题，后有“凤雏曰”评论。

从叙事视角来看，《小说月报》的文言小说也体现出多元化特征。宣樊（林白水）“侠情小说”《剑绮缘》以自叙口吻分章叙事，涉及华工的海外经历。水心《二十世纪之新审判》以主客问答开篇，后以客人转述口吻叙事。蛮儿《退卒语》写乘船途中无聊时听一退卒叙述故事。汪剑虹的《十字碑》以场景开篇，采用第一人称叙事。傲、铁“科学小说”《地理教习》则以大量对话代替传统的第三人称叙事模式。

（八）清末其他部分期刊的文言小说

1907年创刊于上海的《竞立社小说月报》收录的10篇小说中有4篇为文

言小说。亚东破佛（彭名俞[①]）的《空桐国史》[②] 带有游戏文笔性质，模仿《山海经》手法叙事。无名氏的《开国会》[③] 为新体文言小说，多对话和场景描写。破佛（彭名俞）的《竹泉生异闻传》上卷的《云颠传》、《柳秀卿传》、《窦希逸传》[④]、下卷的《羽族传》[⑤] 均采用传记手法叙事，后有“竹泉生曰”评论。由篇前小序可知该传为作者弱冠时游戏之作。

1909 年创刊于上海的《十日小说》收录的 25 篇小说中有 18 篇为文言小说。其中比较有代表性的如何石生的“社会小说”《西江影》、廛遯的“义侠小说”《盘山大侠》、还泪的“哀情小说”《自由孽》、石南的“近事小说”《南流血》均为篇幅较长之新体文言小说，采用分章叙事，在 1909～1910 年间的《十日小说》1～12 期上连载。其他像短篇小说有奇奇（唐忍庵[⑥]）的《破悭术》[⑦]、酒徒的《人妖》[⑧]、署名“奇”（唐忍庵）的《儿戏》[⑨]、无名氏的“警世短篇”《丐谭》[⑩]、南风亭长的“短篇实事”小说《遗传毒》[⑪]、云阁的《木鱼》[⑫] 都是其中具有代表性的篇目。

1909 年创刊于汉口的《扬子江小说报》12 篇作品中有 6 篇为文言小说。其中比较有代表性的如（范）凤俦的《马贼王惜传》[⑬] 和（李）涵秋的《王某》[⑭] 均为传统笔记体小说。

---

① 彭名俞（1876～1946），字逊之，别号竹泉生、盲道人、儒冠和尚、闲邪斋主人、亚东破佛等，江苏溧阳人。报人作家，曾主编《竞立社小说月报》多年，自作小说亦多，如《闺中剑》《泡影录》《双灵魂》《慧珠传》《歼鲸记》等，其《空桐国史》尤著名。

② 《竞立社小说月报》1907 年第 1 期。

③ 《竞立社小说月报》1907 年第 2 期。

④ 《竞立社小说月报》1907 年第 1 期。

⑤ 《竞立社小说月报》1907 年第 2 期。

⑥ 唐乃霈，字忍庵，号惹云，别署奇、奇奇，江苏太仓人。民国报人作家。

⑦ 《十日小说》1909 年第 5 期。

⑧ 《十日小说》1909 年第 6 期。

⑨ 《十日小说》1909 年第 7 期。

⑩ 《十日小说》1909 年第 10 期。

⑪ 《十日小说》1909 年第 11 期。

⑫ 《十日小说》1910 年第 12 期。

⑬ 《扬子江小说报》1909 年第 2 期

⑭ 《扬子江小说报》1909 年第 5 期。

二、《申报》为代表的清末日报文言小说

在1900～1911年间的日报中发表小说较多的有《申报》（1872年4月30日创办）、《时报》（1904年6月12日创办）、《京话日报》（1904年8月16日创办）、《神州日报》（1907年4月2日创办）、《图画日报》（1909年8月16日创办）、《图画报》（1911年7月5日创办）等，其中以《申报》《时报》和《神州日报》最具代表性。据笔者统计，截止到清王朝结束的1911年，《申报》收录的201篇小说中有97篇文言小说，文言白话基本平分秋色。《时报》收录224篇小说，其中文言小说105篇。《神州日报》收录188篇小说，其中文言小说112篇，文言略胜。《图画日报》收录的80篇小说中有75篇为报章体文言小说，绝大多数以篇幅简短的文言小说配图发表。接下来我们以创办时间最早影响最大的《申报》为例探究报纸上文言小说的发表状况。

《申报》在1900至1911年间发表的文言小说以短篇为主，新旧杂糅，既有旧体笔记、传奇小说，也有新体文言小说，还出现了骈体文言小说，为民初报刊文言小说的多元化奠定了基础。

（一）旧体文言小说

1911年《申报》发表的无名氏的"奇情小说"《意中鬼》① 为清末旧体传奇小说佳作，颇得唐传奇笔意：

> 洛阳秦景山，名士也，性倜傥，不为迂拘。然秉父教，狷洁自好，无敢以非礼干之者。有妹名景玉，慧丽绝伦，幼从景山读，遂能诗。景山课妹如弟，昕夕咿唔，甚相得也。
>
> 景山将有事赴浙，束装辞父，以定省委妹，且戒毋荒嬉废读。景玉噭应之。景山乃驱车而去。讵抵临安浃辰，忽得父手书曰：自尔去后，尔妹景玉暴病而殇，殡葬事讫，不必悲念云云。景山大恸，伤妹之未字

① 《申报》1911年10月11日至13日连载。

而故世，又虑妹死父孤，谁欤承色笑者。匆匆竣事，兼程遄返。

一日薄暮，距逆旅七八里，忽闻榛莽中有呼者曰："来者莫是洛阳秦相公否?"景山视其人，似是青衣。祗候道左，鞠躬致辞曰："主人遣某迎相公，愿枉驾就馆舍。"问主人为谁，则曰："见即知之。"遂控马歧道而行，转瞬至一甲第。青衣报曰："秦相公至矣。"门内奔走传呼，如迓贵客。须臾，中门訇然开，青衣迎景山入中堂。景山问："主人安在?"曰："顷即至矣。"景山深异之，坐待移时，始见婢媪数辈笼纱灯导一女子冉冉自内出。遥望态度神情，酷类其妹。大骇，趋前谛视，果景玉也。心知遇鬼，顾友爱綦笃，初不布畏，卒然谓景玉曰："兄以为不得见妹矣！妹今乃在此耶?"景玉俯仰呜咽不能言，久之，泣而曰："事已至此，复何言哉。唯念兄知妹深，遇妹厚，故留此以待兄。逆知兄今日当来，特令苍头冒嫌相邀，与兄一诀，妹亦从此逝矣。"景山亦泣曰："妹将焉往?老父所生兄妹两人，父之爱妹，甚于爱兄。兄与妹相见于此，不知老父在家思妹何似。妹宜从兄觐父，以续前缘。"景玉摇手曰："难矣，难矣。妹虽去，父顾复兄之诲导未尝一刻去怀。但恨妹罪孽深重，负父负兄，虽父兄不以妹为不肖而弃妹，妹决不欲父兄为妹之故而重有所累。妹宁背德负恩，销声绝迹，以谢父兄。唯父兄鉴之。"景山曰："嘻！是何言欤?妹即不复归，当思所以慰老父。老父达人，保无猜忌。妹一见老父，然后听妹所往，何如?"景玉蹙额曰："兄何不谅妹之甚也。使父见妹，无益于父，徒增烦恼，故不为耳。兄为老父计，可检妹所居阁中书籍针黹服御玩好之属，付之一炬。并传命家人，绝口不道妹遗事，其庶几乎。"景山度妹无归理，沉吟而长叹曰："兄妹相依十七年矣。当时高堂风雨，共砚分灯，老父顾而乐之，尝谓关图有妹，曹昭有兄，此景此情，往来心目，而今而后宁复闻深夜诵诗声耶?"景玉复泣曰："妹肠断矣！兄勿再言。曩事如尘，何堪回首?唯是同胞契阔，异地遭逢，当与兄作一夕话。"言次顾令婢媪布席授餐。景山虽不怖畏，然思冥显不同道，尘羹土饭，未免伤身，峻辞却之曰："兄为恋父，未敢久留。区区之心，妹当见谅。妹若有未了事，即乞告兄，兄将行矣。"景玉闻之，欲言又止者三。既而抚膺惨痛，泪如雨下，牵景山之衣而恸哭曰："兄竟舍妹去耶？何遽也。妹固大有事，然不敢求兄。兄如念妹之不幸，第毋责妹足矣。唯记一细事，妹床头缕金箱中有历年所作古今体诗副稿一本，此妹生平心血，暂存兄处。或遇选家，节取一二语，传世不朽，感荷非浅。"景山慨诺趋出。景玉送之及门，又曰："妹之方寸，棼如乱丝。非不欲尽言于兄，实不知从何处说起。兄归，幸为妹传语白父，但道妹无状，不获赡依膝下，罔极之报，期诸来世。愿老父林泉颐养，努力加餐，毋以妹为念。"景山不禁惨然，拂衣登车，辚辚遂发。犹闻景玉顿足失声曰："已矣！兄去矣！悔无及矣。"景山在车中大哭。

既抵逆旅，御者逡巡，请曰："既是兄妹，何不餐宿一宵。"景山曰："嘻！是非人，乃鬼也。"因语之故。御者失色曰："顷幸未知，若知是鬼，不几惊煞耶。"及至家，老父无恙，方与客对奕。景山趋进拜谒，历述途中遇鬼事。未意父遽叱曰："莫乱道，世安得有鬼？殆梦魇耳。"景山唯唯，不敢辨。客去，父呼景山于隐处，谓之曰："尔所遇者，何尝是鬼。尔妹不肖，与某大户少子有私，尔去，乘间夜遁，唯一婢知其详。余不欲揭家丑，乃鬻婢于远方，而以空棺野葬掩耳目，实未死也。"景山追忆景玉之言，爽然自失曰："是矣，是矣。"

钝根曰：天下事误会者多矣。顾从未有觌面长谈彼此见解相左而言语适相投合到底不自知其误者。观景山兄妹一夕之谈，抑何人鬼之误一至于此也。夫生离死别为人生至悲极苦之事，景山兄妹当时皇皇焉互致其离别之惨痛，不暇赘陈事实，遂不觉两人意中之离别之痛，有生死之误会也。阅者于此必有恨不得亲临其旁，发语以一点醒之者。此见愚也。使当时无此到底不解之误会，今日安得有此含蓄有味之小说哉？虽然，世之所谓遇鬼者，从可知矣。

这则故事摆脱传统狐鬼模式，最终解开谜团，富有新意。另外，柏身《银杏怪》①

---

① 《申报》1911 年 10 月 26 日。

采用传统志怪小说写法，也是一篇比较纯粹的旧体文言小说：

成氏园中有银杏一株，数百年物也，枝叶扶疏，荫庇数亩。一日，主人妇攀折其下，觉腹有微痛，夜梦白衣人入室曰："我银杏之神也。"遂生一儿，因梦杏而生，名曰杏生。幼警敏，得父母欢心。一日，一老道士至门见之，曰："何物老妪，生此宁馨儿。乞与道士抱之入山修炼，可登仙籍。不然杀之，毋灭成氏之门。"主人恶而逐之。道士叹曰："数也。然道士有二言，郎君须切记之。毋贪利，毋专欲。贪利无众，专欲难成，不特关成氏之存亡，实系天下之治乱。道士一片婆心，毋讶丰干之饶舌也。"主人置而不听。既长，才具出众，顾屡不得志于名场。父为之捐一道衔，筮仕于直隶，直督李公深器之。盖李杏本系同株，的谓三生石上早订前缘者也。杏既负经济才，又得李下之庇荫，遂垄断天下之财源。凡铁路、矿山、航路、电局诸大政，均归其手。不数年，拥资千万，顾盼自雄。无何，李公弃位，杏遂大失所恃。海内知名之士，复交章劾之。杏遂如蒲柳之伤秋，零落海上者数年。无何，国家大兴路政，杏复夤缘入为侍尚。知天下之莫予善也，遂大施其倒行逆施之计，压制愈高，专利愈急。适革命军起，天下以诛成为名，凡成氏之财，散布于东南者，一旦悉为灰烬。成则一朽株枯木，儽然独存，求生不能，求死不得。今有谓其已自尽者。是耶？非耶？因有熟于成氏之事者，述之如此。爰乐志之，以作他年之史乘焉。

异史氏曰：吾闻黄帝子孙屈服于异族之下者一百余年矣，竭众豪杰之力屡起屡仆，卒不能损其毫末。成氏一出，结怨于民，身为矢的，革命军起，遂取天下如反掌，不可谓非吾族一大功臣也。老道士何知焉？

无名氏的《烟签壮士》① 旧体文言叙事，写一十四岁至少年以烟签射中盗首而救镖师及众人于危难之中的故事。

① 《申报》1910 年 2 月 22、24 日。

（王）钝根《孝子盗》① 写一有孝义之心的读书人被迫为盗经历，反映了晚清政府的腐败和恶势力的横行：

昔有名士，性豁达，不拘小节，以进士出为鲁省某县令。邑故多盗，名士下车后即竭力治盗，颇有所获。一日，捕得盗目张姓，貌温厚儒雅，举止言语都不类盗。令怪而询其家世，则曰："小人先世业儒，父亦秀才，耿介绝俗，以潦倒死。小人幼时，父命读书，颇不顽钝。尝勖小人曰：'书中自有黄金屋，勿以眼前贫困，遽辍所业也。'小人虽领命，然窃疑父双鬓已斑而未尝得一官，知读书非必可以疗贫。父殁后，慨然弃书就商，苦无资本，则稍稍贩盐以自活。未几，官中缉私，将得小人而甘心。小人窃愤天产之物供人负贩无所谓私，朝廷乃与小民争利而又横加之罪，小人何甘，乃舍盐而贩他物，又苦于关税逐节抽厘，区区资本，亏折殆尽。乃叹市侩生活非莽男儿所为，不得已奉寡母入山，古洞为屋，折枝为门，小人日事渔猎，以供甘旨。乃渔猎不可必得，而山林又禁樵采。正窘迫间，适有村中贫窭子弟十余人来投，并以白梃生涯为劝。小人思是亦忼爽事，欣然从之，第相约不取民财，有宦囊丰盈者过，此则必截取其三而返其七焉。以是乡里咸称小人之义。安知盗小民者官不必严捕，而劫官囊者每易罹法网也。小人今被捕，死亦分内事，无所悲。所歉然者，八旬老母不得终养耳。"言次，泪下如雨。令亦为之恻然，乃饬役拘母。须臾母至，部下十余人亦随来。令未及询，母已涕泣自陈曰："小儿以我故为盗，我实朝廷之罪人也。"猛以首触地而死。张见母死，亦抱尸一恸而绝。令惊悼出位，挥泪欷歔，觉胸中有百千块垒涌而起，不觉长叹一声，尽释众盗。并为张氏母子择地营葬，立碑墓旁，援笔亲题曰："孝子张某之墓"。一时远近哄传高令之义，然自是盗风日炽，有所捕鞫，非曰"家有老母"，即曰"难供甘旨"。令明知其伪，欲重惩之，顾一念张某，辄复欷歔，不忍致之死地。上司严词督责，斥为诲盗，

① 《申报》1911年9月26日。

令亦无以自解，挂冠夜遁，不知所终。

其他作品像非医生的《尤翁》[①]、程瞻庐的“哀情小说”《铸错记》[②]、无名氏的《颠倒鸳鸯》[③]、野民的《马僧》[④] 均篇幅较长，采用旧体传奇小说写法，内容上又具有时代气息。

清末《申报》上除了刊载旧体传奇作品外，还有不少旧体笔记小说，署名“青”的《奇异闻见琐记》[⑤] 记录扶乩过程中的奇闻异事；（李）定夷《念秧余孽》[⑥] 为笔记体念秧故事三则。

（二）新体文言小说

除了旧体文言作品，这一时期《申报》上的新体文言小说逐渐多了起来。如程瞻庐的《追租》[⑦] 是清末以小说形式直接反映官府和地主豪绅勾结对佃户进行欺凌压榨的作品：

某日薄暮，偕友散步，道出元都观，过机房殿，突闻殿内作传呼声曰：“传周锦堂！传周锦堂！”余欲觇其异，拉友入殿。甫历阶，见一官堂皇坐，旁立者五六辈，睆目而视，挟竹片作怖人状。少选，一乡愚踉跄入，匍匐阶下。上坐者询曰：“若逋某官租，盍速缴。不则将以两部鼓吹赠若。”则战栗而言曰：“某愿缴。”亟探手于囊，出番佛如干尊上陈于案。上坐者置二枚于指尖试之，作丁丁声。试已，复易他枚。一一检视之，如是者良久。

复询曰：“若逋租几何？”曰：“十一圆。”“今缴几何？”曰：“九圆。”上坐者睁二目作大声曰：“何不清缴？”曰：“某力不逮，愿宽假数

① 《申报》1908年4月5、6日。
② 《申报》1909年7月4、5日。
③ 《申报》1908年11月20~22日。
④ 《申报》1911年12月9~12日。
⑤ 《申报》1909年9月1日。
⑥ 《申报》1911年9月23~25日。
⑦ 《申报》1909年1月2日。

日，当如数缴呈。”上坐者目视差役，以二指夹须数茎作冷笑状。且曰：“若疲赖唯有精皮肤一顿。”

语未竟，旁立者噭然应，疾按乡愚于地，旋闻竹肉声，呼号声，声声相应。笞良久乃已。乡愚蹒跚而出，曰：“人以逋租笞，今我以缴租笞，冤哉。”言讫，欷歔欲绝。

瞻庐曰：佃逋租而笞，佃缴租而亦笞，佃缴少数之租而笞，佃缴多数之租而亦笞。呜呼！官绅之势横，佃之股宜乎破矣。

该篇是明确反映地主与农民矛盾的作品，与民国初期恽铁樵的《工人小史》[1]一起成为反映封建社会末期阶级矛盾的典型代表。

值得注意的是，当时用浅显文言写成的新体小说不少带有讽刺和批判色彩，表达对晚清政府和当时社会的不满。如泖浦四太郎的《剿匪》[2] 写江浙间匪患猖獗，某大员派某统领征剿，某统领率兵数百乘船数十艘大张旗鼓地剿匪，结果土匪都闻风而躲避，自然不见功效。后偶遇小股土匪，统领带兵抓住了几个老弱病残的土匪，于是就以大捷名义报功邀赏并大肆吹嘘。蠢的《红旗捷》[3] 反映晚清新军内部不同势力之间的一场战斗。无名氏的《儿女愁》[4] 是一篇讽刺小说，写某大僚在新军叛乱之际只知派兵保护自己的私宅而置公事于不顾的情形。奇的《河阳花》[5] 写某县新县令即将到任，县内下属差吏想要迎接讨好新上司却又不知从何下手，新官亦杳无踪迹。后来本县一老捕快自言知新县令在何所，众人始知道在本地某妓家。寻至某妓居所，邻里言已脱籍从良不知所踪。后来众人在老捕所指之地迎接新县令，而某妓已成为新县令的家属。作品讽刺了晚清政治的腐败，在下者阿谀逢迎，新官上任不关心民生疾苦却先忙着为相好的妓女脱籍，颇具讽刺意味。朗（包天笑

① 《小说月报》1913 年第 4 卷第 7 期。
② 《申报》1908 年 3 月 3 日。
③ 《申报》1910 年 4 月 6 日。
④ 《申报》1910 年 6 月 6 日。
⑤ 《申报》1910 年 7 月 4 日。

的“短篇风俗小说”《苦婢》① 以新体文言形式对话的叙事方式写婢女的悲惨生活境遇，希望政府出台禁止买卖奴婢的法律。无名氏《老瘾》② 则是与戒烟有关的小说。

野民《华山梦》作者自记梦中游华山，在洞穴中遇骷髅，骷髅化身一道人，自言为宋代的陈抟老祖，一睡千年，又言上天告诉他：“非黄帝胄裔牧赤县（即恢复汉族统治）汝莫醒，山中草木悉枯死，非山有草木汝莫出。”道人出洞后知“大汉有复兴之兆，因屈指算曰：‘甲子纪七六，龙蛇腾大陆。楚国来黄鹤，咸阳失秦鹿。’”③ 言讫忽不见。老翁之古藤杖化为龙，冲入云中而没。作者醒来发觉是一场梦。并且特意提到做梦的时间为“辛亥秋九月十八日”。该篇似是影射辛亥革命结束清王朝的统治，具有明显的政治寓意。嘉定二我（陈其渊）《客窗闲谈》④ 以一耄者一狂者的对话来谈论对革命军起义成功的看法，同时也表达了作者对新政权建立的兴奋与期待。后有嘉定二我氏曰：“从前之旧中国去矣，今后之新中国何如？……过去者已矣，未来者注意！注意！”带有明显的时代特点。嘉定二我（陈其渊）《秦丐》⑤ 写晚明一特立独行且具民族气节之乞丐，借以表达对清朝政府的不满。

另外，《申报》上还发表了旡生（王钟麒）《照胆犀》系列作品，其中《申报》1908 年 6 月 22、23 日发表《海上之新党》；1908 年 7 月 3、4 日发表《东瀛之留学生》；1908 年 7 月 29、30 日发表《内地之志士》讽刺当时社会上形形色色的人物。王钝根的“理想小说”《痴人梦》（1 ~ 10）在《申报》1911 年 10 月 19 ~ 30 日连载，以痴生入梦的形式表达作者的社会理想。

泖浦四太郎（张叔通⑥）的《女学生》⑦、朗（包天笑）的《女骗》⑧、天

① 《申报》1909 年 4 月 18 日。

② 《申报》1908 年 2 月 21 日。

③ 《申报》1911 年 11 月 19 日。

④ 《申报》1911 年 11 月 24 日。

⑤ 《申报》1911 年 12 月 14 日。

⑥ 张叔通（1877 ~ 1967），原名蕴芳，又名葆良，别号九峰樵子、九峰樵叟，笔名小吹、吹、泖浦四太郎，江苏松江县（今属上海市）人。曾任《申报》编辑。

⑦ 《申报》1908 年 8 月 8 日。

⑧ 《申报》1909 年 7 月 17 日、10 月 20 日。

悲的《白玫瑰》①、无名氏的“社会小说”《舟中人语》②、帆的《衣冠贼》③皆是用新体文言写成的小说。

另外，檿妄（谈善吾④）“侠情小说”《缦卿小传》（一名《像片案》）⑤共三十二章，则是新体文言长篇小说的代表。

（四）寓言体小说

在清末的《申报》上还发表了不少带有明显的寓言色彩的小说，均有一定的政治寓意。僇（王钟麒）的《新年梦游记》⑥ 是一篇带有寓言性质的小说：

> 丁未元旦，予自友人处贺节归，朔风怒号，层阴如墨，独居寡欢，意颇不怿。醺薄酒，方拥彼思卧，忽有客推户自外入，笑谓予曰：“子好游，请导子一游雌国可乎?”予曰：“天下有僬侥国、鬼母国、罗刹国，安有所谓雌国者?”客曰：“往则往耳，何喋喋之为?”予曰：“其历史可得闻乎?”客曰：“昔孙悟空、猪八戒、沙僧从唐僧取经，道出女人国，其国人悦之，因与三人为夫妇，而俾唐僧独行，即今日雌国是也。国中若老若少皆三人云礽，是以人人皆含有畜生性。子欲往者，请多挟资，作显者状，方可受欢迎，否则殆矣。”予闻言疑信参半，姑取箧易华服与客行。
>
> 既出门，良非旧时道，行不数武，客忽不见。气象愁惨，阴气逼人欲僵。予大惊，且呼且行。约一里许，有大江横其前。江有桥，桥有榜，题三字曰“奴隶海”。予奋勇前进，方过桥未及半，忽失足下坠。初无大

---

① 《申报》1909 年 7 月 21 日。

② 《申报》1909 年 8 月 4 日。

③ 《申报》1910 年 4 月 4 日。

④ 谈善吾（1878～1937），名长治，又名治，笔名檿妄、老谈、化民等，祖籍无锡，寄籍宛平。曾在上海的《民呼报》《民吁报》《民立报》主笔政，被称为“三民记者”。主笔《神州日报》时笔名檿妄，在《民立》时则称老谈，在《新闻报》则用化民。清民之际著名报人作家。

⑤ 《申报》1909 年 5 月 22 日～1909 年 7 月 14 日。

⑥ 《申报》1907 年 2 月 17 日。

痛苦，唯水气腥秽触鼻欲作恶。坠约数十丈，欻止一处，有村、有镇、有市，来往人如织。无一男子，皆妇人，状绝猥琐。目光眴转如豆，长不胜外府之袭。既见予，举大惊愕，切切私语，若甚怪诧者。予不顾。一女子年少长，予告曰："鄙人慕贵国风土，特千里来此，君能导我游乎?"女曰："自此转角折向西，约五七里而遥为都。都有城，有王，来游者均集于此，先生不可不一觇之。"予称谢，遂西行，久久始达。城以黑石为墙，色如墨，城内楼阁重陛。既入城不数武，有宅一区，飞甍画栋，绝华美，门前额曰"女学堂"。予信步入，门子不敢阻。既入内，见教员数辈踞上座，咸趋与予为礼。生徒约百余人，有跪者，有立者，有作折腰龉齿态者。予咤曰："若不读书乎?"曰："读书。""此跪者立者何为?"曰："此即读书也。"予大怪咤。其教员曰："吾国风俗，取士与他国殊，不以学而以貌，能曲尽媚态者位上卿，邀天宠。不能者则沦为齐民。诸生皆世家子，异日将居高位，享鼎烹，不得不先以此道教之。"予笑不可仰，曰："亦有教科书乎?"曰："何谓其无也? 请来此。"引余登楼，楼上贮书数百卷，其第一橱标曰"高等学堂读本"。予破其扃，发数册视之，曰"媚外学教科书"，曰"妒忌学教科书"，曰"私学教科书"，曰"谗学教科书"，所言者大抵皆谄上官、诋同类、媚外人之种种秘诀。予见此，颇失望，不顾再究，遂兴辞。甫出门，闻喝道声，见异类无数，有女首蛇身者，有女首狼身者，最后一肩舆，舆中坐者女首虎身，目灼灼左右视。予见之大惊，急他顾。未几，簇拥入一大衙署去。予问路人，路人曰："此宰相也。"予叹曰："此邦之所谓官者，乃如是如是。"再进约半里，见有高出云际者，则王宫也。宫外有榜，榜曰"野鸡政府"。有守兵，皆作夜叉状，见予欲噬。予急避弗及，为所执，缚予闭置宫内一空室中。未几闻呵殿声，予自门隙中窥之，见女官数十，腰雕弧，荷白棓，爔朗耀目，拥女王出，登殿受朝谒。王年约三十许，装饰绝华丽而颜色惨悴。百官分两班立，乌而集，鹄而立，掩口而语，侧目而听。人人皆戴面具，真面目不可得见。面具愈多者则位愈尊，立愈前。咸以白绵缠头，拖朱衣及地。拜谒既毕，起为天魔舞，女王乐甚。守者捕予出跪阶下，王怒曰："若何人？擅窥宫禁，罪当死。"予曰："羁旅外臣，道经上国，未敢少有开罪于百执事，何罪之深也？"王闻言，色若甚不怿者，曰："尔何自来？"予曰："我外国人来游耳，胡怒为？"王忽大惊，震颤不已，降位亲解予缚曰："前者不知君为外国人，致多所开罪，愿君实宥之。"予惊愕称谢，私讶曰："何前倨而后恭也？"女王命卫士粪除离宫为予馆，亲送予入内。梁楹节棁，金碧耀人眼。设宴，王亲把盏，甘肥熏蒸，易数十簋始罄。一长呼，门外轰应如雷。百官公卿伛偻足恭，馈珠翠瑙玉无算。自是予遂居王宫。王赠赉殷渥，五日一小宴，十日一大宴。予凡有求，靡弗诺，唯恐或失予意。予居久之，意甚得。念某尝睚眦我，告王，王立黜之，曰："尔敢仇外国人，罪无赦。"又念某尝以苞苴馈我，言于王，立擢显要。

予念势倾中外，盍移家来此作久居计。遂告王。将旋里，择日祖道，公卿举送出城。予乘传约行数十里，见来时路，方欲前进，忽闻有大声如巨霆，倏焉惊觉，则身仍卧萧斋中，县官方从门外鸣驺过也。念梦境怪幻若此，思之辄失笑。是后临卧，屡思再游，一逞外国人权力，而竟杳然不可复梦，未尝不太息痛恨于县官之败乃公事也。

该篇影射当时慈禧掌权的中国为"雌国"，讽刺当时的清政府为"野鸡政府"，同时对当时清政府举国上下崇洋媚外的丑态进行了辛辣讽刺。在清末的报刊上发表如此言语犀利的作品，应该说是相当大胆的，由此也可以看出清末政府对舆论控制力的削弱。

此外，署名"春"的"幻想小说"《缥缈观》① 同样带有寓言性质，似在影射危机四伏之旧中国。此后还有其他一些类似的作品，如钦钝"滑稽小说"《鼠探亲》②、嘉定二我（陈其渊）的《外国财神》③ 和《未亡道》④ 都是带有寓言讽刺色彩的讽刺小说。

① 《申报》1911年2月4日。
② 《申报》1911年10月18日。
③ 《申报》1911年11月27日。
④ 《申报》1911年12月3日。

（四）骈体小说

在清末的《申报》上还出现了不少骈体文言小说，如1911年9月3、4日的《申报》上发表署名“天空”的“四六小说”《徐仲鲁》，题名后标为“仿《燕山外史》体”①。该篇以骈体文言叙真实发生在上海的案狱故事，该故事还曾被写成剧本在当时的《图画报》上连载，各大报纸争相报道过徐仲鲁事件。其开篇如下：

> 徐仲鲁，本是下流，久居上海。潜谋竞事宵小，自大无异夜郎。稍擅画工，惯挥未入门之笔；略通医理，常试不见血之刀。忝列衣冠，质同禽兽；营生笔墨，状类鸱鸮。有识者早料其为祸世之谋，当局者预号尔为陷人之阱。假令慈肠早具，何来恶感丛生哉？乃竟形如饿虎，性若贪狼。

此后，李定夷发表“短篇骈文小说”《风流案》② 该篇是以骈体写成的爱情公案小说，其供词和判词皆以骈文写成：

> 前清康熙间，南海王大儒馆于陈鸿家，与鸿从女彩凤有私。鸿知之，拘男女送官。大儒以骈语为供，辞曰：
>
> 律固因罪以相加，法或原情而议减。生性耽疏放，志笃夸修。午夜攻书，讵识桃红柳绿；丁年问字，常憎蝶浪蜂狂。弱冠采泮水之芹，帐下设陈生之榻。自宜居今鉴古，勿窥董子之园；岂容荡检踰闲，竟步长卿之辙。不意风流孽债，早结于五百年前；遂至云雨私情，倏成于十五日内。遥忆仲春佳节，上巳芳辰，效濠濮之观鱼，步兰亭而修禊。春光明媚，桃花映人面而俱红；风日晴和，柳绿拂蛾眉而共翠。回头一顾，风情逼我上云霄；逆目交投，神魂随伊入肺腑。心乎爱矣，歌以询之。予既示以私衷，彼亦忘乎公路。隐窥小子，秋波转而银海无尘；强挽侍儿，莲步移而玉环有韵。含情凝睇，欲语还羞。笑拈金雀之花，歌倚木

① 《申报》1911年9月3、4日。

② 《申报》1911年9月20、21、22日。

鱼之曲。转询其字，则彩凤为名；旋诘其亲，则陈鸿是叔。乍听惊为淑女，未可强求；既念喜属主人，或能撮合。维时西施方去，东道适来，婉叩丝萝，曾受聘而丧偶；恳联珠玉，既许诺而食言。楚岫云封，莫必高唐之有梦；蓝桥雾拥，纵怀玉杵而难投。知跨凤以何年，信乘鸾之无日。已捐妄想，顿涤烦肠。乃芸窗方计燃藜，而画阁忽来正字。青鸾有信，敬屈先生；红叶题词，冀有后命。由书斋而向芝房，绕回廊而穿曲径。潜身入户，瑶台横一案之书；举步登楼，绣榻贮千金之体。私揭罗帏而偷觐，芍药方浓；故弹绮枕以惊回，海棠睡足。斯时斯景，父台身履其境将若之何？而狂生色胆如天，竟若此矣。由是灯前月下，非止一朝；陌上桑中，已成半载。援张敞之笔，竟尔画眉；题薛氏之笺，偶然和韵。有时良宵过访，不禁倒屣以趋迎；雅意相投，未免牵衣而并坐。始或馈槟款茗，旋即握雨携云。茉莉丛中暂作鸳鸯之帐，太湖石上权为翡翠之床。辗转方殷，人影昂昂突至；欢娱未几，履声橐橐随来。生固疑是主人，女亦惊为叔父。当场一叫，四壁同声；提解仁台，共罹法网。噫嘻！蜂蝶无媒交接影，何至断梗浮萍；鸾凤有意两和鸣，全仗牙床锦被。夫女有家而男有室，本是人情；织为女而牛为郎，注成天牒。苟桃已蕡实，紫绡之慕何来？梅已倾筐，红拂之奔安至？而儒则椿萱并谢，慕春燕之双飞；凤则叔婶俱存，悲秋鸿之孤唳。男女之婚嫁愆期，彼此之情怀燕昵。按律均应治罪，开忱敢吁原情。诚使三星在上，秦楼之月重圆；两美当前，廉浦之珠还合，则他日之兰孙桂子，皆沐今朝之甘雨和风矣。供语非虚，陈情是实。

令阅其供，笑而恕之，亦以骈文为判，词曰：

勘得王大儒成童舞勺，名列东胶；弱冠谈经，位尊西席。不肃马融之范，转偷韩寿之香。启北门钥而荡春心，神迷楚岫；踰东家墙而搂处子，梦绕阳台。昼静花明，隐钻玉楼之春色；毡寒漏永，潜披绣户之薰风。士也不良，昧攀龙之素行；人而无礼，愧相鼠之有皮。佻挞是矜，廉隅弗饬。宜力加以笞扑，用垂戒于宫墙。陈彩凤年已及笄，许嫁而遽亡所托；身犹待字，择偶而未得其归。会游绮陌，遂诱狂童。路隔桃源，爰设渔舟而待渡；墙高柳径，不惊尨吠以招来。问字为媒，雅类宫人之题叶；执经适馆，竟同卓氏之奔琴。既不能节比松筠，复甚至行亏珠玉。隐情败露，辱及双亲；秽节彰闻，祸罹三尺。亦宜严加桎梏之戒，永绝燕昵之私。陈鸿抚哲兄之女，自可比儿；负痴叔之名，不为相士。知女心之匪石，归妹愆期；昧姆教之当严，闲家无则。紫燕啣泥来画栋，未知柳巷情深；杜鹃啼月出疏林，不谓花梢露冷。纵狂莺之颠倒，戏掷朱榴；任雏凤之翱翔，擅离丹穴。应悔藩篱之勿设，宜惭帏薄之不修。遽而鸣官，竟匿食言之咎；公然解究，并忘引盗之由。此直自毁其声名，而复隐惭其手足。是自疏于防范，且更拙于斡旋。本县当堂鞫询，尽得根由；据案推详，颇深怜恤。女貌固芙蓉如面，郎才亦锦绣为肠。当年共被谪瑶京，此日应重偕凤侣。而时非七夕，漫思偕鹊渡银河；境判层霄，妄冀乘槎登月府。宜乎风流道忽障云屏而温柔乡顿成苦海也。欲为开释，先令输忱。五色彩笔强题笺，几致江郎才尽；一幅红罗遥掷彩，谁知倩女魂离。怜尔等情惨仳离，似不愿鸳鸯中散；岂予既身为父母，遂忍教鸿雁分飞。即直吐之供招，思曲全之方法。虽民犯必绳以宪典，例在男常责而女常离；而王道不外乎人情，还使内无怨而外无旷。用开一面之网，免褫青矜；更推三宥之恩，特加红系。今王生未聘，许作馆甥；陈女无家，归为内子。千里姻缘牵一线，朱丝原系自老人；两家风月早双清，缘字已早通媒妁。正名伊始，合卺在今；红锦裁云，重奠鴈日。丽华堂紫箫吹月，并乘鸾星辉画阁。从此银台报彩，应知阊阖天开；玉烛调和，管教琅玕风静。怨耦转为嘉耦，黾勉同心；冰人判合良人，庶几偕老。种得宜男草茂，绕砌祥荫；竚视含笑花开，满庭香馥。因念日边之红杏，从今得傍云栽；而天上之碧桃，嗣后还滋露种。宰官既原情格外，叔婶毋遗诟闺中。少女得其士夫，非若薰莸之异味；上宾齿于娇客，宛如笙磬之同音。倘以刘阮之误入天台，欲使参商之长离霄汉，则床第之言不踰阈，胡竟诉之公堂？宛邱之荡询有情，终无解于陌上。彰吾官法，适增玉女之羞；坠乃家声，谁作金龟之婿？法缘情减，予不汝谴。此谳。

虽然故事的主体是以供词和判词的形式展现出来，但总体上情节原委及过程结局都交代得非常详细，算是一篇以骈体写成的比较成功的小说作品。这类作品为民国初年报刊上长篇骈体小说的风行一时做出了探索和尝试。

第四节　晚清报刊文言小说的类型与特点

由以上发表小说较多的报刊统计结果来看，晚清的报刊小说不但呈现出文白并存的局面，而且文白语体小说基本上能平分秋色，长篇章回体仍然以白话为主，短篇则以传统典雅文言或浅近文言写成的小说略胜一筹。在基本掌握了晚清报刊文言小说总体状况的基础上，接下来我们来对这一时期报刊文言小说的类型及其特点进行概括分析。

一、晚清报刊文言的小说类型

通过前文对晚清部分重点报刊文言小说的介绍，我们可以看到这一时期文言小说类型的新旧并存的特点。

（一）旧体笔记和传奇小说

晚清特别是二十世纪初的报刊文言小说，保留了传统的笔记体和传奇小说。如啸天庐主（许啸天）的“札记小说”《啸天庐拾异》（卷一）之《酒狂》《崔娟娘张秋士》《毁神汉》发表于《新小说》1904年第10期，这些小说继承了传统笔记体文言小说的写作手法。李涵秋“短篇小说”《王某》发表于《扬子江小说报》1909年第5期，写看似平庸之店伙王某以武功挫败强乞之头陀后，又百般躲避不想致人死命，最终难免一搏，结果头陀伤重而死。该篇后改为《铁头头陀》收入《沁香阁笔记》（又名《涵秋笔记》）中，文字稍有改动，王某改名为欧阳东。王蕴章《碧玉环》发表于《小说月报》1910年第1期，写某少年携巨资入京谋职结果被魏某设局骗去钱财，并其家中也一并受骗。正当少年穷途末路欲觅死之际，一虬髯侠客将其救下并以碧玉环为信物帮其讨回了财物。无名氏的《程大可》发表于《小说月报》1911年第4期，记宦门子程大可家道中落，其父在日曾为其聘盐商萧某女。后大可携资入金陵应试，为纨绔子所诱留恋秦淮风月而耗尽盘费告贷无门。恰萧氏居金陵，乃上门乞援。不料萧某反面若不相识并逼大可退婚。大可愧悔交集，欲觅死秦淮，结果被青楼女子素馨救下。素馨问明缘由乃资助其入闱应试，后大可得官，归金陵觅素馨不得。萧某以悔惧当初退婚之行，欲求重续前约，大可怒而拒之。后母命难违，娶萧某之女，新婚之夕，则新娘为素馨。后经素馨说出实情，萧某之女因其父悔婚而投缳以死，萧某知大可得官，惧罪而赎出素馨认为义女，以求补过免责。故事虽采用传统叙事手法，但巧妙设置悬念，最终揭开谜底，层层剥笋，引人入胜。许指严的“记事小说”《棋缘小记》发表于《小说月报》1911年第9期，记国人韩橘男因棋艺高超至日本以棋结缘某藩王之女并终成眷属事。帐盦“奇情小说”《秦吉了》发表于《小说月报》1910年临时增刊，记李氏女珊珊与谢生的爱情，二人几经离乱最终一家团聚。故事后有怅盦氏评论。另外还有鹃红的“风俗小说”《赛鹦儿》（《小说月报》1910年临时增刊）、许指严的“侠情小说”《香囊记》（《小说月报》1911年第1期）、“侠情小说”《采苹别传》（《小说月报》1911年第4期）皆带有旧体传奇痕迹。时处晚清，不少小说以旧体形式表现新兴思想，如恽铁樵的“社会小说”《孽镜花》发表于《振华五日大事记》1907年第45、48期，以旧体形式叙述悲剧故事，呼吁婚姻自由。写某宦家子胡其生美姿容，心仪籍绅张氏女，二人虽自幼相识，但女无意于胡。女长成后胡虽百般营求终不能如意，胡父利用职权威逼成婚，女为救母而假意应允，成婚之日自缢身亡。其手帕上绣成“不自由毋宁死”以明志，又绣成“此之谓民之父母也”以赠胡父。故事后有“天职御史”评论曰：“男女婚姻，关系甚大，冰上人勿用奇兵制胜以为得计也。”①

① 恽铁樵：《孽镜花》，《振华五日大事记》1907年第48期。

（二）文言长篇小说

我国文言长篇小说从清中期《蟫史》和《燕山外史》产生之后，很长一段时间内都并无起色，但时至晚清，随着报刊的发展，以章回体为主的长篇文言小说逐渐兴起，其中成就最高的是蒋景缄。他的文言长篇小说《美人肝》十六章，刊载于《舆论时事报》1909 年 6 月 18 日至 1909 年 8 月 13 日，后改名为《电妻》1915 年 8 月由上海进步书局印行出版。署名“景”（蒋景缄）的文言章回体小说《秭归声》在《图画日报》发表，从 1909 年 124 期开始至 172 期第五章《舟话》（十）截止，未完。此后由蒋景缄好友贡少芹续写完成后共十章，1917 年由文明书局出版单行本。蒋景缄的《费娥剑》二十四章，上海《时事画报》宣统元年十月初七日（1909 年 11 月 19 日）至宣统二年正月二十五日（1910 年 3 月 6 日）刊载。蒋景缄文言章回体小说《迷龙劫》前四十四回载《舆论时事报》宣统元年六月二十九日（1909 年 8 月 14 日）至宣统二年八月二十日（1910 年 9 月 23 日）；此后又在《时事报》继续连载，从 1910 年 9 月 24 日至 1911 年 4 月 12 日完[①]。蒋景缄的《自由镜》三十四章，初载于《舆论时事报》之《图画》副刊，刊载时间为宣统二年七月九日至二十九日（1910 年 6 月 8 日 ~ 11 月 19 日）。蒋景缄的《芦花棒喝记》十八章，载于《舆论时事报》之《图画》副刊，宣统二年七月九日至十月十八日（1910 年 8 月 13 日 ~ 11 月 19 日）。1911 年的《图画报》上还连载蒋景缄的言情小说《幽兰怨》、义烈小说《古井冰桃传》、侠情短篇小说《鸳鸯玦》等。

除了蒋景缄的作品外，《十日小说》发表有廛遯的文言章回体小说《盘山大侠》，其中 1 ~ 12 期（1909 ~ 1910 年）共发表七章，未完。还有署名“还泪”的文言章回体“哀情小说”《自由孽》，1 ~ 12 期（1909 ~ 1910）共刊载六回，未完。天僇（王钟麒）“哀情小说”《恨海鹃声谱》共二十章，《天铎报》1910 年 6 月 25 日开始刊载，1910 年 8 月 31 日刊完。檿叟（谈善吾）的

---

① 刘永文：《晚清小说目录》，上海古籍出版社，2008 年，第 181 页。

《闲花劫》连载于《神州日报》1911 年 5 月 13 日至 12 月 27 日，未完。戛球的《西泠泪》连载于《神州日报》1911 年 10 月 15 日至 12 月 1 日。何諏的《碎琴楼》三十四章，刊载于《东方杂志》1911 年第 8 卷第 1 ~ 9、11、12 期。此外，还有赓磐的《剑光寒》自 1911 年 12 月 22 日至 1912 年 1 月 16 日连载于《申报》，为不分章回之文言长篇小说。

（三）新体文言小说

除了旧体文言小说外，晚清报刊上已经出现了受西方小说观念影响并具有现代短篇小说特征的作品。我国传统文言小说“起笔多平铺，结笔多圆满；西国小说，起笔多突兀，结笔多洒脱”①。传统的文言小说都具有完整统一的故事情节，在结构上都具有明显的程式化特点，叙述中往往将人物、时间、地点交代清楚然后展开叙述，而现代的短篇小说则如胡适所说：“用最经济的文学手段，描写事实中最精彩的一段或一方面，而能使人充分满意的文章。”②他将这种方式称为截取生活的“横断面”。晚清的不少报刊新体文言小说从完整叙述故事向截取片段发展，从注重故事情节向注重人物形象转变，大量运用的第一人称叙事、倒叙、插叙等多种叙事手法，同时大量穿插心理描写和对话，小说已经开始采用一开头就进入叙述情景的方式，为民初新体文言小说的大量出现做了很好的尝试和铺垫，这些作品也成为我国古代短篇小说到现代短篇小说的过渡和桥梁。

除了前文重点报刊中提到的代表性作品外，还有不少作品如《新新小说》发表冷血（陈景韩）的《刀余生传》（1904 年第 1 期）、《路毙》（1904 年第 2 期）、笑（包天笑）的“短篇小说”《卢生》（1906 年第 9 期）；《小说林》收录徐卓呆的《入场券》（1907 年第 1 期）、《买路钱》（1907 年第 3 期）、《温泉浴》（1907 年第 7 期）、李涵秋《穷丐》（1908 年第 10 期）；《十日小说》发表蒋景缄的“滑稽小说”《红大人》（1909 年第 1 期）等，均为新体文

---

① 觉我（徐念慈）：《电冠·觉我赘语》，《小说林》1908 年第 8 期。

② 胡适：《论短篇小说》，《新青年》1918 年第 5 期。

言小说。另外，像《华商联合报》发表奚冕周的“海内外社会小说”《狸奴杂记》（1909 年第 3、4 期）为自叙体文言小说，以狸猫自叙口吻叙写故事。徐卓呆的《温泉浴》也以第一人称“余”的口吻叙述在日本期间到温泉洗浴时的所见所闻，讽刺了国内某些道貌岸然口是心非的所谓的改良派和教育家，语言亦浅显易懂，与传统文言小说迥然有别。

李涵秋《穷丐》（又名《爱国丐》）最初发表于《小说林》杂志 1908 年第 10 期，为新体文言小说，后来稍有改动转载于《双星杂志》1915 年第 3 期。《穷丐》故事开篇即是一段当时比较流行的经典场景描写：

> 破屋风澌，荒村月死。去北郭五里许，旧有古庙一所，久无住持，栋宇朽坏，廊庑幽黑，枯蓬没胫，神像乱须与蛛网相虬结，眼眶旧安玻璃已堕落深陷，三五蝙蝠结巢其中。殿脚纵横铺草藉卧具数事，烟斗痰纸，臭不可近。时值冬夜，门外乱山枯树，昏暝莫辨，云积如墨，正酿寒威。而殿上烟火迷腾，垒土块作灶，偷取荒厨缺釜，盖以木片，慢煨榾柮，爆裂有声，狗腿余香，时时落釜缺处，扑人鼻观。矮案一方，只有三足，支以乱瓦，始不倾倒。数人团坐，有哑者、跛者、眇者、瘫痪者。方砖已顽，尘土温软。呜呼！吾知读吾书者，固不待吾明言其为何种人而自能想象其神理以得之也。

在写作手法上，打破传统的叙事顺序，以场景开篇，这是对西方短篇小说创作技法的借鉴，也是对传统小说的创新。《穷丐》继承了古代文言小说讽世劝世和梁启超提出的“小说救世”主张，借四个穷丐阿奇、哑童、跛奴、老余的行乞筹款购买铁路股票在护路运动中保护国家路权的行为，对当时政府无能、百姓冷漠、官员贪鄙的社会现状进行辛辣的讽刺，以针砭世俗，激励人心。故事结局带有悲剧色彩：阿奇为筹款入狱而死，哑童为筹款病累而死，跛奴为筹款并激励保路代表投水而死，以身处社会最下层的乞丐之爱国心，以他们的死来力图唤起民众的爱国良知。《穷丐》是近代新体文言短篇小说的先驱，由传统短篇的重情节完整向横切面的现代短篇过渡，因此在近现代小说史上具有承前启后的意义，比鲁迅创作于 1911 年的带有现代短篇特点的文言小说《怀旧》还早了三年。

大楚《柳青青》发表于《民心》杂志1911年第7卷，记女侠柳青青自幼习武学文，学成后入盗窟欲为民除害，结果被群盗包围，危难之际得一青年相救，后二人结为夫妻。柳不愿隐居自保，想要为国为民做一番事业，可社会黑暗，官盗勾结，丈夫反而被捕入狱，后柳从监狱中救走丈夫并放走了所有犯人，夫妇二人不知所终。前有大段场景开篇，后有"大楚曰"评论，新旧结合，叙事曲折。其开篇写道：

> 月黑星稀，风号万木，欲雨不雨，湿雾迷蒙。夜柝凄其，与村狗吠声相应和。一灯如豆，闪闪树罅，树后隐一高墩，风景绝佳。当此愁夜漫漫，鬼磷点点，潇洒天然之地，变成惨淡修罗场。墩上有一老屋，饱经风雨，古色黯然，屋前野松无数，裁剪平齐，墙阴金银花，绵藤罥网缘此老屋自檐角达屋脊殆满。敝扉双掩，经风作欸欸声。屋内主客数人促膝团坐，切切相告五里坡遇贼事。

其他像许指严发表在《小说月报》上的《堕溷花》（1910年第5期）、《三家村》（1910年第6期）、《绿窗残泪》（1910年临时增刊）皆以新旧结合的手法叙写爱情婚姻悲剧，这种写有情人难成眷属以及以感伤为美的悲剧故事也成为民初大量"哀情小说"产生的引子，是鸳鸯蝴蝶派文学感伤色彩的开端。

二、晚清报刊文言小说的时代特征

在晚清的部分报刊中，我们可以看到更为鲜明的政治批判色彩，这也是时代进步对报刊文言小说影响的结果。秋心《愁轩野乘·莱海血》（《克复学报》1911年第1、2、3期）写莱阳人武杰与其妻碧栖武艺高强，在清末乱世中武杰因担心家人安危而不愿离家远走建立功业，在妻子的劝说下才慨然远赴辽东。其母壮其行，欣然曰："壮哉吾儿！此行得其所矣。三省虽未改为王土而日俄两国久已包藏祸心，视若囊中物。万一不幸三省去则畿辅之屏蔽失而蒙古亦危如累卵矣，是在吾民之有以自保之。儿此行勉乎哉！结纳豪俊，障卫边郙，毋令地图易色，斯国民之天职也。政府安足恃乎？至吾者，老健尚不遽死，即遇兵乱，汝妇在，必无虞。愿汝勿生内顾忧，努力前行，勿以无所凭藉而馁。”后武杰到长春谋生，入报馆为编辑，因国是日非，日本觊觎我国沿海已久，杰顾念家里，遂乘车归里。途中得其妻书信，知家乡已混乱不堪，官匪作乱，为祸乡里。后又从烟台某商号经理口中得知家乡莱阳的惨状后，发出感叹：“嗟乎！公尚以官吏为民之父母耶？虎狼耳！蛇蝎耳！磨牙砺吻日取吾民血肉以为食。血肉尽矣，则嚼其骨而吸其髓，勿尽勿止。若盗贼，纵残悍，顾窬人生啖者伊古及今无几焉，而谓不肖之官吏有以愈之乎？”又写武杰归乡途中乱兵为祸，奸淫掳掠无恶不作，百姓被官兵残杀者不计其数。作者通过武杰邻居李铁匠之口发出控诉：“先生，今而后吾侪小民依赖政府崇拜官吏之痴梦可以醒矣！”（连载三期未完）

朴庵《混沌国》（《民国报》1911 年第 1 期）把晚清的国家写成了混沌国，黄复在海外仙岛归来后，见其人皆浑浑噩噩，一少年告诉黄复：“我国所重，不在才识，凡年老背伛偻而心糊涂者始得为大官，次则见识如夏虫不语如寒蝉者在卿贰之列，又其次卑躬屈节胁肩谄笑多叩头少讲话之人亦得任民社，下至奴颜婢膝善钻营奔走者亦邀贵人宠得鼎烹以养妻子，若吾辈倔强无媚骨者故穷困至斯耳。”黄曰：“吾初至一地，见人皆混混沌沌，若无所事事者，何故？”少年曰：“吾国之人，有眼而不司视，虽疮痍满目而彼不见也，唯见钱则眼明。有耳而不司听，虽呼号满前而彼不闻也，唯闻曲则耳聪。有口舌而不司言语，虽奸宄盈朝而彼不问也，唯谄谀则口利。有手足而不司行动，虽临敌遇仇而彼不奋也，唯奔兢则足捷。有心脑而不司思想，虽国家安危而彼不动也，唯倾轧则心险……”后入都城见其国之贵官皆年老驼背残疾无人气，反而身份越卑微精神越好。黄于是问：“贵国官场如此糊涂，国事如何办理？”少年曰：“办外交者，只要会画押；理财政者只要能借债；其余大官鬻爵，小官剥民而已。除此数项无所用其耳目手足，何不可办理？”后遇一志士赵光携其至一地，气象与混沌国迥然有别，二人结为知己，光复混沌国。故事带有明显的政治批判色彩和革命倾向。

无名氏《迎猫制鼠》（《民心》1911 年第 4 卷）同样带有寓言色彩。写主人迎东邻某生之猫以治鼠患，结果鼠患依旧，猫患复起，主人损失无算，后醒悟乃礼送猫归其家而治理其家以防鼠患。虽然有所损失，但总算亡羊补牢，财产还有遗留。其中一再提到东邻某生及其猫，似有所指。后有长啸生曰："主人之言，至言也，惜其悟稍晚耳。向使邻之猫不受遣而强欲生息于主人之宅，则主人之宅徙矣。然观攻之不能杀之不可，至丰其馔而后去，虽幸得遣而主人受祸亦未尝不酷，则孰若聆东邻生之言而遽痛折之之为愈哉。今者坦窟不完鼠患日烈，肉食殆事，可杀者多。吾故特表之，以戒乎借助于东邻猫者。"似乎是在影射迎外寇而治内乱的晚清政府，其政治批判意味非常明显。

通过以上对清末报刊文言小说的梳理我们可以看到我国文言小说的改革从晚清就已经开始了，无论是叙事模式还是结构安排上，均已经出现了与传统小说不同的先例，因此民初小说体式的丰富和繁荣是从晚清就奠定了基础。

第二章　晚清报刊文言小说家个案研究

晚清出版和报刊业的发展给失去科举机会的文人带来了谋生的途径，特别是作为近代中国出版中心的上海，一时成为文人云集之地。而这些文人的生存多数与报刊有着千丝万缕的联系，因此选取其中具有代表性的作家进行研究，有利于我们从微观上把握上海文人群体与报刊文言小说创作的互动关系，也为探讨晚清报刊文言小说的创作和演变历程提供参考。

第一节　晚清王韬的报刊文言小说与著作权之争

随着晚清报刊业的兴起，在新兴城市上海聚集了一大批靠卖文为生的报人作家，王韬、韩邦庆、邹弢等人即是早期的杰出代表。王韬与邹弢小说的共同点在于对《聊斋》风格的模仿和因袭，小说报刊的连载形式和商业利益的刺激使得王韬的小说创作虽然有一些新的内容但也渐流粗疏。书商们在窃刻王韬小说的同时，王韬也在将别人的小说收入囊中据为己有。而韩邦庆的志怪传奇小说的特点在于将小说的虚构性演绎得淋漓尽致，同时过分的随意驰想天外，使得小说的艺术真实性受到怀疑。与他想用吴语创作《海上花列传》以达到别开生面的目的最终事与愿违一样，《太仙漫稿》中的部分小说因过于离奇变怪而让人难以接受，因为求新而违背了情理，让作品的艺术性受到损害，这是韩邦庆所始料不及的。如果说韩邦庆代表了海派作家求新求变的创作趋向的话，王韬对他人小说的剽窃则代表了当时部分报人作家急功近利的商业动机。

王韬的《淞隐漫录》《淞隐续录》因为从一开始采用了报刊连载这一新的传播形式，并且与广告宣传紧密结合起来，使得其小说的传播获得极大成功，因此单行本刚一面世，书商翻刻本便一拥而上。同时我们看到在《淞隐漫录》《续录》的刊载过程中浓厚的商业气息。在《淞隐漫录》刊行之前，《申报》都要先登广告大力宣传，在《淞隐漫录》即将在《点石斋画报》刊载完之前又抓住商机抢在盗版书商之前及时出版单行本。因此《淞隐漫录》《续录》之所以能够产生如此大的影响，并且出现了如此繁杂的版本，跟成功的宣传和快捷的传播媒体是分不开的。但报刊连载的周期性和迫切性让很多作家难以在短时间内完成新作并按时交稿，在这种情况下，就出现了粗制滥造甚至“借用”、盗用、剽窃等现象，王韬也未能例外。

今上海图书馆藏文言小说集《蛛隐琐言》三卷，上海苏报馆铅印本，卷首署“金匮邹弢翰飞著”，未注出版时间。《苏报》自1896年创办，邹弢曾任主笔。据光绪二十四年二月十七（1898年3月9日）《申报》上登载《会讯主笔》一文及邹弢供词可知：曾为《苏报》主笔的邹弢向英租界公廨控告馆主生驹悦并讨要薪酬，此前已经被苏报馆主“辱侮斥逐”[1]并开除。因此苏报馆出版《蛛隐琐言》的时间在1896年至1898年3月之间。那么《蛛隐琐言》是否为邹弢作品呢？

光绪四年（1878）三月邹弢在《申报》上有《征题〈蛛隐琐言〉诗词启》：

> 将欲忏除烦恼，人间无离恨之天；遁入清凉，心上有钟情之窖。千端变幻，触目咨嗟；一味穷愁，抚膺叹息。况乎花难解语，酒不浇愁，生肝肺之槎枒，郁胸怀之块垒。何辞饶舌，拊髀聊复乌乌；纵欲括囊，问心安能默默？物不平而鸣籁，气以激而成声。于是耗我精神，写其抑郁；悟泡中之富贵；参镜里之姻缘。境设驱愁；天修补恨。薄守钱之虏，

① 申报馆：《会讯主笔》，《申报》1898年3月9日。

则称多贝大王；笑窃位之官，乃号要钱太守。文章阨塞，龟年竟司运天曹；境遇萧条，张仲忽谪官地府。以上八则，乃书中之大略题目。拾留仙之糟粕，仿《谐铎》之编排，成书八卷，汇为一编，名曰《蛛隐琐言》。敢诩当头喝棒，警觉痴愚？无非集腋成裘，扩充闻见。呜呼！屈原放逐，乃著《离骚》；司马毁伤，因成信史。仆身如春蠖，声类秋蛩，乃亦影托张三，口开刘四。一把酸辛之泪，莫笑荒唐；半生英锐之心，都归暴弃。因思此书尚无题咏，难付枣梨，用敢征诸吟坛。贮锦佳章，笼纱雅什，诗词悉听，律绝何嫌。先载里居，还登姓氏。倘蒙琳琅远锡，祈将千里之鳞鸿；珠玉遥赓，定是九天之欬唾。吩咐雏鬟缮稿，行将击节而歌；安排鸭鼎烧芸，预待盥微而读。谨启。

梁溪潇湘馆侍者邹弢翰飞甫稿①

该启事介绍了其《蛛隐琐言》的内容和部分篇目，显然这里的《蛛隐琐言》中的8篇作品分别是光绪四年八月由申报馆出版的邹弢《浇愁集》中的篇目：《泡中富贵》《镜里姻缘》《驱愁境》《补恨天》《多贝大王》《要钱太守》《司运神》《魁解》。由此看来《蛛隐琐言》和《浇愁集》都是邹弢小说集的名字。在光绪五年五月二十七（1879年7月16日）《申报》上曾刊载吹彻玉笙楼旧主（王大纶）② 所作《花朝后二日过访翰飞借得新著写本〈蛛隐琐言〉〈瘦红馆词〉携至金昌道中为胠箧者攫去遍觅无踪代柬谢罪匪论工拙联当哀鸣》组诗，其中提到了《蛛隐琐言》为“新著写本”，而邹弢的传奇小说集《浇愁集》初版于光绪四年（1878）并曾在《申报》上做过广告，此处的“新著”显然是针对此前的《浇愁集》而言，由此可知苏报馆出版之《蛛隐琐言》为邹弢所著无疑。

值得注意的是，《蛛隐琐言》共收12篇传奇小说，全部曾被收入王韬《淞滨琐话》，篇目对比如下表：

---

① 邹弢：《征题〈蛛隐琐言〉诗词启》，《申报》1878年3月4日。

② 王大纶，字虞生，号毓仙、瞻桥、吹彻玉笙楼旧主、吹彻玉笙楼主等，江苏吴县（今苏州市）人。清民之际著名报人作家。

《蛛隐琐言》卷一	《记徐太史事》	《姊妹同郎》	《因循岛》	《梦中梦》
《淞滨琐话》	《徐太史》（卷十）	《玉香》（卷十）	《因循岛》（卷十）	《梦中梦》（卷十）
《蛛隐琐言》卷二	《粉城公主》	《反黄粱》	《居仲琦》	《妖画》
《淞滨琐话》	《粉城公主》（卷七）	《反黄粱》（卷四）	《煨芋梦》（卷二）	《画妖》（卷六）
《蛛隐琐言》卷三	《辛四娘》	《沈兰芬》	《皇甫更生》	《花妖》
《淞滨琐话》	《辛四娘》（卷四）	《沈兰芬》（卷四）	《皇甫更生》（卷四）	《花妖》（卷六）

通过文字对比，我们发现《淞滨琐话》与《蛛隐琐言》中对应篇目仅有少量词句上的差异，但通过一些细节我们还是可以发现这些小说的原作者应该就是邹弢。

（一）邹弢《蛛隐琐言》卷一《姊妹同郎》开头云：

> 铭德，满洲正蓝旗松岭佐领下人。逆回金相印之变，公由户部郎中办理宁州粮台，以功保观察使。

王韬《淞滨琐话》卷十《玉香》开头云：

> 长德，汉军也，以笔帖式升部曹。逆回金相印之变，公由户部郎中办理宁州粮台，以功保观察。

除了主人公名字的差异外，《蛛隐琐言》的文字对主人公的籍贯交代的更为详细。

（二）邹弢《蛛隐琐言》卷一《梦中梦》结尾云：

> 刘氏有《绣余小草》，余在山左曾亲见之，后附《卜生梦缘》一卷，因撮其大略而付之管城焉。

王韬《淞滨琐话》卷十《梦中梦》结尾云：

> 刘氏有《绣余小草》，诗词娟秀，苏蕙、左芬无以过也。后附《卜生梦缘》一卷，其所自述如此。

作品中邹弢自言为亲身闻见，并且他在光绪十四年（1888）确实曾到山东淄川的矿山任职。王韬虽然在同年冬天也曾受邀到过济南山东抚署，并且与邹弢见过面，但在行文中却并未提曾亲见《卜生梦缘》，由此也可看出邹弢为小说的原创者。

（三）邹弢《蛛隐琐言》卷三《辛四娘》开头云：

> 吾老友溦溪王二兮，名莘芬，善诙谐，能以舌战胜……一日在乔定侯席上述辛四娘事。

王韬《淞滨琐话》卷四《辛四娘》开头云：

> 溦溪王二兮，善诙谐，能以舌战胜……一日在乔姓席上，述辛四娘事，足令巾帼须眉闻而生色，虽为儒林佳话，而青衫红粉有足传已。

邹弢对叙述者的名、字交代清楚，且称之为"老友"，叙述地点交代明确。乔定侯也确实是邹弢的朋友，邹弢《三借庐赘谈》中有与乔定侯的书信往来，其《三借庐词剩》中也有［临江仙］三十八首中的一首写他的老友"秋兰幽梦生"乔定侯。而王韬在叙述中则对涉及的人名、地点等语焉不详。

（四）邹弢《蛛隐琐言》卷二《反黄粱》一篇中的主人公名叫徐启光，而王韬《淞滨琐话》该篇主人公叫徐启明。最后主人公精神的导引者羽士所唱的歌在文字上也有差异，《蛛隐琐言》原文如下：

> 天清清兮地宁宁，世人何事求飞腾。
> 一朝挫折苦万状，千奇万险皆身经。
> 幻由心造不可灭，茫茫谁定身中神。
> 黄粱未熟岁月短，三生一瞬如栖尘。

《淞滨琐话》文字如下：

> 天清清兮地宁宁，何世人各有志于飞腾。
> 嗟一朝之挫折兮，遂奇险之频经。
> 幻境都由心造兮，盍俯视齐烟九点之青。
> 又歌曰：
> 天苍苍兮地茫茫，何前因后果之匆忙。
> 嗟报应之不爽兮，歧途趋而正道忘。
> 历三生如一瞬兮，尚未熟吾半勺之黄粱。

从艺术效果来看，邹弢《蛛隐琐言》中羽士唱的更像是诗歌，接近于传统文言小说的诗笔手法，而王韬的文字接近通俗小说中神仙的醒世歌，自由而洒脱，应该是在邹弢原作诗歌的基础上润色而成。

如果仅凭文字差异还不能确定谁是上述作品的最初作者的话，我们还可以在民国初期的《申报》《礼拜六》《游戏杂志》上找到其他的证据和线索来探讨这一问题。

1912 年 10 月 15 日的《申报》上刊载有“奇情小说”《姊妹同郎》，作者署名“瘦鹤酒丐”，接下来的 16、20、23、24 日连载。1914 年 7 月 14 日《礼拜六》第 7 期刊载“任侠小说”《粉城公主》，作者署名“渔郎”，文字内容与《蛛隐琐言》同。

《申报》1914 年 8 月 20 日刊载《朱素芳》，署名“酒丐”，且声明“不受酬”，题目后加按语云：“此作曾被天南遁叟采入《淞滨琐话》。”① 《申报》1914 年 8 月 21 日刊载“笔记”《朱素芳》（续），作者亦署名“酒丐”，后附邹弢所撰《酒丐覆梦庐主人书》云：

> 自小说周刊《礼拜六》载《粉城公主》，而同社诸君爱酒丐名焉，往往责以直言，谓“先生素恨他人抄袭，今乃改头换面将《淞滨琐话》

① 《申报》1914 年 8 月 20 日。

抄作己文，且下列‘渔郎’之名，此何说耶？”按二十年前，酒丐在山左般阳矿次，空山孑影，事傭无聊，曾著《续浇愁集》数卷（《初集》作于同治八年，今为他人翻印），卷少而无力付刊，曾在抚署将草稿呈弢园先生。时先生由王菊人延聘《点石斋画报》主笔，将余稿《朱素芳》《因循岛》《粉城公主》等五六篇，借抄入《画报》中，旋竟刊入《淞滨琐话》。余见之，向之交涉，先生乃荐余梵王渡一馆以为塞责。然酒丐终不甘心，只以师长恩重命严，不敢硁硁计较。迨弢师物故，丐屡在报馆从事，时出旧稿为报上附张之点缀。是则《粉城公主》诸稿乃《淞滨琐话》抄袭酒丐，非酒丐抄袭《淞滨琐话》，其笔墨若何，识者自可一辨而知也。至下署“渔郎”者，实为儿子所乞，妄冀后起扬名，未免舐犊之爱也。今《浇愁续稿》只剩五六篇，已将原稿寄送钝根，俾释群疑。其稿概不受酬，其所以附骥之意。酒丐残向尽，留此以表著述之辛苦，亦藉以结文人翰墨缘耳。

酒丐上白

邹弢《酒丐覆梦庐主人书》中提到的《粉城公主》一篇的署名作者“渔郎”就是邹弢的儿子邹鲁。《申报》1914 年 1 月 9 日第 13 版亦有“渔郎”投稿，下有简介云：“邹鲁，字敬初，文号小酒丐，江苏无锡人，住徐家汇天主堂西一百九十一号。”在 1914 年 2 月 11 日第 14 版收录“酒丐”《咏梅示敬儿》诗，是邹弢写给其子邹鲁（敬初）的。邹鲁是邹弢长子，也即《申报》上“渔郎”笔名的实际持有者。不幸的是，邹鲁 1915 年得了精神病。邹弢《三借庐剩稿续刊・十哀吟》中有《哀敬初大儿》篇后云：“乙卯春得神经病，全家颠沛皆关系此儿，宗祖有灵，当为哀痛。”[①] 据郑逸梅在《万象》杂志发表的《梁溪邹翰飞之后人》一文记载，直到 1942 年，邹鲁尚在世，只是已经完全神志失常。因邹弢和邹鲁都曾经入天主教，故邹弢去世后邹鲁基本上由教会中人照顾[②]。

---

① 邹弢：《三借庐剩稿续刊》，文贤阁铅印本，1923 年，第 11～12 页。
② 郑逸梅：《梁溪邹翰飞之后人》，《万象》1942 年号外。

邹弢《酒匄覆梦庐主人书》中提到的《朱素芳》一篇被王韬收入《淞滨琐话》卷九，《蛛隐琐言》未收。故事写梁溪秀才邹伯翔与风尘女朱素芳悲欢离合事。从题材内容看应该与邹弢有关，因为邹弢字翰飞，也是梁溪秀才，与故事主人公邹伯翔同里且名相近。《朱素芳》中还提到“城北太守适有山左之行，闻生名，招之入幕”，而光绪十四年（1888）邹弢应山东巡抚张朗斋[①]之请到淄川任职。该故事无论从男主人公名字、籍贯还是经历来看，都与邹弢经历相近。邹弢《酒丐覆梦庐主人书》中提到曾在山东抚署将数卷手稿交给王韬观览，而光绪十四年冬王韬确实也曾因张朗斋的邀请到过济南[②]。王韬《弢园著述总目》中“《漫游随笔图说》六卷”后的《提要》中也提到“迩年为齐鲁之行，泛明湖，跻历山，途间访咨旧迹，摩挲古碑，亦足以豪，虽不得登泰岱谒孔林，而得见一代伟人，殊深欣慰，可谓不负此游矣。”这里提到的“一代伟人”就是时任山东巡抚的张朗斋。

《点石斋画报》以《淞隐续录》之名共刊载了51篇作品，其中《煨芋梦》《辛四娘》《沈兰芬》《皇甫更生》《反黄粱》《花妖》《画妖》7篇属于《蛛隐琐言》中的篇目。王韬在《续录》四卷51篇基础上增加了17篇作品分为十二卷并改名《淞滨琐话》出版，把《蛛隐琐言》中剩余的5篇也收录其中。《弢园著述总目》中《淞滨闲话》[③]“提要”云：

> 此即《淞隐续录》散编于《画报》中者也，《画报》既停，书亦告止，山左归来，乃足成之，易名曰《淞滨闲话》。齐谐志怪，《洞冥》记幽，干宝搜神，东坡说鬼，文人学士一时游戏所及，每流露于不自觉。长夏无聊，纵笔疾书，藉以消忧起疾，间有绮语，不可忏除，见者幸勿作法秀之呵也[④]。

---

① 张曜（1832～1891），字亮臣，号朗斋，直隶大兴（今属北京）人，祖籍浙江上虞。爱国将领，光绪十二年（1886）调补山东巡抚，在任治理黄河水患，不辞劳苦，政绩卓著。

② 上海通社编辑：《上海研究资料》，上海书店，1984年，第685页。

③ 光绪十五年铅印本《弢园著述总目》中原书名为《淞滨闲话》，出版时改为《淞滨琐话》。该版本《弢园著述总目》前署“门人无锡邹弢翰飞校字”，可见是由邹弢帮助其师王韬校勘出版的。

④ 王韬：《弢园著述总目》，光绪十五年铅印本，第10页。

王韬到山东济南游历时在光绪十四年（1888）冬[①]，由此看来《续录》四卷增补为《淞滨琐话》十二卷在光绪十五年春王韬从山东返沪以后，而《弢园醵资刻书启》的创作时间在光绪十五年七月初九，因此增补时间就在该年的春夏之间。

当然，这里有一个问题不容回避，《点石斋画报》所载《淞隐续录》51篇中与《蛛隐琐言》有7篇重合，从《淞隐续录》的连载时间来看，部分篇目刊载于王韬在济南山东抚署与邹弢见面之前。光绪十五年春天王韬从山东回到上海的时候，《淞隐续录》的51篇作品已经刊载完了，即使邹弢在年前曾将初稿交给王韬看，也来不及刊登在《画报》上。由前面我们提到的光绪五年五月二十七（1879年7月16日）《申报》上曾刊载吹彻玉笙楼旧主（王大纶）《花朝后二日过访翰飞借得新著写本〈蛛隐琐言〉〈瘦红馆词〉携至金昌道中为胠箧者攫去遍觅无踪代柬谢罪匪论工拙聊当哀鸣》组诗，我们知道《蛛隐琐言》部分篇目的创作要早于《点石斋画报》刊载《淞隐续录》的时间。因此，虽然时隔二十余年后邹弢出于无奈在报上撰文声明这些作品的著作权，但显然《覆梦庐主人书》中所说的话是有所保留的。王韬和邹弢早在上海的时候就认识，邹弢在《三借庐赘谈》中说："甫里王紫诠广文韬……壬午（光绪八年，1882）春归自香海。往访之，一见如旧相识。"[②] 此后邹弢拜入王韬门下。邹弢在《弢园夫子六十寿序》中也自称"门生邹弢"[③]。在王韬光绪十二年三月至十一月的笔记《淞隐庐杂识》稿本中也多次提到"邹翰飞来访"，可见二人交往密切。所以邹弢去山东任职之前就应该曾经将《蛛隐琐言》中的部分作品交给王韬审阅，王韬修改后连载到《点石斋画报》上。那么邹弢所说的在山东抚署交给王韬的《续浇愁集》数卷手稿当是他到淄川重新增补之后的稿子，既然是"数卷"的话，肯定不止五六篇。《蛛隐琐言》三卷12篇外加《朱素芳》恰好符合"数卷"的规模，所以《蛛隐琐言》应该就是邹弢原来无力付刊的《续浇愁集》。

---

① 孙邦华：《王韬年谱》，参见王韬：《弢园老民自传》，江苏人民出版社，1999年，第213页。
② 邹弢：《三借庐赘谈》，《续修四库全书》（1263），上海古籍出版社，2002年，第736页。
③ 邹弢：《弢园夫子六十寿序》，《申报》1887年11月1日。

另外，1914 年《游戏杂志》第 5 期也发表“警世小说”《梦中梦》，文字内容与《蛛隐琐言》同，作者署名“酒丐”。《游戏杂志》该篇之后有龙华野衲（陆云荪）评语云：“全篇虚幻，惝恍迷离，读者如入山荫道中，不知身在何处。而形容女子之声口与热客之心肠，体会入微，惟妙惟肖。鄙人前二十年曾读君之《浇愁集》，善俗警世，妙义环生，此作更出其上。”又有编辑王钝根评云：“酒丐词坛宿将，为文渊博雅丽，无美不臻，此作尤见老于世故，得大解脱。愿普天下才丰遇绌者焚香读之，胸中磊块自然消灭。”① 这应该是邹弢《酒丐覆梦庐主人书》中提到的交给王钝根的《浇愁续稿》仅剩的五六篇中的一篇，全文与《蛛隐琐言》文字相同，这也证明《蛛隐琐言》是邹弢在苏报馆担任主笔期间根据《续浇愁集》原稿出版的。

在光绪五年《蛛隐琐言》写本丢失后，邹弢所说的《续浇愁集》是否真实存在呢？邹弢《三借庐剩稿・骈文剩》中有《祭蒲留仙先生文》一篇，为光绪十四年孟秋二十五日到淄川拜祭蒲松龄墓时所作，文后有自注云：

> 戊子夏，余幕淄川矿山，离公所居之蒲家庄四里。七月二十五日，与同事孙君逸如，携只鸡斗酒山果往墓上致祭。经跃龙寺北里许始抵蒲庄，公居已残毁如牛栏，问聊斋，无知者。访得一叟，年六十三，短衣裸跣出应客，谓是柳泉公八世孙，时已无文明继起者矣。室辗转售人，唯老梧一株为公手植。后引至公墓，则老柏成林。冢直长式，前石碣一，刊墓表，言公《聊斋》只八卷。冢东一冢为公父敏吾名槃者所葬，附二妻一妾，表为同邑张元所撰。叟一子，作矿工，孙一，均不识丁，余为之黯然。因以所著之《浇愁集》初刊及新续二编焚之②。

文后又有按语云：“此篇与宗教之旨不合。”③ 由此也可以证明邹弢后来确实曾增补完成了《续浇愁集》，《蛛隐琐言》所收应该就是《浇愁集》“新续二编”中的篇目。因《蛛隐琐言》三卷每卷 3 篇共 12 篇，单出一篇《朱素芳》

---

① 酒丐：《梦中梦》，《游戏杂志》1914 年第 5 期。

② 邹弢：《三借庐剩稿・骈文剩》，东方印刷所，民国三年铅印本，第 17 页。

③ 邹弢于光绪二十六年（1900）在上海入天主教，故有此语。

不便另分卷，故后来邹弢又将其在报端刊载出来，以明著述之不易。

除此之外，王韬《淞滨琐话》卷七《邹生》记淄川东北黉山山脚邹家庄邹生事。邹弢曾到淄川矿山任职，在其《三借庐诗剩》中还收录有一首《登黉山谒郑康成祠》。结合作品的内容来看，该篇的创作极有可能也与邹弢有关，姑存疑。

我们之所以认为这些作品的初创者是邹弢，还有一个原因，那就是王韬曾不止一次将他人作品稍加修改后冠以己名发表来赚取稿酬。王韬《淞隐漫录》卷十二收《玉儿小传》一篇，该篇乃吴兴王嘉桢（？～1887）文言小说集《在野迩言》中的篇目，原名《玉儿》。王韬删掉《玉儿》开头文字，其余部分文字基本未作更改。至于末尾的议论，《玉儿》作“野狐氏曰”，《玉儿小传》作“逸史氏曰”，文字内容完全相同。王嘉桢卒后，其子王绍翌在《淞隐漫录》中发现了王韬的剽窃现象，乃倾囊将《在野迩言》付梓，并且在本善堂刻本的扉页特意加上了“翻版千里必究”的警告。光绪十三年（1887）冬月王嘉桢之子王绍翌、王绍端所撰《在野迩言·跋》中提到了《淞隐漫录》窃刻一事。阮照在为《在野迩言》所作序中也说：

> 有《玉儿》者，为汪冶庭所述，先生因玉儿知自爱，虽绳妓足以风世，故作传以表之并赞，仆向也曾读之。今岁五月，遽归道山，所遗著作散置案头，哀悼中不遑收拾，来慰唁者皆见焉。讵意秋间《画报》刻列《玉儿小传》，增其首尾，别撰姓名，中间一段一字不易，确是先生旧制也。两世兄咸抱不平，拟兴问罪之师。仆劝之曰：“与其作告白以争之，不若亟付手民公之于世，俾见庐山全面者，自能辨别其笔致也。”

《淞滨琐话》卷二收录有《金玉蟾》一篇，是根据同治年间桐城许奉恩的《里乘》卷三中的《仙露》一篇直接改写而成，情节设置基本相同，语句有大量雷同，兹选其中一段为例：

> 姬微闻之，谓生曰：“君以寻常狭邪视儿耶则已；如以伉俪视儿，则宜早为之计。大抵平康生活，有资即事趋承，虽富有铜山，亦不能填无

> 底之壑。日来侦知君囊橐告匮，闻将变质衣物，殊非长策，且过此以往，又将何如?”生沉思久之，答曰：“小生所谓得过且过，过此以往，倘计无所之，拼一死以殉知己!”（《里乘·仙露》）
>
> 姬知之，潜谓生曰：“君以寻常狭邪视儿则已；如不鄙风尘，欲置之于伉俪之列，则宜早为之计。勾栏轻薄，乐事难长，好姻缘不可待也。”……姬闻之，泣下数行。既而曰：“吾辈平康生活，大抵贵富贫贱，虽家有铜山，亦不能满无底之壑。日来知君典鬻旅物，以供花前买笑，特恐难为持久计何?”生欷歔曰：“儿女情长，英雄气短。倘过此以往，好事多磨，拼一死以殉知己!”（《淞滨琐话·金玉蟾》）

文中类似的现象还有很多，明显看出二者之间的因袭关系。《里乘》刊刻出版于同治十三年（1874），据刘毓楠的《序》可知早在同治七年之前《里乘》已经完成了。而王韬《金玉蟾》一篇最初以《淞隐续录》的名义在点石斋画报上连载，已经是光绪十四年（1888），很显然是王韬临时从《里乘》中撷取出来稍加改写而成的作品。

《淞滨琐话》还收录不少烟花粉黛故事也并非出自王韬手笔。这些作品的原作者王韬倒是在行文中有所交代：如《淞滨琐话》卷九《红豆蔻轩薄幸诗》（上、中、下）、卷十一《燕台评春录》（上、下）乃王韬好友“第九洞天樵者”“箐江词客”沈文荧所作；卷十一《瑶台仙梦记》（上、下）为“西脊山人”秦云（1833～1890）所作；《申江十美》为“二爱仙人”李芋仙（1821～1885）所作；《瑶台小咏》（上、中、下）为王韬好友“叆叇轩主”“花影词人”程秉钊（1838～1891）所作。

时至晚清，随着报刊的兴起，出现了职业化和半职业化的作家群体，撰稿成为谋生的一种手段。王韬《淞隐漫录》《续录》的《画报》连载形式和商业运作模式，让王韬为了及时交稿而将他人之作稍加修改后聊以塞责，如果将陌生人的作品收入囊中，极有可能引来麻烦，就像《玉儿小传》那样。若在征得朋友或者弟子同意后将他们的作品收入，或者门人好友主动把自己的作品寄给王韬，以求流传于世，这倒不失为一种方便快捷又安全可靠的方法，所以较早发表在《点石斋画报》上的《蛛隐琐言》篇目可能是经过邹弢同意的。从小说创作风格来看，王韬《遁窟谰言》《淞隐漫录》《淞滨琐话》和邹弢《浇愁集》都有刻意模拟《聊斋》的痕迹，二人的笔法非常相似，而且邹弢为王韬门下士，那么邹弢的作品自然就成为王韬应付报馆催稿的首选。

小说虽看似游戏文字，皆文人呕心沥血得来，最终邹弢不甘心自己的作品冠以他人之名传世，于是利用在苏报馆任主笔之便将《蛛隐琐言》出版，又将部分作品陆续在报刊上连载。后来因受到他人无端指责，不得已才在报纸上刊载文章将事情的真相做了说明。由此看来，王韬《淞滨琐话》中至少有13篇作品是邹弢创作的，像《因循岛》《梦中梦》等都是备受后人关注的传奇名篇，那么在《因循岛》中敢于直面斥责讽刺“清政府”的人是邹弢而不是王韬，这是需要在以后的研究中加以注意的。

第二节　《神州日报》主笔孙朧蝯及其报刊文言小说

孙朧蝯是清末民初著名的报人作家，据不完全统计，仅在《神州日报》等报刊上就以孙朧蝯、朧蝯、朧、朧公、孙朧公、好春簃主、常惺惺斋主、常惺惺斋主人、啸庼等笔名发表各类评论文章和诗、文、词、曲、小说、诗话、联话等作品近三千篇。其政论文章多数以批评时弊为主要特色，文笔犀利，体现出强烈的爱国精神。进入民国后，在五四运动中他对学生的爱国行为表示理解，对北洋政府镇压学生的行为表示愤慨，体现出较为进步的思想和民主精神。但就是这样一位杰出的作家，到目前为止尚未引起学界的关注和重视，这不能不说是一大遗憾。就相关研究来说，邓百意博士在其《王钟麒与〈神州日报〉》一文中对孙朧蝯有这样一段评论：“神州日报馆内报人中，王钟麒与主笔孙朧蝯的交谊最为亲厚。《神州日报》和‘竖三民’报的馆内报人，有不少是同盟会会员和南社社员，作为王钟麒最佳文字拍档、名之为‘畏友’的孙朧蝯，却既不是同盟会会员，也没有参加南社的记载。孙朧蝯这个人物的具体信息，罕有记载，连他的乡籍地理，也无从查考。目前仅知孙臞蝯又名孙□炎，曾经担任过《神州日报》的主笔。除了在《神州日报》上发表大量小说作品以外，孙臞蝯还有写实短篇小说《咄咄怪物》刊于《小说新报》上。”① 那么，孙臞蝯生平相关的资料是否真的无迹可寻呢？接下来我们将对孙臞蝯生平和文言小说创作情况进行初步探考。

一、孙臞蝯生平略考

孙臞蝯名臞，字肖青，一字臞蝯，又字少潭，江苏高邮人。其书斋名寒藕草堂、三十六鸳鸯馆、生春簃、啸庼、小瘦红闇等，因此又有生春簃主、小瘦红闇主人等别号。作为清末民初著名报人作家，关于孙臞蝯的生平情况，我们是可以在当时的报刊上找到相关资料的。1937 年《上海报》发表过病鸳《追忆孙臞蝯先生》一文，对孙臞蝯生平进行了概括介绍和评价：

> 孙臞蝯先生，讳少潭，原籍高邮，移家兴化，旅居沪渎有年，历任《中外日报》《神州日报》《中华新报》及《新申报》等报主笔。先生原为秦邮优贡生，胸罗经史，博学多闻，偶为小品文竹枝词等，亦极浓郁含英。当科举未废时，先生年尚少，补廪后，即鄙弃举业不为。旋走上海，半生事业，皆从事于新闻。盖先生以为提倡革命须从言论鼓吹着手，报纸为社会人民之喉舌，所以在虏运将终之际，努力于文化革命运动，不遗余力。民国纪元后，先生未尝表功，仍安于新闻职业，而已故行政院长谭茶陵及现监察于院长诸元勋，皆与先生有旧。洎五四学潮及新文化运动发生后，先生忧时丧乱，深恐国学沉沦，反对语体文至烈，终以独木难支，遂脱离报界，盖以当时全国报章之言论纪事皆已竞趋时代化，先生因素志既不相侔合，自难降格而从，无宁弃而不为也。宴居之余，仅为三日刊之《晶报》撰小品诗文以洩胸中块垒。民十六年一度率眷返故里，十七年应审计院之征辟，授职于二厅一科。唯时首都已开始禁烟，而先生年高体又不壮，毅然就医戒烟，讵料戒除未久，忽患河鱼之疾，

① 邓百意：《王钟麒与〈神州日报〉》，《中国文学研究》2015 年第 2 期。

兼做呕吐，且竟因此而赴道山。余与先生谊兼师友，时方羁旅济南，闻讯大恸，十九年冬南旋来沪，每过麦根路先生之故居，辄不禁涕泗滂沱。昨见逸梅兄纪《宝盖图宫秘史》一文，末谓先生"旋归故里，以穷困死，惜哉"等句，似有讹传，盖先生实疾终南京任所，其长女公子敬婉，继述父志，亦得供职审计部，于今殆已六七年之久矣①。

据在1927年12月9日《晶报》上发布一则消息："本报记者孙臞公已携眷旋扬，居高邮北门外嘴上龚家巷咸宁庵后身。"② 可知其当时在高邮的住址。

关于孙臞蝯去世时间，1929年1月20日的《晶报》上登载了孙臞蝯去世的讣告：

本报记者孙臞蝯君，一字臞公，近年以病不恒属稿。去夏，应于右任先生之召，在审计院任文书科主任之职，朝出暮归，勤劳无怠，而胃病辄时发时愈。老谈先生，擅岐黄，亦在京师，常为诊治。新年休假，孙君在家静养，不料以旧疾复发，竟致不起，于一月四日酉时，遽归道山。身后萧条，幸有谈老谈、谢盂军诸旧友为之料理。遗其夫人及一子二女在京，境况极为凄恻。本报同人，不胜哀悼，并以讣告读者③。

由此可知孙臞蝯去世的确切时间为1929年1月4日。1938年9月13日《上海报》发表署名"风雨"的《孙臞蝯弱息作官》一文，其中也介绍了孙臞蝯生平及子女情况："上海已故名记者孙臞蝯，字少潭，高邮人，寄居兴化，道德文章，为世钦崇。历任本埠各大报主笔，如《民呼》《大共和》《神州》《中华新》《新申》等报皆尝绾领笔政……十七年国府定鼎后，于髯长审计院，不忘旧雨并闻其环境不良，持电招之赴京，授任该院秘书职，一月致俸三百金，俾令敷衍生计。"后因政府禁烟，臞蝯就认真戒烟，"不料竟因此而病腹泻，气体两虚，终于不治而死，时余不过五十有三岁。友辈闻而哀之，

① 病鸳：《追忆孙臞蝯先生》，《上海报》1937年7月6日。

② 记者：《消息一则》，《晶报》1927年12月9日。

③ 《讣告孙癯蝯君之丧》，《晶报》1929年1月12日。

时于院长深知臞蝯身后萧条，除厚致唁仪，并为谋迁眷属返里。孙有一子二女，子年尚幼，长女则已毕业高中，因使继父职，仍充审计秘书。十年以还，未尝动摇，皆髯公之力，生死交情，可以风矣。国府东迁，孙之女公子依然供职该院，近闻其已与某君结婚，而弟妹亦都长成，服务教育界。孙地下有知，亦可稍慰矣"[①]。孙臞蝯还有弟少猿，字稺青，曾任《神州日报》《晶报》校对，后任《苏州日报》《大吴语报》编辑，1933 年 5 月 17 日去世[②]。

孙臞蝯除报刊上发表的各类作品外，尚有《小瘦红闇诗存》二卷，今存民国三十年铅印本。该版本前有民国十八年冬十一月于右任、己巳仲冬东台赵铮铎、民国十八年十一月谈善吾老谈、民国己巳仲冬广陵张绍棠棣华、民国十九年秋八月如仲星台邵佛舲诸人所撰序，又有杨遵路题像、俞琪题词。其卷首署"高邮孙臞肖青（一字臞蝯）著""后学王佳檪榖丞恭校"。诗集中的作品按时间先后顺序编排，从光绪辛丑年（1901）开始收录至戊辰年（1928）结束，对其生平经历有较为清晰的记载。于右任《弁言》云："臞蝯以今年岁首弃世……长子敬婉乞序于余……盖与臞蝯相知者廿余年矣，其性秉冷静，行诣坚沉，素非流辈所及，而发为吟咏也，亦正如其人。尝勖其选辑印行，君深然之，未果已殁……臞蝯可传者不仅其遗著，而仅以遗著传，复幸其遗著传矣。"[③] 张绍棠《序》云："君姓孙氏，讳臞蝯，字肖青，世为高邮人，其先德设帐于兴化，辄随读。翘然异群儿，年十六已蜚声黉序间，为名诸生。长老多许君大器而君卒不遇，仅食饩于学而已。亲老家贫，橐笔走沪上入报界，卖文为活。于右任先生引为知己。前年归里，邑人浼主各报，有久居之志，盖无意壮游矣。洎于长审计院，函电促其去，遂为入幕宾，竟以是积劳致疾，卒于都门……其卒以己巳（1929）岁首，得年五十四[④]有子三，其长次皆不栉进士，能以君之绪余谋甘旨以奉君夫人，九京有知当无后

---

① 风雨：《孙臞蝯弱息作官》，《上海报》1938 年 9 月 13 日。

② 狮：《消息一则》，《晶报》1933 年 6 月 18 日。

③ 孙臞蝯：《小瘦红闇诗存》（卷一），高邮县立贫民工厂代印，民国三十年（1941）铅印本。

④ 此处所记去世时年龄有误，卒年当为虚岁五十三岁。

顾忧也。”[①] 由诸人序言亦可知孙臞蝯生平概况。

关于孙臞蝯的生年，在《小瘦红闇诗存》中收录其庚戌年（1910）所作《自题三十四岁小像》，按传统习惯当年作者为33周岁，则其应生于光绪三年（1877）。诗集中乙卯年（1915）的《初度感作》中亦有“行年三十九，初度病中过”[②] 之语。丙辰年（1916）《元旦》诗中有“吾生今四十，仍与俗缘亲”[③] 之句，又有《四十述怀诗》。以上诗作中的信息皆可推知其生年为1877年。戊午年（1918）所作《十一月十七日儿子寿麟生喜极赋此》中有“儿生恰与吾同月，使我低回念所生”之语，下有小注云：“先子及予皆以十一月生。”[④] 由此可知孙臞蝯生于旧历十一月。

《小瘦红闇诗存》卷二收录其辛酉年（1921）所作《中秋》诗云：“系余羁海上，十四度春秋。”[⑤] 可知其到上海谋生的时间应在1907年。

孙臞蝯是一位具有强烈的社会责任感的作家，这在他的不少作品中得到反映。《神州日报》是资产阶级革命派创办的报纸，孙臞蝯在担任该报主笔期间曾发表一系列批判晚清政府和社会弊端的文章。如他以“臞”的笔名在1908年12月23日、1909年1月2、3、9、11、13日的《神州日报》上发表《我哭》系列文章，为千疮百孔的晚清社会而哭。进入民国以后，壬子年（1912），他在《民国初成百难交集侧身四顾愀然赋此》诗中写道：“作客遂已久，临春益黯然。野花肥战血，乡树傝烽烟。骄子亦何众，苍生实可怜。聊持一尊酒，独起酹长天。”[⑥] 也体现了他对国家命运和百姓疾苦的关心。五四运动爆发后，孙臞蝯在《神州日报》上以“臞”“臞蝯”署名先后发表《众怒声中之文字狱》（1919年5月19日）、《呜呼北京之文字狱》（1919年5月27日）、《学潮新感》（1919年6月3日）、《惩办国贼》（1919年6月8日）、《学潮平息感言》（1920年2月11日）、《五四小言》（1920年5月4

① 孙臞蝯：《小瘦红闇诗存》（卷一），高邮县立贫民工厂代印，民国三十年（1941）铅印本。
② 孙臞蝯：《小瘦红闇诗存》（卷一），高邮县立贫民工厂代印，民国三十年铅印本，第17页。
③ 孙臞蝯：《小瘦红闇诗存》（卷一），高邮县立贫民工厂代印，民国三十年铅印本，第17页。
④ 孙臞蝯：《小瘦红闇诗存》（卷一），高邮县立贫民工厂代印，民国三十年铅印本，第31页。
⑤ 孙臞蝯：《小瘦红闇诗存》（卷二），高邮县立贫民工厂代印，民国三十年铅印本，第6页。
⑥ 孙臞蝯：《小瘦红闇诗存》（卷一），高邮县立贫民工厂代印，民国三十年铅印本，第7页。

日）等评论文章，对北洋政府只知以武力镇压学生的行为表达不满和愤慨，体现了一位作家的正义感和拳拳爱国之心。

孙臞蝯一生著述颇丰，除了政论文章和小说外，还在报刊上发表有《小瘦红閤诗话》《小瘦红閤联话》《小瘦红閤话堕》《常惺惺斋日录》《慵佣羼抹》《天风簃杂缀》《好春簃谐剩》《好春簃联话》《读五千卷书室丛话》《卅六鸳鸯馆零拾》《茜窗璅录》《常惺惺斋谈腈》《寒花盦随笔》《佛化剧本：七笔勾》等多种作品。

二、《神州日报》上的孙臞蝯文言小说

孙臞蝯晚清时的作品多以"臞"或"臞蝯"署名发表在《神州日报》上，其小说作品中除《双星泪》（1908 年 8 月 3 日）等少数白话短篇外，其余多数为浅近文言短篇小说。

孙臞蝯清末发表在《神州日报》上的文言小说篇目有：《孤儿泪》（1908 年 5 月 14 日）、《地方自治》（1908 年 5 月 15 日）、《盗侠一》（1908 年 5 月 29 日）、《短篇小说：游湖船》（1908 年 5 月 31 日）、《盗侠二》（1908 年 6 月 1 日）、《亡国恨一：犹太人之末路》（1908 年 6 月 12 日）、《亡国恨二：波兰人之旅况》（1908 年 6 月 13、15 日）、《夏二子传》（1908 年 6 月 15 日）、《短篇小说：猎犬》（1908 年 7 月 5 日）、《新嫁娘》（1908 年 7 月 10 日）、《芙容镜一》（1908 年 9 月 9 日）、《芙蓉镜二》（1908 年 10 月 25 日）、《奇丐一》（1908 年 12 月 1 日）、《身外身》（1908 年 12 月 4 日）、《斗鸡埸》（1909 年 1 月 25 日）、《鼠乘一》（1909 年 2 月 3 日）、《鼠乘二》（1909 年 2 月 12 日）、《夏村一》（1909 年 3 月 11 日）、《盗侠》（1911 年 8 月 17 日）等。

短篇小说《孤儿泪》叙某孤儿被邻人诓骗而家产丧尽事，意在讽刺贫弱无能受尽列强欺侮的晚清政府。《地方自治》写晚清推行的所谓地方自治有名无实，仍然是地方旧官员独断专行。《盗侠一》写"余友天觋生"遇盗侠谈盗亦有道，对当时官吏腐败的社会现实进行了批判。《游湖船》以东西二村暗喻中国和西方列强的关系，是一篇带有寓言性质的小说。《盗侠二》以传统笔记小说手法记浙省某显宦自山左归来贪囊已饱富甲一乡侍妾成群，结果被一

侠客所杀。上司严令地方官缉凶，地方官是个清廉好官，因不能捕获凶手而被上司严谴。后来一少年侠客见地方官乃一清官而主动投案，地方官解送少年到省交差，交接完成后少年即逃脱，省大吏则受到侠客警告不敢再言捕盗缉凶事。《亡国恨一：犹太人之末路》虽然标注为“短篇小说”，但实际上写犹太人亡国后被俄人欺辱之悲惨处境，抒发亡国之痛。其用意则是借犹太亡国之惨状来警醒处列强蚕食下的我国民众。《亡国恨二：波兰人之旅况》以一个波兰志士第一人称口吻叙事。其开篇曰：“余波兰志士也，以义不帝俄故为三数卖国者所攘逐，遂舍余最眷恋之祖国与所最挚爱之未婚妻，茕然一身旅行于法兰西国。”篇末作者又借主人公之口发出感叹道：“呜呼！余波兰人之堕落至此极矣。今后之世界，畴复以人类视余者？余早知有今日之穷途，宁与余意中人同命于残山剩水中化厥精魂为爱之花，世世生生超出尘劫，无复知人世间有亡国怅矣！”[①] 同样以波兰亡国之痛来警醒民众。《夏二子传》是一篇受到当时流行的游戏假传体小说影响而创作的作品。以史传体式、游戏文笔和寓言手法为夏天的黑衣麻氏（苍蝇）和黍民氏（蚊子）作传，后有“外史氏曰”评论。《猎犬》借猎犬来讽刺仗势欺人之徒。《芙容镜一》以场景描写开篇，为新体文言短篇小说。《奇丐一》借丐之言以讽官之贪鄙。《身外身》记某君有二三化身，讽刺当时社会上改头换面投机钻营之人。《鼠乘一》《鼠乘二》则带有寓言性质，写主人以鼠治鼠借以影射人与人之相互残害。《夏村一》以夏村影射晚清时之中国，以东村卢氏影射清朝统治，以东邻某村、西邻某村影射日本及西方列强，对清末实行所谓自治的欺人伎俩予以嘲讽。

孙臞蝯清末发表的文言小说往往对晚清政府和当时的社会现状有所讽刺和批判，同时带有浓厚的危机感，具有鲜明的时代特点。

---

① 臞：《亡国恨二：波兰人之旅况》，《神州日报》1908 年 6 月 15 日。

第三章　1912～1919：民国初期报刊文言小说创作成就

进入民国以后，由于出版印刷技术以及报刊等传播媒体的持续发展，我国的报刊文言小说发展在民国初期的一段时间出现异常繁荣的局面。民国初期的文言小说变革，最为敏感的是报刊上发表的单篇作品，因此报刊文言短篇就成为文言小说发展的晴雨表，小说创作的探索和尝试均在报刊中首先得到体现。胡适在《论短篇小说》一文中说："中国今日的文人大概不懂'短篇小说'是什么东西。现在的报纸杂志里面凡是笔记杂纂不成长篇的小说都可叫'短篇小说'。所以现在那些'某生，某处人，幼负异才……一日，游某园，遇一女郎，睨之，天人也……'一派的烂调小说居然都称为'短篇小说'，其实这是大错的。西方的'短篇小说'（英文叫做 short story）在文学上有一定的范围，有特别的性质，不是但靠篇幅不长便可称为'短篇小说'的。"又给"短篇小说"下了个新的定义："短篇小说是用最经济的文学手段，描写事实中最精彩的一段或一方面，而能使人充分满意的文章。"同时他也指出："凡可以拉长演作章回小说的短篇不是真正'短篇小说'，凡叙事不能畅尽写情不能饱满的短篇也不是真正'短篇小说'。"[①] 他指出中国传统文言短篇小说的模式化的弊病，同时也对新体短篇小说的基本特征予以概括，而这也是民初报刊短篇小说的发展趋势。因此，民初的报刊文言短篇也呈现出新旧交融的态势，一方面传统文言短篇仍然有一定的存在市场，另一方面，

① 胡适：《论短篇小说》，《新青年》1918 年第 4 卷第 5 号。

受到西方小说观念影响，开始在叙事角度和手法上进行了变革和创新，可以说在整个中国文言小说史上，没有比民初的文言小说更具有创新精神的了，直到五四运动前后，这种创新从未停止过。

进入民国后的最初几年，文学的发展并未发生革命性变化，而是延续了清末的发展轨迹，报刊在小说发展历程中仍然承担着前所未有的重任。虽然经历了晚清的小说界革命的冲击，但报刊上的文言小说非但没有消失，反而呈现出前所未有的繁荣景象，不但在作品数量上达到一个巅峰，而且在创作题材和风格上花样百出，让很多提倡白话文的作家也始料不及。据刘永文《民国小说目录》（1912～1920）列入统计范围的期刊小说6022篇，日报小说9466篇，共15488篇①，其中有文言也有白话，有新体也有旧体，有译作也有独创，这也体现了易代之际的文学典型风貌。从1912至1919年这八年左右时间里，文言小说的变革和创新首先在报刊文言小说中体现出来。因为报刊的存在，文言小说得以延续和发展，并在民初形成一个高潮。甚至我们看到的许多文言长篇和小说集中的篇目也是首先在报刊上连载后结集出版的，因此报刊文言小说就成为我们研究民初文言小说传承和新变的重要组成部分，甚至可以代表整个民国初期文言小说的发展趋势。但由于这一时期的报刊和载文数量过于庞大，我们尚无法对所有发表过的单篇文言小说进行统计，就笔者对民初旧体作家如李涵秋、徐枕亚、许指严、吴绮缘、刘铁冷、李定夷、胡寄尘以及一些新文学作家如鲁迅、叶圣陶、刘半农等发表的文言作品检索统计，最终列入笔者取材范围的文言短篇小说约两千余篇，当然，这并非民初报刊文言小说的全部。但至少我们通过对重点作家和作品的检索，可以总结出这一时期报刊小说发展的态势和成就。从发表文言小说的报刊来看，民初主要集中在《礼拜六》《小说月报》《民国汇报》《小说丛报》《民权报》《民权素》《小说新报》《莺花杂志》《小说旬报》《中华小说界》《游戏杂志》《繁华杂志》《女子世界》《织云杂志》《双星杂志》《娱闲录》《消闲钟》《妇女杂志》等期刊杂志上。

---

① 刘永文：《民国小说目录》（1912～1920），上海古籍出版社，2011年，第1页。

《礼拜六》杂志从1914年6月创刊至1916年4月共出一百期，据笔者统计：在《民国小说目录》所列《礼拜六》上发表的约673篇小说作品中除掉翻译小说后文言小说约有471篇，文言小说的刊载数量与白话相比占有绝对的优势。其他杂志像《小说旬报》所列22篇小说中文言小说占16篇；《秋星》所列12篇小说作品中文言小说占10篇；《双星杂志》所列46篇小说中文言小说占38篇。由此可见民初报刊文言小说的发展与白话小说相比并不逊色。

第一节　民初报刊的文言长篇小说

一、鸳鸯蝴蝶派与民初文言长篇小说

民初报刊文言长篇小说的发展与鸳鸯蝴蝶派作家密不可分。鸳鸯蝴蝶派是定型于清末民初的一个文学流派，他们以消遣娱乐的小说创作观为指导，创作了一批适应普通读者欣赏趣味、迎合市场需要的言情小说。因为这些作品常写爱情故事，离不开"卅六鸳鸯同命鸟，一双蝴蝶可怜虫"① 的范围，并且该派早期作品多用文言写成，其中骈体的文言小说"看文字，真像一对一对的鸳鸯，一对一对的蝴蝶"②，因此被称为鸳鸯蝴蝶派。因为并不是一个有组织的文学团体，主要成员并不完全固定，甚至一度成为旧派作家的代名词，因此有些人是被放入该派的行列但并不情愿。像王钝根、包天笑、江红蕉、周瘦鹃、徐枕亚、孙玉声、范烟桥、恽铁樵、吴双热、许啸天、郑逸梅、刘半农、李定夷、天虚我生（陈栩）等都曾被归入鸳鸯蝴蝶派。它的大本营在上海，许多小说刊物如《小说时报》《小说月报》《妇女时报》《游戏杂志》《民权素》《七襄》《眉语》《礼拜六》《小说丛报》《女子世界》《小说海》《小说新报》《小说大观》《小说画报》等都是他们的出版园地，其中以《礼

① 魏绍昌编：《鸳鸯蝴蝶派研究资料》（上），上海文艺出版社，1984年，第176页。
② 魏绍昌编：《鸳鸯蝴蝶派研究资料》（上），上海文艺出版社，1984年，第273页。

拜六》最著名，所以该派也被称作“礼拜六派”。

民初的文言小说也多数是在这些作家的笔下产生的，同时也正是这些作家对文言小说的传统体式和手法进行了创新和变革。对于这派作家创作的小说，范烟桥先生称之为“旧派小说”，他说：“‘旧派小说’在中国文学史上虽然是个不甚光彩的名词，但究其实际，亦不可一概而论。以作者论，固有高下之分；以小说论，亦有质量高低，内容正邪之别。”① 虽然当时的新派作家和批评家以及后来的许多研究者都将鸳鸯蝴蝶派作家归入旧派作家之列，甚至将他们笔下创作的小说特别是文言小说都归入旧文学而予以批判，但客观地说，鸳鸯蝴蝶派并不是一个完全的旧文学的代表，而是一个介于新旧之间的文学流派，或者说是由旧文学向新文学的一种过渡形态。它上承清末小说界革命，下启五四运动小说新潮。该派小说适应市民的欣赏趣味，因此吸引了大量的普通读者，尤其是年轻的读者，在一段时间内，无论是小说数量还是读者群体上，都以骄人的业绩而压倒了新小说。

鸳鸯蝴蝶派最受新文学作家诟病的是所谓宣扬娱乐性、消遣性、趣味性的文学主张以及取悦读者的卖文行为，还有他们用文言甚至骈体文从事创作的习惯。童爱楼在《〈游戏杂志〉序》中说：“不世之勋，一游戏之事也；万国来朝，一游戏之场也；号霸称王，一游戏之局也。”② 鸳鸯蝴蝶派小说“不谈政治，不涉毁誉”③，强调作品的趣味性、娱乐性、消遣性。这种主张在《礼拜六赘言》中阐述的非常清楚：

> 买笑耗金钱，觅醉碍卫生，顾曲苦喧嚣，不若读小说之省俭而安乐也。且买笑、觅醉、顾曲，其为乐转瞬即逝，不能继续以至明日也。读小说则以小银元一枚，换得新奇小说数十篇，游倦归斋，挑灯展卷，或与良友抵掌评论，或伴爱妻并肩互读，意兴稍阑，则以其余留以明日读

---

① 范烟桥：《民国旧派小说史略》，见魏绍昌编：《鸳鸯蝴蝶派研究资料》（上卷），上海文艺出版社，1984 年，第 270～271 页。

② 童爱楼：《〈游戏杂志〉序》，《游戏杂志》1913 年第 1 期。

③ 王钝根：《小言》，《游戏杂志》1913 年第 1 期。

之。晴曦照窗，花香入坐，一编在手，万虑都忘，劳瘁一周，安闲此日，不亦快哉?[①]

这种小说创作观无疑是对清末王国维等人审美的小说创作观的承继，也是对此前梁启超等人提倡的政治小说的直白乏味的反动。消闲的创作观与审美的创作观是紧密相联系的，正因为鸳鸯蝴蝶派的作品符合了当时很多读者的审美趣味，所以才在当时引起轰动。小说作者多已不是“以文治国”的革命家，而是以文糊口的文坛才人。鸳鸯蝴蝶派对文学创作的认识有其消极的一面，许多批评家对该派“宁可不娶小老嬷，不可不看《礼拜六》”[②] 的宣传口号大加诛伐，认为这代表了该派作家思想的腐朽和堕落，其实这一口号的提出无非是为了在广告宣传过程中追求视觉上的冲击效应而已。这些小说总是描写市民群众感兴趣的内容：爱情、侦探、社会新闻、市民生活的苦乐酸辛。“形式上，又力求花样翻新，甚至趋奉时尚，以适应市民们的欣赏口味。在当时的市民群众中，拥有大量的读者。”[③] 刊载这类小说的报纸杂志有数百种，大量的“鸳蝴派”小说藉以问世。

正当社会上爆发了资产阶级革命斗争，需要文学为其造势的时候，鸳鸯蝴蝶派小说作家强调小说无关政治，消遣娱乐，并且有压倒新文学的趋势，无疑不能与当时的政治形势合拍，因此也就不可避免地遭到了新文学作家和批评家的强烈批判。中华人民共和国成立后的各种文学史又因其推崇游戏的、消遣的、趣味的文学观而不屑，直至将其斥之为末流。沈雁冰曾经指出鸳鸯蝴蝶派“思想上的一个最大的错误，就是游戏的消遣的金钱主义文学观念”[④]。郑振铎在《中国新文学大系·文学论争集》的导言里说：

鸳鸯蝴蝶派的大本营是在上海，他们对于文学的态度，完全是抱着游戏的态度的。那时盛行的“集锦小说”——即一人写一段，集合十余

① 《〈礼拜六〉赘言》，《礼拜六》1914 年第 1 期。
② 叶圣陶：《侮辱人们的人》，《文学旬刊》1921 年第 5 期。
③ 武润婷：《中国近代小说演变史》，山东人民出版社，2000 年，第 201 页。
④ 沈雁冰：《自然主义与现代小说》，《小说月报》1922 年第 13 卷第 7 期。

人写成一篇的小说——便是最好的一个例子。他们对于人生也便是抱着这样的游戏态度的。他们对于国家大事乃至小小的琐故，全是以冷嘲的态度处之。他们没有一点的热情，没有一点的同情心。只是迎合着当时社会的一时的下流嗜好，在喋喋地闲谈着，在装小丑，说笑话，在写着大量的黑幕小说，以及鸳鸯蝴蝶派的小说来维持他们的"花天酒地"的颓废的生活。几有不知"人间何世"的样子。恰和林琴南辈的道貌岸然是相反。有人谥之曰"文丐"，实在不是委屈了他们①。

不过有一些学者对鸳鸯蝴蝶派小说有不同的看法，如赵孝萱先生在《鸳鸯蝴蝶派新论》中认为鸳鸯蝴蝶派作家是"一群较为坚持传统书写形式与古代才子生命形态的庞大知识群体。'鸳鸯蝴蝶派'并不是一个文学派别，而是一种共同美学态度与生命情调，他们代表了那一时代文人的集体风尚……他们既不像'新文学'完全以西方文类形式写作，也没有'新'的大使命背在身上，他们只纯粹以可读性、娱乐性并略带警世的教化性取胜，但这其实是中国传统章回小说的共同功能"②。在谈到这一派的语言风格时说："同样是'文言'，有极古雅简练的古文（如魏晋古文或是桐城派古文），有用清代笔记小说的文言，有夹带大量骈偶成词的文言，有文白夹杂文中有白的文言，有受到口语影响的文言。同样是白话，有章回体小说的格式化滥调，有说书人的口吻，有受西文句构影响的白话。《礼拜六》杂志中的语言形式非常复杂多元。"③

对于新文学作家和批评家的攻击，多数被目为鸳鸯蝴蝶派的作家选择了用创作进行回应，少数作家进行了较为缓和的反驳。如胡寄尘在《一封曾被拒绝发表的信》中明确表示，文学改革不是党同伐异，而是要自由竞争，最终的优劣存亡，应当让历史自己去做抉择。他提到给郑振铎先生写信时说过的一段话：

---

① 范伯群、芮和师编：《鸳鸯蝴蝶派文学资料》，福建人民出版社，1984 年，第 805 页。

② 赵孝萱：《鸳鸯蝴蝶派新论》，兰州大学出版社，2004 年，第 11 页。

③ 赵孝萱：《鸳鸯蝴蝶派新论》，兰州大学出版社，2004 年，第 115 页。

> 前清初行邮政的时候，并不曾将旧有的信局（即民间寄信机关）一例封闭，然后再开设邮政局。只将邮政局办好了，老式的信局自然而然的减少了，久之终必要消灭。又如上海初行电车，并不曾禁止人力车、马车驶行，然后行电车。只将电车的成绩办好了，人力车、马车自然要减少了，久之终必也要消灭。改革文学，何尝不是如此呢?①

尽管胡寄尘的这种想法是以一种较为温和的态度来对待新旧体文学，但在当时的情况下显得有些不合时宜。特别让新文学作家感到无奈的是，即使在一片讨伐声中，这类作品仍然高潮迭起，创造了骄人的销售业绩。“无论在数量种类方面，还是在拥有读者的人数方面，都远远压倒了新小说。”② 究其原因乃在于新小说作家提倡利用小说开启民智、发表政见，向人们灌输革命道理，但过多的说教影响了小说娱乐性的发挥，因此不能引起人们的普遍阅读兴趣。同时新小说作家片面强调小说的功利性，而忽略了小说的审美特点，在艺术技巧上创新不大。当人们厌倦了当时政治小说的空洞直白的时候，以消遣为目的鸳鸯蝴蝶派小说的适时出现自然会得到人们的喜爱。此外，鸳鸯蝴蝶派的兴起还与辛亥以后民众的政治热情锐减相关，许多文人纷纷选择小说创作和阅读作为精神避难家园以安栖容易受伤的灵魂。正如费正清所言：“辛亥革命出乎意料的胜利，并没有立即引起一场文学的复兴运动，相反，政局的混乱，使逃避现实的鸳鸯蝴蝶小说式的书籍大受欢迎。”③ 此外，骈文小说之大受欢迎，时人还归之于“青年好绮语”，这未始没有一定道理。作者、读者多为青年男女，爱其情事之缠绵悱恻，更爱其文辞之香艳绮丽。骈文小说几乎无一例外都是“哀感缠绵，情词悱恻，呕心作字，濡血成篇”④。才子佳人的恩恩怨怨本来就是千古不灭的永恒题材，更何况作家“藻文饰句，出其金玉锦绣之文”?⑤ 而鸳鸯蝴蝶派作家则为了赢得市场在继承传统的基础上力求创

---

① 胡寄尘：《一封曾被拒绝发表的信》，《最小》1923 年第 8 号。

② 武润婷：《中国近代小说演变史》，山东人民出版社，2000 年，第 202 页。

③ 费正清编：《剑桥中华民国史》（上卷），中国社会科学出版社，1993 年，第 520 页。

④ 徐枕亚：《〈茜窗泪影〉序》，《茜窗泪影》，国华书局，1914 年。

⑤ 陆澹庵：《〈鸳鸯潮〉序》，《鸳鸯潮》，国华书局，1914 年。

新，对各种前所未有的小说模式、艺术手法上都进行过大胆的尝试，如书信体、日记体、“集锦”体等新体小说的产生，叙述时序和叙事角度的变化以及心理描写的加强等，在古代小说向现代小说的演变中，其贡献是不可抹杀的。

二、民初文言长篇小说创作实绩

民初的文言小说异军突起，特别是写情之作，报刊在登载时分别以哀情、苦情、忏情、妒情、侠情、奇情、孽情、惨情、喜情、艳情等界定题材，其中影响最大的是文言长篇小说的大量出现。

文言长篇小说从清中期《蟫史》和《燕山外史》产生之后，清末有李涵秋的《雌蝶影》、何诹[1]的《碎琴楼》等少量作品。到了民国初期，报刊连载的文言长篇小说大量出现，其中代表性的作品有：孤桐（蔡达）的《绿波传》（《东方杂志》1913年第9卷第10～12期）、林纾的《劫外昙花》（《中华小说界》1915年第1～2期）、《冤海灵光》（《小说月报》1915年第6卷第10～12期）、李涵秋的《雪莲日记》（《妇女杂志》1915年第1卷7～12期；1916年第2卷6～7期）、徐枕亚的《雪鸿泪史》（1914～1916年《小说丛报》1～18期，第13期未载）、《余之妻》（《小说日报》1916年6月10日～7月3日，连载24期）、《棒打鸳鸯录》（即《双鬟记》，《小说丛报》1915～1916年第13～22期，第15、17期未载）、吴双热的《兰娘哀史》（《民权画报》1912年7～8月间连载）、《断肠花》（《小说丛报》1916年1～6期）、李定夷的《廿年苦节记》（《小说新报》1916年第2卷1～12期，第3期未载）、《伉俪福》（《小说新报》1915年第2～4、6～9期）、《同命鸟》（即《后伉俪福》，《小说新报》1917年第3～6、9～10期）、许廑父的《碧海精禽》（《小说丛报》1918年第4卷1～9期）、杨南邨的《孤鸳语》（《小说丛报》1915年13～19期）等皆为文言长篇章回体小说并以报刊连载的形式首先发表。另

---

① 何诹（1882～1927），原名谦章，字子康，别号惠云，又号乙老，广西兴业县附城乡东山村（今玉林市石南镇东山村）人。宣统己酉拔贡生，曾任玉林速成师范第一任校长、广东高等审判厅法曹、候补县知事等职。后靠写作谋生，曾为《人权报》主笔。

外还有吴绮缘的《冷红日记》(《小说日报》1916 年 6 月 10 日 ~7 月 4 日)、天虚我生(陈蝶仙)的《玉田恨史》(《申报》1913 年 6 月 7 ~ 26 日)、《黄金祟》(《申报》1913 年 6 月 27 日 ~ 10 月 31 日)、《他之小史》(《女子世界》1914 ~ 1915 年间的第 1 ~ 6 期)等均为不分章回之文言长篇小说并在报刊上连载。

民初徐枕亚[①]在《民权报》连载骈文小说《玉梨魂》,从 1912 年 8 月 3 日至 1913 年 5 月 29 日连载至第 28 章。1913 年 9 月由民权出版部发行单行本。小说问世之后,以哀感顽艳而震撼文坛,一时文坛竞相仿效。《玉梨魂》的发表,是鸳鸯蝴蝶派走向高峰的标志,鸳鸯蝴蝶派作家也推他为"言情鼻祖"。《玉梨魂》的出版在当时引起轰动,销量创了当时的最高纪录,"出版两年以还,行销达二万以上"[②],重印数十次。同时发表的文言长篇还有吴双热[③]的《孽冤镜》,以及与徐枕亚、吴双热并称鸳鸯蝴蝶派"三鼎足"的李定夷(1890 ~ 1963)在《民权报》上连载的哀情小说《賈玉怨》,使《民权报》成为当时鸳鸯蝴蝶派的大本营。这些作家在民初掀起了一个以骈文语体创作小说的热潮,并在 1912 年至 1919 年间的出版界获得巨大成功。此后《小说丛报》《小说新报》《民权素》《小说旬报》等报刊相继推出骈体小说,其香艳绮丽的文辞以及缠绵感伤的爱情尤为青年们所喜爱。其文字风格和创作心态正如徐枕亚在《小说丛报》发刊词中所说:

> 原夫小说者,俳优下技,难言经国文章;茶酒余闲,只供清谈资料。滑稽讽刺,徒托寓言;说鬼谈神,更滋迷信。人家儿女,何劳替诉相思;海国春秋,毕竟干卿底事?至若诗篇投赠,寄美人香草之思;剧本翻新,学依样葫芦之画。嬉笑成文,莲开舌底;见闻随录,珠散盘中。凡兹入选篇章,尽是虚蹈文字。吾辈佯狂自喜,本非热心励志之徒;此编错杂

---

① 徐枕亚(1889 ~ 1937),原名觉,以字行,别署徐徐、辟友、眉子、泣珠生、东海三郎等,江苏常熟人。1912 年任《民权报》编辑,其《玉梨魂》为民国文言章回小说的杰出代表。

② 徐枕亚:《枕亚启事》,《申报》1915 年 11 月 13 日。

③ 吴双热(1884 ~ 1934),名光熊,一名恤,字渭渔,别署双热、一寒,江苏常熟人。曾任《民权报》《民权画报》主编,《小说丛报》《大同日报》编辑。《孽冤镜》是其长篇文言小说代表作。

纷陈，难免游手好闲之诮。天胡此醉，斯人竟负苍生；客到穷愁，知己唯留斑管。有口不谈家国，任他鹦鹉前头；寄情只在风月，寻我蠹鱼生活①。

《玉梨魂》全书30章，写家庭教师何梦霞与青年寡妇白梨影的爱情悲剧。落拓才子何梦霞在坐馆之时爱上了学生之寡母梨娘，两人互生爱意，但限于礼法结合无望。梨娘为求解脱，力主将小姑筠倩许配梦霞，不意更加铸成大错，梦霞不能移情别恋，筠倩枉担虚名，三人均陷于痛苦之中。后梨影、筠倩先后伤心抑郁而亡，梦霞伤心出走参加革命，阵亡于武昌城下。《玉梨魂》是作者根据亲身经历写成的一部小说，带有自叙传性质。《剑桥中国文学史》评价《玉梨魂》"以才子佳人式的悲剧叙述，展现了一个时代价值错置肇生的惶惑与牺牲，并追忆了在共和革命发生之前其实早已失去的理想世界。作者和读者在骈文传统中相濡以沫，形成一种悼亡伤逝仪式，但也不自觉地显露出自身历史意识的局限"②。1914年，徐枕亚将《玉梨魂》经过重新改写，托言何梦霞亲笔日记，撰为日记体小说《雪鸿泪史》，继李涵秋《雪莲日记》之后对这种新的小说创作模式进行探索和尝试。《雪鸿泪史》从《小说丛报》1914年5月25日创刊至1916年1月10日第18期连载，后又推出单行本。另外，徐枕亚还有文言长篇章回体"惨情小说"《棒打鸳鸯录》③ 发表于1915～1916年的《小说丛报》，1916年由小说丛报社出版单行本，改名为《双鬟记》。

吴双热的《孽冤镜》共24章，1912年10月10日～1913年7月27日发表于《民权报》，与徐枕亚《玉梨魂》隔日连载，1914年2月，由民权出版部出版单行本。《孽冤镜》以王可青的两次婚姻悲剧向人们揭示了封建包办婚姻的罪恶。诚如作者在该书的《自序》中所说："《孽冤镜》胡为乎作哉？予无他，欲普救普天下之多情儿女耳；欲为普天下之多情儿女向其父母之前乞

① 徐枕亚：《〈小说丛报〉发刊词》，《小说丛报》1914年第1期。

② （美）孙康宜、（美）宇文所安主编，刘倩等译：《剑桥中国文学史》（下卷），三联书店，2013年，第512页。

③ 《小说丛报》1915年第13期～1916年第22期。

怜请命耳；欲鼓吹真确的自由结婚，从而淘汰情世界种种之痛苦，消释男女间种种之罪恶耳。”故事写世家子王可青偶遇美丽女子薛环娘，一见倾心，后由相识到相知，二人私定婚约。家人已为可青定婚于宦门千金，王反抗未果，只能托人带信给环娘，诉其衷肠。后环娘之兄亡故，乃与其母移家南京，盼望可青无望，先后亡故。可青被迫所娶豪门千金凶悍无比，可青痛苦不堪，发疯而死。《孽冤镜》构思颇为新颖，打破了以往小说全知全能的叙事方法，以作者吴双热自己的口吻叙其友人可青之事。

与徐枕亚、吴双热并称鸳鸯蝴蝶派“三鼎足”的李定夷[①]也在1912年6月6日~1913年4月12日的《民权报》发表“哀情小说”《賈玉怨》，1914年7月由国华书局出单行本，8月再版。《賈玉怨》共30回，写没落世家子刘绮斋就读上海，与名门闺秀史霞卿两情投合，私订婚约。刘绮斋为了能得遂所愿，答应了母亲开出的条件，成绩优异，毕业后到云南谋职，颇受重用。而霞卿生母已亡，受到庶母虐待和陷害。庶母先是勾结盗匪将霞卿掳去，霞卿侥幸逃归。庶母又撺掇其父要将霞卿嫁与一纨绔子弟，霞卿以死抗拒，才使父亲暂搁其事。霞卿自以为难逃厄运，乃写一绝命书与刘。刘接书后急忙奔回。赶到时，霞卿之庶母因不久前与仆人通奸被杀。霞卿之父甚觉愧对女儿，接受了二人的婚事，并将霞卿的妹妹碧箫许给刘在日本的弟弟绚斋。好事成双之际，绮斋突然接到了弟弟在日本患病的电报，赴日探弟途中轮船沉没。霞卿闻此噩耗，伤病而亡，在日本的绚斋亦病亡，碧箫自叹薄命，灰心出家。绮斋落海不死，归来时见亲旧凋落，万念俱灰，留下一缕青丝，不知所终。这也是一个感伤的悲剧故事，与《玉梨魂》《孽冤镜》的情感基调一致，具有鲜明的时代特色。

除了《賈玉怨》之外，李定夷的文言长篇数量相当多，如《伉俪福》26章，初载《小说新报》1915~1916年第1~12期，后由国华书局出版单行本。故事写江济和与朱蓉华夫妻二人十年的恩爱生活。济和请作者根据蓉华的日

---

① 李定夷（1890~1963），字健卿，一作健青，别署墨隐庐主，江苏武进（今属常州）人。著名报人作家。曾任《民权报》编辑，还创办《小说新报》《消闲钟》等，著有《賈玉怨》等小说多部。

记以蓉华的口吻写成此书。李定夷的《廿年苦节记》首先刊载于《小说新报》1916年第2卷1～12期，第3期未载，后由国华书局民国六年（1917）出版单行本。《同命鸟》（又名《后伉俪福》）刊载于《小说新报》1917年第3～6、9～10期，国华书局民国七年（1918）出版单行本。

另一位需要提及的小说名家是姚鹓雏[①]，他的作品文白兼有，其文言长篇受林纾古文小说和译著影响，与同时期的骈体文言小说创作风格有别。范烟桥先生说“姚鹓雏是南社人中最能写小说的”[②]；郑逸梅说他“为文宗林畏庐，而婉约风华，却为畏庐所不及”[③]。其文言长篇小说有“哀情小说”《燕蹴筝弦录》（30章，小说丛报社，民国四年初版）、《风飐芙蓉记》（20章，小说丛报社，民国五年初版）、《春奁艳影》（11章，中原书局，民国五年初版），但这些作品采用了直接出版的传播形式，并未见在报刊上首先发表。

蒋景缄在民初继续了文言长篇的写作势头，如1913年《大共和日报》连载“哀情小说”《自由毒》、“理想小说”《易形术》。1914年正月开始在《大共和日报》连载文言长篇“哀情小说”《灵鹣梦》。另外，杨南邨的“哀情小说”《孤鸳语》发表在《小说丛报》1915年至1916年间的第13～19期上，共分19章。陈蝶仙“哀情小说”《玉田恨史》[④] 在1913年6月7～26日的《申报》上连载，未采用章回体制。

通过以上对民初报刊上发表的文言长篇小说的梳理，我们可以看到民初这种特殊的文言小说形式所取得的骄人成绩。虽然从一开始这种文言小说形式就受到新兴作家的批判，但却逆势生长在民初掀起了一场风暴，从而让白话小说望尘莫及。武润婷评价说：“新小说只注重文学的社会功利性，

---

① 姚鹓雏（1892～1954），名锡钧，字雄伯，号鹓雏，别署宛若、龙公、红豆词人等，江苏松江（今属上海市）人。著名报人作家，于诗、词、散文、戏曲、小说均有很高造诣。在1909年以第一名的成绩考取京师大学堂，得林纾的嫡传。林纾的小说著译对姚鹓雏的创作影响很大。辛亥革命后入上海报界，曾在《太平洋报》、新加坡之《国民日报》《民国日报》等报刊任职。中华人民共和国成立后任职于上海文史馆。

② 范烟桥：《民国旧派小说史略》，见魏绍昌编：《鸳鸯蝴蝶派研究资料·上卷》，上海文艺出版社，1984年，第278页。

③ 郑逸梅：《南社丛谈：历史与人物》，中华书局，2006年，第258页。

④ 陈蝶仙：《玉田恨史》，栩园编辑社，1915年。

忽略了小说艺术自身的特点，在艺术技巧上没有什么建树。‘鸳蝴派’小说则为了赢得广大民众的喜爱，注重艺术技巧的创新。这些小说的创作，有对我们传统小说的继承、发展；也有对西方小说的参考与借鉴。如推理小说的引进；日记体、书信体小说的产生；叙事时序和叙事角度的变化；心理描写的加强；语言进一步通俗化、口语化，并出现了方言小说等。在古代小说向现代小说的演变中，‘鸳蝴派’小说的贡献最大。”① 仅这一点就值得我们反思和探究。

三、民初报刊文言长篇小说的思想艺术特征

关于民初报刊连载的文言长篇小说的艺术特点和成就，学界已多有阐释和分析，今据所见代表作品再做进一步概括。

首先，作品的悲剧结局和感伤基调成为民初报刊文言长篇小说的典型特征。徐枕亚的《玉梨魂》《雪鸿泪史》、吴双热的《兰娘哀史》《断肠花》、李定夷的《霣玉怨》《廿年苦节记》、许廑父的《碧海精禽》、杨南邨的《孤鸳语》、吴绮缘的《冷红日记》、天虚我生（陈蝶仙）的《玉田恨史》等都是哀情小说的代表作。小说中的青年男女的爱情均以悲剧结局，而阻碍爱情婚姻自由的核心力量仍然是家长意志、传统观念和社会动乱。民国以后，虽然新的思潮已经传入中国并影响到了人们的思想，但传统观念仍然根深蒂固不易消除。旧体小说的作者们深感礼教对人的压抑，但不是要否定礼教，而只是想改良礼教，因此其思想就处在新旧的矛盾挣扎中，既想保留旧道德，又向往爱情和婚姻自由，加之其自身的软弱个性，在行动上却又不由得犹疑和彷徨，不具备革命者的气魄，这就造成了民初文言长篇小说情感基调的哀鸿遍野与涕泪交零。袁进先生也指出：“畅销的《玉梨魂》虽不是这个时代思想最进步的小说，但无疑最能反映这个时代的矛盾特征。”② 正如范烟桥所说：

---

① 武润婷：《中国近代小说演变史》，山东人民出版社，2000 年，第 205 页。

② 袁进：《中国文学的近代变革》，广西师范大学出版社，2006 年，第 336 页。

> 民初的言情小说，其背景是，辛亥革命以后，“父母之命，媒妁之言”的传统婚姻制度，渐起动摇，“门当户对”又有了新的概念，新的才子佳人，就有新的要求……两性的恋爱问题没有解决，青年男女为之苦闷异常，从这些现实和思想要求出发，小说作者就侧重描写哀情，引起共鸣，体裁是继承章回小说的传统，文字则着重词藻与典故，徐枕亚的《玉梨魂》就是当时的代表作①。

《玉梨魂》中白梨影殉情而死，崔筠倩郁闷而亡，何梦霞亦在武昌城下战死殉国；《孽冤镜》中薛环娘撞壁而死，王可青在环娘墓前自缢；《賈玉怨》中的刘绮斋与史霞卿的爱情最终也走向悲剧。这些作品写青年男女在自由与传统之间的挣扎，反映了民初思想解放的破土艰难。

民初文言长篇小说感伤特质的形成一方面受到时代感伤氛围影响。鲁迅先生说：“见过辛亥革命，见过二次革命，见过袁世凯称帝，张勋复辟，看来看去，就看得怀疑起来，于是失望、颓唐得很了。”② 刘铁冷说：“近人号余等为鸳鸯蝴蝶派，只因爱作对句故，须知尔时能作诗赋者伙，能为诗赋，即能做四六文，四六文不适世用，不自民国始，不待他人之攻击。然而在袁氏淫威之下，欲哭不能，于万分烦闷中，借此以泄其愤，以遣其愁，当亦为世人所许，不敢侈言倡导也。”③ 1914 年 5 月 1 日，徐枕亚在《小说丛报》发刊词中写道：“嗟嗟，江山献媚，狮梦重酣，笔墨劳形，蚕丝自绕。冷雨凄风之夜，鬼唱新声；落花飞絮之天，人温旧泪。如意事何来八九，春梦如痕；伤心人还有二三，劫灰共话。”④ 将满怀经邦济世之心肠化为风花雪月之笔墨，以满纸哀情叙写对现实的灰心失望。其二是以悲为美的美学传统影响。徐枕亚称：“欢娱之词难工，愁苦之音易好。诗文如是，小说亦然。”⑤ 骈文哀感

---

① 范烟桥：《民国旧派小说史略》，载魏绍昌编：《鸳鸯蝴蝶派研究资料》（上卷），上海文艺出版社，1984 年，第 272 页。

② 鲁迅：《自选集·自序》，《野草》，大象出版社，2011 年，第 74 页。

③ 刘铁冷：《民初之文坛》，《永安月刊》1947 年第 93 期。

④ 徐枕亚：《〈小说丛报〉发刊词》，《小说丛报》1914 年第 1 期。

⑤ 徐枕亚：《〈茜窗泪影〉序》，李定夷：《茜窗泪影》，国华书局，1914 年。

顽艳的体式，正好适合该时期小说家凄苦愁闷的心态，而在对骈文这种精美形式的雕琢中，小说家获得的是可以自我满足的审美快感。

民初的文言长篇小说在艺术上除了继承传统通俗和文言小说的手法外，另一个突出特点是模仿西洋小说的结构和叙事手法。周桂笙在翻译法国鲍福所著《毒蛇圈》时，在原文前有一段识语，开头说："其起笔处即就父母问答之词凭空落墨，恍如奇峰突兀，从天外飞来；又如燃放花炮，火星乱起，然细察之皆有条理，自非能手不敢出此。虽然，此亦欧西小说家之常态耳。"① 场景开篇，第一人称限知视角，叙事顺序上倒叙、插叙、补叙的运用，日记、书信的插入，大量人物对话运用，大段的心理描写，所有这些都曾给中国小说发展带来过新鲜的气息。如徐枕亚《玉梨魂》第一章《葬花》就以场景开篇，奠定作品的感伤基调：

> 曙烟如梦，朝旭腾辉，光线直射于玻璃窗上，作胭脂色。窗外梨花一株，傍墙玉立，艳笼残月，香逐晓风，望之亭亭若缟袂仙。春睡未醒，而十八姨之催命符至矣。香雪缤纷，泪痕狼藉，玉容无主，万白狂飞，地上铺成一片雪衣。此时情景，即上群玉山头，游广寒宫里，恐亦无以过之。而窗之左假山石畔，则更有辛夷一株，轻苞初坼，红艳欲烧，晓露未干，压枝无力，芳姿袅娜，照耀于初日之下，如石家锦障，令人目眩神迷。寸剪神霞，尺裁晴绮，尚未足喻其姿媚。至墙东之梨花，遥遥相对，彼则黯然而泣，此则嫣然而笑，两处若各辟一天地，同在一境，而丰神态度，不一其情；荣悴开落，各殊其遇。此憔悴之梨花，若为普天下薄命人写照者。相对夫弄姿斗艳、工妍善媚之辛夷，实逼处此，其何以堪。梨花满地不开门，花之魂死矣。唤之者谁耶？扶之者谁耶？怜惜之者又谁耶？时则有残莺三四，飞集枝头，促咽啼声，若为花吊。此外则空庭寂寂，唯有微风动枝，碎片飞舞空中，作一场白战而已。乃俄焉而窗辟矣，有人探首外望矣。

---

① 上海知新室主人（周桂笙）译、法国鲍福原注：《毒蛇圈》识语，《新小说》1903年第8期。

由景物描写开篇，引出主人公何梦霞形象。写何梦霞晨起推窗，见庭院中梨花缤纷半残，而一株辛夷正胭脂初染，于是哀怨伤悲地在如雪的梨花前徘徊："上抚空枝，下临残雪，不觉肠回九折，喉咽三声，急泪连绵，与碎琼俱下。"在小说第十四章《孽媒》中，叙述者首先是以全知视角交代了梨娘与梦霞为情所苦百般纠结，梦霞收到梨娘病后所作书信，劝梦霞求婚于筠倩。接着以第一人称写梦霞读完梨娘书信后的心理活动：

> 梦霞读毕，沉吟良久，如醉如痴，一时之从违，竟难以自主。继思梨娘之言，情至义尽，以过情责我，我亦自觉过情。然我实处于万难之局，欲抛则无此毅力，欲合则已误前缘；颠倒情怀，不遑他顾，故我当下笔之时，直以为不如此不足以对知己，而于后来之种种，未遑一一虑及也。此言既出，我已甘心牺牲一切，抱恨终身，虽明知其太过，终不愿中途翻悔，为负情之人矣。今彼宛曲陈情，反复劝谕，辞严义正，殊令人难忍难受，况更以死相要，有逼我以不得不从之势。我若固持前说，不肯回头，或更致意外之变，然我食言而肥，无限深情，付之流水，于我心终不能无慊焉。失陇得蜀，计诚妙矣，然赵氏连城之璧，何似中郎焦尾之琴？以曾经沧海之身，肯作再上别枝之想。彼病初愈，我若不允，则无情之病魔，固日夜环伺其旁，不待招之始返也。我不能使之不病，顾安忍使之再病？此时盖不能不用缓兵之计矣。

接下来又以第三人称全知视角写梦霞回信，在人称视角的交错中完成了情节的叙述。《玉梨魂》在骈散结合的文学语言中，有多重文体的渗透，穿插诗词、书信、日记等，引人关注。据统计有诗歌 127 首、词 5 首、书信 14 则，另外还有日记。《玉梨魂》在讲述故事的同时突出对人物心灵世界的展示，注重骈体文抒情功能的发挥，同时大量吸收散文的表现方法入小说。吴双热《孽冤镜》开篇即写景议论：

> 方春和时，一山一水，一花一草，点缀春华成一美术世界。以故春郊多游人，或则走马看花，或则听鹂载酒，或则踏青野外，或则拾翠溪

> 边，及时行乐，收拾春光，唤起一种美的感情。游春侣伴，乐可知矣。嗟乎！春自可人，而人对青春正复襟怀各别。同是春也，甲以为乐，乙以为悲；犹自人也，昔也赏春，今也伤春，盖所处之境遇不同从而所感之情绪亦随时移易。是故春也者，亦一情之魔也，失意人遇之，方寸乱矣。

以写景议论引出王可青的悲剧爱情故事。《孽冤镜》主体以第一人称叙事，富有抒情色彩。正如作者在《孽冤镜·自序》中所说："嗟乎！《孽冤镜》胡为乎作哉？予无他，欲普救普天下之多情儿女耳。"徐枕亚在《孽冤镜·序》中说吴双热"长于言情，必极其哀"①，小说常在情节表述和环境描绘上着意烘托、渲染，营造悲剧氛围，以便将作者想要表达的感情抒发得淋漓尽致。

随着西方第一人称叙事的小说译作的传入，中国小说叙事视角由全知向限知、纯客观的转换。清末民初小说新手法的使用无疑是受到翻译小说的影响的，晚清里提摩太译的《百年一觉》(1894)、林纾译的《巴黎茶花女遗事》(1896)、张坤德译的《华生包探案》都采用的是第一人称限知视角。《巴黎茶花女遗事》是在男主人公阿尔芒对"我"的讲述中展开了故事，后来再加上玛格丽特的日记和书信，组成完整的故事。徐枕亚《燕雁离魂记》②开卷就是倒叙："余书盖有忆而作也。余今为四十六龄，自恒人计之，尚在中年时代，而头星星白，目黝然若无能视，乃至步履饮食起居动作肯飒飒然呈暮气。"小说在第一人称自叙中开头，第一二章写男主人公和两位女主人公在童年时代青梅竹马的欢乐场景。李定夷的《伉俪福》以女子朱淑贤口吻叙夫妻恩爱往事，采用第一人称限知视角。陈蝶仙《玉田恨史》③ 就是全篇用第一人称，从头到尾写主人公的心理活动。再如《孽冤镜》第20章《惨剧》写环娘接到可青的退婚书后撞墙而死的场景，作品没有采用全知全能的叙事方法正面描写环娘母女之死，而是通过捎书人所见所闻间接写出，同时利用环

---

① 徐枕亚:《〈孽冤镜〉序》,《孽冤镜》，民权出版部，1915年。

② 徐枕亚:《燕雁离魂记》，世界书局，1929年。

③ 天虚我生:《玉田恨史》，栩园编辑社，1934年。

境描写来烘托悲剧气氛：

堂与室仅隔一堵，堵败矣，石粉剥落，蜗篆纵横，墙根作苍黄色。予试属耳于垣，不闻人语，忽有声腾腾然发于墙以内，败堵微震撼，疏泥朴簌坠于肩，杂以一片惊呼声，曰："环儿！环儿！"其声嘶且颤。予大惊，渠家无男子，予何可久留，遽急趋出，归予舟。惊定，予伪为过客也者，再临薛氏之门，一侦发声后之现状。则见其门如市，人如堵，群围一泪面蓬头之小女子。予知有异，则亦立人后而观望焉。小女子面惨白，殆非含悲受剧惊也。渠语于众曰："予出门买药去，及归入室，忽见予表姊环娘毙墙下，面目浴血，一席地亦为之红。惊呼予卧病之阿姑不应，即之，头垂于床沿，以为呕吐也，嘻！一身冷却，盖亦死矣。"

然后捎书人又以书信形式告诉可青事情经过和结果。

书信在我国古代已经是一种重要的文体，以书信入小说在唐传奇《莺莺传》中就已经出现了，但在我国古代的文言小说中应用并不普遍。而西方的纯粹书信小说早已存在，1915～1917年，《东方杂志》发表了林纾执笔、王庆骥口译的欧洲最早的书信体小说《鱼雁抉微》（即《波斯人信札》），林纾对该书"幻为与书之体"① 的新形式颇为赞赏。徐枕亚的《雪鸿泪史》除日记体外又穿插书信《与静庵书》和《与挹青书》。其《与静庵书》曰：

暮霭苍苍，关山色死，此如何景象耶！单床冷席，孤寂如鹜，此如何地位耶！顽童数辈，终日聒噪，此如何生活耶！而梦霞以一身当之，不其危哉！盖自风雨孤舟，飘摇到此，忽忽已匝月于兹矣。愁中滋味，尝遍十分；病里光阴，抛来几日。回首荒店品茶，丛祠赌弈，情澜不竭，密坐谈心，曾几何时，恍憾若梦，渭北江东，云愁树惨。我所思兮，杳不可见。浮世光阴，隙驹之影耳；人生聚散，沙鸟之迹耳。黄昏不寐，摊书独坐，乡思羁愁，百无聊赖。不徐不疾之钟声，若与我问答焉；不

① 林纾：《鱼雁抉微·序》，《东方杂志》1915年12卷第9期。

明不灭之灯光，若为我撮影焉。叹世运之不齐，伤命途之多舛。鸡声落月，刘琨起舞偏迟；雁影西风，庾信伤心太早。才人薄命，名士工愁。同病如公，何以教我？嗟乎！笔墨无情，莺花易老。君才如海，我志将灰。浊酒一杯，此身何有耶？裂素写意，聊寄殷勤。春风多便，惠我好音，勿使消息如瓶井也。

民国初期，在小说中插入日记或全以日记体结构小说产生了一大批模仿之作，如李涵秋的《雪莲日记》、徐枕亚的《雪鸿泪史》、吴绮缘的《冷红日记》等均为日记体文言长篇小说。日记体受到《鲁滨逊漂流记》影响，人们在翻译该书时说："原书全为鲁滨逊自叙之语，盖日记体例也，与中国小说体例全然不同。若改为中国小说体例，则费事而且无味。中国事事物物皆当革新，小说何独不然！故仍原书日记体例译之。"① 徐枕亚的《雪鸿泪史》（又名《何梦霞日记》）虽然采用第一人称，以每月一篇日记构成一章，难以摆脱传统章回体小说程式化束缚，但是它已经注意到了日记体的心理表现功能，多处穿插"余"大段的抒情独白，如第三章第二十节《归云双翰》中写道：

今则故人无恙，独客无聊。梅花岭树，瞻望徒劳。落月屋梁，怀思靡已。重拾坠欢，更不知在何日矣。永夜怀人，不能成寐；且凭尺素，以写我心。二子得之，当有以慰我也②。

《冷红日记》以冷红女史一年之中从元旦到除夕的三十七篇日记组成。《燕雁离魂记》结尾引用了蕙馨和漱卿两位女子的日记，将时间转入过去，详细阐释了小说中三人之间以及彼此家庭之间矛盾产生的原因以及两位女主人公的矛盾心情。

民初的文言长篇小说不但在体制上突破了传统，而且在手法上借鉴西方小说叙事技巧，对我国传统小说形成了突破和创新，对我国小说的现代化进程产生了推动作用。但文言长篇小说也只是在民初的七八年时间里乍现辉煌，

---

① 《鲁滨逊漂流记·译者识语》，《大陆报》1902 年第 1 卷第 1 期。

② 徐枕亚：《雪鸿泪史》（续），《小说丛报》1914 年第 5 期。

此后则难以为继。由于缺乏再创造精神，致使作品公式化严重，最终走到尴尬的境地。对此，《礼拜六》的主编王钝根曾批评道："试一究其内容，则自一痴男一怨女外无他人也，一花园一香闺外无他处也，一年届破瓜一芳龄二八外无他时代也，一携手花前一并肩月下无他节候也。如是者一部不已，必且二部；二部不已，必且三部四部五部以至数十部。"① "叙述上的三段论：描写现在——回忆过去（用倒叙、补叙、插叙等手法）——描写现在，几乎成了小说情节发展的固定程序。作品语言富丽，有堆砌辞藻之弊。一九一五年前多用文言，一九一五年后白话增多。"② 1915 年，恽铁樵在《小说月报》明确表示"爱情小说所以不为识者所欢迎，因出版太多，陈陈相因，遂无足观也。去年敝报中几乎摒弃不用……言情小说，心理学之一部耳。今不言其理，徒讲藻饰，此与搬弄新名词者何异？宜其味同嚼蜡也。"③ 五四运动后的《礼拜六》还发表过署名"落华"的《小说小说》，表达了对骈文小说的不满："盖四六派言情小说问世，小说之道遂受一劫……致以骈四俪六，浓词艳语，一如圬工之筑墙，红黑之砖，间隔以砌之，千篇一律。行见其淘汰而无人顾问，移风易俗则瞠乎后矣。"④

第二节　民初报刊中的旧体传奇小说

民初时期是新旧杂糅的时期，报刊小说无论是从语言的文白并存，还是题材手法上的新旧兼用，均表现出过渡期的特点。除了文言长篇小说成就突出之外，旧体传奇小说在题材上也包罗甚富，以写情短篇和侠客技击案狱类为最多。

---

① 王钝根：《〈小说丛刊〉序》，《小说丛刊》，江南印刷厂，1914 年。

② 北京大学中文系文学专门化 1955 级集体编著：《中国文学史》（四），人民文学出版社，1959 年，第 389 页。

③ 恽铁樵：《答刘幼新论言情小说书》，《小说月报》1915 年第 6 卷第 4 号。

④ 落华：《小说小说》，《礼拜六》1921 年第 102 期。

一、人物传奇小说

以旧体形式叙传奇人物经历在民初的小说中并不少见，其成就最高者非许指严莫属。甦庵（许指严）“革命轶闻之四”《齐王氏外传》① 写乾隆间王氏女丁香自幼习文练武，后为官府所逼入白莲教求庇护，成为女头领，又设法除去教主及仇人齐林被推为教主，然终不忘意中人严生，后乃辞教主位而偕严生及其父归隐南山不知所终。后有甦庵评论曰：“幼读《圣武记》及《川楚教匪纪略》等书，参之故老传述，齐王氏一妖妇而敢实行革命，其才当必有过人者，诚可怪诧，今聆梅魂语，徒一旖旎儿女子事耳。”许指严的“清秘史外录之十七”《于湖尼侠》② 记录明清鼎革之际救世庵尼大觉的俗世经历。大觉本为士绅沈某之妻，后沈某抗清被牵连，大觉出家为尼为夫报仇事。后有“指严曰”评论。许指严“清秘史外录之附录”《虎儿复仇记》③ 记清仁宗时阎进喜内应林清起义攻入皇宫事。写张广泗之子虎儿为报父仇进入和珅府内，又顶替宫内阎进喜之名入宫，与林清起义失败后，经过其师王伦点化入终南山不返。后有著者曰：“虎儿志略不让革命诸先觉，而载兴载仆终遭败亡，名亦与草木同腐者，祸起于同室干矛耳。可知外侮不足惧而内患滋足悲也。”许指严《卖鱼娘》④ 记张禄为反清义士，其子天雄寻父，听传言其父赴日渡海途中为巨鲸吞没，天雄誓报父仇。后至日本，人号为鱼壳大王。归国后投胤礽门下欲有所作为，娶妻生女曰鱼娘。后天雄欲杀胤祯失手后不知所踪，其妻亦遇害，鱼娘亡命天涯。鱼娘长成后与其未婚夫沈某寻父不返。期间涉清廷秘史，穿插宫廷诸皇子争嫡事。胤祯即位后大捕鱼壳，鱼壳后被于成龙于微山湖中擒获，其湖中渔民多与鱼壳有旧，胤祯乃下诏永不许渔民登岸以为惩罚。后鱼壳被其女鱼娘及沈某救出，又救出吕留良孙女侠娘。鱼娘、侠娘终入宫杀雍正，于微山湖卖鱼为活，豪家不敢欺。后有“指严曰”评论。

① 《小说月报》1913 年第 4 卷第 9 期、1914 年第 10 期。

② 《繁华杂志》1914 年第 3 期。

③ 《礼拜六》1914 年第 24 期。

④ 《小说月报》1914 年第 5 卷第 5 期。

许指严《砭仙》[①] 以砭仙夫妇的经历叙宫闱秘史。记清道光末一女子以石为人治病号为砭仙，与柳生者同时失踪，后乡有士人他乡遇之，见柳生起居过于富家，士人流连忘返。又记砭仙之学医术经过，记柳生入宫为皇上医病，乘机扳倒权相穆彰阿，后柳生为帝治病时被妃赐死。砭仙行医国外与夫相遇，则其夫固未曾死也，归国后不问世事。后有"指严曰"评论。许指严的旧体传奇小说还有"传记小说"《三奇人》[②]、"清秘史外录"《香妃异闻》[③]、《欢喜菩萨》[④] 等皆以旧体形式记奇人异迹。

此外，另一旧体传奇大家吴绮缘著有《忆红楼记艳》收录12篇女性传奇作品，连载于《小说丛报》第4卷第1～6期（1917年第1～4期、1918年第5～6期）。其中第1期收录无题一篇、《莲女》；2期收录《阿凤》《莲云》，3期收录《柳莺》《裳红》，4期收录《当炉女》《瑶笙》，5期收录《卖花声》《扑朔迷离》，6期收录《春楼花影》《花笑春风记》。还有（汤）钝觉[⑤]的"札记小说"《碧窗女史》[⑥] 记碧窗女史胡氏女的事迹经历。

二、写情短篇

传统的写情短篇在民初的报刊上仍然是重要题材之一。如静铨的"写情小说"《陈生别传》[⑦] 记德州陈生少有大志，倜傥多才，然命途多舛，一病不起，原订婚约之邑绅张氏女悔婚，陈生病床支离，万念俱灰。绝望之际，得比邻王孝廉之女眷顾，不但帮其医好痼疾，且二人最终喜结良缘。（叶）楚伧的"哀情小说"《贾宝玉》[⑧] 写洛中富家子潘生年少聪敏俊秀有神童之目，偶

---

① 《小说月报》1914年第4卷第12期。

② 《剧场月报》1914年第1卷第1～3期。

③ 《礼拜六》1914年第6期。

④ 《礼拜六》1914年第10期。

⑤ 汤觉顿（1878～1916），名睿，一作觉钝、国顿、觉顿，亦署钝觉，号荷庵，广东番禺人。康有为弟子，辛亥革命后曾任中国银行总裁，1906年反对袁世凯称帝的过程中，代表已独立的广西军阀陆荣廷同广东拥袁军阀龙济光谈判，在4月12日的海珠会议上，被龙方警卫军统领颜启汉行凶枪杀。

⑥ 《民国汇报》1913年第3期。

⑦ 《小说月报》1912年第12期。

⑧ 《民国汇报》1913年第3期。

因阅《红楼梦》竟成痴病，自以为贾宝玉，并强其父母至城外寻林妹妹。父母无奈随其出城，结果真的在海棠树下见一女子，并以之为林妹妹，然女子惊鸿一瞥翩然而逝。后潘生在海棠树上刺"怡红主人访前缘于海棠花下归遂死"数字，归来后坠楼死。女子睹树上文字，亦伤心而亡。两家合议以夫妇之礼葬二人于海棠树下。每年寒食时节，人见鹧鸪一双，鸣于树上，其音凄婉，引人泪下，人多称其坟为"鹧鸪坟"。包柚斧的《蝴蝶相思记》[①] 记周生栩与表妹蝶奴之恋情，最后因周生懦弱而使蝶奴嫁为人妇，生则怀恋不已。(沈) 东讷的"奇情小说"《虎口奇缘》(小村原稿)[②] 记麻城彭逸舟因迷恋绳妓之美而被人拐骗流落他乡，后得小青相救逃出魔掌，又得其为金坛县令之姊夫帮助，与小青结为连理。后有"东讷曰"评论。刘铁冷"苦情小说"《可怜颜色经年别》[③] 写潘姓少年与戚王氏之婢女尹香两情相悦，然不得王翁所允，几经波折，尹香志不移，终于二人结为连理。

三、侠客技击类小说

侠客技击类题材也是文言小说的传统题材，在报刊上也占有很大比重，这与民初的社会动荡有很大关系。如(范) 剑啸的《镖师妇》[④] 记武举文某以勇力自负，后遇一技艺绝高之老僧峨眉十八郎，自言少时学艺时有同门师兄弟十八人，僧排行十八，故名。后同出行劫时被镖师妇以针杀其十七位师兄，仅十八郎一人存活。后老僧深藏武功，不敢轻易逞能。文某自此亦不敢谈武，常以此事戒血气少年。(范) 剑啸的《镖师女》[⑤] 记镖师女以碎杯瓷片击杀群盗事。许指严"纪事小说"《拾幽并健儿事》[⑥] 写童子延寿与其妹设计为兄延福报仇诱杀群盗事。其情节设置步步惊心，而最后揭开谜底。茧庐

---

① 《礼拜六》1914 年第 2 期。
② 《小说丛报》1915 年第 14 期。
③ 《小说丛报》1915 年第 12 期。
④ 《民国汇报》1913 年第 1 卷第 3 期。
⑤ 《民国汇报》1913 年第 1 卷第 3 期。
⑥ 《小说月报》1913 年第 4 卷第 8 期。

(程小青)[1]《行路难》[2] 写一金姓客商途中住宿被群盗所杀，店中一盲老人亦客商，觉群盗声有异，乃嘱其伙与店主报官，结果群盗被擒，而县令审群盗时，盲老人及其同伴亦在场，中一盗乃识破老人亦曾为盗魁，官欲软禁老人而究其根底，翌日老人不知所踪而群盗伏法。故事先写金姓客人之谨慎，又写盲老人之精明，再写群盗之凶残，但被盲老人识破而终被擒，后又生一波折，乃知老人亦曾为盗。程瞻庐“义侠小说”《翩鸿》[3] 记刘望山祖妾翩鸿行侠数事。包柚斧的“侠情小说”《雌雄侠》[4] 写女子松嫣被郑姓商人买而为女，后郑被其侄崇信所害，松嫣辗转结识侠客王五并在王五的帮助下诛杀崇信而为郑报仇。(汪) 率公的“历史小说”《无名之英雄》[5] 为那些除开国重臣和中兴名将之外对国家做出贡献的无名英雄做传，记年羹尧平青海时之马僧遗事。有严、徐二叟者，有文名，深受年之信任，后乞老归养，年派人护送，行经山西蒲州界，遇二骑客并二僧，二僧本欲行劫，知叟等为年大将军门客遂止。二骑客至，夜半僧叩门呼令叟起。严叟自以为不免，乃愿意以其财赎买徐叟性命。僧自言非杀人者，二骑客乃真盗也。后僧自言经历，并云年大将军平定青海，擒获酋母之功乃己相助。又言本吴人，少年任侠，尤其爱马如命，因盗马不成得岳公钟琪推荐至年大将军处效力，后随征青海，潜入敌营说敌酋罗卜藏丹津之母归降，僧于大雾中侥幸成功，酋母归顺后被杀，罗卜藏弃城走，青海平。僧不受爵而辞归，岳厚赐而放归，途中昵一妓，挥霍一空，乃削发欲赴少林为僧。见二盗所乘马甚驯，乃夺而有之，与二叟相别而去。瘿木的“尚武小说”《裙里腿》[6] 写清咸丰间有谢元龙者，技艺过人未遇敌手，一日于大明湖畔遇一高人将其挫败，从此谦恭逊让不敢以武骄人。其女亦得其传，有绝技曰“裙里腿”，能于无形中击人，后嫁一文士，数年后

---

① 程小青（1893～1976），原名青心，别署茧庐、茧庐，上海人，祖籍安徽安庆。近现代报人、小说家。

② 《小说月报》1913 年第 4 卷第 8 期。

③ 《中华小说界》1914 年第 6 期。

④ 《礼拜六》1914 年第 5 期。

⑤ 《礼拜六》1914 年第 6 期。

⑥ 《双星杂志》1915 年第 3 期。

夫亦能武，而女则能文矣。吴双热的“记事小说”《玉狮子》（金鹤原稿）[①]记清光绪间旗人文彬督漕运得双玉狮，目嵌夜明珠，为稀世奇珍。彬宝之，一夜忽失所在。彬乃召县令迫使半月破案，县令则命捕役十日内破案，然数月过去杳无音讯。名捕杨发因此事下狱死，其子杨五乃入齐鲁间寻访盗贼踪迹，绿林寻遍不得消息，盗首朱某与杨发有旧，乃指示杨五至薛家圩薛方及其子处访求。薛方之子名季玉，承认盗了玉狮子，并命仆人余跛携带玉狮子随杨五回去销案。文彬等人会审，余跛在酷刑下毫发无损，来去自如，其去时缠身铁索应声断为数截，从容携玉狮腾身上屋而去。公案上留下巨函一，匕首一，文彬见之色变，遂不敢追问玉狮子下落。花奴（黄中）的“武侠小说”《饧箫侠影》[②]通过友人严君之口转述卖饧老松之任侠经历，其年少时得武举某传授武艺，后入军供职，捕盗淮泗间，为统带，后捕得贩私盐之盗，盗首为翼王石达开旧部，老松与之比武则逊一筹。盗首名武汉祥，为老松讲述满汉不两立之道理，老松乃释之而去。后又因救盗伙而几得罪其师，经师默许劫盗伙以去，啸聚草泽间。最后因不得伸其志而隐于市井。（顾）明道的“武侠小说”《女剑仙》[③]写桐城金生洪杨乱中母妹为乱兵所掳，遇女剑仙为之救回且护送生一家至天津避难，后飘然离去。故事采用传统手法，后有“明道曰”评论。

四、神怪类小说

民初的报刊文言小说中也保留了不少神鬼怪异类传奇作品，这也是志怪传奇小说在民初的延续。如阿蒙的“神怪小说”《塚中人》[④]记猎人毕大到明江苏巡抚周康僖公墓地狩猎而被城隍神捉住笞二百狼狈而归事。后有阿蒙评论曰：“毕大为吾里中人，兹事凿凿可据，知者甚多。夫鬼神问题，科学家谓其无，宗教家谓其有，其实有者自有，无者自无，吾姑妄言之，阅者亦姑妄听之而已。”

---

① 《小说丛报》1915年第13期。
② 《小说新报》1917年第3期。
③ 《小说新报》1919年第5期。
④ 《礼拜六》1914年第26期。

这也代表了民初作家的普遍创作心态。聊摄（须方岳）的“神怪小说”《甘后墓》[①] 写浙人沈有秋入资为四川成都县令，掘县衙内巨石以图财，结果发现昭烈皇帝（刘备）甘皇后墓室。沈丧气欲返，见墓门有字，则诸葛亮志以告诫有秋之文字也。结果被罚鱼油供奉神灯，耗资不菲，几不能支，因其母虔诚代祷，得免其罚，后因借支库银被劾，穷困以终。吴绮缘的“幻情小说”《月明林下美人来》[②] 以第一人称写做客武林，寓孤山之侧，见女郎二人，非人间装束，乃绝世丽姝，一衣绯，一衣素，于湖畔野语，后见苏小小与冯小青之墓，方知所见为二薄命女子鬼魂。后来经过改写后以“反聊斋之四”又发表于《小说丛报》1917 年第 3 卷第 6 期，主题发生变化，改为破除迷信主题。另外，还有署名“渔郎”的“任侠小说”《粉城公主》[③]，其作者渔郎为清末民初小说家邹弢之子笔名，实际上该篇为邹弢旧作，后以王韬名义收在《淞滨琐话》中。程瞻庐的“游戏小说”《婴宁第二》[④] 通过友人转述形式叙叶氏子梦花见一妪携一绿衣女郎，善笑，妪殁后女郎嫁梦花，又惩治了意图非礼之梦花从弟及刘生、申生等人，后被其妗氏携去，不知何往。故事受到了《聊斋·婴宁》一篇的影响。

五、案狱类故事

民初报刊上发表的传统案狱类文言小说有剑痴的“侦探小说”《茉莉根》[⑤] 作者叙其伯祖醒夷公所洗雪的一桩新建县寺僧净根盗尸冤案并成就一段姻缘。故事写同治间新建县某巨绅女明霞与绅之甥何某幼相爱悦，然不得巨绅支持，后女身怀有孕，二人惧怕事情败露乃根据《阅微草堂笔记》中提到的茉莉根服之可以伪死暴亡的药方以图骗过巨绅而远走高飞。当巨绅见女暴卒将女棺寄于僧寺中，结果何某夜半将女救走，而巨绅不见女尸乃以图财盗

---

① 《双星杂志》1915 年第 3 期。
② 《小说丛报》1916 年第 19 期。
③ 《礼拜六》1914 年第 7 期。
④ 《中华小说界》1915 年第 2 卷第 2 期。
⑤ 《小说新报》1917 年第 5 期。

尸报官，寺僧净根无以自明备受酷刑而诬服。醒夷公重审案件发现僧之冤并明察暗访，终将试图远遁之何生与明霞抓获。绅欲治以家法，公以男女有情未婚而孕虽不合礼法但情有可悯，乃认明霞为义女，又助何生参加科举，何考取后为二人完婚。故事不但写了平反冤狱，而且写了一个颇具人情味的官员形象，与古之酷吏与顽固官员不同。包柚斧的“折狱小说”《毒药案》[①] 虽然受到西方探案小说影响，但总体上亦采用传统叙事手法，后有“柚斧曰”评论。石兰“奇案小说”《屠妇冤》[②] 写屠人妇被县令冤枉因奸害夫而处死，后县令发疯坠井死。将案狱与果报结合在一起，也是传统文言小说惯用手法。

六、忠孝节烈故事

民初报刊旧体文言小说中还有宣扬忠孝节烈思想的。如汪叔良“义烈小说”《麦蒿泪》[③] 叙节孝妇龚氏事迹。石兰女史的“奇案小说”《姑恶血》[④] 记某孀妇因奸情被子妇所觉而欲鸩杀子妇，结果反毒死其子，孀妇乃诬告子妇，子妇含冤入狱，但宁愿受屈而不愿彰姑之恶，后终于得以昭雪。重在宣扬孀妇的愚孝观念。剑兴、剑山“讽世小说”《命也夫》[⑤] 记赵氏子善生幼聘曹氏女小娥为妻，然善生自幼娇惯，嗜赌成性，父母相继亡故后家业荡尽。曹父有悔婚意，小娥不可。小娥嫁善生后规劝善生改过，当善生醒悟后不久又亡故，小娥乃出家为尼以终老。从立意来看，重在宣扬小娥从一而终的行为。剑山的“节烈小说”《苗妇苦节记》[⑥] 同样宣扬节烈思想。牖云的“清代佚闻”《彭城教案》[⑦] 写蒋某感华翁知遇之恩而替其除奸事。宣扬蒋某的知恩图报。剑山的“伦理小说”《双寻亲》[⑧] 写清嘉庆间范运乾、运坤两孝子寻亲

---

① 《礼拜六》1914 年第 7 期。
② 《双星杂志》1915 年第 3 期。
③ 《中华小说界》1915 年第 2 卷第 2 期。
④ 《双星杂志》1915 年第 3 期。
⑤ 《小说新报》1917 年第 2 期。
⑥ 《小说新报》1917 年第 3 期。
⑦ 《小说新报》1919 年第 5 卷第 1 期。
⑧ 《小说新报》1919 年第 5 卷第 1 期。

从而使一家得团聚事。定夷的“墨隐庐阐幽录之二”《理灵坡》[①] 写明末忠烈之士长沙司理蔡江门，名道宪，崇祯丁丑进士，出任云南推官，后为长沙司理。他在内外交困之时抗击张献忠攻城，后被俘不屈而死，葬于醴陵坡。朝廷使臣往祭，改为理灵坡，以祭奠司理之英灵也。忠孝节烈思想是传统小说中固有的化世理念，虽然其中不乏愚忠愚孝的例子，但多数人物的精神事迹是值得弘扬并传承下去的，也对世道人心具有净化作用，因此其在民初报刊文言小说中的存在就可以理解了。

第三节　民初报刊中的旧体笔记小说

民初的数年间，报刊上除了发表数量众多的新旧体文言小说外，还有就是人们已经开始有意识地将新体短篇小说、旧体传奇与笔记体分开，由于笔记体语言简洁、短小精悍的特点而具有顽强的生命力，深受传统文人喜爱，而且对于报刊来说，补白填空也是很好的一个选择，其记录异闻轶事的性质也符合报刊吸引读者新奇有味的要求，于是我们看到在民初文坛上“笔记”体频频出现在刊头报尾，边边角角上，虽艺术手法上难有突破创新，但其数量甚为客观，也成为民初报刊中的一道特殊景观。

1913～1914 年第 1～10 期《雅言》杂志上发表署名“春冰”“悔逸”（李岳瑞）的《悔逸斋笔乘》，共收录《熊襄愍死事异闻》《县令捕盗异闻》《李文忠轶事》《纪李本忠事》《沈文开集为台湾信史》《祁文恪趣语》《周弢父先生轶事》《瓷经》《纪董福祥轶事》《齐世武之被酷刑》《纪贾世芳事》《冯萃亭少保轶事》《阎文介开通太行北道》《刘武慎外交轶事》《孙渊如洪北江嗜秦音》《纪李芬事》《汤文正笔记》《章实斋之斥袁子材》《清宫秘事琐记》《纪归安朱侍郎直言事》《陈坤维诗》《黄京卿外交轶事》《和珅婢妾服御之侈》《包安吴都剧赋》《孝钦与肃顺龃龉之始》《碧云箫》《吴汉槎晚年之困顿》《独

① 《小说新报》1919 年第 5 卷第 1 期。

行谣诗事》《纪杜宪英事》《孙子授侍郎轶事》等30则笔记体文言小说。

1913年9月至12月的《大共和日报》发表寄生（蒋景缄）的笔记小说集《残梦斋随笔》中的篇目，如《张千斤》《金巫》《俞长城》《程朴仁》《彭刚直轶事一》《彭刚直轶事二》《辫梦》《镖师女》《华重鉴》《倪嘉珏》《黄金满》《张玉书轶事》《烈尼》等，后1915年由文明书局结集出版。

1914年至1915年的《游戏杂志》（第3～9期，1914年；第11～12期，1915年）刊登程善之《忏因笔记》40余则。第3期发表的作品有《尤鑫培》《海三》《影戏》《郯城盗》《疡医》《铁丁》《大策凌》《宝剑》；第4期发表《孙钰》《穆真》《竺公子》《巡士》；第5期发表《王氏子》《巧姑》《稽三姑》；第6期发表《新柳》《倭姬》《郑紫纶》《蟒》《盈盈》；第7期发表《李龙》；第8期发表《金钢石指环》《窦东》；第9期发表《琴娜》《红儿》《丽春》；第11期发表《黎某》《方颖》《某团长》《白兰花》；第12期发表《冯生》《蛇和尚》《八百斤》《可山轶事》《简大狮》《马晟》《班都拉》《乌梁海某佐领》《莽赖》《曾国藩》《钟大钟二》等。其中《巡士》记巡士潘某为余叙八国联军入侵时被某统领骗入军中赴敌，结果中埋伏全军覆没，天津被占领，潘一人逃脱，而某统领则事先遁去。《巧姑》写郑氏女巧姑与李氏子耀宗之曲折婚姻悲剧，后二人因误会而双双赴死。《王氏子》记锦城王某之子幼聪慧，成婚之夕忽失去，后王某贪赃事败，充军途中遇其子夫妇二人救王某而去。《新柳》记天台无住法师与江宁妓新柳之尘缘往事，间叙新柳故主夜姑情事。无住法师以为与夜姑有宿缘，乃削发为僧以报之，且以新柳以配挚友王生。《盈盈》写潮妓盈盈为知己于生复仇，后妓被处死，而于生亦至刑场别妓殉情。《倭姬》记某使臣之宠姬为日本女子，因贪恋富贵而嫁使臣，后其恋人长冈寻到中国并与之同投江而亡。《郑紫纶》写郑氏女紫纶留学日本受校长子纠缠，甬东某生为救紫纶而杀校长之子，紫纶在某生论抵之后居西湖某寺为其忏悔。

除了以上提到的《忏因笔记》中的篇目外，程善之还发表有不少单篇文言小说，如《虎头裔孙》[1] 写顾权善画，不假人面目，作画不畏权贵，后得

① 《小说月报》1914年第5卷第3期。

罪某权贵，狱中以画结识盗首廖二，廖二被杀，其后人报顾以千金之富。《掠卖余谈》① 写瞽女褚氏年五十余，自叙自幼及长被掠卖惨痛经历。《崔慧英》② 写齐商秦某与朝鲜侍郎崔某友善，崔以婢女镜儿赠秦并生子曰高，侍郎所生女曰慧瑛，幼丧母，镜儿并乳之。一对小儿女两小无猜，慧瑛长成后被侍郎接回，后几经波折，两家终有婚约。然此时中东之战起，崔氏一家皆为灰烬，慧瑛亦不知流落何方。后秦高于勾栏中遇之，于是为慧瑛赎身，让其恢复自由，然二人最终未能走到一起。该则后有报社启事云："程君善之所著短篇三十余则，名《尘奁见闻录》，已将版权让与本社，程君自言中有数篇前曾登某日报，自愿负责，与本社无涉，特此声明。"程善之的《双刀张》③ 写宿州张兴德因擅长少林俞家宗法而被少年毕五偷学去，张四处寻毕欲惩之，其子长成后亦外出寻父，至宁夏为某总兵所看中，欲妻以女，设计让张中圈套而父子相认，总兵则毕五也，两家乃尽释前嫌。后张子以功得海州参将。程善之的《绮兰》④ 记台商杨建隆之子俊官与守备吴某之女绮兰自幼订婚，后吴家中落，绮兰沦为盗首，其妹绮云从之。杨俊官被继母虐待，然其异母弟寿官待之友善，后死里逃生为篙工，因遇盗而与绮兰相认并结为连理。后寿官经商遇其兄，俊官乃以绮云嫁寿官。俊官夫妇为报绮兰父亲吴某之仇而杀某总督一家并自首，绮兰自杀，俊官触柱而亡。寿官痛不欲生，绮云力劝乃止，以延续两姓之后。

其他作家的笔记体小说还有（汪）率公的《试砚斋随笔》连载于《游戏杂志》第 1～12 期（1913～1915）。迦持（诸宗元）的《秦鬟楼谈录》发表于《小说月报》1914 年第 5 卷第 1～4 期。焦木（恽铁樵）《慵余漫钞》发表于《小说月报》1914 年第 5 卷第 1 期。元爔的"笔记"《烟云缥缈录》见于《小说丛报》1914 年第 1、3、4 期，包括《陈叶二道士事》《蛇丐》（第 1 期），《某宦家婢》《沈浩》（第 3 期），《丧门神》《怪兽》（第 4 期）。《陈叶

---

① 《小说月报》1914 年第 5 卷第 3 期。
② 《小说月报》1914 年第 5 卷第 4 期。
③ 《小说月报》1914 年第 5 卷第 5 期。
④ 《小说月报》1914 年第 5 卷第 5 期。

二道士事》写陈道士有异术，祈雨如神，收徒叶某。范姓某翁因救神龟致富，后翁欲除神龟，乃请叶作法，但叶反为所窘。叶请其师帮忙，陈不得已而作法除神龟，结果神龟报怨，陈叶二人相继而亡。后有谭异氏曰："世之志异者大都不实，或由臆造，或出谐谈，或借以讽刺，或藉以比例，究其真皆莫须有耳。独泗泛陈道士师徒人人称之，众口述之，若符节之悉合者。"《蛇丐》写蛇丐以己之蛇斗杀黑鱼所化之毒蛇救人事。

檗子（庞树柏）在《七襄》杂志1914年第1、2、3期；1915年5、7期上发表《墨泪龛笔记》。胡寄尘的《江湖异人传》之《二乞儿传》《记桃梧先生》《记朱欣》《邵谒传》《记某薙工事》发表在《七襄》1914年第3、5、6、7期上，皆篇幅简短之笔记体小说。

顾佛影的《东讷说荟》之《宁波盗》《孙剑才》《某生》《马贼》《山东道》《迎喜神》载于《小说丛报》1914年第1期；《大侠》《李秀成》载于《小说丛报》1914年第6期；《小说丛报》1914年第2、3、4期所载为《东讷说荟》之《曲谈四则》并非小说。其中《宁波盗》写鸦片战争后宁波地方盗愤而杀英军为国出力事。《孙剑才》记年羹尧门下士孙剑才劝年自立而年未听，后终蹈祸。其子则为孙剑才所救并教之成人，后欲为父报仇。不久世宗崩，或谓即年氏子所为。《马贼》记马贼敬佩孝子且有义气。刘铁冷的《铁冷杂记》为短篇轶闻体笔记，连载于1914～1916年的《小说丛报》，后结集出版。刘铁冷还有单篇"札记小说"《伏虎记》① 记赵二姑告恶霸阎思虎案，后得御史梁公中靖为二姑一家主持公道，惩治不法贪官恶徒。故事反映了道光间吏治的腐败。畹九女史《寄愁室丛拾》近50篇笔记小说载于《小说丛报》1916年第19期、第3卷第1～4期。其中第19期《沈三》写巨贼沈三教其徒弟盗蟹以试其学艺如何。《徐筱舫》写嘉善徐筱舫精于技击，得异僧授《易筋经》。《诸少芸》写诸少芸之子云章被仆人找娼妓扮成狐仙骗去八百金，后事情败露。《王云裳》记吴人王云裳与安化土州土官之妹结合，后土官之妹救之出群盗重围。天亶（姚民哀）《息庐丛谈》30则载于1915～1917年间的《小

---

① 《小说丛报》1915年第13期。

说丛报》。其中《郑汶》[①] 记郑汶本姓余，其父为拳师，母为绿林豪杰女，初遭本生父遗弃而其母不忍，后被郑姓收留，成进士，宰山东郓邑，捕得盗，盗首与其婿则郑汶之外祖父与本生父，汶不知已置之法，后与其母相认。休宁程彦华《友竹轩摭谈》见于《小说丛报》1916 年第 19 期、1917 年第 4 卷第 3 期，亦篇幅短小之笔记体小说。浙东小蛟的《忧庐丛拾》之《章太炎逸事》《贤妇》《蒲留仙》《吴梅村之滑稽》《绝妙控词》《绝对绰号》《扬帮》《葛将军妾歌》[②] 亦见于《小说丛报》1916 年第 19 期，为简短文言轶事体小说。李定夷《墨隐庐漫墨》收录《王昭君墓》《英雄儿女各千秋》《吴大将军之夫人》《张勋自比楚霸王》《张煌言祠》等 20 余则，载于《小说丛报》1917 年第 3 卷第 1～12 期。其中《英雄儿女各千秋》[③] 记故大将军吴绶卿任延吉都护时与奉天女伶尤鑫培情事。

吴肝若的《清梦盦笔记》载于《小说大观》1916 年第 5 期，收录《寇桂凤》《梅湾异草》《吴王台畔之艳迹》《水怪》《祈梦》《蒋清》《吴人不弱》《三喇嘛》《记洞庭尼阿二》《义伶奇缘》《狼子》《谈虎臣》等笔记小说。（朱）剑山在 1916 年《小说新报》发表《剑光轩笔记》，1917～1918 年《小说新报》发表《剑光轩零墨》，均为比较纯粹的旧体笔记小说。

番禺邱剑舒的《萧索室随笔》45 则笔记小说载于《小说新报》1917 年第 3 卷第 4～8 期。其中第 4 期载《贼做道士》《望榜笑谈》《大门刻像》《谋缺奇闻》《盗制盗》《杨太后陵》《张洪范勒石》《记李文茂之乱》《狭邪吏》《潘珏卿妙联》；第 5 期载《木虱怪》《妖术》《太守受窘》《瘦和尚》《仇一鸥自挽诗》《七星伴月》《医心病》；第 6 期载《程小山十愿》《求妾诗》《妻为夫撰墓志铭》《达保理之母》《木化石》《书奇僧事》《官僚笑柄》《怪蛙》《胡秉耀诗》《零丁山人》；第 7 期载《洪秀全誓师檄文》《猴嗜烟》《古琴》《蒋果敏轶闻》《张二乔》《琼崖道尹》《日将能诗》《大蜈蚣》《某总兵》《潘和五》；第 8 期载《黄士俊》《义犬》《贰臣》《无耻奴》《休妻判》《赌胆》

① 《小说丛报》1916 年第 19 期。
② 《小说丛报》1916 年第 19 期。
③ 《小说新报》1917 年第 7 期。

《急智》《张文襄轶事》。其中多篇幅简短之志怪轶闻故事，如《木虱怪》写某僧寺木虱为怪，害死多人。《妖术》写何某有异术，然不自约束，后终于受报，女自经，二子相继夭亡，何偃蹇以终老。《太守受窘》写广东候补府尹某待下属严苛，结果被舆仆雨天置于校场之上不顾而去，结果某遍体淋漓如落汤鸡，归来时众人已经辞去。《医心病》写一女子遇虎得病，医生乃以猫饰为虎并杀之，结果女病遂愈。又写一少年痴心《红楼梦》之黛玉，精神恍惚，家人乃以一老妪服书中黛玉服饰，少年见之心死，自此病愈。

吴绮缘《蠊簃记异》笔记连载于《小说新报》1917 年第 3 卷第 5 ~ 12 期，共 40 篇。其中第 5 期收录《蜘蛛怪》《蝶妖》《月下笛》《鬼妓》《袒臂僧》《溺鬼二则》；第 6 期收录《狐压人》《空谷异人》《血轮》《众香国》；第 7 期收录《红粉骷髅》《搬运法》《分尸》《鬼雄却敌》《刀怪》；第 8 期收录《画妖》《鬼怕醉人》《后桃源》《夜半捣衣声》；第 9 期收录《飞石》《巨蛇》《洛浦水仙》《美人鱼》《陈相国前生为僧》；第 10 期收录《古屋履声》《紫姑神》《巢湖女子》《煞神二则》《金华将军》《冤报》；第 11 期收录《乩异》《白莲教徒》《铁算盘》《幻境》《尸变》《鬼军》；第 12 期收录《清都宴》《旅店怪》《怪胎》《司镪神》。第 5 期在《蠊簃纪异》① 之前有无题叙言一篇：

> 风雨凄凄，残灯欲灺，唯闻鬼声啾啾，与檐滴声遥遥相应，窗前身右似有憧憧黑影起落不绝，冥坐其间，惕然变色，爰就见闻所得，举凡诙奇幽秘之事，一一泚笔记之，纵托为狐鬼，涉及迷信，当此科学昌明时代，不免为大雅所讥，然宇宙之大，何奇不有，又讵可断为必无耶？在作者姑妄言之，读者亦姑妄听之可耳。噫嘻，病余干宝，雅擅搜神，老去东坡，偏能说鬼，仆何人斯，敢拟二子乎？

《蜘蛛怪》记有朱道人者，寓历城城外某山，与人交往颇融洽，后知为蜘蛛精，然亦不为人害。能吐珠，修炼之宝也，与龙斗而胜，此后不知所踪。后

---

① 《小说新报》1917 年第 5 期。

有忆红曰："匹夫无罪，怀璧其罪，彼朱道人之不得终隐山林，盖亦因是。若二龙者，因贪起杀念，卒为蕞尔虫豸所制，不亦宜哉？"《蝶妖》记洛阳女子陈芸芷为蝶妖所魅，后蝶妖为法师所除。《月下笛》记某生于西湖苏小小墓侧闻有鬼吹笛声。《空谷异人》记山左生李方于空谷中遇神异老人事。《众香国》以第一人称"我"的口吻写被百花君邀入众香国赴群芳宴。后有识语云："怪力乱神，夫子不道，当此科学昌明时代，迷信之谈尤为识者所讥，信如是，《嬾簃记异》可不作，本报亦可不刊是篇，然而不然，绮缘此作无篇不存深意，借鬼神之说寓劝惩之言，迷信其表，警世其实，是又乌可不刊？"这也代表了民初一部分作家的创作心态。

吴绮缘另有《忆红楼漫录（墨）》发表于《小说新报》1918 年第 4 卷第 2～5 期，其中第 2 期收录《工诗得偶》《清宫诗》《黄儿》《古塚》《灵犀幻影》；第 3 期收录《验情术一》《验情术二》《石翼王起义由来》《鼠疫》《彭刚直轶事》《盲谈》《酷吏孽报》《口技》；第 4 期收录《不倒翁排律诗》《神力》《摩西情史》《桂省奇草》《义猫》《于祠祈梦》《赠妓联》；第 5 期收录《辰州符》《孝贼》《夙孽》《杨氏犬》《贻金报》。《灵犀幻影》写金时翠眉娘与李生彦直之恋情受阿鲁台破坏而痴心不改，阿鲁台怒命焚女尸，尸尽而心终不化，生尸亦如之。心中有物，具有人形，色如金，坚如玉，阿鲁台名之曰"心坚金石之宝"。《验情术一》写巴黎少年吐惠格欲试探女友梅梨丝之真心与否乃伪装服毒，结果梅梨丝信以为真也服毒自尽，最终造成了不可挽回的后果。

季庐撰著、一厂订正的《季庐笔记》载于《小说新报》1917 年第 3 卷第 4、5、8、9 期，后又有个别篇目在 1924 年的《劝善杂志》第 12 期上发表。其中《小说新报》第 5 期之《何镜鉴》写浙人何镜鉴年少时将祖产挥霍殆尽，后受到妻兄的刺激而发奋恢复家业且以千金赠妻兄，终为善人。《朱允中》写萧山旅馆中朱允中与一张姓客人为盗事。《狐报恩》写会稽陶凤笙曾救一狐，得一自称狐仙之女子报恩，然日渐消瘦，后知该狐女为冒充，真狐仙惩治假狐而助其恢复健康。《俞念修》写俞念修吾邑贫家子，命中注重有财运且得美妇，后果如命者所言。《姚秋瑛》写姚秋瑛为人童养媳，虽受姑虐待而无怨言。

左丹《闲轩消夏录》载于1916~1917年的《小说新报》，其中1916年第2卷第6期收录《侯贞女》《雪梅塚》《床头妙计》《色报》《老翁杀子》《苏翁》；1917年第3卷第5期收录《傅粉趣谈》《天灵水》《吴淞炮台》《女郎忘形》《瞽能修钟》《藏花》等笔记小说。剑山的《剑光轩零墨》收录《朱陆两秀才》《金养我》《孙氏》《朋友成夫妇》《舒烈妇》《孝女》《赵莺娘》《胡大经妇》《酒翁》《郭必振》《沈婉珠》《陈武雄夫妇》《王宫伟轶事》《双节碑》《陆孝子》《余清》《悌道》《俞春发》《义狼》《兄弟至情》《折狱》《张琏》《嵩山石像》《阿美》等笔记小说，载于1917~1918年的《小说新报》。其中发表于1917年第2期之《巧合》写晚清洪杨之乱后刘原、祝必诚二人均与妻失散并重组家庭，后乃知二人续娶之妻乃对方失散之妻子，亦巧合。1917年第5期的《酒狂》记陆成鹤嗜酒、却盗、中举数事。《卢象升之妾》写卢象升妾贞莺为盗贼之女，崇祯间助象升抗击清兵，后战死。烂柯（刘哲庐）的《烂柯山房琐记》载于《小说新报》1917年第3卷第1~6期，收录《看花述异》《刘医》《女巫》《黑幕》《清凉山赞佛诗》《续立人》《河间妇》《阿蛮》《数目谜》《茶比佳人》《酒评》① 《朱节妇》《淫僧食报》《妒戒》《润笔》《薄倖之报》② 等篇，皆篇幅短小之笔记体小说。（许）廑父的《钿影钗光录》之《蔡凤云》《白玉蟾》《彩娥》《徐氏妇》《柳芳华》《袁漱雯》《陈月娥》《金秀卿、采卿》《谢女》《鸿姑》《翥虚静修》《刘嫿》《惜娘》《李小娟》《柳依依》等多为奇女子故事，载于《小说新报》1918年第4卷第2、3、4、5、9、11、12期。其中第9期之《周舜琴》写周舜琴以书画养家，复得知己，后为某达官相逼，自缢身死。后有“廑父曰”评论。《范玉玉》写范玉玉流落风尘，为母所逼，不能自拔，后出家为尼。《小妹》写某富家婢为保全主母伪为中恶事。《金氏妇》《蔡姬》亦记录才女故事。

周浩泉的《鹦鹉楼闲笔》之《秦惠田轶事二则》《渡亭三丐》《雷击杂谈》《淮壮逆案》《试场轶闻》《某姓昆仲》《记邻老自述》《黄大》载于《消

① 《小说新报》1917年第2期。

② 《小说新报》1917年第6期。

夏录》1918年第1～5期。另外，《鹦鹉楼闲笔》中的部分篇目还在《锡秀》1918年第2期和1919年第2期上发表过。天亶（姚民哀）《花萼楼随笔》中的笔记小说载于《小说新报》1918年第4卷第8、9、10期，无题名。其中第一则记清末民初淮南朱子久留学美国华盛顿大学与英国同学茝芝相爱，后因中国国力疲弱受欺于外人而与茝芝生疏。茝芝以煤气自杀身亡，朱子久伤心欲绝，归国后在西湖出家为僧。又一则记木生元经因梦中拾扇得结良缘事。第三则胡氏女家蕙为夫守节但晚节不保事。第五则记清末洪杨之乱时诸暨县包立身之妹包英美抗敌事。秋魂在《翰缘杂志》1919年第1期上发表《潇湘楼笔记》之《聪明误》《李生》《红羊劫余佳话》等笔记小说。

（吴）西云《藤花馆笔记》（或作《藤花馆掌故笔记》）所收《左文襄轶事》《珍妃惨史》《李忠武公轶事》《曾文正公轶事》《安德海伏法真相》《旗籍官吏轶事二则》，《书合肥李文忠智服德将事》《于式枚侍郎轶事》等轶事体笔记小说若干，载于1917、1919年之《小说月报》。朱鸿富《宁静轩碎墨》多为短篇笔记体小说，如《贞女》《义奴》《古之循吏》《狂生》《犁牛之子》《亲亲之谊》《宰相器度》《不念旧恶》《德政》《意外财》《不负至交》《无耳娘》等，载于1918～1921年的《小说新报》。刘建勋《抱真轩随笔》收录《机智》《顾节妇》《蔡氏妇》《老胡子》《陈化成殉节事略》《神童》《双忠祠联》《徐文长遗诗》《小商河之沿革》等笔记体小说，载《小说新报》1918年第4卷第7、11期，1919年第5卷第2期。

除了以上提到的笔记小说外，还有不少专门的侠客技击类笔记，这类笔记小说的大量出现与当时混乱的社会形势有关。正如顾明道[①]在为《技击拾遗补》所作说明中说：

> 昔尝作《技击拾遗》五十余则载于《明道丛刊》，红粉英雄、黄衫侠客，记述之次，心为一快。今日强邻窥伺，政纲失纽，安得好男儿上马杀贼，下马草露布，为国戡乱乎？诵“汉家自失李将军，单于公然来

① 顾明道（1897～1944），原名景程，别署正宜斋主，又署石破天惊室主，更号虎头书生、日月生等，江苏吴县（今苏州市区）人。晚清民国间小说家，尤其擅长武侠长短篇小说创作。

牧马”之诗，未尝不有深感也。噫！东邻日本非以武士道著乎？第五次远东运动会俨然执远东牛耳，而我国何如哉？因复博采异闻作《技击拾遗补》，不敢言提倡尚武也[①]。

这代表了当时不少作家的想法，借尚武精神来弘扬爱国自强理念。这一时期产生的武侠笔记小说如无锡钱基博的《技击余闻补》发表于1914年的《小说月报》上，其中如《窦荣光》[②] 记清道光间无锡大侠窦荣光遇盗事。另有《甘凤池》[③]《闽僧》[④] 等篇。（程）瞻庐“技击小说”《方家祥》[⑤] 记少年方家祥受少林内家拳法，初学炫技而得罪仇家，后尽学其师徐灵胎之技艺以备仇家报复，后击败寻仇之人，终得灵胎真传。灵胎殁，家祥不知所之。（程）瞻庐的“技击小说”《五百劫》[⑥] 写洛阳施伟公善技击，尤善弹，因救人而杀一盗僧，结果与群僧五百劫结怨，后群僧寻仇，被伟公与元庭、斌娘夫妇击退并杀僧首，群盗散去。宝山朱鸿寿的《技击余闻补》之《杨侠民》《醉老人》《韩黑虎》《谭宗烈》和剑山的《嘉定孤忠录》之《跛老人》《金氏傭》《路思明》均载于《小说新报》1916年第1期。朱鸿寿的《技击述闻续录》之《红痴子》《何明伦》《陆文虎》《陶韫山》《王靖康》《包大受》载于《小说新报》1917年第2期；《孟希贲》《夏祖育》《许昭敏》《薛大方》载于《小说新报》1917年第5期。吴绮缘的《技击琐谈》之《盗胡卢客》《卖药僧》《卖解女儿》载于《小说丛报》1917年第4卷第1期。

在民国初期的侠客技击类笔记小说创作中，顾明道是成就卓著者。他在《小说新报》上发表的《技击拾遗》前的小序中称为模仿林纾《技击余闻》和钱基博的《技击余闻补》而作《技击拾遗》。他在《小说新报》1917年第

---

① 《侦探世界》1923年第7期。
② 《小说月报》1914年第5卷第1期。
③ 《小说月报》1914年第5卷第3期。
④ 《小说月报》1914年第5卷第4期。
⑤ 《小说丛报》1915年第12期。
⑥ 《进步》1915年第8卷第1期。

3卷第3期发表《技击拾遗》之《邝勇》《银髯翁》《山魈》《铁丐》《侠尼》《何鸣凤》《绿衣女子》《邓笛》；《小说新报》1917年第3卷第4期发表《技击拾遗》之《卖解女儿》《梁德》《鲁武光》《朱铁枪》《吕金钢》《铁头和尚》《髯骑士》；《小说新报》1919年第5卷第3期发表《技击拾遗》之《神箭魏刚》《玉山郎》《莲姑》《张木工》《杨天麟》《红须客》；《小说新报》1919年第5卷第1期发表《技击拾遗》之《花刀刘二》《跛足者》；《小说新报》1919年第5卷第5期发表《技击拾遗》之《甘凤池》（一）、《甘凤池》（二）、《武举》《七妹》《老妇》《拳师女》《剑侠》《剑仙》。顾明道的《正谊斋随笔》之《赵屠》《冀州泪》《虬髯侠》《孽缘二则》《新情书》载于《小说新报》1919年第5期。其中《赵屠》写明末弘光间有赵姓屠而侠者，有忠义心，抗满兵入侵。《虬髯侠》叙中州任孝廉结识一虬髯客，后孝廉病故其子女为奸人所害，客知之乃代为昭雪且惩恶除奸并安顿孝廉子女。后有明道曰："吾尝读风尘三侠事，追慕不已，彼虬髯客何人哉？迹其所为大有类于古之侠士也。吾闻清季北地多游侠，如大刀王五等其尤著者。而虬髯客则如神龙之见首不见尾，此则愈足令人慨想无穷也。"顾明道的侠客技击类笔记小说创作一直延续到民国后期，从而奠定了其在民国文言武侠小说领域的地位。

此外，1919、1921年的《小说新报》还开设《武侠丛谈》栏目，收录之《云岩》（石民），《飞檐人》（石民），《刘二旗》（石民），《异僧》（惕夫），《张稚云》（仲侠），《王春之》（乃奇）① 等时人所著武侠短篇若干，由此可见侠客技击类文言小说在民初发展之一斑。

通过以上论述我们可以看到民国初期的短篇小说观念发生的变化，传统文言小说将传奇体和笔记体分开，同时当时短篇小说创作理念与传奇体有别，在写作手法上呈现出新的发展态势，与传奇靠叙事完整和情节曲折来吸引读者的观念不同，新体短篇小说靠结构、视角、叙事手法上的变化来让故事更具吸引力，这也标志着我国小说现代化进程正逐步展开。

---

① 《小说新报》1919年第5期。

第四节　民初报刊中的别体文言小说

从民国建立到五四运动前后，小说作家为了迎合社会需要，提高读者的兴趣，同时文言小说作家为了应对文言小说面临的危机，在小说形式改造上更是不遗余力，翻过不少花样，除了前面专章论及的文言长篇章回体的大量出现以及短篇小说结构叙事上的革新外，还出现了日记体、书信体、集锦体等小说新形式，使得我国文言小说在经历了上千年的演变后首次在形式上有了如此丰富的表现。从民初开始，在西方小说影响下，中国的新体小说开始大量出现，其创作语体既有文言也有白话，由此可见中国小说的现代化进程并非由白话独立完成，而且也并非从五四运动开始中国小说创作才走向现代化。

一、日记体文言小说

日记体小说是用日记形式写成的小说，运用第一人称视角展开情节、叙述故事、刻画人物、反映社会生活，不同于传统的第三人称叙事小说，也不同于其他第一人称叙事的小说，更有利于对主人公的心理活动进行描述与刻画，从而增加小说的抒情性，更加逼真和生动，易于引起读者的共鸣。西方日记体小说起源较早，如《鲁滨逊漂流记》和《少年维特之烦恼》，1899 年林纾翻译《巴黎茶花女遗事》最后为茶花女临殁扶病日记数页，将日记体小说介绍到了中国。

一提到日记体小说，人们自然会想到鲁迅白话小说的经典《狂人日记》(1918)、冰心的《疯人笔记》、丁玲的《莎菲女士的日记》等日记体白话小说。其实，在这些作品产生之前，文言日记体小说已经大量出现。徐枕亚的《玉梨魂》已经学着《巴黎茶花女遗事》将主人公的日记阑入小说。还有一部分作品如一厂（许廑父）的“哀情小说”《碧海精禽》同样是长篇中穿插日记作为辅助叙事手段，如第一章《不幸之日记一》[①]、第七章《不幸之日记二》[②]、第十二章《潜父日记四》[③]、第二十章《不幸之日记终》[④] 均穿插了日记。

徐枕亚评校“别体小说”《雪鸿泪史》（又名《何梦霞日记》）则是在《玉梨魂》基础上改写而成的纯正的文言日记体小说，连载于1914～1916年的《小说丛报》第1～18期[⑤]。署“雪莲女史原著”“江都李涵秋润词”的《雪莲日记》（一名《江东烽火实录》）连载于1915～1916年的《妇女杂志》[⑥]，以满洲女子雪莲所写日记的形式真实地记述了“武昌变乱”后雪莲的家庭变故，星莲、雪莲姐妹逃出南京城后沿途辗转的见闻感受，从一个侧面体现了作者对辛亥革命的思考。当时报刊发表的日记体小说还有吴绮缘的《冷红日记》连载于1916年6、7月间的《小说日报》。

以上作品出版过单行本，多数篇幅较长，此外还有发表在报刊上的日记体文言短篇，如周瘦鹃《花开花落》[⑦]《断肠日记》[⑧]《珠珠日记》[⑨]，了青的《泣珠日记》[⑩]，觉奴（刘长述）[⑪] 的《乞丐日记》[⑫]，“碎琴遗著”“痴侠手录”的“别体小说”《碎琴惨史》[⑬]，天笑的“哀情小说”《飞来之日记》[⑭]，冥飞的《浣云日记》[⑮]，“天翮原稿”“东讷润词”的“哀情小说”《日记中之

---

① 《小说丛报》1917年第4卷第1期。

② 《小说丛报》1917年第4卷第3期。

③ 《小说丛报》，1918年第4卷第5期。

④ 《小说丛报》，1918年第4卷第8期。

⑤ 《小说丛报》第1～18期（1914年5月1日～1916年1月10日）。

⑥ 《妇女杂志》1915年1卷7～12号，1916年2卷6～7号。

⑦ 《礼拜六》1914年第8期。

⑧ 《礼拜六》1915年第52期。

⑨ 《礼拜天》1915年第73期。

⑩ 《游戏杂志》，1914年第2期。

⑪ 刘长述（1889～1918），又名鹏年，笔名觉奴，四川富顺县赵化镇人。“戊戌六君子”之一的刘光第长子。青年时加入同盟会，秘密从事革命活动。辛亥革命后，在成都从事新闻工作并开始文学创作。

⑫ 《娱闲录》1914年第8、10期。

⑬ 《消闲钟》1914年第1卷第9期、1915年第1卷第11期。

⑭ 《中华小说界》1915年第2卷第2期。

⑮ 《民权素》1915年第10期。

忆语》[1]，署“瑶华女史口述”“吴绮缘笔录”的《嫁前十日记》[2]，碧梧的“别体小说”《病余日记》[3] 等亦为典型的日记体代表作品。

《日记中之忆语》以作者旅馆榻底发现之日记为开篇叙事，日记记录了一段无果的恋情。主人公方姓，叙述进入民国后赴省城求学，日记中叙述求学期间的经历。主人公为友人做媒孰知女子钟情于主人公，然主人公懦弱不敢告之父母，女子最后嫁给大腹贾，又约主人公见面，主人公几乎摊上官司。《病余日记》将书信体和日记体结合在一起，以女子病余日记之形式作为对畹哥之回信，时间从二月初五日记至二月十五日。《泣珠日记》非严格地按日纪事，乃女子以回忆形式追溯前尘往事。日记体小说以第一人称叙事，特别是讲述感伤缠绵的爱情故事，在五四运动前是文言语体居多，五四运动之后文言的日记体小说几近消失，白话日记体则大行其道。

二、书信体文言小说

书信体小说是以书信作为主要叙事手段的小说，是十八世纪在欧洲兴起并流传开来的小说创作样式。由于靠人物在信中主观表白，因而也利于展示写信者的内心状态，因此也与现代心理小说有渊源关系。这种形式也往往运用第一人称叙事和抒情，从而交代背景、反映生活、塑造形象。以“我”的耳闻目见或亲身经历给人以身临其境的真实感和亲切感，同时也有利于引起读者的好奇心。既可以是一人的书信，也可以是当时双方往来的书信，形式较为灵活自由。书信在我国古代又称尺牍，可谓历史悠久，但我国出现书信体小说的概念是在二十世纪二十年代，清华小说研究社《短篇小说作法》中称之为“书札体”，“它由一人通信中铺叙全事，或者由数人函牍之资料，集为一篇。”[4] 孙俍工的《小说作法讲义》称之为“书简式小说”[5]。清末民初时

---

① 《小说丛报》1916 年第 19 期。

② 《小说新报》1918 年第 4 卷第 9 期。

③ 《小说新报》1919 年第 5 卷第 1 期。

④ 清华小说研究社：《短篇小说作法》，共和印刷局，1921 年，第 134 页。

⑤ 孙俍工：《小说作法讲义》，中华书局，1923 年，第 206 页。

期，一批西方小说被译介到中国来，其中就包括书信体小说，如林纾译的《鱼雁抉微》（即孟德斯鸠的《波斯人信札》）。我国最早穿插书信的小说是唐传奇《莺莺传》，其中穿插了莺莺写给张生的信，但只是作为情节中一个辅助手段，还没有让书信发挥主要的叙事功能。近代以后，特别是民国初年这段时间，有一些文人受西方小说的影响，结合我国小说创作传统，便开始尝试书信体小说的创作，早在民国初期，就出现了包天笑的《冥鸿》。《冥鸿》发表于《小说大观》1915 年第 2、4 期，是较早使用书信体的小说，由为辛亥革命牺牲的烈士之妻写给亡夫的 11 封书信组成。徐枕亚的《雪鸿泪史》一般被认为是日记体小说，但是其中又穿插了不少书信，所谓“传情之处，悉以函札达之。”[①] 碧梧的“别体小说”《病余日记》则以日记作为回信，将新兴的日记体与书信体结合起来。

（王）钝根“哀情小说”《情书》[②] 写一少年以书信形式怀念故去的先祖，别开生面。王傲庐“哀情小说”《血花泪果》[③] 以叶氏鹃娘绝笔书信形式自述一生悲苦经历。写鹃娘先是不容于继母，出嫁后丈夫去世，有卖身葬夫之举。（李）壮悔“哀情小说”《倩影》[④] 叙一老妪卖金石书画玩器，中有美人半身小影，“余”购之，于画中得素笺，则该女子断肠之笔。故事以女子绝笔书信的形式自叙身世，写爱而不遂终至抱恨而亡。后“余”欲知女子详情，然卖画老妪亦不知所踪，究不知女子所恨者何人何事耳。

以上民初的文言书信体小说多以女性第一人称口吻叙事，且多数作品带有浓厚的感伤色彩，这与民初的哀感文风契合无间，具有鲜明的时代气息。

三、“集锦”体文言小说

鸳鸯蝴蝶派将那种由多人合作，执笔者在每段结束处嵌入另一作者的笔名，指定由他续写，最后使各节连起来成为完篇的小说，叫作“集锦小说”，

---

① 编者：《人人必读之小说〈雪鸿泪史〉》，《小说丛报》1915 年第 13 期。

② 《礼拜六》1916 年第 98 期。

③ 《小说新报》1916 年第 1 期。

④ 《娱闲录》1915 年第 13 期。

又称为“点将小说”“小说扶轮会”“小说夺标”“家庭集锦小说”等。这种文学样式，可以追溯到古代文人诗歌联句的“柏梁体”。郑逸梅先生在《集锦小说溯源》一文中说：

> 最先创行此格者，尚在民元之际，其时《民立报》风行寰宇，附张小品称独步，主政者，则叶楚伧先生是。由海门陆秋心发起，为集锦体制点将小说，于是叶楚伧、邵力子、杨东方、谈善吾、徐血儿、谈杜英、于骚心、李伯虞、王季威诸子赞成合作。诸子皆一时俊彦，杨东方即杨千里，谈善吾即谈老谈，于骚心即于右任，李伯虞即李浩然。排日撰刊《斗锦楼》小说，读者无不击节称赏。《斗锦楼》为文言体，全篇约二三万言，点人者辄将被点者之名，嵌入于后，周而复始……既而独鹤于《新闻报》之《快活林》中仿行之，先后刊登《海上月》《奇电》《蓬蒿王》《红叶村侠》《夜航船》《米珠》《怪手印》《珊瑚岛》《新嘲》《闺仇记》，亦俱为文言体。执笔者为天虚我生、天台山农、独鹤、东雷、大可、指严、枕亚、谔声、浩然、律西、天侔、眷秋、真庸、警公诸子。刊竣后，曾由大成图书局刊单本集锦小说第一集二册行世，而集锦小说遂成为一时风尚。予与眠云合辑《消闲月刊》，亦一度仿行之，先后凡四篇，曰《戍卒语》，曰《香闺绮语》，曰《诗声》，曰《兰蹇修》，同撰者为指严、明道、牖云、双热、眠云、绮缘、烟桥，予亦与焉。而《半月》杂志上，又有予与眠云、赓夔、转陶、吟秋、烟桥、明道所成之《沧浪生》小说，此外学步者，不胜枚举也①。

当《民立报》刊载《斗锦楼》小说时，还是文言体，全篇约二三万言，五四运动后，有的改用白话，字数多寡也有变化。可见此类小说产生是在民初小说体式变革创新之时，而这类小说的大量出现是在五四运动以后，由于白话文运动的冲击，许多旧体作家更多地将文言小说由娱乐大众变成自娱自乐，这种类似文字游戏的小说竟然能盛行一时。

---

① 郑逸梅：《集锦小说溯源》，《金钢钻》1933 年 5 月 24 日。

在五四运动前，1914 年，太一、笑侬等人合作的“点将小说”《奇男侠女》[①]，笑侬完成第二章后篇末署“第三节请赵心悸先生援助”，此后未见续完。1915 年有文蝶、问秋、花魂、笑第的集锦体“奇情小说”《落花时节又逢君》[②]。1919 年，石可、烟桥、植士、四川菊郎、瞻庐接力续写而成《绿窗絮语》，篇首有游戏规则要求限五百字，篇中缀集“钱牧斋”“郑康成”“李易安”“雨花台”“杨妃”“老妪”“长城”“步兵”[③] 八个文词。此后又有枫隐、蜷庐、散木、东海三郎接力撰成的《绿窗絮语》[④] 以及秋梦，梅梦，谦六《绿窗絮语》[⑤]，三篇作品皆以《绿窗絮语》为题，是按照同一游戏规则完成的集锦体小说。从文学的角度来看，这类游戏文笔之作，难有佳制，但作为小说体式的一种探索，也应该引起关注，体现出民初游戏文风之盛。

四、“假传”体文言小说

“假传”滥觞于唐代韩愈的《毛颖传》，“假传”的称呼来自明代徐师曾，他将传体文学分为四类：“一曰史传；二曰家传；三曰托传；四曰假传。”[⑥] 所谓“假传”就是借鉴史书人物传的手法为除人之外的器、物以及其他非物质意象作传，并寄寓作者一定的创作观念和人生社会理想。“假传”是一类介于史传散文和小说之间的文体，其文体归属向来是存在分歧的。《四库全书总目提要》将不少这类作品集和单篇作品如《谈谐》《谐史》《滑稽小传》《文章善戏》《广滑稽》《谐史集》《古今寓言》《笔史》《十处士传》《香奁四友传》《豆区八友传》[⑦] 等归入小说家类存目。陈寅恪先生认为《毛颖传》是“以古文试作小说而未能甚成功者”[⑧]。曾枣庄先生认为秦观《清和先生传》

---

① 《亚东小说新刊》1914 年第 1、2 期。
② 《小说丛报》1915 年第 16 期。
③ 《小说月报》1919 年第 10 卷第 3 期。
④ 《小说月报》1919 年第 10 卷第 4 期。
⑤ 《小说月报》1919 年第 10 卷第 5 期。
⑥ （明）徐师曾：《文体明辨序说》，人民文学出版社，1962 年，第 153 页。
⑦ （清）纪昀：《四库全书总目提要》，中华书局，1965 年，第 1233～1235 页。
⑧ 陈寅恪：《元白诗笺证稿》，古典文学出版社，1958 年，第 115 页。

和连文凤《冰壶先生传》均是“小说家言”[①]。陈大康先生也将部分此类作品归入小说的范畴，说“萧韶的《桑寄生传》是此时较别致的一篇带有传奇性的寓言小说。”[②] 石昌渝先生主编的《中国古代小说总目》（文言卷）也将大量的明清时期的“假传”作品收入其中。台湾学界将这类作品称为“拟人传”[③] 体寓言。韩国汉学界借鉴了徐师曾的分类，将这类作品称为“假传体小说”[④]。由此看来，不论这类文体如何归属，其小说特质是不容忽略的。

唐代韩愈融史传、散传、杂传和寓言为一体写了《毛颖传》，以司马迁史传笔法叙述毛颖受启用、升迁，最后老而被弃的过程，暗合毛笔的一生。该篇被认为是“假传”鼻祖，看似游戏笔墨，实则寓意深刻。此后“假传”不绝如缕，历经宋元明清而代有佳作，直到清末民初小说娱乐化观念的兴起再次让这一特殊小说体式焕发勃然生机。民初的休闲杂志上出现了大量的“假传”，多数见于《游戏杂志》《余兴》《娱闲录》等期刊，时间主要集中在1915～1916年两年间，且通俗化色彩和娱乐倾向更加明显，是对明代“假传”娱乐精神的进一步发展。由于报刊业的蓬勃发展和民初娱乐化创作心态的流行，使得这类一直不被传统文人重视的文体焕发出新的活力。民初发表的“假传”比较有特点的像寿邱《富家翁传》（旧中国政府）（《游戏杂志》1915年第12期）；适公《白玉粒传》（稻米）（《游戏杂志》1915年第12期）；率真楼主人《水生传》（水烟）（《游戏杂志》1915年第13期）；黄燕乡《胡先生传》（胡须）（《游戏杂志》1915年第14期）；亚俾《炸弹先生传》（炸弹）（《游戏杂志》1915年第14期）；率公《眉娘传》（眉毛）（《游戏杂志》1915年第15期）；游戏三昧轩主《睡翁传》（旧中国）（《游戏杂志》1915年第16期）；邹学浩《君子固传》（穷）（《游戏杂志》1915年第19期）；谁《孙供奉传》（猴子）（《娱闲录：四川公报增刊》1915年第20

① 曾枣庄：《宋文通论》，上海人民出版社，2008年，第965页。

② 陈大康：《明代小说史》，上海文艺出版社，2000年，第207页。

③ 颜瑞芳：《唐宋拟人传体寓言研究》，《古典文学》（第14集），（台）学生书局，1997年，第127页。

④ ［韩］赵润济著，［中］张琏瑰译：《韩国文学史》，社会科学文献出版社，1998年，第248页。

期）；匏《风筝美人传》（风筝）（《娱闲录：四川公报增刊》1915 年第 24 期）；杜寿潜《便壶先生传》（便壶）（《余兴》，1915 年第 5 期）；剥庐《阿芙蓉传》（鸦片）（《余兴》1915 年第 7 期）；爱楼《睡翁传》（旧中国）（《富强》1915 年第 1 卷第 1 期）等，其数量和种类超过了娱乐精神最为突出的明代，成为民初的一道独特景观。

当然，在民初“假传”体小说诙谐滑稽的表象下也蕴含着对世俗社会与国家疲弱、外侮迭来以及政府无能的辛辣讽刺，以嬉笑怒骂的形式表达了文人的社会责任感，体现了作者的忧患意识和拳拳爱国之心。游戏三昧轩主的《睡翁传》中的睡翁之“先世颇饶裕，楼台霞起，阡陌云连，称一乡望族。传至翁势渐凌替。翁性愦愦，处将倾之广厦，风雨飘摇，不知绸缪牖户，唯嗜睡。”“比邻豪猾辈利翁可欺，群起协谋鱼肉之。始而割其膏腴，翁不之争，让畔焉；继而撤其藩篱，翁不之御，失险焉；既而据其堂奥，翁不之拒，退避三舍焉。适旧好独醒道人过访，剥啄良久，迄无应门者，乃怀刺进见。翁方隐几卧，他人入室正集议瓜分所有。道人不禁扼腕太息曰：‘高明之家竟一败涂地至是哉？甚矣！执迷不悟之害事也。’遽拍案疾呼，作青天霹雳声。翁大惊，悚然而寤。”这里所谓的“睡翁”显然是对列强环伺、危机四伏的旧中国政府昏聩无能不求进取的影射和批判。还有一篇署名“爱楼”的《睡翁传》则异曲同工，写睡翁为东亚之大富翁，然性嗜睡，自号梦梦子，西方人目之为病夫。“其实非病。自私自利懒惰性成，烟赌嫖酒之余即昏昏睡去，其家田地非不广也，然荒废者多；其家人口非不众也，然游闲者多；其家金银非不聚敛也，然用于不正当之事者多。”因好睡故将家政付与仆隶之手，仆隶侵吞，百弊丛生，睡翁酣睡如故。西邻有抱友爱之念者劝翁力图振作，翁不之听，复蒙眬睡去。东邻无赖子见翁无能且富有，乃挟利刃劫翁，逼其交出田地契约。翁不敢违，乃尽与之。东邻子转怒为喜，敛刃以去。孱仆尽出，恐主人复睡去，乃设法于睡翁四周支以斜木，领袖间系以绳索，上悬于梁间，如木人之牵线然。旁设警铃、警钟，以冀其不再睡去。作者在篇末最后说：“余睹其御睡之法可哂也，为作睡翁传以传之。”其中寓意，一目了然，睡翁为老大疲弱不堪之旧中国，黠仆与东邻子为谁，亦不言自明。作者通过诙谐之笔，辛辣讽刺了民初政府的不作为和国人的麻木心态，表达了作者深切的忧患意识。

另有一篇寿邱的《富家翁传》写富家翁禹生本华胄，貌伟甚，内虚弱，坐享素封。性奢靡而怯懦，不肯奋发图强，“徒令邻里土豪及强梁无赖施其鬼蜮伎俩，藉端索诈，挟势欺侮而凌辱焉”。翁敢怒不敢言，“家人则愤懑欲死，不平之气已充塞于禹域中矣。”“翁家有田三千万顷，力田服务者约四万万夫。田富于海，众庶于星。”西邻有事，翁惧祸不之顾，后祸及于己，东邻之小人趁火打劫从中渔利。“小人无姓氏，世居禹土东隅，聚族拥酋，俨成邦国。其壤僻，只容三舍，俗淫贱，貌丑陋，身材短小，其先世为禹家奴，以有微劳，禹之祖以采邑三舍地分封之。近代子孙蕃息，人以无以名之，遂呼其族曰‘矮奴’。”奴见禹家式微，乃挑拨离间，致使禹氏昆弟酿成纷争，几乎手足相残。家人之智勇兼备者劝翁抵御东邻，翁不以为意。奴自以为得计，捉刀持械闯入禹门，其势汹汹，如小鬼，如疯犬，入室抢劫。阍者及室人走告于翁，翁不之顾，家人愤激，持挺提刀，在翁之孙昆仑儿的号召下痛斥欲击矮奴。奴见众志成城，恐犯众怒，且理屈词穷，相望惊猜，将作鸟兽散。此时翁忽至，东邻奴乃转而恐吓禹翁，以图勒乘势索。翁虽胆小怕事谦让赔礼，而家人则已忍无可忍，合家老幼愤欲杀贼，一人愤而前，赤手与奴斗，不胜，触柱而亡。家人奋勇向前，与贼斗，互有伤亡。家人欲杀之以儆效尤，否则四邻之强梁侵扰，举家永无安枕之日。翁默然，意似是其说，然殷忧未尝稍释云。故事以寓言“假传”体的形式塑造了懦弱胆小的富家翁形象，其实是对当时外患四伏而一味退让而使国家人民遭受屈辱的旧中国政府的辛辣讽刺。无论是强梁入寇肆虐仍酣睡不醒的睡翁，还是盗贼入室行劫而尚欲息事宁人的富家翁，都是旧中国政府的象征。

五、其他类型的“别体”小说

除了“假传”体小说外，还有其他一些带有游戏笔墨性质的小说，如天虚我生“别裁小说”《薄命女》① 乃是集调牌结撰而成的一篇小说，其娱乐化

① 《游戏杂志》1914 年第 4、5 期。

色彩更为明显。姚鹓雏的“寓言小说”《帕语》[①] 以手帕之口吻叙自身经历及主人之事。许指严“社会小说”《铜元券自述》[②] 《呜呼！又一铜元券》[③] 则以铜元券自述口吻叙事，反应当时社会的混乱。

这一时期还有受到骈体文风影响的骈体短篇小说，与文言长篇骈体小说的骈散结合不同，这些短篇全部以骈文写成，是名副其实的“骈体小说”。如铁冷“哀情小说”《血鸳鸯》[④] 写傅蕙对亡夫的哀悼，其夫俞生参与汉皋起义牺牲。西山“怨情小说”《璇闺怨》[⑤] 亦为骈体小说，写冯氏女智珠与表兄石寿山之婚恋，婚后如胶似漆，后寿山外出谋职，智珠空房独守，郁郁无聊，内心胡思乱想。如开头文字：

> 金谷春融，玉楼人醉。方宜家而宜室，旋相望而相思。名家之台沼风流，不见过江人物；大块之文章绮丽，空觇入画烟云。羡他粉黛三千，暖入鸳衾短梦；令我阑干十二，香妃翠幄轻尘。

骈体短篇小说通篇以骈文写成，也体现了民初文坛游戏笔墨之风的盛行，同时也代表着民初作家的探索和尝试。

“别体小说”的大量产生彰显了民初小说的包容和活力，也对我国小说的发展进行了有益的探索，虽然并非所有的尝试都是成功的，但也为小说的现代化积累了经验。

第五节 民初报刊上“新文学”作家的文言小说

虽然鸳鸯蝴蝶派创作的文言小说从一开始就受到了新文化运动主将们的

---

① 《双星杂志》1915 年第 2 期。
② 《说丛》1917 年第 1 期。
③ 《说丛》1917 年第 1 期。
④ 《小说丛报》1914 年第 1 期。
⑤ 《小说新报》1917 年第 1 期。

强烈批判，但有意思的是，鲁迅、叶圣陶、刘半农等后来成为新文化运动先驱的作家都曾经用文言创作过短篇小说，虽然他们的文言短篇与传统的文言小说已经在手法上有了很大革新，但却从另一个方面证明了文言和白话并非区分新旧文学的最佳标准。那么新文学作家自己所提倡的消灭文言的种种做法，其功利性同样非常明显。1933 年以范烟桥主编的《珊瑚》第 2 卷第 8 期发表了一篇署名彳亍的短文《新作家的陈迹》指出刘半农（原名半侬）、鲁迅（前名周豫才）、施蛰存（前名青萍）、戴望舒（前名梦鸥）、黄中（即黄花奴）、俞长源（即俞牖云）、老舍（原名舒金波）、楼建南（前名剑南）、叶绍钧（前名圣陶）、吻云（即许啸天）、苏凤（即姚赓夔）、滕固（原名若渠）等人也曾在《小说新报》《星期》《小说丛报》《礼拜六》《小时报》等杂志上发表过旧体作品，同时指出鲁迅"著文言小说甚夥，发表于绍兴《越铎日报》副刊中。"叶圣陶"《礼拜六》中作品颇多"，而滕固"昔年文言作品颇多。"① 对于新文学作家对旧体文学的攻击，范烟桥以列举事实的形式进行了含蓄的抗争。接下来我们就来对新作家笔下的文言小说进行分析和评判。

一、鲁迅的文言小说《怀旧》

1913 年的《小说月报》第 4 卷第 1 期发表了鲁迅署名"周逴"的文言小说《怀旧》，后来重刊于《希望》1937 年第 1 卷第 1 期上。据周作人在《关于鲁迅》一文中说："他写小说其实并不始于《狂人日记》，辛亥冬天在家里的时候曾经写过一篇以东邻的富翁为'模特儿'写革命的前夜的事，性质不明的革命军将要进城，富翁与清客闲汉商议迎降，颇富于讽刺的色彩。这篇文章未有题名，过了两三年由我加了一题目与署名，寄给《小说月报》。那时还是小册，系恽铁樵编辑，承其覆信大加称赏，登在卷首，可是这年月与题名都完全忘记了，要查民初的几册旧日记才可知道。"② 据周作人的回忆，该小说作于 1911 年冬天，题目和署名都是周作人加上去的。更需要关注的是，

---

① 《珊瑚》1933 年第 2 卷第 8 期。

② 知堂：《关于鲁迅》，《宇宙风》1936 年第 29 期。

这篇小说是用新体文言写成的。新体文言不同于传统文言那么讲究辞藻和形式，相对比较自由浅显，但保留了古文的一些形式特点，比如称呼和“之乎者也”之类的文言标志性虚词。这种新体文言成为民初颇为流行的一种行文方式。

《怀旧》采用儿童视角以第一人称叙事写辛亥革命爆发后乡村各色人物的不同表现，反映了人们思想的闭塞，同时也暴露出辛亥革命在思想宣传上准备不充分以及革命的不彻底。小说以情景开篇，采用了当时流行的近于通俗的新体文言：

> 吾家门前有青桐一株，高可三十尺，每岁实如繁星，儿童掷石落桐子，往往飞入书窗中，时或正击吾案。一石入，吾师秃先生辄走出斥之。桐叶径大盈尺，受夏日微瘁，得夜气而舒，如人舒其掌。家之阍人王叟时汲水沃地去暑热，或掇破几椅持菸筒与李妪谈故事。每月落参横，仅见菸斗中一星火而谈犹弗止。

同时通过大量对话描写来展示事件经过，其对话与传统文言小说亦有区别：“先生闻今朝消息耶?”“消息？……未之闻……甚消息耶?”“长毛且至矣。”“长毛？……哈哈，安有是者……”胆怯的私塾先生、准备迎降并投机革命的富翁、下层王翁和李媪等人物均通过语言表现了他们内心的忐忑不安的状态，其人物对话声口宛然如现。

立波在《鲁迅的第一篇小说〈怀旧〉》一文中评论说：“这篇小说的发见和重刊，是很有意义的。因为这是五四运动以前的作品，这是鲁迅把辛亥革命反映得最为亲切的一篇小说，在研究鲁迅的思想发展的一点上，在探讨辛亥革命的本质的一点上，《怀旧》都有很大的帮助。”“这篇小说虽然文字是旧的，但是我们可以看见在那里面已经包含了鲁迅的反封建的革命的思想，而且带着一种浓厚的讽刺色彩。讽刺是鲁迅毕生使用的战斗武器，在这里面已经露出了它的锋芒。而反封建是要到五四运动时，思想界才有明确的号召。但是看了这篇小说，我们知道鲁迅在辛亥的冬天已经开始担负了这个任务。”“读《怀旧》我们可以引起这些的怀想，同时也可以藉此推测中国的前途。这是一篇重要的小说，它的重要是在它把握了辛亥革命的许多本质的特征，使人可以推测革命和革命中的两个阶层的发展倾向。它的重要也在它显示了鲁迅的思想的深和艺术的高，显示了鲁迅在五四运动思想界的反封建口号，明确提出了之前已经暗自肩起了反封建的课题而且开始那么锋利的运用了他毕生运用的武器，那讽刺的剑。”① 应该说，早在进入民国前，鲁迅就吹响了五四新文化运动的号角，当然，更值得注意的是，这篇小说所用的是当时旧体作家也在用的新文言，而不是后来鲁迅自己所提倡的白话。

鲁迅的文言小说《怀旧》无疑在中国近代小说史上是举足重轻、独具慧眼的力作，在继承中国古典小说优良的现实主义传统的基础上，不以情节曲折、故事离奇取胜，而是通过截取普通村镇生活的几个片断反映辛亥革命这一重大历史事件对农村社会的影响。小说没有叙述一个贯串始终的故事，只是描写了几个生活场面。而这几个场面，又都是从一位小学童的眼睛看出，是他在私塾里一天的见闻。小说以这位学童的观察为线索，把几个生活片断自然地组接起来，从而取代了以故事情节贯串全篇的结构。同时这篇小说在叙事内容的展开上，表现出淡化事件叙述而注重对特定情境中人物个性动态刻画的倾向，尤其是对氛围的渲染和对心理的捕捉成为小说着墨的重心，因此这篇小说在某种程度上已具备了现代短篇小说的品格。但也需要说明的是，通过此前我们对整个民初文言短篇小说的梳理情况来看，无论是场景开篇，还是对话运用以及新体文言的应用等，绝非《怀旧》所独有，很多新体文言短篇小说均具有了这些典型特征。

二、叶圣陶的报刊文言小说

除了新文化运动的旗手鲁迅外，叶圣陶在五四新文化运动以前也已经开始他的文学创作活动。1914～1916 年间，他先后发表了署名“圣陶”的“奇情小说”《玻璃窗内之画像》②、“社会小说”《贫女泪》③；署名“叶匋”的

① 《生活学校》1937 第 1 卷第 3 期。

② 《小说丛报》1914 年第 2 期。

③ 《小说丛报》1914 年第 3 期。

"社会小说"《穷愁》[1]、"社会小说"《博徒之儿》[2]、"神怪小说"《孤宵幻遇记》[3]、"忏情小说"《飞絮沾泥录》[4]、"艳情小说"《终南捷径》[5]、"滑稽小说"《瓮牖新梦》[6]；署名"允倩"的"奇情小说"《痴心男子》[7]；署名"叶允倩"的《倚闾之思》[8]、《旅窗心影》[9]、"社会小说"《陈生》[10]；署名"谷神"的"国民小说"《良心上之敌忾》[11]、"国民小说"《一贫一富》[12]、"教育小说"《某教师》[13]、"哲学小说"《灵台艳影》[14]、"言情小说"《葛兰小史》[15]、"哀情小说"《我心匪石》[16] 以及"应千（译遗），叶匋润文"的"奇情小说"《黑梅夫人》[17] 等近 20 篇文言小说。由于这些作品都刊登在被称为"鸳鸯蝴蝶派"或"礼拜六派"刊物上，而这一派别在五四运动以后又一直被认定是新文学的对立面，因此过去在评价叶圣陶这些文言小说时都采取比较谨慎的态度。其实创作文言小说的未必就是守旧作家，而用白话创作的也未必就一定代表进步。叶圣陶的文言小说所用新体文言，不过是在行文中用了"之乎者也"而不用"的了呢吗"罢了。

叶圣陶的新体文言小说表现出对社会现实的关心，如"社会小说"《穷愁》[18] 写贫民阿松有衰母瞶且瞽，赁王家矮屋未尝租值者三月矣。阿松事母

① 《礼拜六》1914 年第 7 期。
② 《礼拜六》1914 年第 12 期。
③ 《礼拜六》1914 年第 19 期。
④ 《礼拜六》1914 年第 20 期。
⑤ 《礼拜六》1914 年第 26 期。
⑥ 《礼拜六》1914 年第 27 期。
⑦ 《礼拜六》1915 年第 46 期。
⑧ 《小说海》1916 年第 2 卷第 1 期。
⑨ 《小说海》1916 年第 2 卷第 4 期。
⑩ 《进步》1916 年第 10 卷第 2 期。
⑪ 《礼拜六》1915 年第 63 期。
⑫ 《礼拜六》1915 年第 64 期。
⑬ 《礼拜六》1915 年第 65 期。
⑭ 《礼拜六》1915 年第 66 期。
⑮ 《礼拜六》1915 年第 73 期。
⑯ 《礼拜六》1915 年第 80 期。
⑰ 《礼拜六》1914 年第 17 期。
⑱ 《礼拜六》1914 年第 7 期。

孝，因工厂歇业故靠卖饼养母仅足温饱，后因卖饼误入赌场被当成赌徒抓入警局，警员意图敲诈，但阿松无钱取赎而被罚做苦力二月，其母在家无所依靠，得邻里帮助得不饿死，后其母典当仅有之蓝绸棉袄赎阿松以归，次日，其母去世，阿松伤心葬母后不知所之。对当时社会黑暗贪腐，贫民无以为生的状况有深刻反映。“滑稽小说”《甕牖新梦》写进入民国后帝制取消，然黔地深山中人不知。某村中塾师李某得异梦，自信有帝王之征，有阮某者附和之，乃集和四十余人欲取县城以建都，并准备分封其祖父、妻子和所有参与之人。消息传入县城，县官只有二十余卫兵，乃赴邻县求援。次日，李率众气势汹汹而来，守城士兵惧李某有神咒护体，不敢抗，纷纷弃县官而逃。唯余一兵不惧神咒，发一枪而一寇仆地，众兵气壮，回身乱枪击之，结果李某等人皆被打死。故事以夸张手法讽刺了乡民的愚昧和无知，与鲁迅的《怀旧》相似。“艳情小说”《终南捷径》[①] 以诗词代场景开篇，后有“著者曰”评论，融新旧短篇小说手法为一体。故事写入民国后，前清旧吏某甲在上海纳某名妓为宠，而该妓为某公子素所眷恋者。公子之父时居国中高位。正当众人皆为某甲担心之时，该妓已与某公子重温旧梦。后来某公子从妓口中得知，所有一切均是某甲为结交公子故为金屋藏娇之计。后某甲得公子之力由前朝旧吏摇身一变成为民国驻沪特派员。故事反映了民国初期的政治投机行为和官场腐败。

“忏情小说”《飞絮沾泥记》[②] 议论开篇曰：“含露珍花，羞风艳蕊，非不奇丽可贵而一旦辞枝，随风漂泊，粘泥坠溷，侪于粪土，牛羊且得而践踏之矣。”记大家女珊姑被仆人福生和顾媪诱拐私奔至上海，初与福生为夫妇，后被福生抛弃，生子后无所依靠，而顾媪则席卷其余资而去，珊姑沦为乞丐，后悔不迭。“奇情小说”《玻璃窗内之画像》写医生陶子晋爱上照相馆玻璃窗里陈列的一张相片中的女子，却无缘见面，待有机会相聚，那女子已是请他诊治的奄奄一息的病人了。“哀情小说”《我心匪石》中的农村少女银姑与男青年阿菊相爱，但母亲将她骗嫁给张财主，银姑从新房逃出，待找到阿菊时，

---

① 《礼拜六》1914 年第 26 期。

② 《礼拜六》1914 年第 20 期。

他已因欠官赋被打重伤致死，银姑因而“投尼庵为佣，长斋礼佛”。“哲学小说”《灵台艳影》写画家白生对他绘制一幅画中的美人产生感情，并在梦中苦苦追求，醒来“始悟以前种种，皆属幻梦”。叶圣陶笔下的这些小说带有鸳鸯蝴蝶派小说的印迹，我们可以看到新作家笔下的文言小说与鸳鸯蝴蝶派笔下的文言变体小说在风格上其实是一致的。

叶圣陶以旧体传奇手法创作的“神怪小说”《孤宵幻遇记》[①] 记张君寓某氏园遇怪异事。后有叶匋曰：“曩读蒲留仙书，辄以为荒诞凭意构，而张君语我凿凿，有如蒲书所言，不亦异欤?”而“社会小说”《博徒之儿》写博徒之子王根生虽然家境困难但刻苦好学事，后其母去世后父续娶，继母虐待根生，以毒荼诬根生，父挞根生几死，根生无怨色。似乎在宣传传统的“孝道”。《飞絮沾泥录》中珊姑离家后遭遇不幸，终于沦为乞丐，作者批评她“正患在不闻礼教耳”。作者虽同情珊姑对爱情的向往，但又不放弃礼教的界线。当然，多数文言小说作品体现出了新旧交替时期的特点，无论是结构手法和语言上都可以看出过渡时期的中间状态。

叶圣陶的主要成就不在于其创作初期的这些文言小说，而在于后来的具有五四运动精神的白话新小说，因此自然不能就此将之归入鸳鸯蝴蝶派作家之列。但同时我们也应看到，在五四运动之前，中国短篇小说的创新在主体上是从文言小说开始的。

三、刘半农的文言小说

另外一个需要关注的作家是刘半农，他跟人合作用文言翻译了大量外国小说，如《橡皮傀儡》[②]《悯彼孤子》[③] 等。另有还独立创作了“侦探小说”《淡娥》[④]、“滑稽小說”《吃河豚》[⑤]、“少年小说”《立志难》[⑥]、《女侦

---

① 《礼拜六》1914 年第 19 期。
② 《礼拜六》1914 年第 27 期。
③ 《中华小说界》1915 年第 2 卷第 5 期。
④ 《中华小说界》1915 年第 2 卷第 11、12 期。
⑤ 《礼拜六》1915 年第 61 期。
⑥ 《中华学生界》1916 年第 2 卷第 5 期。

探》[1] 等新体文言短篇小说。《淡娥》借用西方侦探小说探案手法层层剥茧，得出真相，然与传统文言之第三人称叙事不同，以第一人称“余”与老王侦破女子淡娥被杀案经过作为叙事主线，其间穿插破案线索如淡娥之日记，均明显受到西方侦探小说影响。《立志难》通过第一人称回忆口吻开篇，以父亲的两封书信作为全篇核心来叙事，通过书信内容回忆父亲对自己的谆谆教诲，是一篇颇具代表性的书信体小说。其开篇曰：

> 嗟夫！余父弃养已四年矣，余亦已卒业于大学差可自立矣。当余初入大学之时，余父曾作长信二封示余以立志之道。余初亦不甚重视之，以为老生常谈。乃第二函到校后未几，而吾父以暴病逝世之惊耗斗至。余一时哀痛之余睹此遗牍，益自泫然泣不可仰。至奔丧之后，复至校中立取二书铭诸座右，旦夕诵之，力行不怠。余今日之所以差堪自立者，皆此二书之功也。吾既躬受此二书之惠，不敢但任此二书之效力及于吾一人而止，故录之如左，以为吾青年求学诸君告。谅亦诸君之所乐闻欤。

其后则以书信二封作为全部叙事内容，通过书信中父亲的口吻来叙事，抒发作者对父亲的怀念之情。其语言也没有旧体文言那样晦涩，而是采用当时比较流行的近体文言，浅显明白。由此可以看出刘半农文言小说中对新小说技法的吸收借鉴。

由鲁迅、叶圣陶、刘半农等人的文言短篇小说创作，联系鸳鸯蝴蝶派作家笔下的文言短篇小说创作，我们也可以看到清末民初之际小说作家的转型以及短篇小说由传统到现代的过渡，由文言向白话的转变。清末民初短篇小说在体式上的变革主要是突破了传统短篇小说的统一的故事性结构模式和程式化叙述体制，实现了小说写法的基本解放。新体文言短篇在清末民初的文坛上站住了脚，从而为五四运动后白话短篇逐步取代文言并成为创作的主导潮流而奠定了基础。公正地说，在短篇小说创作模式和手法的转型上，鲁迅、叶圣陶们的贡献与徐枕亚、吴绮缘、李涵秋、刘铁冷们的贡献都是应该值得肯定的。

---

① 《小说海》1917 年第 3 卷第 1 期。

第六节　民初报刊文言小说的时代特点

民初报刊文言小说在题材上几乎涵盖了此前文言小说的传统类型，但总体上来说，志怪类作品减少，而具有现实精神的作品和写情之作占了主导，还有一部分是写武侠技击的。文言小说的现实精神增强，不但反映了当时的生活风貌，而且对当时社会的一些弊端和乱象有深刻的认识和尖锐批判。

一、悲剧结局与感伤基调

民初文言小说的悲剧结局与感伤基调的产生原因我们在此前已有分析，这种感伤情绪在报刊短篇小说中体现的同样非常明显。徐枕亚的“侠情小说”《箫史》[①] 记萧啸秋与逆旅主人之女小娥因皆善吹箫而知音相惜，后小娥病重，啸秋劈破所珍爱之箫和药医好小娥，而自己则心血耗尽而亡，小娥痊愈后得知实情，亦焚所爱之箫于啸秋灵前并一恸而亡，其父乃为二人合葬，题碑文曰“二箫墓”。罗韦士的“哀情小说”《老农家乘》[②] 写老农与其子庚生、辛生的思想冲突，庚生从军，老农不许。庚生乃与村中少年投军效力，五年后为连长而归家探亲，其父以为其为盗而用锄将其打死，其恋人云英亦自缢死。当老农得知其子为连长的真相后，因悔恨而发狂。周瘦鹃的“言情小说”《似曾相识燕归来》[③] 写英国女子爱丽丝与中国留学生朱良材的感情纠葛，二人感情最后以悲剧告终。胡寄尘的“哀情小说”《后悔》[④] 记春梦生所述秋芹事。杨行素年十七娶秋芹，入中学时惧为同学所笑因伪称兄妹，他人不知。同学徐唯性误以为秋芹真为行素之妹而展开追求，秋芹则不忍道破实情，最终造成误会而秋芹自杀，唯性亦自杀，行素则伤心不已。天虚我生的“哀情

① 《小说月报》1913 年第 4 卷第 6 期。
② 《礼拜六》1914 年第 27 期。
③ 《礼拜六》1914 年第 21 期。
④ 《礼拜六》1914 年第 5 期。

小说"《井底双鸳》[1] 写富家女梅丽雅与其父所收义子琼儿、珞儿、安琪儿皆善，且三人各有所长，梅丽雅一时难以抉择。但其母却以另一义子蒋璧城者为丽雅将来夫婿人选。后闹上法庭，穿插庭审经过，后法庭断丽雅与琼儿，其母自经死，丽雅亦投井死，而安琪儿随之投井，遗书表达对丽雅的爱意，故甘心相从于地下，结局出人意料。湘筠述、许指严著"警世小说"《十年一梦》(一作妾之遭际)[2]，篇幅较长，后有"外史氏曰"评论。以女子阿云口吻写自身惨痛经历。阿云自幼被其父醉后许配给王家，云虽不愿，但无可如何，后到上海认识沈某，其父将其领回，成婚在即又逃婚至上海，结果被沈某所骗而为人妾。天韵"短篇小说"《老泪》[3] 记叙一段真实见闻，自记途中遇一老妇人哭其乱世中被流弹误中而亡之子。天愤"哀情小说"《碧玉箫》[4] 场景开篇。清致仕官僚支翁之子西郎与富家女玲娘结为夫妇，然西郎不务正业，勾结匪人将自家财物掳掠一空，玲娘诉于舅姑，不得直。(胡) 寄尘"社会小说"《雯姑痛史》[5] 写雯姑十三丧母，父续娶一婢，性悍，虐待雯姑，其父病故，继母与人私，乃嫁雯姑与陆子欣之子，而其翁又欲犯之，其夫则待之薄且嗜赌而染鸦片，乃将雯姑抵与他人以偿赌债，雯姑以首触壁而亡，其夫则遁去无踪。(姚) 民哀"哀情小说"《李益第二》[6] 写燉煌生作幕辽海，遇妓秦爱玉者，爱玉以金助之入都谋取功名，生富贵后负心，爱玉自缢身亡。后有"民哀曰"评论道：

> 余闻之父老言，秦爱玉气绝之时即外交美人赛金花降生之日，赛颈有红圈似线，即其明证。初名傅云，适燉煌生为妾，生身后微名为赛扫尽。庚子议和，名倾中外，至今犹健在也。上年与某商结婚，年将画家，尚若四十许人，迨亦尽之夏姬欤？而识者见之莫不戟指曰："此燉煌生之

---

① 《游戏杂志》1914 年第 3 期。
② 《女子世界》1914 年第 1 期。
③ 《礼拜六》1914 年第 3 期。
④ 《小说丛报》1915 年第 16 期。
⑤ 《小说新报》1917 年第 3 卷第 2 期。
⑥ 《小说新报》1919 年第 5 卷第 1 期。

妾也。”伶人孙三儿为赛下堂时之第一爱人，知其肺腑中语。赛自云生待遇渠不薄，唯一闻其声即觉恨恨，于此可见爱玉投胎之说，确有因也。佛家因果，虽未必尽然，生之负爱玉，赛之辱生身后名，则天只报应可谓丝毫不爽。青年男女之喜言情爱者盍以为龟鉴乎。

作者以前后世因果报应的形式批判了燉煌生的负心薄情，对爱玉的悲惨结局寄寓了深切同情。

二、时代特征与批判精神

民初的报刊文言小说还表现出强烈的批判精神，同时也对社会的现状进行了深刻的反思。许指严的《掠卖惨史二》[①] 记妇女儿童被拐惨状的小说。其“哀情小说”《猪仔还国记》[②] 记华人被骗卖到南洋做苦力之经过，具有很强的现实性。后有“著者”评论曰：“今日欧美奴禁垂绝，而南洋群盗招工辄华人是利，奸民遂以同胞为市黑奴惨剧复见于今日之华工，毒哉。官吏知县为禁令而不知正本清源之法，在本国扩张生计，吾恐害马之终不能去也。”周瘦鹃“侠情小说”《中华民国之魂》[③] 写兄弟二人弟曰华家骥，兄曰华家驽，二人在支持清军和革命军的问题上发生分歧。弟支持革命，后家骥被清军捕获，而家驽则骗取了家骥恋人倩云的信任。后家驽在与革命军交战时被俘，家骥则加入革命军。家驽设计让家骥替死，而已则逃遁，后于昏迷中泄露消息与倩云，倩云赴刑场救下家骥。后家骥因忠勇仁义被任命为革命军军长。故事一方面穿插爱情线索，但却直接反映了清末民初人们新旧思想的冲突和斗争。恽铁樵[④]的《村老妪》[⑤] 以场景开篇，通过老妪与人的对话，对民初实

---

① 《小说月报》1911 年第 2 卷第 11 期。

② 《小说月报》1912 年第 3 卷第 9 期。

③ 《礼拜六》1914 年第 26 期。

④ 恽铁樵（1878～1935），名树钰，别号冷风、焦木、黄山，江苏武进人。近代著名报人小说家。1912 年主编《小说月报》。后因长子病故，发愤学医，曾就学于名医汪莲石。1925 年创办铁樵中医函授学校，1933 年办铁樵函授医学事业所，受业者千余人。医学著述很多，著作有 22 种，编成《药盦医学丛书》。

⑤ 《小说月报》1913 年第 3 卷第 10 期。

行的所谓投票选举制度的腐败进行了辛辣讽刺。老妪之子阿二替人投票反复出入十三次，监察人员视而不见，而参加选举的十三相则许诺阿二若自己当选让其做巡士，工资不九元亦六元。通过老妪的眼所见耳所闻对民初乱局进行了生动描写。写老妪之子不屑吃老妪留下的饭食，准备去吃十三相所设饭局。老妪追出，无意中足触倒门侧饭桶，老妪怒骂曰："汝饭桶亦运动选取去耶?"故事到此戛然而止。通过场景描写、对话运用等新式小说手法，讽刺了民初选举的虚假。南园"滑稽小说"《狐狗相争记》① 通过狐狗对话的形式将志怪小说历史故事中关于狐和狗的典故连缀在一起，写狐狗相斗惹怒山君，最后写道："呼，值兹攘夺权利时代，狐狗相争所在皆是，安得山君一一惩儆之，俾彼等销声匿迹耶?"

焦木（恽铁樵）《工人小史》② 用浅近文言写成，是最早反映工人生活的小说。写韩孽人经人介绍到上海某工厂工作，然收入微薄，终日劳碌，生活困窘。工头态度的恶劣，倚仗洋人撑腰而肆意欺压工人，后孽人偶因失误被工头胡某殴打并被洋人辞退。小说通过韩某之口说出"既为工人便终身与贫困结不解缘"的血泪之语。文中说："上海者，不可思议之怪物也。彼都人士，狐裘皇皇，望之几无一非神仙中人，然贫人流离，琐尾而至此者，虽有伍大夫之箫，不许吹也。鄙谚有言：蹩脚拉东洋车。途径不识，禁令未谙，即徜徉康衢犹来警察之干涉。讵知拉东洋车亦非具资格不办耶?"韩入工厂后，不敢休息，辛苦劳作，负债累累，难以温饱，受尽欺凌。作者在文中说："努力为善，不必免祸，丛恶府怨，或且获福。人世所谓恶运命恒于巽懦良善者显示作用，至可慨也。"后孽人因操作失误被辞退，且被工头殴辱，因悲愤填膺，凄然谓胡曰："汝亦工人，何苦假洋人势力自残同类……"后诉至警署亦不能得直，其妻入英租界为佣人，而孽人则卖报自给。后癸丑七月制造局之役，事起仓促，南市工人多中流弹死者，孽人夫妇因居英租界得免于难，亦不幸中之万幸。通过一对工人韩某夫妇在上海的艰难生活经历反映了当时

---

① 《民国汇报》1913 年第 3 期。

② 《小说月报》1913 年第 4 卷第 7 期。

下层工人的生活惨况。

艸艸的“社会小说”《金钱美人》[1] 记某三因贪恋美人而挥霍金钱破家，最后入狱不得出。后有“艸艸曰”形式评论道：

> 余维社会之种种黑暗以上海为最著，然无论其千变万化，要必受“金钱美人”四字之簸弄颠倒而不自觉。微薄时则思多金，既多金则思美人。卒之铜山甫筑，旋来逐客之书；金屋既倾，永绝藏娇之望。洛阳踯躅，故我依然，如某三者，即谓之个中小影也。他若少年若富若贵，得其一端而俱已一败而不可收拾，金钱乎？美人乎？直地狱之导师耳。抑余闻之沪上有所谓拆白党者，不耕而食，不攉而衣，长日搔首弄姿为妇女之蠹，如某三者得毋类是，然其受报已若此，红妆季布玩孺子于股掌之上，如宜僚之丸，如养由基之箭，如屠牛坦之刀，当其冲者万无幸免之理。彼夫才不如三与夫声望门第远胜于散而亦思效三之所为者，夫亦可以知所鉴矣。

畸人的“哀情小说”《乞儿泪》[2] 以乞儿自述口吻叙事，写共和政体建立后并未改变乞儿命运，也未改变社会上苦乐不均的现状，人们宁愿施舍鬼神也不可怜乞儿。对当时的社会现实有深刻的揭露。天乐的《小木工》[3] 记清道光间小木工被其妻与奸夫所害冤狱，揭露晚清吏治的腐败和权贵的贪赃枉法，真凶逍遥法外，无辜之人多株连，然主谋某厮养因权贵回护终未受惩罚。后咸丰帝继位，穆章阿被罢相，该案终于沉冤得雪。后有记者曰评论道：“呜呼！法律失其效力，国事之大变所由始也。”

卧园、铁樵的《罂花碧血记》[4] 写清民之际，晃州民以种鸦片烟获利，地方官为搜刮闽莱而暗中鼓动，致使鸦片泛滥，上司遣新官上任，众乡民以新官禁烟而于民国元年驱逐新官而留贪墨之旧官。详细叙述种烟收烟之经过，

---

① 《小说月报》1913 年第 4 卷第 8 期。
② 《大同》1913 年第 2、3 期。
③ 《小说月报》1913 年第 4 卷第 7 期。
④ 《小说月报》1914 年第 5 卷第 1 期。

劣绅土豪鱼肉百姓而百姓为种烟谋利竟然设法留任之而驱逐新官。借种烟禁烟之争写民初乡间的怪现象。官、匪、兵、帮会等各施神通鱼肉百姓，乡民为保烟，借帮会之力对抗新军，但很快被消灭。城中传闻乡民要攻城，乡间传闻新军要围剿，两处皆风声鹤唳，惶惶不可终日。后乡民无奈，忍痛拔去烟苗，而一年之衣食无着矣。写乡民之愚昧和贫困，可叹又可怜，写世道之乱。最后写晃州一厅富绅乡民皆被其害，烟毒既去，民间脂膏亦被搜刮一空。觉迷"社会小说"《不倒翁》① 写沈某靠钻营致富竟为某县乡绅，革命军起，沈又投机得为省议会议员，为了捞取好处而成为骑墙派，后议会取消，又为县知事。世事无常，但沈某得无恙，人称不倒翁云。讽刺了社会上的投机者，也反映了乱世中腐败现象。秋梦"讽世小说"《请愿归来》② 以场景开篇。写少妇金倩云之夫醉心政治，因入京请愿不遂心而牢骚满腹归来。写国民议会议员用金钱购得，某因无钱故失意而归。若英"滑稽小说"《方城尊孔会》③ 以滑稽寓言形式写人们对金钱的崇拜。方城为钱神主之，以孔氏言论曲解以讽刺社会上的金钱至上风气。"夫谁"的"警世小说"《虚荣误》④ 通过紫鹃自叙身世反映因爱慕虚荣而造成的人生悲剧。写紫鹃一开始入上海女学，尚自由结婚之习，贪慕虚荣，不顾家境败落，冒充富家女，结果被人所骗，失身匪人，与家人感情破裂，沦落风尘。后有"外史氏曰"评论。（王）钝根"短篇小说"《将军妾》⑤ 以旁观听众视角谈某将军七十娶第七房姨太太之事。某将军者为前清官员，好杀累功至大员，入民国后仍得告官，生平嗜鸦片，但对外主张禁烟，捕得烟贩立命枪毙，人号活阎罗。其第七妾为西门陈固女，为救父被迫为将军妾，心实不愿而存死志。成婚之日，巡按赠送将军清膏一大桶作贺仪，从民间搜刮得来。反映了民初的社会乱象和不公平。

① 《礼拜六》1914 年第 7 期。
② 《小说丛报》1915 年第 16 期。
③ 《小说丛报》1914 年第 1 期。
④ 《小说丛报》1915 年第 11 期。
⑤ 《礼拜六》1915 年第 59 期。

瀬江浊物（许夔）[①]“时事小说”《义丐》[②]乃改写李涵秋《穷丐》而成，情节文字稍有改动。故事以场景开篇，通过破庙中一群乞丐的对话，表现了国事之不可为，乞丐欲捐款以救国，不愿做亡国奴。眇者阿三，跛者小乙，瘫痪者老铁。通过老铁之口说出：“贵者显者不爱国而阿三爱国，此国家之所以亡也。虽然，吾侪穷民犹明此理，彼贵显者岂反不知之乎？”老铁为众丐编救亡歌市上唱之，欲积数十铜元为一银元捐之救国，路人目为疯癫。其歌曰：

> 国亡兮家安在，虽有金钱将何为？彼奸诡兮肆凶焰，条约要我狠且戾，承认兮亡国，不承认兮启杀机。杀机启兮乏军糈，所望国民皆勉励，劝君莫作守财虏，速倾其囊解燃眉。君不见印度波兰为人奴，虽有钱财命已无。又不见朝鲜人财产皆为仇雠掳，何如将出救国家，免为他人府库资。劝君莫图眼前安，劝君须为日后计。劝君志气不可灰，劝君宜知亡国耻。头可断兮身可磔，一寸河山不可失。似此行为真可敬，敬尔中华好男儿。我编此歌劝诸君，诸君听歌当何如？踊跃输将修怠惰，救亡救亡莫踟蹰。

阿三欲为窃贼以盗钱救国，结果被警察抓获，所窃四元中三元入公，一元赏给抓人之警察，阿三被捕入狱。警察署中通过阿三之口说出悲愤之言：“贵人不知救亡，故小人反欲救亡耳。”小乙入狱探视，遭看门狱吏刁难。小乙辛苦积蓄之铜元又被团头（乞丐头）抢去，小乙气晕于地。小乙被老铁救回破庙后含恨而殁，老铁央村农草葬之。经过改写之后，该篇同样反映了清末民初社会的腐朽黑暗以及普通百姓的拳拳爱国之心。

许指严的“滑稽小说”《九日龙旗》[③]则是带有寓言性质的小说，写龙军与屠龙军交战中，某店主为龙军制造旗帜，得厚赏，换五色旗为龙旗，后龙军七日被击败，屠龙氏掌权，店主又欲自保，所得赏赐被店伙骗空。故事讽

---

① 许夔，号瀬江浊物，湖南人，生平不详。清末曾为江苏候补道，在报刊上发表有传奇剧作和小说多种。

② 《小说新报》1915年第3期。

③ 《小说新报》1917年第6期。

刺了民初欲图复辟的守旧派人物。小说借龙王信使老者之口说出："盛哉，屠龙诸将也，吾侪曳尾之属殆将无噍类。""当大风氾扫龙旗之日，肆主私收其余烬藏之箧中，谓他日护龙军来，留此种子尚可得厚赏。盖因国变无常，朝更夕改，未可预料，故为是取巧之计。""肆主夜梦老者语之曰：'子以九日龙旗得财，子之亦九日类耳。'夥友乃五色旗下漂亮人物，吾已得其供奉此间，乐不思蜀矣。他日黄龙再见，吾不妨更攀龙附凤也。"

资弼的"爱国小说"《安重根外传》[①] 写清末朝鲜抗日英雄安重根事迹，涉日俄战争。安重根刺杀伊藤博文，在法庭上从容抗辩，从容赴死。后有"异史氏"曰："重根一布衣也，其所为能惊天骇地，如于深夜好梦中骤鸣雷霆，使闻声者色变。较之闵泳焕、赵秉世、洪万植、宋秉璿诸人，或受国恩，或承使命，先后立节者亦足多矣。我国今日江河日下，外侮频乘，安得有重根其人者出，一为吾国民雪此大耻乎?"许指严的"家庭小说"《酒风》[②] 通过某甲生女孙办汤饼筵之混乱场景来批判不良习气的。后有指严曰："此一出变相之探亲相骂耳。而龌龊蛮野之家庭全神毕现，吾不敢谓今世普通家庭尽如此，吾更不敢谓今世普通家庭竟能免此。噫嘻！家庭者，国家之小影也，试观军国大事，南北和战，其能免此酒风者几何?"又云的"风俗小说"《神会》[③] 描写众人痴迷赛神会之情形和神会之景象。后有"又云"评论曰：

> 此何世，此何时，乃犹酣歌醉舞耶？商女不知亡国恨，隔江犹唱后庭花。国人之程度可知矣！矧此无谓之举，抛却无算金钱，稍有良心者忍出此耶？

在这一时期，志怪类文言小说也表现出鲜明的时代特征。不才（许指严）"弹华生记闻之四"《秋坟断韵》[④] 以哓哓子为目睹而身历其间者的转述口吻，记某生之意中人湘琴为乱兵所掳而亡，其鬼与某生继续交往。后其事为哓哓

① 《小说新报》1919 年第 1 期。
② 《小说新报》1919 年第 5 期。
③ 《广益杂志》1919 年第 5 期。
④ 《小说月报》1913 年第 4 卷第 8 期。

子所知，生亦不知所往。故事以议论开篇：

> 近世科学发明，迷信渐破，然东西哲学大家转益治妖怪学以阐幽抽秘，谈鬼者即以此时腾其口说，几成一种科学焉……西国文豪及小说家亦多记载鬼怪之事。异哉！世界之大，何所不有，果不能持无鬼论以概一切也。友人谪星生与余夜谈辄及鬼事，余初掉首不信，谪星生曰："子毋然，譬如文家觅一好题目，亦殊难事，鬼趣恰到好处，何妨姑作文学观？且子好诗，吾姑以谈诗者谈鬼可乎？"余为所动，颔而不语，睨而笑。

篇后有恽铁樵的评语曰："鬼不必问其有无，能说便佳。篇中各诗皆幽秀可诵，益觉未能割爱。或曰近顷西人亦竞言鬼，毕竟诉诸物理学多不可通，曰：人既非鬼，自不足知鬼。惜某生能文之鬼妻不曾现身说法，著为文字也。"其见到某生鬼妻时的情景，颇带有现代鬼故事的特点：

> 居无何，黑烟起于屏隅，冉冉几遍一室。忽有衣褶痕如幻灯中之电光，五采闪烁，颇称美观，既而裙幅飘扬，宛然纤腰罗袜，则亦无一不肖幻灯中物。自腰以上渐现渐真，旋见春葱玉握，若持纨扇，既而曲眉丰颊，恰如云中月出，至是始完全一袅娜之佳人矣。

通过描写手法和创作动机，我们可以发现民国初期的报刊志怪文言小说与此前传统志怪传奇小说的创作心态和理念有所不同。

宣樊（林白水）[①] 的"社会小说"《离鸾》[②] 每章皆以场景开篇，记女子秋棠始有婚约于才子魏翥虚，后因贪慕富贵悔婚解约而嫁富家子，结果富家子不思上进，秋棠后悔不迭。故事摆脱传统痴心女子负心汉的固有模式，体现新的社会风气对男女婚姻的影响。其中写到了近代上海人的生活方式，同时也反映了当时中新旧文化交汇所产生的思想冲突，具有鲜明的时代特点：

---

① 林獬（1874～1926），一名万里，字少泉，号宣樊，又号白水，福建闽侯（今属福州市）人。近代报人小说家。

② 《小说月报》1913 年第 4 卷第 9 期。

> 翌日侵晨，贾抚民夫妇早起梳洗已毕，抚民口衔雪茄，手披新闻纸，坐于书案之侧，婉若捧牛乳一瓯至前……抚民夫妇既返室，女仆以咖啡进，抚民笑谓婉若曰："此事大奇，君观秋棠今日之口吻，直视婚约为儿戏。噫！自由公理竟如是乎？若以如是为自由，则朝秦暮楚、东食西宿，无往而非自由，即日接三夫、日接三十夫，皆自由也。然则爱情浅薄生性流动之女子，咸可以自由为口实任意行事，而深明伦理保持道德之人，转觉处处牵制矣。噫！'自由自由，天下许多罪恶假汝之名而行。'罗兰夫人之言其信矣。"

息游"哀情小说"《孤凰操》[①] 写作者出游遇到一女子在坟前哭其亡夫，乃从亡者乳媪口中得知事情经过：丁氏子琴郎与曹氏女芷馨年幼订婚，女十岁，琴郎才八岁。琴郎十岁时病消渴疾，家人为完婚以冲喜，婚后芷馨愁怀不寐，后琴郎病亡，女则誓以身殉，二人实未曾一日为真夫妻。这是一篇揭露早婚之害的作品，后有著者评论道：

> 早婚之害，讵能胜言？彼昏不知，相沿成俗。凡有子弟者，一至舞象舞勺之年即为娶妇，初不计及后患，琴郎之死，虽非因是，然以十龄稚子为其择日毕婚，非糊涂虫，必不出此。奈何子已濒危，犹挟妇孺之识，令其见喜，致将十二龄女郎陷入万仞重渊，此生无超升之路，讵得委诸命乎？余草此编，深冀凡为父兄者引为殷鉴，力矫积习，祛除迷信，谓非大有造于青年子弟哉？若因为少见多怪，谓"毋劳汝饶舌"，则非余所敢知也。

许指严的《骊珠冤》[②] 为破除旧式贞节观之作。写珠娘为己洗血冤枉，得到守旧之夫家谅解，成为女界模范。指严"社会小说"《天外天》[③] 写上海天外天对青年男女的诱惑，青年女子蓉娘的迷失奢华，后被人所骗沦为娼妓。

---

① 《礼拜六》1914 年第 7 期。

② 《说丛》1917 年第 2 期。

③ 《说丛》1917 年第 1 期。

詹公“醒世小说”《自由误》[①] 写木易公者曾经留学日本，然嗜赌成性，后博负无所偿乃流落无依。逢辛亥革命，乃混入军队中得造孽钱不少，后又输光乃携军款而逃。二次革命时又钻营从军，后夤缘入蜀为征收局长，收受贿赂，任职仅数月已得钱无算。蜀川夫人本为某进士部曹之妻，后入女学，醉心欧风“自由”“平等”诸口头禅，乃厌弃其夫为旧官僚，投身排满运动，以所谓自由之名乃与木易公相识，丑声外扬。后各抛弃家庭乘蜀城兵乱之时欲出逃。后有著者曰：

> 自由本不误人，人乃自误。以蜀川夫人之为人，使非晚节不终，将与东方谢家道韫西方罗兰夫人争烈矣。即木易公某名士，一则蜚声政海，一则擅誉文场，亦非市井纨绔儿比，徒以误放侈为自由，或纵恣败度，或阃范不严，卒以身败名裂为天下笑。甚哉！自由本不误人，人乃自误也。

天虚我生“记事小说”《救命符》[②] 几近通俗体，记“予”家店肆之主管赵春山表面朴实，其实在外挥霍无度，将店产质押殆尽。一次为“予”所见，予为防范意外，乃设法人保险。后赵将资产挥霍一空后自杀，“予”无可如何，乃破产弥缝。正当“予”一筹莫展而欲自杀而以保险金贻妻儿时，偶然得叔父巨额遗产，重为富翁。但无保险所带来的一线希望，也等不到继承叔父遗产之时，故保险救了一家。李涵秋“言情小说”《鹣鸿比翼记》[③] 写罗氏女鹣镜与邻居穆生鸿飞的爱情婚姻经历。写鹣娘之母要鸿飞以五千金为聘礼，而鸿飞家徒四壁。后鸿飞父病故，得保险公司保险金一万元，乃得娶女以归。而女母则返其聘金，盖试探鸿飞之诚意也。寿险保险金竟成为二人喜结连理的聘金。这是比较早的写保险带来好处的小说，具有新的时代气息。

民初还有一些作品受到西方侦探小说和冒险小说影响。如天愤的“侦探小说”《银烟盒》[④] 记余为吾友紫芬破银烟盒被窃案，明显受到西方侦探推理

---

① 《小说新报》1917 年第 3 卷第 5 期。

② 《华安月刊》1917 年第 2 期。

③ 《华安月刊》1917 年第 1 期。

④ 《小说丛报》1915 年第 14 期。

小说的影响。天愤的“破迷小说”《怪履》[①] 以推理手法解释怪异之事以破除迷信，解释一袋妇人敝履失踪后于校舍承尘上发现的原因。王钝根的“滑稽侦探小说”《浴室窃毛案》[②] 记咸货商毛某被窃，为求真相警局侦探、私家侦探先后出动。后有钝根曰：“此等琐事三言两句可了而必支离破碎而使阅者头昏目眩，何哉？盖欲摹仿时下侦探小说，不得不然也。”剑山“冒险小说”《荒岛飘泊记》[③] 则受到翻译小说《鲁滨逊漂流记》影响。

通过以上文言小说，我们可以看到新的思想和思潮对当时人们生活的冲击，同时也可以看到易代之际思想的混乱和冲突，这些都体现在作品中，并成了民初小说现实性的重要标志，也成为民初报刊文言小说现实价值的重要组成部分。

三、报刊文言小说中的社会理想

民初还有一部分小说反映了作者对社会发展方向的思考，体现了作者的社会理想。如许指严“诡奇小说”《此中人语》（一名《盗桃源》）[④] 写梁溪某君幼好学，失怙恃，不得于其叔父，有塾师免其学费得读书识字。后其师去世，某亦失踪，五六年后衣锦而归，奉养其叔母及其儿女并师母甚至。自言入山中盗窟，其中与世隔绝，然治理如小国，一如西方政治。某因读书识字被任命为记室，过上了朝九晚五的生活。山中王国治理颇中规矩：分百里之地为十区，区有议会，有事务所，由中央直辖。中央设统领一人，全民推选有德才之四人组总务处，权力在议会。总务处分其权力为十曹，各司其职，如实业曹、财政曹、内府曹、交通曹、侦探曹、法曹等。又设工农业研究会，注重实验。竭力推广教育，教师乡中不足则重金外聘。诸曹各司其职，虽为盗窟，但气象晏然，法制完备而教育发达。某居其中乐不思蜀，外地人欲寻之则迷其径。这是一篇带有寓言色彩的小说，描绘了作者心目中的理想国模式。指严曰：“贤有

---

① 《小说丛报》1916 年第 22 期。
② 《礼拜六》1916 年第 99 期。
③ 《小说新报》1917 年第 5 期。
④ 《礼拜六》1914 年第 11 期。

才者不能得志于当世，乃退而甘心于盗，某所遇者岂寻常绿林啸聚者流哉？无终之田畴，扶桑之虬髯，非直桃源避秦而已。何物使君，生吾并世？”

署名“冷血”（陈景韩）[①] 的“讽世小说”《现身园》（新侠客之一）[②] 以自叙口吻写一无子女无族亲家资千万之七十富翁为其资产绞尽脑汁，先后想到做慈善，捐公益（如藏书楼、公家花园、公立学校等），捐政府，旋即自我否定。写富翁发家经历，先为丐，后为商，皆善于发现窍门，并且善于分析。先做丝茶生意，抓住商机，很快起家千万。为尝试各种快乐豪奢生活方式，又将资财挥霍一空。后又办一小工厂，很快发展为数个大工厂，因物美价廉，又积资千万，乃又广结天下之士为乐，财尽而客不复至。富翁又集其余资为垦牧，聘农学之士谋划，雇人耕种，由数百亩而数千亩，又开矿筑路，复得千万之资。富翁已老，乃思处置家产之计。于是终于想出要建一现身园，让人们体验不同的人生。故事对当时国家的疲弱现状和国人堕落的心态有深刻的揭露，对当时社会上的贪腐弊端也有深刻的认识：

> 我意欲将我产捐诸我国之慈善团体，然而我国之慈善团体主其事者多假名而自肥，实益之及于贫苦者鲜，即有及于贫苦者，而贫苦者得助而自怠，益以养成我国无用之废民。我意欲将我产捐诸公益事，若藏书楼、若公家花园、若公立学校，非不较为有益，胜于前所云云，然以我国土地之大，人民之众，以之益人，仅仅沧海之一粟。经理得其人，尚可传诸数世，泽及万人；不得其人，数年之间为人瓜分以去耳。我仅得留微名，为后人舍家者之谈助，于人于我有，何益哉？
>
> 或有人劝我，以产供诸政府，使国家稍舒财政之困，于国岂不大补？他国之人闻之，使不敢妄逞借款之要求；我国之人闻之，使有家者亦起其爱国之念。其言似甚有理，然我深思，则又不以为然：千万之数，我一人有之，可称为富，觉用之而无尽。在政府得之，不过一年之军费耳；

---

① 陈景韩（1877－1965），又名景寒，别署冷血、冷、华生，又与包天笑合署冷笑，江苏松江（今属上海）人。清民之际著名报人作家，曾任职上海《时报》《小说时报》《妇女时报》《申报》等。中华人民共和国成立后为上海市政协委员。

② 《中华小说界》1914 年第 2 期。

不足数月之用兵费耳；不及一二年之秘密运动费耳；不出百数十人之吞没侵饷耳。一二或三四年后，必已消尽乌有，政府依然，而我之千万家资，已不能复得。然则亦徒震一时之虚名，有何实益哉？

接下来作者叙述了富翁的发家经历并对其处置财产的心理有详细描写：

富翁长思：今日之中国，其腐败不仅一事也。救甲则遗乙，甲仍随乙而败也。欲并救之，一人之力势有所不能也。然而中国又非无人才也，人尽谓中国之不振，人心无道德使然也。然而中国人心又非无道德也，人又尽谓中国人心之无道德，生计迫之也。然而生计之说，实无限量，即如我身行乞之时，一饭一衣亦足饱暖，求其所极，千万家资亦可立罄。故以生计言，十金之家，未几而千金矣；千金之家，未几而万金矣；万金之家，未几而十万百万千万矣。人人须千万之富，天下无是国也。人人须有千万之富，然后生计足、道德有，天下无是理也。况乎天下之奢豪贪欲无限，而千万之资有穷，即千万亦不得为生计之已足而人心遂有道德也。是故有十金之家者，其用必二十；有百金之家者，其用必二百；有千金万金之家者，其用必二千而二万。由是以推，人人有千万之资，其所亏之数，又必人人千万，是家资愈多而生计愈不足，人心之道德愈不能有也。故生计有关于道德，其说实似是而非。然而中国人心之不道德，实由于生计不足使之然。佣人以生计不足，日偷窃欺骗其主人之财，于是主人之生计不足；主人而为人夥者，又不得不宕账作弊于其店主，而店主之生计又不足；店主而生计不足，于是次其货、高其价，或伪其货、真其价，于是商业之道德日以堕落。为官吏者亦然，官愈大者，倚之求生计之人愈多，于是大官大吏之生计不足；大官大吏之生计不足，于是取偿于小官小吏，此卖缺纳贿之事所由来也。缺既须买，贿又须纳，则小官小吏之生计又不足。于是拙而狠者侵吞公款，巧而奸者敲剥人民，于是官吏之道德日以堕落。其他公司、工厂、军队、党会等等，其道德堕落之原，无一不由此道。是故欲救中国人之道德，必先其生计；欲救中国人之生计，非多与其财产之谓也，当先去其向上之心。何谓向上之心？中国人之向上心非建功立业也，非高擎远略也，非有无新发明也，不过相角于奢豪而已。

今夫中国人之奢豪，其类亦甚有限也，然而人人以为不可躐之阶级而必一一演之焉。衣食住三者，人生所不可少也，其入款加进者，衣食住三者之费亦必加进，此自然之势也。然而中国之所谓奢豪者，衣食住却在其后。第一为嫖，第二为赌，第三为娶妾，第四为好古董。无论官商绅士、富家子弟、豪杰伟人、游客策士，以其历史言之，始而街车，继而包车，再而马车，终而汽车。进而上之，汽车日易其大者、速者、价贵者。始而叫局，继而摆酒，再而为之购衣服、置首饰，终而为之脱籍备妾。进而上之，始而一妾，继而二妾、三妾，终而至十余妾而以为未足。始而麻雀，继而牌九，终而番摊。即以麻雀论，始而十元为底，继而二十，继而五十，继而百元，继而二百，继而五百，继而千元，继而二千，且亦有至万元者，他且勿论。

有奢靡之风，则有亏空侵吞敲诈纳贿无所不为之弊，“然则苟欲生存于此世界者，欲不舞弊、侵吞、敲诈、纳贿，其可得耶?”

故中国才能之士尽陷此圈而已矣。终生急急仅为此圈中之事，而人乃望之对于国家、对于社会、对于各种事业有所建树，岂有暇哉？夫国家才能之士而无暇为国家尽力，则国家之任事之人，非无才能者即有才能而不尽力者耳。夫国家之事，尽为无才能或不尽力者所任，则无论若何改革，若何整顿，而欲国家之不衰弱而强盛，其可得哉？故今日欲救中国，必先救此中国才能之士，使不陷于快乐奢豪之圈中，终生至无余暇，则救中国之根本得矣。

富翁深思至此而处置千万家产之方法于是乎定：建一新城，名曰“现身园”，让人在其中享受人世间种种乐境，由俭及奢。并制定入园章程，按照不同的享受标准和时间付不同的游资，且每日售票仅限百张，百人之外须等次日再售，让人体验各种生活，以树立新的人生理念。此现身园无疑是作者心目中的理想国，欲以此救治疲弱中国之病态国民性。这是一篇充满奇思妙想的小说，对旧中国的现状和人性进行了深入思考，鞭辟入里，引人深省。

篮笙"寓言小说"《华胥国》① 以寓言形式写漆园吏入理想之华胥国，其国方讲共和，入一处则庙堂之上坐者皆盲者、聋者、哑者、狂者、痴者，一人演讲，众人或惊、或讶、或醉、或迷，有若倚者，有若睡者，有起而抗辩者，有纷呶不已者，……后乃知为该国之议院。后一纸令下，议院解散，共和有名无实，漆园吏理想中之乌托邦化为泡影。该篇讽刺了民国初年的假共和和真独裁。新的时代气息和作者的现实精神及社会理想，均在民初的报刊文言小说中有所体现。

第七节　民初报刊文言小说的艺术特征

民初报刊文言短篇小说体现出新旧杂糅的特点，在语言上文白并存，在手法上新旧结合，如有的作品前有场景开篇，后有著者评论，前者为西方小说之典型特征，后者为中国文言小说之代表格式。

一、场景或议论开篇

场景或议论开篇成为当时许多小说家创作时竞相使用的手法。如 1913 年，恽铁樵《村老妪》② 以场景开篇：

破屋如斗，寒灯一檠，灯下坐老妪，手针线，缝破裤。室中竹椅一、板桌一、木榻一、溺桶一、土灶一，余物堆叠无隙。地黑蜮蜮不可辨，灶觚置瓦缶，缶盛薯芋若蒸饼，一狸奴潜踞其侧，恣意大嚼，唯恐一时不遽尽，惧为妪觉也。妪年可四百四十五甲子，黄发骀背，面部如倪迂

① 《小说丛报》1914 年第 1 期。
② 《小说月报》1913 年第 3 卷第 10 期。

画石，绉透且瘦老。眼昏花，不便工作，乞灵于铜边大圆眼镜。镜一脚已折，青棉线代之。忽大嗽，猫闻声惊遁入床下，嗷然而鸣。妪大惊，急顾视瓦缶，幸不堕地碎，然中已空空。顿大怒詈，掷其所缝裤于床，觅得一木橛，势汹汹向床下狙击。猫大惧，自窗牖鼠窜去。

濑江浊物（许夔）"时事小说"《义丐》[①] 乃改写李涵秋《穷丐》而成，情节文字稍有改动，同样以场景开篇：

荒村寂寥，流水湾环。出郭数里，有古庙一所，久无主持，荒落不堪，双扉破坏，四壁倾颓。入其门，蓬蒿没胫，苔藓满地。殿上灰尘厚积，梁欹椽倾，佛像斜倚龛侧，须与蛛丝盘结，纠缠不清，所装金身，以年湮代远，斑驳脱落，已呈灰白之色。神龛两旁，设草具数事，烟斗痰纸，臭气熏人。偷来缺釜，架以乱石，斜砌作灶，火焰熏蒸，已成黑色。釜上覆以破木片，狗肉将熟，热气上腾，香味自釜缺处传出，令人闻而垂涎。左壁列木桌一方，只余三足，以碎砖支柱，始免倾跌。草具以上有眇者、跛者、瘫痪者，团聚而坐，絮絮谈论。吾知阅斯篇者，不待明言，已知为破庙之中乞丐矣。所未知者，其絮絮谈论为何事耳。

畸人"复仇小说"《逸叟》[②] 以场景开篇云：

霜寒九月，冷到邗江，枫矜晚红，木悲瘦脱。芜城东畔，夹河枯柳中，有官舫一舸，掠城而过。舱前立一显者，年可五十余，脱帽搔首，霜色侵头，童然秃且白矣，而意气豪迈，不称其年。此行也，循淮而南，至于铁甕，复将由江上溯，而汉阳，而重庆，以至于成都。

《逸叟》记张古愚赴任途中遇船触礁而覆，无子以承家业，其堂弟遂昌先将其子过继给古愚，后又设计毒死其子夫妇及古愚妻嫁祸给古愚之妾，妾有

① 《小说新报》1915 年第 3 期。
② 《中华小说界》1914 年第 10 期。

古愚遗腹子，遂昌欲绝古愚之嗣而占其产。妾不堪酷刑而诬服并在狱中生女，被一越狱之盗携女以去，不知所在。遂昌如愿占古愚之产，古愚之妾含冤被处死。十八年后，遂昌以资为郎，为其孙论婚于湘中某富家曾为江苏某县令者之女并入赘其家，三年未归。一日得孙书，谓将归家，后一女子自称遂昌孙媳并言遂昌之孙途中遇盗被杀，遂昌伤心欲绝。次日，遂昌夫妇亦被杀，孙媳则不知所在。唯留书一封，自言为古愚之妾所生女名狱儿，当日被逸叟所救得不死，今长成杀遂昌一家为父母报仇。又通过“著者曰”的形式由友人贾君之口交代逸叟之身份及古愚与逸叟的关系。知逸叟为世外高人，豪侠之流也。其先为江苏某县令所杀，县令即后来遂昌孙媳之父。逸叟以女妻古愚并生一子，留于逸叟处，后又从狱中救出古愚之女，教育古愚子女成人，年九十余病死湘中。古愚子杀县令子为逸叟先人报仇，古愚女则杀遂昌夫妇及其孙夫妇为父母报仇。

吴绮缘的“哀情小说”《可怜侬》[①] 开篇即是抒情文字：

> 呜呼！可怜哉！薄命哉！世间女子所经之惨痛亦有更甚于侬者乎？侬书至此，侬肠欲断，侬肝欲裂。回顾空庭，霜清雁断，时和凄切之声；月落鸡鸣，恍有幽沈之叹。目眩神昏，仿佛灯前黑影幢幢往来，其侬母之灵逆侬返离恨天耶？人自乐生，侬自乐死，待是篇告终，行将随侬母去耳。

吴绮缘的《众香国》[②] 也以写景开篇：

> 一春风雨，花事阑珊。流莺惜别，啼来红杏梢头；流水无情，送到绿杨渡口。绿肥波面，香尽枝头。仆本多情，哪堪遣此？

这是清末民初受到西方翻译小说影响而逐渐流行起来的一种开篇方式，与我国传统文言小说开篇介绍人物身份和故事背景不同。这一手法在吴绮缘的新

---

① 《双星》1915 年第 3 期。
② 《眉语》1915 年第 1 卷第 10 期。

体报刊文言小说中还有不少，如《锋镝余生》[①]《绮缘》[②]《西湖倩影》[③]《飞絮啼鹃记》[④]《裙带禄》[⑤]《消寒韵事》[⑥] 等均以写景开篇。

梅郎（朱是龙）[⑦] 的"苦情小说"《孤鸾泪》[⑧] 开篇云：

> 噫！此何声也？如怨如慕，如泣如诉，何其哭之哀耶？时参横斗转，月落乌啼；冷露砭肌，凄风刺骨；野磷点点，村犬哮哮。对兹天地晦暝万象狰狞之夜景，已足令人怖极而毛发为悚。讵于此幽惨之域，又发生一种呜呜咽咽、凄凄惨惨之哭声，自饱和严露之寒风中播荡而来。噫！此神号欤？鬼哭欤？抑青年嫠妇痛失所天而效齐妇之善哭欤？不然，其殆漆室女之流亚欤？时有黄某者，壮于胆，寻声往一辨其为人与鬼。噫！其鬼耶？乃与鬼为邻之一童子耳。

（陈）无我[⑨]的"义侠小说"《古刹中之少年》[⑩] 写少年为侠客，洗雪人间不平之事，杀恶霸而警告贪官，救无辜之人于水火之中。其开篇云：

> 黄昏风雨，天黑如磐，夜气寂寥，四无人迹。此时有少年兀坐斗室中，把酒自酌。手一青萍，时时拂拭，若甚珍惜。剑光黯然如水，寒气袭人肌肤起粟。而壁上孤灯亦为之荧然无焰，似有无数冤鬼，绕此少年肘下而泣者。盖此区区三尺，已不知砍却几许好头颅矣。既而少年拔剑起舞，复以高歌继之，凄凉悲壮，击碎唾壶。似有无限不平，欲假此一吐其气，而其英气郁勃，自有不可一世之概。噫！把酒看剑，弹铗高歌，

---

① 《小说丛报》1916 年第 3 卷第 1 期。

② 《小说丛报》1916 年第 3 卷第 4 期。

③ 《小说新报》1916 年第 2 卷第 5 期。

④ 《小说丛报》1917 年第 4 卷第 3 期。

⑤ 《小说新报》1916 年第 2 卷第 10 期

⑥ 《小说新报》1916 年第 2 卷第 12 期。

⑦ 朱是龙，笔名梅郎，江苏青浦（今属上海）人。民国前中期曾任上海民立中学教员，小说作家。

⑧ 《礼拜六》1914 年第 27 期。

⑨ 陈无我（1884－1967），字法香，原籍钱塘，久居上海。曾任《太平洋报》《民国日报》等编辑，又创办新世界新闻社，自任社长。佛教居士，曾任《觉有情》半月刊编辑。

⑩ 《礼拜六》1914 年第 22 期。

彼何人斯，其别有怀抱者耶？

其中不少作品前以场景开篇，借鉴西方小说手法，后以“某某曰”评论收束，保持了旧体文言的史传痕迹，体现出短篇小说结构上新旧融合的特点。如瘿木“警世小说”《盗贼父子》[①] 先以景物描写开篇，接着叙述陈善发无力养家，愤而出走，后历经磨难，得金若干，归途被已成人之二子劫去。陈归家后方知劫己者为其子。此事被一偷儿窃听，趁机敲诈，加上官府勒索，意外之财很快罄尽。后有“外史氏曰”评论。双影“纪事短篇”《噫！嫁矣》[②] 以场景开篇，写落魄青年余紫笙恋一妓贝儿，但须三百赎身之费。紫笙著小说以筹资，耗尽心血，得三百金之日，贝儿已嫁矣。后有“著者曰”评论。

幻影女士[③]“短篇小说”《坟场谈话录》采用新式写法，如开篇曰：

> “今年吾体归故土，他年君体也相同”，此非基督教会公冢门前之联语耶？入门则芳草如茵，绿荫如幄，丰碑断碣矗立坟头两旁，石刻天使或俯首沉吟或仰观天际，皆合掌膜拜作祷告上帝拯救状。

以第一人称自记为辅导过的姚氏二女童上坟时在坟场的所感所见，通过坟场谈话的形式叙述谢氏姊妹故事。此外像离离的“侦探小说”《侦探误》[④] 采用倒叙手法，以电文两篇开头：一为苏州某厅向上海某公署申请释放苏州侦探余义的电文；一为上海某厅回复苏州某厅长说明余义从逆被讯明正法的电文。接下来叙述余义靠钻营得侦探之职，专以探人隐私为务，闹出许多笑话，然而也捞了不少好处。甚至为了邀功请赏不惜捕风捉影诬人为盗，又骗人假扮暴徒以为自己升官发财铺路。到上海后本想故伎重演，结果中了上海侦探的圈套而被捕入狱枪决。

---

① 《双星杂志》1915 年第 3 期。

② 《礼拜六》1914 年第 18 期。

③ 幻影女士，广东人，父为华侨，曾肄业于教会女学。著有《声声泪》《贫儿教育所》《农妇》《侮辱》《慈爱之花》《别矣》《学徒惨史》等小说。

④ 《礼拜六》1914 年第 21 期。

二、第一人称叙事

民初的短篇小说改变了过去第三人称全知叙事的传统模式，而开始较多地采用第一人称叙事。如质疑“实事短篇”《劫灰记》[①] 首先主人公以自叙口吻写家中屡屡被火然莫测其由。后偶然入梦，梦中见一老人自言为家中门枨，并为其叙家中三世经历。故事以门枨口吻叙述三世兴衰，带有志怪色彩，同时其自叙形式又受到新兴小说手法的影响。程瞻庐“哀情小说”《可怜侬》[②] 以第一人称自叙口吻写一女子的悲惨遭遇，自幼年得父母疼爱至婚后虽夫妻恩爱但受到婆婆冷眼，其间穿插大段心理独白。开头曰：“呜呼！阅者诸君：妾以点点之泪，斑斑之血，缕缕之情丝，历历之心事，尽情倾注于一册《可怜侬》小说中，愿诸君稍费其黄金之光阴，茶头酒尾，披纸一观，以稔我可痛可悲之历史。”茧庐（程小青）[③]《焚书》[④] 写江南畸人号幻园者因多读书而贫困终生乃焚其书以泄愤事。以第一人称叙写贫困潦倒的一生。瘦鹃“短篇小说”《阿郎安在》（一名《鹃声》）[⑤] 以少妇第一人称“余”的口吻写怀念亡夫韵郎的哀伤心情及回忆与丈夫在一起时候的种种场景。穿插亡夫韵倩日记中数条，梦寐之间无不充满对丈夫的怀念，最后主人公服安眠药自杀。吁公“幻情小说”《雨梦》[⑥] 以少年口吻自叙梦中奇特经历。吴公雄“醒世小说”《回首当年》[⑦] 以某君第一人称自述的口吻回忆当年孟浪荒唐往事，表达了无尽的忏悔。秋梦的“爱国小说”《断雁哀鸣》[⑧] 以女子口吻写与丈夫馨郎临终诀别，回忆了夫妻相爱经历与共同参加革命的过程，将个人情感与救国

---

① 《小说月报》1913 年第 3 卷第 10 期。

② 《小说月报》1913 年第 4 卷第 3、4 期。

③ 程小青（1893～1976），原名程青心，曾名程辉斋，别署茧翁・茧庐，江苏吴县（今苏州）人。民国著名的报人作家，以擅写侦探小说而闻名。

④ 《小说月报》1913 年第 4 卷第 9 期。

⑤ 《礼拜六》1914 年第 19 期。

⑥ 《小说丛报》1914 年第 1 期。

⑦ 《小说新报》1917 年第 2 期。

⑧ 《小说丛报》1916 年第 20 期。

热情结合起来叙事。喻血轮《苦海鸳》[①] 以第一人称叙述与其妻玉铎的伤心情史，期间穿插书信以辅助叙事。顾明道“欢情小说”《倩影》[②] 以作者好友慕侠自述口吻叙事。顾明道“哀情小说”《某女士自述》[③] 以某女士自述口吻写与程生的爱情因得不到母亲的支持而以遗憾告终。

还有一些在叙述视角上新旧结合的作品，如瘦楳（王瘦梅）“技击小说”《尹杜生》[④] 前半部分为第三人称叙事，后半部分为第一人称形式写尹杜生的学艺经历。写其从异僧学武，西子湖畔被一女子击败。后为镖师，水中遇群盗，几为所窘。又得盗授以武艺，三年技益进，又遇一老者，将其击败。自此虚心待人，不敢以武自雄。后有“瘦楳曰”评论。

三、心理描写手法

除了第一人称叙事手法的使用外，不少小说中还穿插大量的心理描写。如（王）钝根“哀情小说”《心许》[⑤] 乃是一篇仿西洋小说，以女子第一人称口吻叙事。写女子对邻家少年保罗的暗恋心理，刻画其寝食俱废，梦中亦思之的状态。后保罗母殁后迁居而去，不知何之。女相思成疾，不久其母亦殁，乃随兄迁居羊城。时革命党起，女偶然于报纸上看到保罗刺杀清廷某将军而受伤入院，女子前往探视，而保罗则伤重而死，女子亦伤心吐血。后有钝根评论称“此为予友昙影女士自述”。写女子暗恋心态颇为细腻：

> 自是侬心坎中牢嵌“保罗”二字，每进食，见饭颗粒粒如珠玉，私念保罗之洁白当亦如是也。每游园，见隼鸟飞翔于空中，以为保罗之高尚亦犹是也。每步月，见皓魄湛莹无纤翳，以为保罗之光明亦犹是也。甚至青灯罢读，掩卷沉吟，辄诵“生子当如孙仲谋，得夫当如康保罗”之句，不自知倾倒之何从也。

---

① 《小说海》1917 年 3 卷 3 期。
② 《小说新报》1917 年第 3 卷第 9 期。
③ 《小说新报》1917 年第 3 卷第 12 期。
④ 《小说新报》1917 年第 1 期。
⑤ 《礼拜六》1915 年第 78 期。

又写梦境中见到保罗之情形：

> 梦见保罗跨骏马，手长刀，率百万健儿长驱大漠中。忽有敌军风驰云卷而来，侬大惊，保罗则从容微笑，举刀一挥，全军忽分为二，左右包抄。敌急回身相应，而保罗后军忽发，大炮弹落敌中，火花四溅。敌军三面受逼，阵脚大乱，惶然返奔。保罗挥众追之，获得枪炮马匹无算。侬旁观乐极，失声呼曰："保罗！英雄哉！"

刻画了一个少女对心仪少年的暗恋心理，细腻传神。其语言几乎是加了之乎者也的白话，与古雅之传统文言有别。

月盦的"哀情小说"《双兰恨》① 写晚清洪杨之乱，叶氏女婉香流落异乡与居停主人印紫兰两相爱悦，然以礼自持。后畹香母病故，畹香欲卖身葬母，紫兰使人以金相助而不欲畹香知情。后家人泄露消息，畹香感恩欲报，紫兰不欲乘人之危。畹香以为紫兰无意于己，决意离开，乱世中异地投亲无着，父死于匪手，畹香亦投水死，紫兰得知后懊悔不已。其间穿插大段心理描写，情景对话，诗歌书信往还等。通过心理描写和对话写二人互有好感但却处处替对方着想，紫兰助人而不图报，畹香受人之恩必欲报之，结果反而因此留下终身遗憾。楚声"趣情小说"《闺试》② 写闺中少妇见情郎所作诗疑其另有新欢，愁肠百结，疑虑万端，乃试探情郎。其中融入大段心理描写，最后方知虚惊一场。

恨人"短篇哀情"《黛痕》③ 以场景开篇，采用倒叙手法以第一人称口吻叙薄命女子黛云与之交往的旧事。黛云自幼与"予"相识，因不愿为妓，投奔"予"，甘于食贫，后"予"接家书欲归，黛云虽病重仍强支病体与"予"诀别并亡于榻上。"予"面对黛云遗体伤感不已。后一觉醒来，发现原来是一场梦，黛云已经于半年前去世，梦中情景正是其去世时的场景。穿插大段心理描写，书信等，还穿插场景描写，营造感伤氛围。

---

① 《小说月报》1913 年第 4 卷第 5 期。
② 《小说丛报》1916 年第 22 期。
③ 《礼拜六》1914 年第 21 期。

（罗）韦士“哀情小说”《两全难》[1]，故事采用浅近的新体文言，通过细节描写、大量对话运用来刻画人物心理。珠儿“社会小说”《废园之秘密》[2] 是一篇通过情节刻画心理的小说。写张生继承叔父园林房产后突发善心而降其租值，仆人及众租户均不解何故，以为必有隐私，反而疑惧纷纷，仆人张仁亦请辞去，租户相继退租搬迁，最后炙手可热的房产竟然人去园空无人租住。

四、语言的新旧过渡特点

这一时期的文言语体小说总体上来说趋向于浅显易懂，不过增加了一些文言标志性的“之乎者也”类的虚词，去掉这些词之后其余文字与通俗小说无大异。还有些作品则带有文白杂糅的明显特征，体现了过渡期的痕迹。如颍川秋水（陈德清）[3] “寓言小说”《镜中人语》[4] 开篇文言，正文白话，体现了民初小说语言的新旧交替特色。如开头为浅近文言：

> 诸君诸君，君等亦知侬为何如人乎？侬非食人间烟火之庸俗人，乃一若有若无之镜中人也。夫使镜外无人，镜中亦安得有人？故镜中有人必先有镜外人以为之质，然则所谓镜中人者，幻影也，非实质也。

正文中则穿插近于通俗的文字：

> 镜中人曰：镜中自有凭虚楼阁，幻象房栊，把来供养着我，将我做慈航大士一般看待。我真不自知，此等幸福是过去世几时修得来的。但念我家的主人翁，他不把我送回洞房密室，发配上阳宫中似的孤孤悽悽，使我日夜不见一个人影。

松影（张树勋）“哀情小说”《侬是情场失意人》[5] 以场景开篇，写陈氏女润

① 《礼拜六》1914 年第 18 期。
② 《中华小说界》1915 年第 2 卷第 2 期。
③ 陈德清（1877～1946），字镜如，号颍川秋水。清民之际报人小说家。
④ 《小说新报》1917 年第 3 卷，第 6 期。
⑤ 《小说新报》1917 年第 1 期。

玉字照华与表妹朱若华跟若华之姑表兄李生之间的感情纠葛，最终李生选择若华，照华伤心不已。在文言中也夹杂白话：

世界之爱情，有自然的，有感触的。父子昆弟，自然的也；夫妇朋友，感触的也。男女之自由恋爱，亦感触的也。

后有编辑李定夷注云："此篇为中华编译社文科学员张树勋君所作，以增删过多由该社薄酬书券六角。"

五、结构手法的变化

这一时期不少报刊小说改变了我国文言小说过去的平铺直叙注重故事完整性的写法，在结构安排上注意多种叙事手法的综合运用，倒叙、插叙、补叙等叙事方法交替使用。如周瘦鹃"写情小说"《冷与热》① 以场景开篇，通过冷热对比叙写夫妻情感。冷，叙王仲平对妻胡静珠婚后之冷漠状，心中恋所谓湘云者。热，叙王仲平对湘云极尽谄媚之能事，湘云以冷淡以对，且下逐客令。冷与热交织，写仲平又归家见妻静珠，一改常态，而静珠则冷遇之，仲平颇感意外，静珠言情已尽，心已冷，仲平懊恼不已。

君复《夜阑人语》② 以场景开篇，采用了新式写法与传统文言手法相结合的方式来叙述故事。记大树村之高老与夜行失道者之谈话，以十日谈形式，叙人生经历、生活情态及细事颇详。老人无子孙，客亦不知父母籍贯。二人夜间对话，翁自叙人生经历，回忆与其妻相识及婚后恩爱状。妻产子阿怜后遇盗得病而亡。阿怜与邻女阿惜自幼两小无猜，两家则相处融洽无间。阿怜、阿惜成婚后又与亲家夫妇皆被盗所杀，翁亲睹之。翁一生在忏悔伤心中度过。老人为客叙其一生苦况，及亡故，客将其与家人合葬。故事后有"著者曰"评论。另外刘铁冷的"趣情小说"《归期未有期》③ 以二丽人闺中情话的形式

---

① 《礼拜六》1914 年第 13 期。

② 《小说月报》1914 年第 5 卷第 4 期。

③ 《小说丛报》1916 年第 19 期。

叙事。王钝根“短篇小说”《百年一梦》[①] 以趋时子听老翁训子女的口吻记老翁一生为求财求官不遗余力，入民国后被撤职，携搜刮之积蓄至上海仍为富翁。妻妾子女奢靡无度，翁忧愤成疾，三年不死，而妻子皆亡故，宦囊耗尽，余一巨室，不得已售与人，翁至于卖卜为生，乃悟上天报应不爽。回忆幼得乡先达教诲，长则为巴结权贵而诬先达，种种损人利己之事皆为之。后悔生平恶迹，为救一苦力得罪贵家子，被投入狱。后乃皈依耶稣，悟人生百年一梦之理，出狱后为人佣，与一张姓孀妇结婚，年六十余又生子女二人，勉力行善，后寿至百龄。以上文字为临终前与子女的训话，趋时子闻之，惶骇汗下，次日老人去世。这些谋篇布局手法与传统小说相比更加丰富多变，体现了新兴小说观念的影响。

① 《礼拜六》1916 年第 100 期。

第四章　民国初期报刊文言小说家个案研究

民国初期的八年左右的时间里，报刊文言小说的繁荣是由浩如繁星的杰出小说家们支撑起来的，与之相对应，五四运动后报刊文言小说的衰退也与大量优秀作家的离世和转型息息相关，因此我们有必要对这一时期的部分具有代表性的小说作家及其报刊文言小说进行专门的探讨和研究。接下来我们主要以李涵秋、吴绮缘、罗韦士、程华魂为例来探讨民初报刊文言小说作家的创作成就。拂去历史的尘埃，希望可以让更多被埋没的报刊文言小说作家以及他们的作品能够得到后世的关注和认可。

第一节　李涵秋及其报刊文言小说

李涵秋（1874～1923），名应漳，字涵秋，号韵花，斋名沁香阁，亦称韵香旧馆，故所作别署沁香阁主人。祖籍安徽庐州（今合肥），祖父辈咸丰间移居扬州。他是中国近现代文学史上著名的小说作家、鸳鸯蝴蝶派的代表人物之一。

李涵秋的文言小说创作从晚清就开始了，其《双花记》作于1905年，文言哀情小说，1906年刊载于汉口《公论新报》，1907年由小说林社出版，1915年国学书室印行。《雌蝶影》19章，文言长篇章回体小说，1906年载于上海《时报》，1907年由上海有正书局印行。初版题作包柚斧著，重印时改题李涵秋。《琵琶怨》六篇，文言札记小说，1907 年载于汉口《中西报》，1914 年再发于上海《大共和日报》，1915 年 3 月由国学书室出版。《姊妹花骨》，文言哀情小说，1910 年首发于汉口《楚报》，1917 年再发于上海《神州日报》，1919 年由蔚文书局出版，1923 年由震亚书局出版。《双鹃血》，文言哀情小说，宣统庚戌（1910）发表于汉口《鄂报》，1914 年再发表于上海《大共和日报》，1916 年由国学书室出版。以上小说或小说集，均为文言小说，但创作和发表时间均在进入民国之前。进入民国后，李涵秋发表长篇日记体小说《雪莲日记》。《雪莲日记》先连载民国元年汉口《大汉报》，后连载于民国四年至五年《妇女杂志》。此外还有《秋冰别传》，首载民国元年汉口《强国报》，后载《文星杂志》1915 年第 1、2、3 期，续《双星》第 4 期。《玉痕小史》，1921 年载杭州《妇女旬刊》，又见《妇女旬刊汇编》1925 年第 1 期。

《涵秋笔记》原名《沁香阁笔记》《沁香阁杂俎》，是李涵秋的文言短篇小说集，正集中的篇目首先在上海《新闻报》民国四年至五年（1915～1916）连载。续集刊于民国十年至十二年（1921～1923）的上海《晶报》，也曾在民国十一年（1922）的《新声》杂志第 7 期刊载。正集共收录报刊上发表的 34 篇文言小说，由上海国学书室民国八年六月出版，民国十二年（1923）再版，又有民国九年上海震亚书局版，名《沁香阁笔记》。

《沁香阁笔记》中的爱情婚姻主题小说能够将爱情悲剧与社会相联系，向人们展现了清民易代之际的社会混乱和辛亥革命的不彻底，以及由此对个人命运所带来的影响。李涵秋这类小说的创作跟民国初期哀情小说的大量出现有关，但清末民初“两性私生活描写的小说，在此时不为社会所重，甚至出版商人也不肯印行”[①]，因此，这一时期的作家们“既使写言情小说，也力图与时代风云、国计民生相联系，避免为言情而言情”[②]。哀情小说的产生，使晚清小说创作开始摆脱政治小说空洞的政治热情和黑幕小说囿

① 阿英：《晚清小说史》，人民文学出版社，1984 年，第 5 页。

② 袁进：《觉醒和逃避——论民初言情小说》，见王晓明主编：《二十世纪中国文学史论》（第一卷），东方出版中心，1997 年，第 253 页。

于形式拘于影事的范畴，使民初小说实现了小说描写内容的生活化和社会化。

《赭云》发表在1915年8月28日至31日之《新闻报》上。写江西百花洲有稻云村，村中有鲁翁，收养朋友之孤女赭云。女长成，翁为其物色邻里之英俊少年毕士奎为未来女婿人选。毕家贫，嗜读书，唯奉一老母，翁有心将赭云许配给他，只是未曾启齿而已。毕与赭云同年生，翁怜其家贫，让他和赭云一起从师读书，并代其交纳费用。塾师为一腐儒，一次让赭云用“粉扑”为题作诗，赭云苦思不得，毕代作一首，暗含怀春之意，而赭云不知。师见诗大怒，告诉鲁翁。翁知道该诗为毕代作后，因毕轻薄而将其逐出。不久，辛亥革命开始，九江响应，毕乘机入省，并在都督府任秘书，后出为某县民政长官，念念不忘赭云。而此时赭云已经嫁给邻人子刘义如，并且二人伉俪相得。毕大怒，不久赴任而去。二次革命时，毕率领军队入稻云村将鲁翁抓到营中，并让其以十万贯犒军。鲁翁怒斥毕忘恩负义，并称“革命者所以造吾民之幸福，今乃搜括及于老人!”毕恼羞成怒，鲁翁受尽折磨。毕让鲁翁说出赭云藏身何处，否则不但性命难保而且会连累村人。赭云得知后，愿亲自到营中救出鲁翁。翁妇知道毕之本意不仅在赭云，因此让赭云夫妇远走，而以重资珍玩献给毕。最终，毕虽然放出鲁翁，但却令士兵削木插入翁之谷道中，翁至家后惨死。次日，毕又令士兵到村中纵火焚掠，遇到以前的塾师，当场将塾师枪毙。毕在村中搜赭云不得，兴致阑珊，归途恰好看到赭云从河上舟中出窥，结果赭云夫妇双双被捉。赭云骗毕士奎让其先放了义如然后才能顺从，毕假装应允。赭云见其夫去远，翻脸大骂，毕大怒，让士兵将义如重新押回，原来毕并未让义如走脱。毕让人缚义如于树，自己和手下士兵将赭云轮奸至死并弃尸道旁，又刀捌义如十数处，义如也惨死。毕返回省城后，此事被长官听说，打算惩治他，毕将从鲁翁家勒索来的东坡砚石献给长官，此事不了了之。后来毕又用搜刮来的珍玩四处活动，最后仍然为县知事。故事通过鲁翁一家的悲惨遭遇，反映出辛亥革命的不彻底性，所谓的革命队伍内部同样鱼龙混杂，藏污纳垢，罪恶滔天之徒反而混迹革命军中，而被害之百姓含冤莫伸，比腐败的清政府有过之而无不及。故事最后作者评论说：“读吾此篇无不痛惜鲁翁与赭云而恨天道之无知者。虽然，放千百县知事于民间，其如鲁翁及赭云之冤者不知何限何限！使天道彰瘅而惩罚之，则人孰乐为县知事？有毕士奎之得天独厚，是故民国之求为县知事者多如西山之埘鸡也。”这是一篇反映辛亥革命现实的悲剧作品，比中国传统的悲剧作品更具震撼人心的力量，也是对中国传统悲剧理念的一种反动。

《彩凤随鸦记》发表于《新闻报》1915 年 8 月 19 日至 24 日。叙述安徽名士吕凤坪与其表妹章凤翘的爱情悲剧。吕凤坪与章凤翘相互爱慕，但凤翘已与鸦氏子有婚约在先，凤翘之父欲悔婚，但凤翘格于礼法并未同意，将真情压抑心底。凤翘与鸦氏子占魁结婚后，并不幸福，占魁吸食鸦片，致使翁婿反目。吕凤坪从中调解，被占魁引入烟馆，结果误被民国禁烟士兵抓获，不分青红皂白押赴刑场枪决。凤翘痛不欲生，病危之际，哀呼“凤郎”不已。主人公爱情悲剧的产生源于性格的保守和社会的混乱。《绿柔》发表在《新闻报》1915 年 11 月 11 日至 14 日。全文两千余字，写盐商周大魁与其妻反目，宠爱小妾绿柔，而绿柔则钟情于大魁之仆褚贵。褚贵憨直，不解风情，诉其事于主人，结果反遭绿柔陷害而被主人逐出。故事又写褚贵之父被侯标所杀，贵告官，捕之不得。不久，辛亥革命爆发，褚贵参加革命军，累功至营长，发现侯标就在其营中。贵本打算杀掉侯标，后因同在革命军中而放过了他。谁知侯标不思悔改，深夜强暴妇女，被褚贵抓住正法，巧的是所救之女子正是绿柔。几经波折后，二人遂结为夫妇。民国建立，议裁减江南军队，褚贵因不善钻营而落籍，携绿柔回淮安，购田百亩，伉俪相得。以上作品也从一个侧面反映民国初期军队和政治的混乱，跟晚清相比似乎没有根本改观。

《沁香阁笔记》还有一些作品直接揭露了清末民初政治和社会现状。《杀虎堡》发表在 1916 年 1 月 8 日至 12 日的《新闻报》。故事写清咸丰间太平军起，孟振雄及其子孟虎、其女孟鸾带领百姓练兵自保，结果杀虎堡地方官杜某为求免祸贿赂敌兵并害死了主张抵抗的孟氏一家，百姓杀死赃官，官军对百姓大开杀戒，贼兵趁机杀到，结果清兵又被贼兵所杀。对此作者评论说：“虽然，前车已覆，后轸方遒，方今世乱日亟，使天下之为牧令者悉如杜氏，吾民焉有孑遗哉？”写了一个在乱世中因官员腐败无能和官军滥杀无辜而造成的悲剧。《楚昭王第二》发表在1915年11月15日至17日的《新闻报》上。写辛亥革命爆发后，曾任湖南巡抚的汉阳绅士储子虞，对革命军极肆诋毁。革命军到来之时，储仓皇逃遁至河边，见其故仆操舟河中却不肯接引，储因此被革命军捉住。后在其侄的劝说下，储加入革命军，并在黎元洪军中襄办一切事务。故事的重心似乎是写曾任湖南巡抚的绅士储子虞不念旧恶，仍然起用在危难之际不肯救助主人的不义之仆，但却从一个侧面反映出辛亥革命中的一个普遍现象：一些封建官僚在革命到来之前极力抵制，看到清政府大势已去，摇身一变成了革命军中的一员，并继续充任要职，客观上揭示出导致辛亥革命最终失败的一个重要原因。

以上作品反映了作者对革命结果的失望，尤其是二次革命失败之后，这种失望的情绪发展尤甚。有的小说家感慨："各国革命大抵流血，然往往获政治上改革之益。而吾国独不然，昙花一现，泡影幻成。"[①] 小说家这种失望的情绪也注入小说创作之中，如包天笑的书信体小说《冥鸿》中也感叹："回忆光复之初，将以荡秽涤污，发扬清明，抑知不转瞬间，而秽污更甚于昔。""当日志烈之士倡种族革命之说，今种族革命已遂矣，而所愈于满清末季者几何耶?"[②] 李涵秋的《广陵潮》也通过对一系列重大历史事件的描写表达对辛亥革命的反思。李涵秋目睹了革命所带来的各种社会问题，特别是革命不彻底给普通百姓所带来的伤害，因此他说："大人物在上面革命，小百姓在下面受罪。"（《广陵潮》第56回）《侠凤奇缘》对革命提出了不同的看法，他说："况且破坏一次，同胞们必经一次痛苦。这些能破坏的人，又未必就是能整顿的人。中国元气，自同光以来，屡经损坏，至今尤未平复。若再去寻动干戈，弄地疮痍遍地，恐怕人民未享革命的福，先受革命的祸。平情而论，这也算不得是英雄作用。"（李涵秋《侠凤奇缘》第26回）作为一个有社会责任感的小说家，李涵秋并未完全放弃晚清小说界革命的创作宗旨，他对其弟李镜安说："我辈手无斧柯，虽不能澄清国政，然有一枝笔在，亦可以改良社会，

---

① 沈东讷：《〈民权素〉序》，《民权素创刊号》1914年4月25日。

② 《小说大观》1915年第2期。

唤醒人民。”① 因此，在《涵秋笔记》中虽然用传统文言小说的手法，但表达的社会内容却是与时代社会密切关联。

《涵秋笔记》中还有一些作品反映了道德廉耻的丧失、畸形的恋情等。《邹心如》② 写邹翁为某善堂董事，其子邹心如虽聪慧但不务正业，中秀才后以阿附权贵为荣，好作妄语，不以为耻。后因顶撞其父，离家出走，入同学许少卿家，以大言骗得少卿母子信任。又因见少卿之妻貌美，伺机寻欢不成就挑拨离间，让少卿夫妻不和。继又讨得少卿之母欢心，以少卿之母为妻。在邹巧言哄骗下，少卿之母随之归家，才发现邹母比其还要小一岁，让人哭笑不得。故事描写了一个寡廉鲜耻的败家子弟形象，为古来小说所未见。《怀宁冤狱》③ 采用倒叙手法，先写光绪三十二年安庆怀宁县发生一桩谋杀案，死者为一女子，身上并没有伤痕，然而结婚一年，与其夫反目，死时仍然是处子之身。接下来，作者写道：“吾叙至此，势不能不回旋我笔述此事之缘起”，然后向读者讲述了一个姐弟恋故事。写官宦子王树屏因与其姊丽芙有畸形恋情而害死妻子并能够安然出狱事。另外，像《青棠》④ 写黄毅毅因怀疑恋人之父与己母有染而几乎误伤人命。《方希孟》⑤ 写塾师方希孟与主人之女姚爱玲有奸情结果被主人之子杀死肢解。《折狱两则》⑥ 其中一则记狗因嫉妒女主人结婚而杀死新郎。李涵秋的通俗小说《近十年目睹之怪现状》讲述的多是乱伦故事，《怪家庭》《活现形》都讲到乱伦情节。“恋母情结”“姐弟恋”等题材均为传统文言小说极少涉及，李涵秋为了新人耳目而过多地设计了这类情节，似乎受到了西方小说的某些影响，但这类情节过多造成了小说的思想格调不高却是事实。这些情节的大量存在，同时也反映出民初小说家自觉的创新意识和鸳鸯蝴蝶派作家以创作为娱乐手段的特点，与以往文言小说作家的劝惩创作观不同。

---

① 李镜安：《先兄涵秋事略》，《半月》1923 年第 2 卷第 20 期。
② 《新闻报》1915 年 9 月 2～10 日。
③ 《新闻报》1915 年 9 月 11～17 日。
④ 《新闻报》1915 年 9 月 21～23 日。
⑤ 《新闻报》1915 年 10 月 9～11 日。
⑥ 《新闻报》1915 年 11 月 3～5 日。

《沁香阁笔记》中还有一些豪侠类故事，虽多数为前人惯用的题材，却也能深得传统文言小说创作之壸奥。《铁头头陀》① 记铁头头陀以武力强行乞讨，结果被隐藏武功的店伙计欧阳东击败，后头陀伺机寻仇，终于丧命。《辰州符》② 写黄彭赴任途中遇盗侠，有凭空搬运之法、起死回生之术。《侠女》③ 写吝啬的冯燕生遇侠女并受骗事。故事的前半部分情节近于《聊斋》之《侠女》篇，结局之以猪头冒充人头情节则又与《儒林外史》之张铁臂伎俩雷同，可以看到创作上受传统小说影响痕迹。《灵猕》④ 全篇二千四百余字，采用倒叙手法写一灵猕帮助盗魁劫掠财物并数次救其脱难，后来在盗取宫中宝珠的过程中被宫中剑仙飞剑削去两耳及头皮。虽然题材并不算新颖，但倒叙手法在《涵秋笔记》中运用也比较成功。《陈月珠》⑤ 全篇三千六百余字，写太平军将领兵败，其女月珠入山修观音庵寄顿家人，又寻找机会手刃叛贼，出山勤王。故事借山中之僧定慧的视角叙述，作者善于设置悬念，最后揭开谜底，使故事充满神秘色彩。其他记奇人奇事的作品《惜花生》《伪金砖》，案狱故事《折狱二则》《锦袱案》，志怪果报类故事《尚书第鬼》《义骡》《吕凤梧》《义仆》等，在内容手法上与传统文言小说差别不大，未能有大的突破和创新。

在李涵秋笔下，除了《沁香阁笔记》系列小说外，其单篇文言小说在体式和手法上的创新更加明显。如他创作的带有自叙传性质的《双花记》，现代短篇的尝试之作《穷丐》，日记体小说《雪莲日记》，寓言体小说《黑美人传》，"集锦体"小说《红鸳语》等均对小说手法和体式有所突破，其中不少著名单篇完成发表于进入民国之前。李涵秋的报刊文言小说继承了传统文言小说的优点，又借鉴了西方小说的技法，因此成为文言小说转型期承前启后的大家。

① 《新闻报》1915 年 8 月 25 ~ 26 日。
② 《新闻报》1915 年 11 月 6 ~ 9 日。
③ 《新闻报》1915 年 12 月 11 ~ 15 日。
④ 《新闻报》1916 年 1 月 13 ~ 17 日。
⑤ 《新闻报》1915 年 10 月 3 ~ 8 日。

第二节 吴绮缘民初报刊文言小说创作考索

吴绮缘（1898～1949），江苏武进人（今属常州市），民国著名的小说家。他原名吴惜，字绮缘，别署忆红、忆红楼主、天猫、上官璧，晚号钝斋、冷红，书斋名碧萝书室、俪渠室、忆红楼、泣花室、嚼蕊吹香室等。1943 年《力报》上发表凡鸟《吴绮缘父子》一文中提到吴绮缘“今年尚不过四十六岁，而已早有文坛老将之誉”①；男士在 1949 年 10 月 11 日的《亦报》上发表《哭吴绮缘同庚》诗中有“五十二年逝者水，如何绮缘先我死。同庚遡自戊戌起，前年五十各叙齿”② 之语，由此可推知其生年为光绪戊戌年（1898 年）。据大古在《亦报》上发表的《吴绮缘逝世》一文可知吴绮缘于 1949 年 10 月 5 日“因拔牙受创，致不治逝世”③。有子崇文（1919～2010），字运开，笔名文宗山，民国后期曾任《海报》《铁报》等报编辑，中华人民共和国成立后在《大报》《亦报》《新民晚报》等报社任职。

吴绮缘一生著述甚丰，尤以小说成就最高，所用语体文白兼有，总体上文言小说的数量要超过白话小说，特别是短篇，基本以文言为主。他从 1915 年开始在报刊上发表小说直至中华人民共和国成立的 1949 年均可以看到其文言小说的身影。1924 年曾与小说界同仁联合组织梅社，主编并出版《烂花》杂志。抗战时期避难上海，坚持在各大报刊上发表连载小说，并发行小说单行本。他的作品除了数量众多的通俗章回体小说之外，已知其公开出版的文言小说有《反聊斋》《冷红日记》《游侠外传》《芙蓉娘》《奇人奇事录》等，更多的是发表在报刊上未曾结集出版的小说，并且其对文言小说创作的坚持为民国文言小说的延续和转型做出了不可磨灭的贡献。

虽然吴绮缘在民国小说创作领域有非常大的影响，其通俗小说与张恨水

① 凡鸟：《吴绮缘父子》，《力报》1943 年 11 月 18 日。
② 男士：《哭吴绮缘同庚》，《亦报》1949 年 10 月 11 日。
③ 大古：《吴绮缘逝世》，《亦报》1949 年 10 月 6 日。

齐名，当时有“南吴北张”的说法，但遗憾的是，其创作的数量众多的小说仍然没有明确的统计，其文言小说更是缺乏基础性研究。到目前为止，只有栾梅健先生写过唯一一篇研究文章《求写高尚情　尽却淫啼习——近现代通俗作家吴绮缘简论》[①] 对吴绮缘的生平和《冷红日记》《反聊斋》《奇人奇事录》进行过评价和研究。有鉴于此，我们有必要先对吴绮缘在民国初期报刊上发表的文言小说进行系统梳理和分析以让学界对这位成就卓著的民国小说作家有更为全面深刻的认识。

一、民初期刊上的吴绮缘文言小说

就目前掌握的资料来看，笔者所见的吴绮缘最早发表的文言短篇小说是《弱女复仇记》，发表在1915年1月17日出版的《七襄》杂志第8期上，吴绮缘创作完成后经过编辑陈倦鹤润色然后发表。该篇后来又以“倦鹤词人”“绮园小隐”署名发表于1916年6月23日的《小说日报》。而吴绮缘最早发表的白话小说目前所见为1915年2月27日《七襄》第9期上的《乞儿语》。

1915年，吴绮缘后续发表的文言小说还有以下几篇：“纪事短篇”《薄情郎》发表于《双星杂志》第2期（1915年4月15日出版）；“哀情小说”《可怜侬》发表于《双星杂志》第3期；《杨娥传》《自由毒》发表于《文星杂志》第3期；“明季轶史”《侠妓殉国记》发表于《小说丛报》1915年周年增刊；“短篇小说”《众香国》发表于《眉语》1915年第1卷第10期；“爱国短篇”《莫教儿女误英雄》发表于《礼拜六》1915年第68期；“实事小说”《贞妇血》发表于《小说丛报》1915年第15期。

吴绮缘的“反聊斋”系列小说发表在1916～1917年间的《小说丛报》上：《棠仙》（《反聊斋》之一）发表于《小说丛报》1916年第3卷第2期。《梅婢》（《反聊斋》之二）发表于《小说丛报》1916年第3卷第3期。《天台艳迹》（《反聊斋》之三），发表于《小说丛报》1916年第3卷第5期。

---

① 栾梅健：《求写高尚情　尽却淫啼习——近现代通俗作家吴绮缘简论》，《社会科学》2008年第9期。

《月明林下美人来》最初发表在1916年2月29日出版的《小说丛报》第19期上，后经过改写后以《月明林下美人来》（《反聊斋》之四）发表在《小说丛报》1917年第3卷第6期。《憨伉俪》（《反聊斋》之五）发表于《小说丛报》1917年第3卷第7期。《笑姻缘》（《反聊斋》之六），《小说丛报》1917年第3卷第8期。《红楼余梦》（《反聊斋》之七）发表于《小说丛报》1917年第3卷第9期。《碧海奇缘》（《反聊斋》之八）发表于《小说丛报》1917年第3卷第10期。《绛帐贻羞》（《反聊斋》之九）发表于《小说丛报》1917年第3卷第11期。《绿林尚义》（《反聊斋》之十），《小说丛报》1917年第3卷第12期，第1～9页。《画里真真》（《反聊斋》之十一），《小说丛报》1917年第4卷第1期，第1～11页。《楼头盼盼》（《反聊斋》之十二），发表于《小说丛报》1917年第4卷第2期。《反聊斋》系列小说虽然题目和手法上借鉴《聊斋》，但在构思立意上力求突破《聊斋》的结构模式和思维模式，将《聊斋》中变幻离奇的狐鬼故事题材改写成人间传奇，也体现出创作理念上的与时俱进。

1916年，吴绮缘的"实事短篇"《锋镝余生》发表于《小说丛报》1916年第3卷第1期；"滑稽艳情"《绮缘》发表于《小说丛报》1916年第3卷第4期；"写情小说"《西湖倩影》发表于《小说新报》1916年第2卷第5期；"掌故小说"《龙女曲本事》发表于《小说新报》1916年第2卷第6期；"醒世小说"《情天棒喝记》发表于《小说新报》1916年第2卷第7期；"晚清佚闻"《惜霞曲本事》发表于《小说新报》1916年第2卷第8期；"讽世小说"《裙带禄》发表于《小说新报》1916年第2卷第10期；"讽世小说"《消寒韵事》发表于《小说新报》1916年第2卷第12期。

吴绮缘《懒簃记异》系列志怪传奇小说连载于《小说新报》1917年第3卷第5～12期，共40篇。其中第5期收录叙言一篇和《蜘蛛怪》《蝶妖》《月下笛》《鬼妓》《袒臂僧》《溺鬼二则》；第6期收录《狐压人》《空谷异人》《血轮》《众香国》；第7期收录《红粉骷髅》《搬运法》《分尸》《鬼雄却敌》《刀怪》；第8期收录《画妖》《鬼怕醉人》《后桃源》《夜半捣衣声》；第9期收录《飞石》《巨蛇》《洛浦水仙》《美人鱼》《陈相国前生为僧》；第10期收录《古屋履声》《紫姑神》《巢湖女子》《煞神二则》《金华将军》《冤报》；第 11 期收录《乱异》《白莲教徒》《铁算盘》《幻境》《尸变》《鬼军》；第 12 期收录《清都宴》《旅店怪》《怪胎》《司镴神》。

1917 年吴绮缘在期刊上发表的文言小说还有：《技击琐谈》系列之《盗胡卢客》《卖解女儿》《卖药僧》发表于《小说丛报》1917 年第 4 卷第 1 期；“哀情短篇”《飞絮啼鹃记》发表于《小说丛报》1917 年第 4 卷第 3 期；“社会短篇”《战祸》（历劫生述）发表于《小说丛报》1917 年第 4 卷第 4 期；“侠情小说”《侠女儿》发表于《小说新报》1917 年第 3 卷第 1 期；“烈情小说”《海烈妇行本事》发表于《小说新报》1917 年第 3 卷第 2 期；“清代佚闻”《彤庭花影》发表于《小说新报》1917 年第 3 卷第 3 期；“清代佚闻”《红叶良媒》发表于《小说新报》1917 年第 3 卷第 4 期；“红羊佚闻”《借刀复仇》发表于《小说新报》1917 年第 3 卷第 5 期；“清代佚闻”《木兰猎遘》发表于《小说新报》1917 年第 3 卷第 6 期；“清代轶闻”《琵琶歌本事》发表于《小说新报》1917 年第 3 卷第 7 期；“清代佚闻”《雍正锄侠记》发表于《小说新报》1917 年第 3 卷第 9 期；“明季佚闻”《女将国》发表于《小说新报》1917 年第 3 卷第 10 期；“清代佚闻”《红叶冤史》发表于《小说新报》1917 年第 3 卷第 12 期。

吴绮缘还以《忆红楼记艳》为题在《小说丛报》上发表过 12 篇以女性为主要人物的传奇小说，连载于 1917 ~ 1918 年的《小说丛报》第 1 ~ 6 期（1917 年第 1 ~ 4 期、1918 年第 5 ~ 6 期）。其中第 1 期收录无题作品一篇和《莲女》；第 2 期收录《阿凤》《莲云》；第 3 期收录《柳莺》《裳红》；第 4 期收录《当炉女》《瑶笙》；第 5 期收录《卖花声》《扑朔迷离》；第 6 期收录《春楼花影》《花笑春风记》。

吴绮缘《忆红楼漫录（墨）》系列笔记小说发表于《小说新报》1918 年第 4 卷第 2 ~ 5 期，其中第 2 期收录《工诗得偶》《清宫诗》《黄儿》《古塚》《灵犀幻影》；第 3 期收录《验情术一》《验情术二》《石翼王起义由来》《鼠疫》《彭刚直轶事》《盲谈》《酷吏孽报》《口技》；第 4 期收录《不倒翁排律诗》《神力》《摩西情史》《桂省奇草》《义猫》《于祠祈梦》《赠妓联》；第 5

期收录《辰州符》《孝贼》《夙孽》《杨氏犬》《贻金报》。

1918 年吴绮缘还在《小说丛报》第 4 卷第 5 期上发表“家庭短篇”《如是观》、“讽世短篇”《倚闾泪》（该篇后又在《小说季报》1919 年第 2 期发表）。另外有“明季佚闻”《女骑将》发表于《小说新报》1918 年第 4 卷第 2 期；“俄宫轶事”《妖巫》发表于《小说新报》1918 年第 4 卷第 3 期；“清代佚闻”《嵩山双隐》发表于《小说新报》1918 年第 4 卷第 5 期；日记体小说《嫁前十日记》发表于《小说新报》1918 年第 4 卷第 9 期；“悟情短篇”《禅花梦影》发表于《小说季报》1918 年第 1 期；“武侠小说”《紫裳女盗》发表于《秋声》1918 年第 1 ~ 2 期（第 1 期作者署名“红”，第 2 期署名“绮缘”）；“名著短篇”《零琼写怨录》发表于《秋声》1918 年第 5 期；“名著艳情短篇”《花底兰桡记》发表于《秋声》1918 年第 6 期；“哀情小说”《琼枝濯雨记》发表于《沪江月》1918 年第 4 期。

1919 年，吴绮缘在《小说新报》第 5 卷 3 期发表《灭门令尹》；第 5 卷第 8 期发表《捃香十艳录》（收录《筝儿》《灵凤》《蜚英》3 篇）和《妖妇》；第 5 卷第 11 期发表《捃香十艳录》（收录《灵珠》《月儿》2 篇）。

二、民初报纸上的吴绮缘文言小说

除了发表在期刊上的作品外，吴绮缘还在民国的报纸上发表了数量更多的文言小说，接下来我们就按照发表时间顺序来对这些作品进行梳理。

1916 年发表在《小说日报》上的短篇有：《天中幻梦》发表于 1916 年 6 月 9 日，后又发表于 1918 年 6 月 13 日的《新世界》报上；《香塚鹃声》发表 1916 年 6 月 13 日，后该篇又发表于 1919 年 3 月 11 ~ 19 日的《民国日报》上；《怨情短篇：秋坟鬼唱》发表于 1916 年 6 月 15 日；《尚武短篇：婉婳将军》发表于 1916 年 6 月 25 ~ 26 日。除此之外，1916 年 6 月 10 ~ 30 日、7 月 3 ~ 4 日的《小说日报》还连载吴绮缘的日记体文言小说《冷红日记》，该篇体现了文言小说作家的文体创新意识。

1917 年，吴绮缘以“忆红楼主”别号在《新世界》报上发表一系列文言小说：《笛声花影》连载于 1917 年 9 月 14 ~ 24 日；《旱魃》发表于 1917 年 9

月23日；《红裳女子》发表于1917年9月24日；《竹帚怪》发表于1917年9月25日；《刀妖》发表于1917年9月27日；《花仙》发表于1917年9月28日。以“忆红”署名的作品有：《血轮》发表于1917年12月25日；《菜花三娘》发表于1917年12月27日；《僵尸》发表于1917年12月30日；《飞蜈蚣》发表于1917年12月31日；署名“绮缘”的作品有：《海市》发表于1917年12月10日；《朱小芳》发表于1917年12月30日。

1918年，吴绮缘在《先施乐园日报》上发表的文言小说有：1918年10月9~12日发表《千金市骨》；1918年10月10日发表《旅邸侠踪》；1918年12月27日发表《巢女》；1918年12月29~30日发表小说《林娟娘》。《新世界》报上发表的文言小说有：《疯道人》（署“忆红楼主”）发表于1918年1月17~18日；《义盗薛玉》（署“忆红”）发表于1918年1月19日；《乩异》（署“忆红”）发表于1918年1月20日；《溺鬼报恩》（署“忆红”）发表于1918年2月1日；《猿劫新妇》（署“忆红”）发表于1918年2月11日；《借尸记》（署“忆红”）发表于1918年2月12日；《猎虎缘》（署“忆红楼主”）发表于1918年2月13日；《历城僧侠》（署“忆红”）发表于1918年2月14日；《烈妇复仇记》（署“忆红”）发表于1918年2月15日；《僵尸起舞》（署“忆红楼主”）发表于1918年2月22日；《疫鬼》（署“忆红”）发表于1918年3月1日；《辽阳冤狱》（署“忆红”）发表于1918年3月2日；《大孝格天》（署“忆红”）发表于1918年3月16日；《煞》（署“忆红”）发表于1918年3月20日；《尼侠》（署“忆红”）发表于1918年3月21日；《鬼影》（署“忆红”）发表于1918年4月2日；《勾魂使者》（署“忆红”）发表于1918年4月13日；《美人冢》发表于1918年4月18日；《陈小凤传》发表于1918年4月28日；《石狮流血》发表于1918年5月2日；《蛾眉幻相》发表于1918年5月3~14日；与王瀛洲合撰的《天涯异人传：击柝翁》（又名《侠义小史》）发表于1918年5月21~23日；《孙义士》（《侠义小史》之二）发表于1918年5月29~30日；《天中幻梦》发表于1918年6月13日；《僧侠》（署“忆红”）发表于1918年6月18日；《红衣怪》发表于1918年7月3日；《龟毒》发表于1918年7月4日；《僵尸舞蹈》发表于1918年7月5

日；《又到秋声第七声》发表于1918年8月4日。此外，还以“忆红”署名在《无锡日报》1918年9月9~10日发表《借尸还魂记》。

1919年1月12~16日在《先施乐园日报》上发表《札记小说：王优昙传》；1919年12月12~13日吴绮缘在《先施乐园日报》发表《桃花剑》；1919年7月18~21日在《药风》上发表《奇情小说：云溪渔艳》；1919年8月21日~10月14日《药风》上发表文言章回小说《樱花春泪》（共五章）；1919年10月11~12日《药风》上发表《月中人语》。

三、吴绮缘的“反聊斋”系列报刊小说及其成就

吴绮缘喜读《聊斋志异》，从中受到启发和影响，便独具匠心写了许多《聊斋志异》式的短篇，颇得好友徐枕亚的赏识。在鸳鸯蝴蝶派常州小说家中，他是后起之秀，可以说前有李伯元，后有许指严、李定夷和吴绮缘。

吴绮缘《反聊斋》中的篇目曾逐期在徐枕亚主编的《小说丛报》（1916年第3卷第2期至1917年第4卷第2期上发表），后徐枕亚将已经写完的12则故事编为《反聊斋》初集，由上海清华书局于民国七年（1918）铅印出版。书前有徐枕亚该年所作的《弁言》云：

> 吾国旧说部之脍炙人口者，唯《石头记》与《聊斋志异》二书。二书笔墨，固非今世之所谓小说家所可企及，然亦各有短处：设想陈腐，过事张皇，构局离奇，涉于怪诞，为吾国旧小说之积习，二书固亦不能免也。如《石头记》中，刘姥姥不识自鸣钟与着衣镜，若使今人为之，宁非谵语；而《聊斋》之谈狐说鬼，语等无稽，尤足为世诟病。文明竞进，迷信渐除，文学界上，壁垒一新。因时代之不同，不免相形而见绌，遂令绝世奇文，留斯缺恨，滋可惜也。间尝欲仿二书之格局，运以新颖之思想，撷其精华，而正其谬误，融新旧小说而一之。而才思枯窘，人事倥偬，每一握管，辄眼生手低，不成一字。

从《弁言》可以看出作者显然是要借鉴《聊斋》谋篇布局手法而破除迷信思想，这是时代赋予《反聊斋》的新特征。作者写此书，取“聊斋”之

名，然在构思立意上却跳出《聊斋》狐鬼故事的框架，虽然开头过于渲染其氛围之神秘，然曲终奏雅，表明事皆人为，与狐鬼无涉。

在“反聊斋”系列的十二篇传奇中，《棠仙》《梅婢》《天台艳迹》《林下美人》《笑姻缘》《碧海奇缘》《画里真真》《楼头盼盼》八篇都是写爱情故事的。《棠仙》写晋陵李生寄居谢氏废宅，遇邻女棠仙，误以为花仙，引为知己，棠仙未曾道破。棠仙无父母昆弟，依伯氏而居，伯将其许与纨绔子弟，棠仙含恨而亡，生亦伤心不知所终。始则扑朔迷离，让人疑为鬼狐，终则真相大白，让人恍然大悟，使凄伤的爱情故事蒙上一层神秘色彩。《梅婢》写林生紫华应巨室王公之聘为西席，寄居王氏园中，偶识青衣绿裳女子，误以为遇花仙，后来才知道原来是王公侍婢。最终二人得王公玉成，终成眷属。故事后有“绮缘曰”评论道：“似海侯门，防范愈非易易，凡相如之诱，红拂之奔，亦意中事耳。而好事者则铺张扬厉，饰为神奇，托之狐鬼，古人笔记所载恐若此者正多也。今特拾往事而录之，非敢矫前人之谬，盖深佩林生之磊落，梅姬之雅洁，思有以传之耳。”《天台艳迹》写刘生凤藻才高而家贫，得太史之女秋芙青睐而结为连理，婚后五载无子。妻劝其纳妾，刘不从。后来刘因事受激，愤然出走，遇姊妹花绿云、绛雪，误以为山中神仙，留住数年，生二子二女。后刘思乡得归，与妻相见，重返天台时才发现，绿云、绛雪均是秋芙为其所聘之妾。《笑姻缘》写善笑之陆生娶善笑之女，婚后，生疑其为仙，女亦不置可否，还设计惩治了心存不轨的杨生。后得知其为某受陷大僚之眷属，逃匿至此，并非神仙。虽然在情节上有模仿《聊斋》之《王桂庵》和《婴宁》的痕迹，但结尾却不落窠臼，将《聊斋》中的狐鬼换成了人。《画里真真》写吴门韩生善绘事，自画一仕女图，朝夕膜拜，结果引来女子与其相会，自言名真真，后来故事真相大白，皆凡间女子。《林下美人》写凌云自幼丧父，家境贫寒，寄居姑母家中，与表妹柳华一起读书。二人青梅竹马，两小无猜，及至成年，感情更深。柳父贪慕虚荣，强迫女儿嫁一纨绔子弟，柳华沉池自溺。凌云绝望，返归故里，发奋攻读，终有成就。后经友人介绍坐馆为生，秋夜园中散步，在林下忽遇柳华，误以为遇鬼，后来才知柳华未死，乃当初设计脱身。最后写有情人终成眷属。

除了这些扑朔迷离的人间爱情故事外，其余的四篇，如《憨伉俪》写一对出身于封建官宦家庭的“憨痴”夫妇，不满当时追求功名利禄、趋炎附势的世俗而与家庭决裂，隐居深山的故事。《绿林尚义》赞扬了绿林英雄虬翁帮助一对苦难恋人复仇、并成就二人婚姻的侠义风格。《绛帐贻羞》写苏张二生设计惩治假道学之先生童某，让妓女假扮仙女与童某相会，结果童某中计。《红楼余梦》以梦游大观园的写法，寄托了作者对《红楼梦》中人物命运的关心和个人的幻想。其实是以小说的形式来表达对文学巨著《红楼梦》的批评和接受心理，也可以看到《红楼梦》对吴绮缘创作的影响。

《反聊斋》系列传奇每篇小说结构并不复杂，先设置悬念，中间几经波折，最后道明真相。虽然这种结构模式显得有些单一，可是在民初的传奇小说中，作者在借鉴《聊斋》典雅文笔和优美意境的同时，能够有意识地力求突破《聊斋》的结构模式和思维模式，将《聊斋》中变幻离奇的狐鬼故事题材改写成人间传奇，同时注意悬念的设置，气氛的渲染，通过人物对话、动作、情态的刻画，细腻的心理活动的描绘来表现人物性格，展开情节，演述故事，因而显得曲折委婉，耐人咀嚼。

第三节　罗韦士及其报刊文言小说

在民国初期的报刊上，罗韦士是个出现频率较高的名字，其创作的小说曾在当时的《礼拜六》《申报》《游戏杂志》等报刊上发表数十篇，深受报刊编辑和读者喜爱，产生了比较大的影响。但就在罗韦士创作风头正盛时却突然在报纸上销声匿迹，人们也逐渐遗忘了还曾经有过这样一位天才的小说作家。罗韦士在报刊上发表的小说以文言为主，具有鲜明的时代精神。张静庐先生在谈到“礼拜六派”的刊物时指出《自由杂志》和《游戏杂志》是“礼拜六派”最早的两种刊物。同时，他还专门提到：“我们不要忽视这里也曾出现过一位天才的作家——罗韦士。他是一位青年的海军学生，他做过《老农家乘》《两全难》等十余篇创作。这是‘礼拜六派’的彗星，在那时，实在没有比得上他写的更好的作家了。但是这短命的小说家，仅仅发表了十余篇的创作之后就死去了。罗韦士，这一个不很熟悉的名字，已经在读者群甚至曾经当编辑的先生们的脑海里消失了。”① 目前学术界关于罗韦士及其小说的研究尚未引起关注，但很多的近代小说集和近现代文学研究者会不经意间提到他的作品。这位作家的人生和作品仍然有诸多谜团等着我们去解开。接下来我们从民国的报刊资料入手，解读罗韦士的生平情况和他的文言小说作品，从而让我们对民国初期的小说创作状况有更为全面的认识。

一、罗韦士生平略考

关于罗韦士的生平情况，介绍的最完整的是苏海若 1921 年在《礼拜六》第 109 期发表《回忆》一文，其中专门提到了罗韦士的大概生平和结局：“你知道伟（韦）士现在到哪里去了？白杨之下，荒土一抔，早已不在人世间了。但是，伟（韦）士的死非死于病，乃死于惨无人道杀人不怕血腥气的无赖政客手里，这是很痛心的。”据苏海若介绍：韦士姓罗，其父为宝山县署捕厅，韦士随父寓居宝山县城。十二岁考入县立高等小学，卒业后转入吴淞海军学校。在校表现优异，胸怀家国天下，“翌年夏季海军学校举行毕业式”，“校长萨上将特奖他银杯一只”②。毕业后，韦士准备到北京报考唐山路矿学校，后来在报名时因提到吴淞海军学校毕业而被北洋军阀政府当做南方的革命党加以逮捕，后秘密杀害。

苏海若是罗韦士的同学和好友，具体生平不详，亦曾在《礼拜六》第 156 期发表小说《女丐》，其回忆文字应该有一定的可靠性。罗韦士十二岁进入县立高等小学，若是按清末学制，高小的学习期限为四年，进入民国后高小改为三年。若中间没有间隔，罗韦士进入吴淞海军学校时应该至少十六岁以上，而吴淞海军学校是民国四年（1915）在吴淞商船学校基础上改建而成的。据刘用臧在《时事新报》上发表的《吴淞商船学校始末记》中提到“民

① 张静庐：《在出版界二十年张静庐自传》，上海书店出版社，1984 年，第 35 页。
② 苏海若：《回忆》，《礼拜六》1921 年第 109 期。

国四年二月八日”吴淞商船学校正式停办，“学生则由交通部咨送海军南洋公学及湖口鱼雷营”[①]。据《新闻报》发表《交通部吴淞商船学校通告愿改习海军学生》[②] 部分商船学校学生可以申请转入海军学校学习，但其转学名单中未见有罗姓人名，则罗韦士应不是由商船学校转到海军学校的。吴淞为宝山县辖区，但相对独立，为军事要塞，家在宝山的罗韦士去吴淞海军学校就读有地利之便。因吴淞海军学校正式建立在民国四年（1915），因此罗韦士最早也应在该年入学。按十六岁（虚岁）入学推算，他至少应生于1900年以前。据罗韦士在1915年《礼拜六》杂志上发表的《鱼雷舰长》一篇中提到：“去年，余学校中来一客，为北洋水师中小弁。”其语气似乎又显示作者应该已经在该校读书。其中又提到来客对包括作者在内的学生说：“诸君均青年，或皆甲午、乙未年间人，今为诸君述甲午战败海军投降事可乎?”“余”率先应曰：“佳哉!”[③] 由此推测作者生年或距甲午（1894）、乙未年（1895）不远。

至于其从海军学校毕业的时间，苏海若回忆中并未明确提到年份，只说是在夏季，颁奖者为校长萨上将。这一点应该是记忆有误，据当时的政府公报显示，北洋政府在1915、1916、1917年度均应海军学校邀请而派海军部大员参加了该校的毕业典礼并训词颁奖，不过毕业典礼的时间均在年底并非夏季。而且《回忆》中提到的“校长萨上将特奖他银杯一只”中的萨上将指的是萨镇冰，他在民国建立后确实曾担任过吴淞海军学校前身吴淞商船学校的校长，但并未担任过吴淞海军学校校长，如果他给罗韦士颁奖那应该是作为政府代表而出席该次典礼并非以校长身份。并且查阅当年的政府公报，1915年1月22日派程璧光参加吴淞海军学校1月27日举行的毕业典礼，毕业生成绩单中也未见罗韦士之名，甚至连罗姓学生都没有[④]。1916年12月25日政府派萨镇冰为代表参加吴淞海军学校毕业典礼并颁奖。1917年12月24日派饶

① 刘用臧：《吴淞商船学校始末记》，《时事新报》1918年6月10日。

② 《交通部吴淞商船学校通告愿改习海军学生》，《新闻报》1915年3月16日。

③ 罗韦士：《鱼雷舰长》，《礼拜六》1915年第58期。

④ 《文件：海军部呈海军军官学校学员毕业请派代表莅校举行毕业典式文并批令》，《军事杂志》1916年第40期。

怀文为代表参加吴淞海军学校毕业典礼并颁奖。那么，三年中只有1916年底的这届毕业典礼是派萨镇冰参加的，罗韦士毕业应该是在这一年。苏海若回忆中提到其夏天的毕业典礼应该是有误的。至于去北京报名参加唐山路矿学校考试应该是在次年夏天以后的事情，根据当时的形势来看，北洋政府将海军学校毕业的罗韦士当作南方的革命党抓起来，应该是海军明确表态不服从北京政府领导而支持孙中山领导的南方革命军政府造成的。1917年6月25日《北京益世报》也发表报道称《海军独立拥护南省》。1917年6月28日《盛京时报》载《海军果宣言独立矣》一文，其中也提到海军倾向于南方军队，不再服从北京政府领导。罗韦士有可能是在1917年夏天以后到北京参加路矿学校报名考试而被北洋政府当做南方的革命党而逮捕并处决的。虽然苏海若的《回忆》中言之凿凿其被捕后枪毙的结果，但《礼拜六》编辑王钝根在文后加了按语云："罗君韦士为余神交良友，余主编百期前《礼拜六》时函札往来几无虚日，及其殁也，航空学校吴君飞书报余，然不言被害事。海若先生得无传闻之讹耶？愿读者诸君或知其详且证明之。"周瘦鹃亦有按语云："韦士未之识，顾佩其文，闻其死悼念弗衰，读海若此作，吾心实恫。"

《小说新报》1917年第9期上刊载朱鸿寿的《技击述闻续录》中的《佩剑客》《珠娘》《徐氏仆》《油车阿廉》《沈英娘》《义贼黄四》《钱秀霞》7篇侠客技击类故事，其中《钱秀霞》篇后作者提到该篇故事是"亡友罗君韦士述"。《小说新报》该期的出刊时间为"中华民国丁巳年九月"，由此可知1917年（丁巳）9月时罗韦士已经去世。由此我们推断罗韦士的去世时间应该在1917年夏天7~8月间。1919年9月28日~10月20日《先施乐园日报》上连载的罗韦士《我之杰作：两全难》，前有周瘦鹃的识语云："罗子韦士，英年硕学，作小说有奇气，所著《归乎》《髯奇士传》《鱼雷舰长》诸作，传诵一时。后就学湘中，以劬学死，知者伤之。此篇为其生平快意之作，情文兼至，固自不弱，谓为杰作，谁而非宜？"似乎当时又对罗韦士的死有别的说法，所以苏海若发文时周瘦鹃才有疑问。《小说新报》1919年第3期发表剑山的《陈氏二难》，篇末有"剑山曰"评论："此为同治年间事。余在宝山自治研究所日，罗君韦士举此以相告，余即手录之，十一年矣，今罗君已作故，其事亦几忘之。此次春假归家，得之于旧书堆中，爰加润饰成此篇，倘足以激励末俗而使反薄归醇乎，是余所至望者也。”此处也提到罗韦士已经亡故的事实，但同样未提去世原因。由此看来，不但我们今天很难考证其最后结局，连当时的很多熟悉罗韦士的人都不知其因何英年早逝。

另外，苏海若文中提到罗韦士的父亲在宝山县做捕厅。捕厅指称旧时州、县官署的辅佐官，如县丞、典史、吏目等，多负责缉捕盗匪。清代州县官署中佐杂官，例如典史，因有缉捕之责，一般称为捕厅。据民国《宝山县续志》卷十二《职官志》记载罗启祜在光绪十八、二十二、二十六年三次任宝山县典史之职。“罗启祜，字受之，湖北麻城县人，附监生。”① 据朱保和的《宝山光复记》记载辛亥革命爆发后宝山县宣布独立的经过，提到当时任宝山县典史的罗启祜交出印信，后新县署机关成立后罗启祜被推选为司法部长。据《宝山县续志》卷十二《职官志》记载：民国元年罗士倜由典狱员调任检查官。“罗士倜，字厚甫，湖北麻城县人，湖北法政学校毕业。”② 在宝山县地方志的职官名录里罗姓只有这两位，从年龄和经历来看，罗启祜可能是罗韦士的父亲。而罗士倜与罗韦士名字中有重字，且罗士倜民国建立时还比较年轻，显然不太可能是罗韦士的父亲。但不管怎样，罗启祜和罗士倜都是湖北麻城人，因此罗韦士的籍贯应该是湖北麻城。

二、罗韦士报刊文言小说考索

罗韦士的小说作品主要集中在民国三、四年间的报刊上，特别是《礼拜六》杂志上发表的文言小说，至少有 18 篇，其中包括《寓意小说：歌雏劫》（1914 年第 3 期）、《苦情小说：卖花女》（1914 年第 3 期）、《短篇笔记：刘戈》（1914 年第 4 期）、《短篇笔记：戮蛇》（1914 年第 4 期）、《哀情小说：赤钳恨》（1914 年第 5 期）、《社会短篇：争婿讼》（1914 年第 6 期）、《苦情

---

① 张允高：《宝山县续志》卷十二《职官志》，民国十年铅印本，第 3 页。
② 张允高：《宝山县续志》卷十二《职官志》，民国十年铅印本，第 4 页。

小说：归乎》（1914年第10期）、《侠情小说：雪里红》（1914年第15期）、《言情小说：杏儿别传》（1914年第17期）、《哀情小说：两全难》（1914年第18期）、《侠情小说：三童传》（1914年第19期）、《哀情小说：老农家乘》（1914年第27期）、《奇侠小说：樵女》（1915年第36期）、《警世小说：官鉴》（1915年第38期）、《言情小说：月下女》（1915年第38期）、《痴情小说：采桑女》（1915年第39期）、《甲午轶闻：鱼雷舰长》（1915年第58期）、《社会小说：梓人之斧》（1915年第62期）等。

其中《雪里红》一篇还曾经以“士伟”的署名发表在《中华小说界》1914年第9期上，因此“士伟”应该也是罗韦士的化名。在《中华小说界》1914年第7期上还发表署名“士伟”的“伦理小说”《林桂复仇记》。

除了《礼拜六》上发表的作品，还有发表在《游戏杂志》上的“谈丛”笔记小说和短篇小说7篇，如《游戏杂志》1914年第8期发表《书华吟梅女士事》，1915年第11期发表《韦士笔记：小飞来》《韦士笔记：银鸾》《韦士笔记：撒豆》《言情小说：髯骑士传》，1915年第13期发表《苦情小说：为人作嫁》，1915年第14期发表《家庭小说：白尾外传》等。另外，在《小说海》1915年第1卷第3期上发表罗韦士短篇小说《樱儿》。

罗韦士发表在报纸上的文言小说以《申报》为最多，从1914年3月8日开始至1915年1月16日共发表文言小说35篇，其中包括《情种》（1914年3月8日）、《幼盗》（3月9日）、《丑女》（3月10日）、《柳魂》（1914年3月11日）、《担夫》（1914年3月14日）、《乡拳》（1914年3月15日）、《仇媾》（1914年3月16日）、《桃影》（1914年3月18日）、《腊梅》（1914年3月19日）、《鳖翁》（1914年3月20日）、《家变》（1914年3月22日）、《波痕》（1914年3月25日）、《雪夜》（1914年3月26日）、《哀音》（1914年4月7日）、《三夫人庙》（1914年4月10日）、《争雌》（1914年4月12日）、《义狮》（1914年4月13日）、《跛丐》（1914年4月15日）、《焚券》（1914年4月16~17日）、《老仆》（1914年4月20日）、《沈福》（1914年4月22日）、《潄贞》（1914年4月23日）、《李生》（1914年4月24~25日）、《浙西二侠士》（1914年4月30日）、《韩夷》（1914年5月3日）、《无名尼之冢》(1914 年 6 月 6 日)、《揖马》(1914 年 9 月 9 日)、《族斗》(1914 年 9 月 14 ~ 15 日)、《石怪》(1914 年 9 月 19 日)、《玉霞》(1914 年 9 月 24 日)、《楼仙》(1914 年 9 月 25 日)、《程生》(1914 年 9 月 30 日)、《石马》(1915 年 1 月 9 日)、《卖菜女》(1915 年 1 月 10 ~ 11 日)、《盲生》(1915 年 1 月 16 ~ 18 日)。另外,1914 年 3 月 15 日《申报》在“笔记”一栏发表《乡拳》篇后又有未署作者《僵怪》一篇,1914 年 3 月 14 日发表《担夫》后有未署作者《匕首》一篇,按照发表惯例和语体风格来说应该也是罗韦士的作品。

1914 年还在《大公报》上发表罗韦士“谭丛”系列笔记和其他小说 10 篇:《雪夜》(4 月 3 ~4 日)、《家变》(4 月 6 日)、《仇媾》(4 月 8 日)、《波痕》(4 月 10 日)、《争雌》(4 月 18 ~ 19 日)、《哀音》(4 月 23 日)、《义狮》(4 月 24 日)、《焚券》(4 月 26 ~27 日)、《漱贞》(4 月 29 日)。此后,还发表“杂录”小说《独角兽》(12 月 16 日)。

1914 年《新闻报》上发表的罗韦士文言小说作品有 6 篇:《富媳》(9 月 16 ~ 19 日)、《捕马客》(9 月 20 ~ 22 日)、《洪叟》(9 月 23 ~ 26 日)、《魏村》(9 月 27 ~ 30 日)、《古塔》(11 月 8 日)、《独角兽》(12 月 11 日)等。此后又在 1916 年 11 月 22 日的《民国日报》上再次发表《浙西二侠士》。

上海振民编辑社 1915 年 3 月初版姜侠魂编辑的《风尘奇侠传》,收录罗韦士的《赤帻客》《跛丐》《浙西二侠士》《老仆》《韩夷》5 篇小说作品,其中《赤帻客》未见发表在何种报刊上。

通过以上罗韦士在报刊上发表的小说我们可以看到,其中部分作品有重复发表现象,这在报刊兴起后是较为常见的。罗韦士去世后,1919 年 9 月 28 日 ~ 10 月 20 日《先施乐园日报》上连载其小说《两全难》,1924 年 5 ~ 6 月间《黎明报》上连载其《三童传》,这两篇作品也曾经在此前报刊上发表过,但从发表时间来看,并非作者投稿,可能是报社编辑或其友人从其他报刊上辑录出来重新刊发的。

三、罗韦士报刊文言小说的主题与叙事特点

（一）罗韦士小说的主题

罗韦士的小说创作基本上是用文言写成，虽然有的作品用的是清末民初时期的浅近文言，但与通俗白话小说迥然有别。从题材类型来看，以写情之作和侠客技击为主题者居多，而总体结局安排和叙事风格趋于感伤，带有民初文学的典型特征。

1. 爱情婚姻家庭主题

爱情婚姻悲剧是罗韦士小说中所占比重最大同时也是篇幅最长的作品，这些作品受到民初风行一时的鸳鸯蝴蝶派及其代表刊物《礼拜六》创作风格的影响，以让人“涕泪交零”的悲剧结局为主要特征。“哀情小说”《赤钳恨》篇幅超过一万一千余字，采用传奇小说手法写杭城某文士之妻吴氏因贪图财势而将其女慧儿嫁与抚署幕僚范季和为妾，因范之原配不在身边，故慧儿不知其有妻，后随季和归家则受到大妇虐待，久又被季和厌弃而送归其母家。吴氏以当初范季和之聘礼为子阿鲁娶巨绅方翁之女翠兰为妻，阿鲁愚钝懦弱，吴氏母子亦受尽翠兰虐待。吴氏悔恨不已乃烧铁钳自杀身亡，慧儿亦投井而死。后有“韦士曰”评论，继承了传统文言小说写法。

“苦情小说”《卖花女》以传统文言小说叙事手法写某地麻风院中麻风女靠卖花奉养其母，其母去世后又卖唱筹钱葬母。此后麻风院掌院对外宣称卖花女已死，实则将其卖入青楼在杭城为妓，改名花仙，色冠群芳，豪商巨宦皆以能一睹颜色为荣，然花仙郁郁寡欢。蜀人某生居杭城，与花仙两相爱悦，两人的爱情得到生之父母许可和祝福。花仙自知麻风病会传染，为不连累爱人而投井自尽。生叹息不已，厚殓之，葬于某山之下。这是一个因为疾病而造成的爱情悲剧，并未沿袭传统的封建家长对青楼女子的偏见而造成青年男女婚姻悲剧的固有模式，也未采用男子始乱终弃的套路。花仙的悲剧命运更多与不可救治的麻风病联系在一起，因此而造成的人生和爱情婚姻悲剧更加让人同情。

“哀情小说”《两全难》篇幅较长，全文一万一千余字，采用新式小说写方法。故事以细腻笔法写一父亲去世而与继母相依为命的青年学生槐哥在青梅竹马的爱人蕙妹和曾有婚约的恩人之女间的两难选择。他曾经试图说服继母卖掉田产还掉恩人方翁资助自己上学的费用和人情债后退掉亲事，但蕙妹不忍让槐哥卖掉祖产而选择忍痛斩断情丝。后槐哥无奈与方翁之女成婚，而蕙妹则一直未嫁。造成爱情悲剧的原因并非来自于父母和传统观念，而来自于一对恋人宁愿为了对方而做出的自我牺牲。该作品中并没有出现反面人物，青年槐哥之继母、蕙儿之母、资助槐哥读书的方翁、中间人周翁均非道德上的恶人，这恰恰也是青年两难选择的原因所在。《申报》1914 年 10 月 3、4、7 日为《礼拜六》所做的广告中评价说：“《两全难》一篇为罗韦士君生平最得意之作，情文兼至，超群绝伦。”

“苦情小说”《归乎》写自由恋爱与父母之命的婚姻之间的冲突与对抗。青年学生沈士植与同学陈莹贞自由恋爱，沈父乃为士植强行指定甘医生之女静英为妻。士植无法抗父命，又不愿所爱之人痛苦终生，乃违心假装接受静英并结婚以让莹贞死心，同时设法将莹贞介绍给了其同学周滔。看到莹贞成婚后，士植乃离家远走巴蜀以示对父权的反抗，其母与其妻静英则终日在家盼望士植早日归家。其父屡次书信劝返无果后也后悔不已，叹曰：“今而后知为人父母者于儿女姻事不必专制也。”此后有“韦士曰”评论道：“沈翁此叹晚矣。”接下来又叙述莹贞与周滔婚后恩爱幸福，当莹贞偶然间从士植弟弟士才口中得知士植与静英结婚的真相后侧身倚周滔挥泪不止。该篇写为了所爱之人幸福而勇于自我牺牲的爱情，令人稍感欣慰的是莹贞虽然伤心但最终的婚姻还算是幸福的。该篇后又有钝根曰：“韦士为文多至情语，此作沉痛凄楚令读者酸鼻，然有益世道匪细矣。其写静英教孝也；写士植教义也；写士才教弟也；写沈母教慈也；写沈翁惩顽也，而开宗明义首斥媒婆，盖痛于旧俗结婚之误于媒妁者深矣。愿天下为父母者咸盥手焚香一读此小说。”

“苦情小说”《为人作嫁》亦以近万字篇幅写余翁以貌美而贤惠知礼的养女余珏顶替貌丑而粗鄙之亲生女余玦去玦之未婚夫陆子倩家侍奉病危之姑，结果余珏得到陆家上下喜爱，子倩之母病情也转危为安，只盼早日迎娶儿媳进门。新婚之日，子倩发现新娘并非原来侍奉母亲之女子，伤心不已。为人作嫁的余家养女余珏则已心灰意冷而出家为尼，子倩在侠仆石雄的带领下赶到宏新庵，结果晚来一步，余珏已经削发为尼，无法还俗。故事戛然而止，给人留下了遗憾，同时也留下了想象的空间。

其他写爱情婚姻悲剧的作品还有不少，像《波痕》记有世仇的两家族一对青年男女的爱情悲剧。《采桑女》记青年男女自由恋爱与世俗观念冲突造成的爱情悲剧。《哀音》记知音却难成眷属的爱情悲剧。《仇媾》记所嫁非人的爱情婚姻悲剧。

除了爱情婚姻悲剧作品，还有反映作者的爱情婚姻价值观和其他家庭问题的小说。如《雪夜》记湘南曾氏子娶妇莲芬，后曾氏子随父重庆经商，莲芬在家中受尽婆婆虐待，后被其赶回家中，其父不明真相而以女儿被遣返归家为耻故愤恨而亡，莲芬去重庆寻夫途中遇盗被劫，只得一路乞讨到重庆，结果曾氏父子外出，莲芬幸被好心人收留，但又遇火灾，好心人一家尽葬身火海，莲芬苦苦等待，在雪夜中曾氏父子归来，夫妻终得团圆。后夫妇二人宁愿做客天涯不愿归家对其母。

《李生》写李生追求富家女素苹，一开始富家女对其有好感，后富家女另有新欢而将其抛弃。篇末有“韦士曰”长篇评论对仅凭容貌表象而一见倾心的爱情并不看好，并对青年男女提出忠告：“订婚娶究以真爱情及学问、品行、性情为最要，容貌其次也，资财又其次也。至于求偶之手续宜由戚友介绍，于道路上追艳影并不知其身世、性情、品学而茫茫然用其真爱情，即令成功，不过再蹈李生之覆辙而令他人代为惋叹也。”通过李生的故事提出了较为理性的婚恋观。笔记小说《玉霞》写项、陆二生与居停主人之女玉霞的情感纠葛，玉霞倾心于项生，陆生从中作梗，玉霞产生误会一病几死，后真相大白，项生归家禀父母而与玉霞订婚，陆生则被驱逐。

“言情小说”《杏儿别传》约六千余字，记秦淮名妓杏儿与沈生两情相悦，几经波折磨难，杏儿终于恢复自由并归沈生。“言情小说”《月下女》记浙西褚生新婚年半而丧其妻，褚伤心欲绝，家人乃命一老仆陪其出游东南山水以疏解其抑郁。后至吴兴，寓居父执魏翁家之废宅中，传言有狐居其中。

月白风清之夜，褚生见一女子绝类其亡妻，后为清谈良友，生不计其为狐为鬼。后偶然得知褚生有妻乃愤然离去不复见，褚生失落不已。最后，魏翁欲将其女嫁褚生，褚生一见乃月下清谈之女子，究不知女子为人为狐。该篇颇具《聊斋》神髓，采用的也是传奇小说固有写法。《焚券》记洪生与商人某氏女旧有婚约，后因双方父亲闹翻而解除婚约，然二人旧情未断。后来洪生之父手握商人醉后手书借券而与商人打官司索债，洪生偷偷焚毁借券而平息了这场纷争，县令知道真相后亲自为一对青年主婚，两家也重归于好。故事同样采用传统文言小说写法，后有“韦士曰”评论，结局亦圆满。《漱贞》记某翁姬妾漱贞巧妙处理与翁之幕僚汪泽如之关系并帮其成就姻缘故事。

其他写家庭问题的小说如“哀情小说”《老农家乘》写因偏见而造成的悲剧。老农有二子庚生和辛生，他对长子庚生有偏见，始终怀疑长子不够勤快并担心其不安心为农。长子想应征入伍，老农怀疑其想要入伙为盗，勃然大怒坚决不允许。后长子偷偷入伍并戍边五年，因军功升为连长，请假归家探亲，其母与弟及邻女云英皆欢喜不已，唯老农仍然坚持认为庚生为盗去了，并以手中锄误杀庚生。后得知真相后，老农发疯，而邻女云英因暗恋庚生而见庚生被杀伤心自缢而死。“家庭小说”《白尾外传》以近万余字篇幅和细腻笔触写一个家庭中继母的阴险狠毒，男主人公国梁只能与一白尾小狗在学校中相依为命，结果后来还是中了笑里藏刀的继母的圈套而毁掉了终身幸福。《樱儿》写一孤儿对母亲的思念。写樱儿央求叔父深夜带其到母亲坟前哭母，情节氛围恐怖却又让人感到失去母亲的孩子可怜。

2. 侠客技击类主题

由于作者特殊的家庭环境，其父曾为松江县捕厅，主管捕贼缉盗之事，而侠与盗又很难截然分开，作者随侍父侧，耳濡目染会对此类题材特别感兴趣。后来作者又进入海军学校读书，慷慨有报国之志，这就决定了作者的性格中难免会有古代侠客快意恩仇的一面，而这种性格也体现在他的侠客技击类的小说中。如“言情小说”《髯骑士传》记髯骑士武艺高强行侠仗义，恶人闻风丧胆。一次在救人时被毒蛇咬伤，乃挥剑自断一腿。此后又单足斗异僧力陀救出一少年并成人之美促成少年与此前所救女子的婚姻。功成不受赏，拒绝了被救之人一家所赠之宝剑与古镜，又与对自己有好感并默默付出的李英约定婚姻，然后骑马飘然离去。该篇塑造了一位有情有义且不求回报的骑侠形象，其叙事风格对现代武侠小说产生了影响。

“侠情小说”《三童传》这是一篇以传统笔法写成的长篇传奇作品，全文共一万一千余字，情节曲折，引人入胜，将英雄侠客与儿女情仇结合在一起，是民国初期传统文言小说的杰出代表。故事开头交代《三童传》乃改自友人案头之他人旧作，写青年女子江鸿为报父母被杀之仇，以伴读为名女扮男装混入太平天国将领蒋将军府中，并与将军之女芷云、将军之子子桦感情日深胜于手足。芷云对江鸿心生爱慕，子桦亦视江鸿为兄长。后江鸿伺机杀死蒋将军并在天京城破后将实情告诉了芷云，并允诺帮芷云入城救出被困的子桦。江鸿在携子桦出城时身份暴露，摆脱追兵过程中二人均受重伤，天亮后又一批追兵到来结果只看到五十名清兵及马匹的尸体而江鸿和子桦则不知所踪。或云原追兵尽为芷云所杀，江鸿和子桦的尸体也可能是被芷云收殓并安葬了。

《老仆》记“余”家三十年之老仆汪沦自言本为山东人，少年习武，成年后以勇力自负未遇敌手，喜打抱不平。同县有富豪陈某，性懦弱，其妻忠厚，生子瑞儿，有婢女素馨。有妾胡氏，狡暴狠戾。后陈某妻亡故，去世前以瑞儿托付其婢素馨。胡氏虐待瑞儿并将素馨逐出家门，汪沦出于义愤救助素馨并娶为妻又痛打恶妾救出瑞儿，结果胡氏怂恿其夫告到官府，汪伦被诬入狱五年。其妻素馨则被判返回陈家继续为婢，后利用随主母进城机会探望狱中汪沦并诀别。汪沦出狱后才知道素馨在探狱后不堪胡氏虐待服毒而亡，在祭奠其妻后夜入富家杀恶妾胡氏而亡命天涯，后入“余”家为仆数十年，忠于职守，后无疾而终。

“笔记小说”《浙西二侠士》写浙西屠夫王一刀与洪安师从高僧学武，后一刀为乾隆侍卫，洪安则民间行侠。后洪安杀死了强抢民女的县令父子，被官府通缉，乃入太湖为盗魁。后乾隆皇帝命王一刀除掉洪安，王一刀不忍害其友，乃与洪安痛饮后自刎。洪安有感于王一刀义气，乃火烧太湖盗船后入某寺为僧以终。后有“韦士曰”评论说：“吾叙此，吾知百年前虽武夫犹有气节云。”言外之意似对清末民初世风日下的现实有所不满。“笔记小说”《族斗》记齐鲁间两村落世代族斗陋习，后姚姓家族中有姚仁者拜师学艺后试图改变世代相仇的现状，结果无功而退。《韩夷》写韩夷父母妻子被盗所杀，乃发誓弃文习武报仇，入山学艺后行侠仗义除暴安良事。“侠情小说”《雪里红》记侠婢雪里红在主人家道衰落后仍忠勇保护幼主舍生取义故事。《跛丐》记侠丐故事。《乡拳》写一乡人与西人因琐事争斗结果乡人胜出。《古塔》写塔中猴怪为害，一客携鹰犬经过激战除掉猴怪后飘然离去，究不知其为仙为侠。其他像《鳖翁》《捕马客》《担夫》《匕首》《樵女》皆涉及侠客技击类人物和故事。

3. 其他主题小说

“甲午轶闻”《鱼雷舰长》通过一名在北洋水师服役过的水兵的转述，记一鱼雷艇长为水师提督丁汝昌向日本舰队献投降书后不堪受辱而自刎身亡，丁汝昌亦自尽。并通过水兵之口谈到了水师残余舰只被围后不同人的不同心态和表现。后有“韦士曰”评论，对失败原因进行了分析，这也符合作者海军学校学员的身份特点。《家变》记某生遭母诬陷入狱仍保全其母名节事。《腊梅》以传统笔法记婢女腊梅与盗匪头目李某的婚恋纠葛。《程生》记姑苏画家程生轶事。《义狮》据“韦士曰”评论知为译作，模仿王猷定的《义虎记》，讽刺世上忘恩负义之人。《无名尼之塚》记广陵吴生误入尼庵淫窟几不能归，得一年少尼姑相助终于得救，然年少尼姑则被众尼投入井中溺亡，吴生葬少尼于庵侧题曰“无名尼之墓”。《揖马》写某参戎由盗而为官，后仗势陷害下属一御夫入狱而夺其妻，后御夫出狱后其母已亡，乃思报复参戎。后用特殊方法驯一良马献给参戎，结果参戎被马掀下马背头裂腰折而死。《梓人之斧》记赵全不喜读书学手艺为能工巧匠事。

从题材来看，还有些作品受到我国传统寓言故事和西方寓言翻译影响而创作完成。如标为“寓意小说”的《歌雏劫》以拟人化手法写能歌善舞的灵儿（百灵鸟）的友情与爱情婚姻经历。写其与莺莺（黄莺）的友情，在莺莺因误食带有蛇毒的枸杞子而死后，因同病相怜与莺莺男友季郎走到一起并结婚，在风雪中灵儿入城市为季郎觅食被“巨人”捉住并关进铁笼，灵儿不甘被禁锢而触铁柱身亡。最后作者以“述者曰”解开谜底：“灵儿者，乃一美丽之小鸟，伧魔则吾家十岁童耳。”[①]“寓言小说”《争雌》写某公子蓄养的素娘和美儿结为夫妻，与阿健之间的斗争，最后夫妻皆被阿健杀死。故事采用拟人化写法，然作者未言明所写之主角究竟为何物。从情节来推测，素娘与美儿应该是两只鸟，而阿健则应该是只猫。以上两篇虽然是“寓意小说”，但同样采用了爱情小说的悲剧主题模式。

（二）罗韦士小说的新旧过渡特点

罗韦士的小说带有明显的旧体文言小说向新体小说过渡的特征，有些仍采用传统文言小说手法，开头交代人物身份背景，注重情节曲折和故事的完整性，多数作品篇末有“韦士曰”评论，特别是一些笔记体短篇。而有些则融入了新体短篇小说的手法，语言也以清末民初流行的浅近文言为主要特色。

首先，在叙事模式上，罗韦士不少篇幅较长的小说采用了西方小说常用的场景或议论开篇模式。如《髯骑士传》开篇即是场景描写：

> 一夜，素月千里，月色笼树如烟，有骑士立马山巅。风声四动，下望谷中，万树起落，风声中又有兽吼声、鹤唳声。露沾马鬣，马振其首，露花四散，风吹之着于骑士之袂。骑士四向鹗睇良久，继以喂叹，叹声作，马立发长嘶相和。骑士揽缰，马疾驰下山，经树下，叶上露淅沥下坠如雨。草受露反射月色，银光闪然。马蹄践之而过，瑟瑟有声，顷刻已在山下。回望山巅，势如兽蹲，顷间立马处适当兽角。天上小星，三五纵横，仿佛离兽角不远。天汉之光为月色所夺，但存隐约。骑士仰视既久，乃下马而息，牵马欲系长松下，忽闻水声潺潺，迹之得涧，因饮马焉。骑士踞涧边怪石上坐，以手摩抚佩剑，无意中拔剑出鞘，寒光闪闪，乃跃起舞剑，久之始息。牵马徐徐行，及于官道之次，马低首啮草，骑士则当道而立，忽叹曰：“如此生活，辱没煞人！”

---

① 罗韦士：《歌雏劫》，《礼拜六》1914 年第 3 期。

摆脱传统文言的开篇模式，语言简洁明快又不乏细腻，同时注重情景氛围的渲染，具有极强的带入感，行文风格对现代武侠也有一定的影响。

其次，罗韦士的小说所用文言乃近体文言或报刊体文言，浅显易懂，生活气息更浓。如《两全难》开头一段文字：

某处公花园某星期日下午，春光明媚，花笑鸟鸣，临湖亭内坐一少年及一女郎，喁喁作情语。女郎年约十七八，秀发如云，肤润而泽，衣桃灰色夹袷，美乃不翅。少年亦仪度翩翩，与女郎年相若。此二人掩映于红花绿叶中，神态如仙。少年取钓竿理其钩丝既毕以授女郎，女郎择柳荫下一青石凳而坐，垂钩入水。少年则探袋中出小说倚柳树之干立而阅之，且阅且引目视女郎。女郎亦于水中见少年影知少年在后睨己，垂首若无所容，凝目视钓竿，数竿有若干节，而湖中小鱼已吞饵掣丝，丝动，女郎乃不之觉。

第三，罗韦士一些小说在叙事中开始穿插大量对话描写，以对话代替叙述，其心理描写亦细腻逼真，这都是传统文言小说所不常用的手法。如《老农家乘》描写庚生归家探亲途中的心理活动：

今去里门不远矣，愿吾父吾母健康犹昔，吾弟无恙。吾前以五月出，今又五月，五月为芸草时，想吾父吾弟当在田中芸，吾母则在家炊膳。见我归，父将欢笑以温语奖问我，或抚我背，盖我为官兵之长，曾极力杀盗贼，与父素愿相符也。吾母之欢必较父更甚，以吾母慈也。吾弟将迎我，告我以别后事，娓娓不倦。邻家云英不知已嫁人否？若未嫁且笑而呼“庚哥”。

第四，在小说结尾安排上不少作品未采用传统文言小说的明确交代人物结局的方式，而是采用开放式结尾，留下想象空间。如《三童传》未采用场景开篇手法，结尾亦有“某某曰”评论，但结尾却具有开放性特征：

江鸿疲甚，创痛发，自知将死，因下马诣子桦所。子桦微息尚存，江鸿曰："桦弟乎？吾中弹多，力竭矣！且死。"子桦延其所续之声曰："鸿姊乎？曷抱弟与弟偕死也。"

明日晨，红衣兵马出觅其同伴，但见林中有兵马之尸，五十人五十马悉卧地上，首尽落，如有人以利剑斫下者。至于江鸿、子桦之创躯，则不知何处矣。

著《三童传》者曰：江鸿、子桦已伤，必不能运剑尽斫人马之首，或芷云姑娘来斫之也。又江鸿、子桦一童男一童女之创躯亦不能自起而出树林之外，或芷云姑娘来收之，已卜佳地而葬之矣。

以著作者猜测的方式来收束整个故事，给读者留下了想象的空间，更加耐人寻味。"苦情小说"《归乎》在"韦士曰"评论后接下来又叙述士植弟士才的境况以及莹贞与周滔婚后生活，最后以情景描写结束全篇："此时，天际霞光已敛，绕树噪飞之暮鸦亦归巢矣。"这种收尾方式也对传统文言小说有所突破。

通过以上对罗韦士生平及其报刊文言小说的考查研究，我们可以对这位英年早逝的作家有更为全面的了解。他的文言小说既保留了传统小说的优良基因，又对西方小说的写作技法有所借鉴，同时其部分作品所体现出来的感伤基调也契合了清民易代之际、西学东渐之时的小说创作的精神风貌，具有新旧交融的时代特征，值得我们进一步深入研究。

第四节　程华魂及其报刊文言小说

在民国初期的报刊上，活跃着一群年轻的小说作家，他们年少成名，成绩斐然，但不少却英年早逝，除了前面提到的罗韦士，程华魂也是具有代表性的青年小说家之一。这些曾经在民初报刊上活跃的作家到目前为止多数没有引起研究者的关注，人们似乎已经遗忘了他们的存在，这不能不说是件遗憾的事情。

一、程华魂生平略考

关于程华魂其人，在民国初期的报刊上多以“休宁华魂”“休宁程华魂”为笔名发表文学作品，但遗憾的是当今学界却对其知之甚少。民国二年程华魂好友潜庐所作《华魂小传》对其前半生进行了介绍：“华魂字光泽，姓程氏，休宁人。系出晋新安太守程灵洗后裔。”① 生性倜傥，不拘小节。早岁能文，年十五补博士弟子员。攻举子业外，尝从叔父杏园先生习西学，会清廷变制（1905 年废除科举），罢科举兴学堂，华魂首先入郡城新安中学，越五年，卒业，得岁贡。复投考皖垣官立法政学校别科，专修法律。武昌起义，江浙响应，华魂奔走呼号倡谋独立，后为人告发，出走宁波，投效浙甬混成协司令部其业师陈鲁德麾下，任队官职。后清帝退位，民国成立，华魂到上海为学校教员。后其妻去世而归家不出。生平著作等身，最擅长小说，新旧戏剧亦有门径，尝登舞台一现身说法。因《小传》作时华魂尚在世，故潜庐对其结局并未提及。潜庐其人不详，据其报刊发表文章是尝自署“休宁潜庐”可知亦为休宁人。另外，在 1921 年的《礼拜六》杂志上发表过署名“泛生”的《哀音》一文，文中介绍了程华魂的生平和去世经过：华魂姓程名鹏字景岳，安徽休宁人。清末为新安中学学生。见国弱民穷，无限感慨。曾写诗道：“我亦昂藏七尺身，缘何事事不如人。奋飞空举冲霄翼，薄命生逢无道秦。尽说家灾由子孽，可怜运蹇向谁伸。中宵起枕苍天黑，要执穷通问鬼神。”② 从中学毕业后再入安徽高等法政专门学校。民国元年毕业后进入上海务商中学任教，同时任《民意报》笔政。民国三年二次革命，受牵连入狱。在狱中，他上午读书，下午执笔为文，发表在民国三、四年《礼拜六》杂志上，署名“休宁华魂”。民国五年出狱，志向愈坚，奔走于长江一带呼号不遗余力。民国六七年间，又回到上海任市北公学教员兼工业协会职员。民国八年，五四运动爆发，全国召开国民大会，华魂积极参与其中，当选国民大会湖南分会

① 潜庐：《华魂小传》，《好白相》1914 年第 10 期。

② 泛生：《哀音》，《礼拜六》1921 年第 121 期。

代表，被派往湖南组织召开国民大会。湖南省主席张敬尧表面满口答应，八月十八日晚十二时左右，暗中派人将住在船山书院的程华魂和另外一名吴姓代表杀害。据1919年8月23日《新闻报》发表的《长沙发生可骇之惨杀案：被害者吴灿煌与程鹏》报道二人遇害是在8月16日晚，被害者即程华魂和吴灿煌，后有剑民附识的一段话评论说华魂“其人抱负甚宏而怀才不遇，所为诗多奇丽豪放，道人所未道，而哀怨之作则又泣鬼号神”①。

据以上提到的信息我们可知华魂约生于1890年或稍前，卒于1919年8月16日，卒年未满三十岁。程华魂虽英年早逝，但著述颇丰，在民初的报刊上发表的作品就有诗文词小说等各类文体，亦有当时流行的报刊滑稽文，如《地底电报》《屁渣致香如书》《聘妻广告》《新年之恭喜一打》等。其小说创作以浅近文言为主，间有白话作品，这也体现了新旧易代之际的作家的总体创作态度和对文白语体的应用状况。

据民国报刊资料，程华魂有兄、姊、妹各一人，皆有文才，尤其是其小妹程小珠。程小珠除有诗文集《仿陶轩剩稿》中的作品发表在报刊上外，还有笔记小说《绣余谐录》和《见见闻闻录》发表在《繁华杂志》第四期，其《见见闻闻录》收《夤夜尸走》《床底鬼语》《钩上绣鞋》《窗前巨面》等文言志怪小说。

据程小珠《夏日苦热与大姊长珠二兄华魂即景联吟》② 诗可知其兄妹四人，大兄名不详，大姊名长珠，华魂行二，小珠最幼。程小珠《为华魂兄所著〈儿女恨〉题辞》③ 亦见于报端，可知华魂尚著有《儿女恨》长篇小说，惜未见印本传世。由《题辞》可见为写情长篇，其题辞云：

其一

未补情天五色霞，故遗缺陷到侬家。
可怜瘦比虚心竹，堪惜凋如薄命花。

① 记者：《长沙发生可骇之惨杀案：被害者吴灿煌与程鹏》，《新闻报》1919年8月23日。
② 程小珠：《夏日苦热与大姊长珠二兄华魂即景联吟》，《繁华杂志》1914年第4期。
③ 程小珠：《为华魂兄所著〈儿女恨〉题辞》，《繁华杂志》1914年第3期。

神女年华悲碧玉，贾生才调泣长沙。
我来访问频惆怅，芳草萋萋日影斜。

其二

新丝愿买绣兰娘，读罢残篇赤颊香。
堪叹凌人吏似虎，深嗟催命母如狼。
悲欢受尽素心苦，情恨分明妙舌香。
披卷阅君一席话，胜于灯火十年窗。

其三

当年何必惯吹箫，今日遗篇话寂寥。
底事好花偏萎谢，如何修竹也矜骄。
芳魂缥缈衰红杏，春梦婆娑冷绿蕉。
十万琳琅都是恨，英雄儿女两无聊。

其四

红丝不系奈谁何，越是缘多越恨多。
恼尔到头终负妹，怜他绝命尚呼哥。
从来福厚偏招鬼，自古情深竟入魔。
一笔生花称妙手，怨男痴女尽包罗。

华魂好友王潜庐亦有《〈儿女恨〉题词》①，可见《儿女恨》当已完稿，惜今已不传。

华魂之大兄名不详，有《文海潮》小说，亦未见印本。程小珠《仿陶轩剩稿》中有《〈文海潮〉题辞》，其后有题记云“大兄所著”②。其《题辞》云：

无端惊散好鸳鸯，拍拍分投各一方。
练水波澜浑莫定，巫山云雨又荒唐。

---

① 潜庐：《〈儿女恨〉题词》，《繁华杂志》1914 年第 4 期。
② 程小珠：《〈文海潮〉题辞》，《繁华杂志》1915 年第 6 期。

果然地有三年旱，冤矣天飞六月霜。
自是人间不平事，描来毫底尽琳琅。

民初的报端有以“休宁彦华”署名发表作品者，亦姓程，不知是否为其大兄。程彦华在1907年11月27日的《新闻报》上发表《警告皖人》启事后署“寓沪休宁彦华程永茂公启”，可见其名永茂，彦华当为其字。又在《上海报》1936年8月2日的《征求〈小说丛报〉》启事中提到其收件地址“休宁县西街洪大祥记布号程彦华收”①。另外，程彦华还曾在1916年的《小说丛报》、1923年的《时言报》、1922~1923年《小说日报》上刊载过笔记小说《友竹轩摭谈》。至于其与程华魂的关系，则有待于进一步考证。

二、程华魂的报刊文言小说创作

程华魂的小说作品，除了以上提到的《儿女恨》未见传本之外，其他主要集中发表在民国三、四年间的报刊上，基本篇目如下表：

小说类别	题目	发表报刊	发表时间	语体类别
惨情小说	《双泪落》	《礼拜六》	1914年第10期	文言
应时小说	《欧西风云中之七岁童》	《礼拜六》	1914年第13期	文言
哀情小说	《可怜侬》	《礼拜六》	1914年第11、12期	白话
醒世小说	《风流孽报》	《礼拜六》	1914年第16期	文言
游戏小说	《救命符》	《礼拜六》	1914年第15期	文言
滑稽小说	《阿叔》	《好白相》	1914年第5期	文言
社会小说	《十万元》	《白相朋友》	1914年第6期	文言
哀情小说	《伯鸾怨》	《好白相》	1914年第7期	文言
折狱小说	《护花令尹》	《好白相》	1914年第10期	文言
艳情小说	《一段香》	《七天》	1914年第4~6期	文言
折狱小说	《判得好》	《七天》	1914年第2期	文言

① 程彦华：《征求〈小说丛报〉》，《上海报》1936年8月2日。

续表

小说类别	题目	发表报刊	发表时间	语体类别
哀情小说	《晚妆上杏花残》	《七天》	1914 年第 3 期	文言
应时小说	《中华第一贵佣妇》	《七天》	1914 年第 8 期	文言
侦探小说	《弱妹奇冤》（分章回体）	《繁华杂志》	1914 ~ 1915 年第 2 ~ 6 期	文言
乡土轶闻	《武技》	《繁华杂志》	1915 年第 5 期	文言
笔记小说	《西邻遗艳》	《繁华杂志》	1915 年第 6 期	文言
奇情小说	《巾帼英雄记》	《繁华杂志》	1915 年第 6 期	文言
乡土轶闻	《莲娘保孤记》	《中华妇女界》	1915 年第 1 卷第 2 期	文言

由上表可知，华魂作品除《可怜侬》为白话短篇外，其余作品主体多为浅近文言，部分作品间或穿插几句通俗对话，体现出五四运动前夕的总体文学语言特征。从题材类型来看，主要分为以下几种：

其一为写情之作。“惨情小说”《双泪落》记海阳（即休宁）世家子陈石仙少年有才潇洒不羁，然眼光奇高，议婚者虽多，但均不当其意。后春游途中遇一绝色女子许兰娘，归家后相思成病。后在其友帮助下得以与兰娘相恋。后武昌起义爆发，石仙投笔从戎以身报国，兰娘为其壮行，其送行诗中有“君不成名侬易老，千金一刻莫蹉跎”之语。后石仙一去三月无消息，谣传已战死沙场，兰娘伤心不已。兰娘之父将其许与籐溪某恶少，即将迎娶之际，石仙归来，然已无法挽回。后兰娘在送去成婚途中自杀，而石仙则终身不娶。“哀情小说”《晚妆上杏花残》讲述不幸女子杏娘的故事。诸生之女杏娘嫁与工人之子为妻，因志趣不同而夫妻反目，后于其姊家偶遇宗生凤翔。宗生之妇凶悍，夫妻亦久不和。杏娘与宗生两情相悦，宗生归家后思念不已，但惧其妻凶悍而无可如何。杏娘书信建议双方各自解除旧有婚姻然后光明正大走到一起，但显然这一理想无法实现。后杏娘在其姊建议下偷偷嫁给宗生为妾，宗生之妻得知后大闹不休，宗生与杏娘皆为所窘。杏娘不堪羞辱愤而自缢，幸被其姊救下。宗生为避妻锋芒而远游，杏娘望眼欲穿不见其归。后听传闻二次革命时宗生在汉皋被当作革命党逮捕入狱，杏娘心灰意冷而投缳自尽。“奇情小说”《巾帼英雄记》全篇共九章。记清雍乾年间，御史苏公之子苏璧容貌俊美类于女子，人几不知其为男儿。有妹素兰，亦品貌出众。后来其父被宰相和珅所害含冤而死，苏璧从老仆口中得知仇人之子和家驹在白杨村李纯仁帐下读书，乃伪装成女子吸引和家驹，同时也被不知真相的同学宋佩玉所爱慕。苏璧后来为了报仇，在京城答应嫁与和家驹为妾。洞房花烛夜，苏璧与同样欲为兄报仇的郑直一起手刃仇人之子后落草为寇。为了表达对宋佩玉的歉意，苏璧将其妹素兰嫁与佩玉为妻。"艳情小说"《一段香》写小钰与姑、姨之女玉梅、巧云及邻人女凤珠的情事纠葛，后写小钰一妻一妾幸福美满。其文笔叙事似受到《红楼梦》影响，其结尾又似弥补《红楼梦》结局之缺憾。《西邻遗艳》记休宁城西名妓许霞飞与作者之友某君之遗憾情事。"哀情小说"《伯鸾怨》自叙与其妻之感情经历及其妻子去世后对妻子的悼念。其中作者提到自己十五岁考中秀才，同年冬完婚，婚后夫妻恩爱，因阅《红楼梦》入迷，效仿宝玉，留恋花丛，其妻屡劝无果。后作者痛改前非，夫妇和好如初。婚后八载，其妻病逝，作者伤心欲绝。其中所述经历皆纪实，与其说是一篇小说，更像是其妻汪氏之行实。"哀情小说"《可怜侬》是一篇白话小说。故事写女校教师王雪楼与同事圭娘互生爱慕，但圭娘因是孀妇而心存顾虑不能挣脱束缚，后雪楼忍痛抛却儿女私情投身革命参加了黄花岗起义而牺牲，圭娘则因伤心过度生病吐血而亡。

其二为案狱故事。如"折狱小说"《护花令尹》记一地方官善于微服私访，设法救助一父母双亡被叔父卖入青楼的薄命女子阿英的故事。"折狱小说"《判得好》记某县知事判案，一老一少争一妻，县知事依据结婚文书而惩戒少年并将女子断与老者。故事又体现了作者思想的某些局限性。"侦探小说"《弱妹奇冤》共分17章叙事。写陈生秋鸿不但容貌俊美而且绝顶聪明，喜欢为人侦破案件。商人胡芷香暴毙于家，警局毫无头绪。商有二女一仆一媪，长女掌珠设计陷害次女秀侬，结果造成冤狱。陈生为配合警长探明真相，抽丝剥茧，就在案情似乎有眉目时，嫌疑人石诚格又中毒暴毙，案情进一步陷入僵局。后几经波折，掌珠承认罪行供出幕后主使之人林才海并为其妹秀侬昭雪，而秀侬经过此事后对陈生心生爱意愿以身相许。

其三，反映社会现实的小说。《莲娘保孤记》记莲娘为江南望族女，其父择婿殊苛，后嫁显宦之子何泉清，婚后夫妻和睦，恩爱有加。后莲娘有孕而何生则病入膏肓，生亡故之时其子出生。莲娘上侍翁姑，下抚幼子，不意其家又为盗匪白狼所劫，焚掠一空。莲娘携幼子逃出，藏榛莽中以躲避盗匪，路遇其父，后其父亦被匪徒所杀，莲娘被掳并被献与匪首白狼为妻。莲娘为保全幼子，假意答应匪徒要求与白狼成婚，众匪设宴狂欢，莲娘趁众匪徒醉酒之际，手刃匪首白狼而逃出。途中又遇一匪被其刺伤，莲娘带伤逃至一村落中老媪家里，托付幼子与老媪后并留书信一封后伤重而亡。村中善士杨翁感莲娘苦节，养其孤儿，并葬莲娘于梅山之麓。“社会小说”《十万元》记某无赖儿吴月昔在妓馆中败光万贯家财后幻想靠买银行奖券而中十万大奖，梦中得奖后又想继续挥霍并将丑妻一脚踹死，结果被判入狱。“应时小说”《欧西风云中之七岁童》记其友七岁之子志远有感于奥赛战争给中国带来的影响而忧心忡忡，对国家疲弱受制于人的现状颇为忧虑。“醒世小说”《风流孽报》记张生自命风流，寻花问柳，一日踏春途中遥望见一女子，怀想不已。归家后多方寻访，后问询于媒婆王妈，始知女子为邻家三姑娘名秀娟者。在王妈介绍下，张生与秀娟见面并互生好感，男欢女爱，偷尝禁果。后其事为生父所觉，将生禁锢于家不许再与秀娟见面，生也心生厌倦借机摆脱秀娟。后两人男婚女嫁各自成家，秀娟因婚前不贞婚后被夫家嫌弃，而张生所娶之新妇在新婚之时产一子。后经询问得知，生所娶之妻即秀娟丈夫的表妹，秀娟丈夫与其表妹亦在婚前有情感纠葛。作者写作目的是劝诫青年男女慎重对待感情，不要将婚姻恋爱当作儿戏，也有一定的现实意义。

其四，其他类型的小说。华魂的小说中还有技击类故事，如乡土轶闻《武技》前有序言谈到了技击的重要性，后叙述其乡吴春学得少林功夫为人保镖击退盗贼，晚年虽收敛锋芒仍有人上门较艺。受到民初的创作风气和《礼拜六》杂志游戏文风的影响，作者除了创作有不少滑稽文之外，小说也有此类作品。“游戏小说”《救命符》写《礼拜六》杂志如何治疗好其友王潜庐之心病，故事性不强，更像是为《礼拜六》做了一篇软广告。“滑稽小说”《阿叔》记族叔名楼高之轶事数则，皆滑稽有趣。

三、程华魂报刊文言小说的时代特征

程华魂生活在清民易代之际，这一时期中西文化碰撞交融最为活跃，无论是思想上还是在创作技巧上，很多文人都受到了西方观念的影响，同时又不能完全摆脱传统观念的禁锢，造成了一代知识分子思想上的矛盾纠结和犹豫彷徨，具有了鲜明的时代特征。程华魂就是其中有代表性的一员，而这一点也体现在他的小说创作上。

（一）体现了当时社会新旧杂糅的思想状态。从爱情婚姻观念来说，作者向往自由的婚恋观，却又不能完全摆脱旧有思想的束缚，特别是对生长在传统思想根深蒂固的徽州的程华魂来说，表现得尤其突出。《晚妆上杏花残》写杏娘的爱情婚姻悲剧，故事最后作者也忍不住站出来评论道："记者于此可怜声中引起无量之感慨矣。"在评论中作者分析了悲剧造成的原因，认为既不是其姊的责任，也不是宗生负心。作者认为杏娘悲剧的造成，其父有不可推卸的责任，即未考虑杏娘的感受将其嫁与一个不识字的工人之子从而造成这场婚姻悲剧。作者对家长意志造成的青年男女婚姻悲剧有所认识，但却并没有为青年男女找到出路，所以作者安排杏娘给宗生做妾来试图解决不可调和的婚姻矛盾，这恰恰是作者处在新旧思潮交融期所造成的必然影响。我们看到在作品中其实作者也并没有为因父母之命造成的婚姻悲剧找到治病良方，但却认识到了传统的家长意志对青年男女自由婚恋带来的负面影响，也看到新旧更迭时期人们思想的矛盾、纠结、探寻和彷徨。这一点也体现在白话哀情小说《可怜侬》的创作上，王雪楼与圭娘的爱情悲剧同样来自于主人公追求自由爱情与传统保守思想的矛盾挣扎。

从华魂创作的小说来看，作者对改变国家落后现状积极投身革命推翻腐朽没落的清政府是支持和赞扬的，不但在小说中是如此，他自己也身体力行，甚至为了争取民主而献出了年轻的生命。但由于作者生长在徽州，地域文化的顽固保守的一面也对他有不可忽视的影响。如《中华第一贵佣妇》作者对中年女子在丈夫去世后改嫁似乎颇有微词。《一段香》中对割股疗亲这类愚孝行为加以赞赏，又似乎对纳妾制度也表示认同，这也体现出了作者的思想局限性。

（二）创作手法上既受到西方短篇小说创作观念影响，又保留了传统文言小说的某些特征。比如场景和议论开篇，这是西方短篇小说不同于我国传统文言小说创作的一大特征，这一特点几乎体现在程华魂创作的多数作品中。如《巾帼英雄记》开篇即是场景描写：

> 落红遍野，花事阑珊，春老矣。空山杜鹃，血泪染枝，昼夕不辍，若怨九十韶华瞬去而欲效娲皇炼石精禽填海挽回造化之意于万一者。呜呼噫嘻！鹃乎鹃乎！天地无情，谁来怜尔？尔何物？一鹃耳。尔之心绪予知，予之隐忧谁悉？予忧其唯鬼神乎？而鬼神无声，又不可闻，是予忧终靡止而父死之由终莫明矣……呜呼！树静风生，皋鱼凄绝，血花满地，泪雨漫空，遂洗出此一部《巾帼英雄记》①。

结尾作者云："是篇乃闻自佣妇陈妈者，陈为鲁人，言其祖曾执事于宋家，故悉之甚详。"这又是我国传统文言小说的叙事习惯。《晚妆上杏花残》开篇亦是场景描写：

> 二月春风似剪刀，杏花凋尽矣，杏娘肠断矣。杏村遥望酒帘飘扬，红云缭乱中隐现红楼一角，有少妇凭栏西眺，春山凝黛，秋水含愁，以玉葱支颐频频娇嗟，望而若有重大之隐忧者。少选微喟曰："阿杏，阿杏，汝诚薄命哉！个郎一去无消息……"言已，泪珠儿滴滴落杏花枝上，时苍烟四野，晚色迷离，归巢宿鸟，呀呀天空，亦一若替其唤"个郎、个郎"者。兼以牧童归来，吹一笛无腔小曲，又风送于杏娘耳鼓内。噫！此种凄凉境况，吾人对之尚不能堪，矧伤心如杏娘者哉？无怪乎其心碎矣。噫！个侬可怜，一腔郁绪无人晓，我为传愁漱石生②。

① 程华魂：《巾帼英雄记》，《繁华杂志》1915 年第 6 期。
② 程华魂：《晚妆上杏花残》，《七天》1914 年第 3 期。

该篇中间穿插诗歌、书信等，为我国传奇小说惯用技法，又穿插心理描写，则又受新小说观念影响。《欧西风云中之七岁童》以其友潜庐转述口吻叙事，开篇写景并介绍故事由来。《一段香》开篇也是一段议论，介绍故事由来，小钰故事乃其大姊转述。其他篇目多是场景或议论开篇，极少采用传统文言小说直接开篇叙事的写法。但有意思的是，作者采用了西式开篇，但在结尾时却又习惯上以传统小说的“某某曰”评论。如《风流孽报》后有华魂曰：“奇哉，果报也。淫人妇即淫己妇，暗室亏心，神目如电，吾人可不慎哉？姑记之，留与世之登徒子作殷鉴耳。”[①]《莲娘保孤记》后有华魂曰：是事盖纪实。杨翁为余戚党，上月来予家，为予述此事并谓予曰：“闻子善小说，盍为孀妇扬芳以表其苦节欤？”予矍然起对曰：“若莲娘者，可以记而风世矣。”[②]《护花令尹》也是前有议论开篇，后有“华魂曰”评论。《弱妹奇冤》开篇叙言作者自言喜欢福尔摩斯探案故事，后听闻陈生探案经历后觉得可以媲美福尔摩斯，因此就记录下来。故事有模仿西方侦探小说痕迹，其间又穿插英文词句及现代化学知识，可见时代观念的影响。这种创作手法上的中西结合也体现出明显的过渡期时代特征。

（三）程华魂的小说对当时社会乱象有所揭露，表现出作者对国家命运和民生疾苦的关心，也体现了作者的社会责任感和家国情怀。他曾在《感时》诗中写道：

拼将颈血洒沙场，把个头颅增国光。
皇室威尊民命贱，深闺恨绝老天荒[③]。
欧西草木惊风鹤，河北音书断白狼。
外患内讧何日止，中原一梦入黄粱。

对当时外有列强环伺，内有军阀纷争的国家现状深感忧虑，也表达了对和平安宁生活的向往。在《新年之恭喜一打》中以诙谐的口吻恭喜民

---

① 程华魂：《风流孽报》，《礼拜六》1914 年第 16 期。
② 程华魂：《莲娘保孤记》，《中华妇女界》1915 年第 1 卷第 2 期。
③ 程华魂：《感时》，《繁华杂志》1915 年第 5 期。

国、军人、知事、富翁、学子、倌人、野鹤、牛皮大王、马屁、繁华、华魂，实则以游戏笔墨讽刺民国初期的社会乱象。下面我们举其中四个例子：

> 军人军人恭喜你，祝你双脚善奔跑，饷银领到满腰囊，阵前不必把逢交，只顾临敌我先逃，如此才算豪。
>
> 知事知事恭喜你，祝你人日就悬牌，扬威作势到官厅，最喜今番得缺佳，“青天”两字莫记怀，发财乐无涯。
>
> 富翁富翁恭喜你，祝你老面更团团，头抵钱眼尽力钻，一粥一饭装寒酸，大秤小斗小算盘，不放一丝宽。
>
> 商人商人恭喜你，祝你今岁生涯忙，赚得钱来家里藏，若放烂账休惊慌，东家本钱管他娘，亏本他来当①。

正是在这样的社会环境下身在狱中的作者创作出了一系列的小说。《欧西风云中之七岁童》借童子之口表现出对国家疲弱所带给人民的危机意识，也影射了当时军阀专权国弱民贫的社会状况。《莲娘保孤记》则对当时盗匪横行民不聊生的社会现状有逼真描述。

（四）小说语体上文白混杂的时代特征。

虽然不少人在五四运动之前已经有了废除文言的倡议，但直到民国结束中华人民共和国成立的 1949 年，文言并没有真正消失过，这一点在民初的报刊上表现得尤为突出。程华魂的小说作品也不例外，有文言也有白话，有的文言作品中偶尔也冒出一两句通俗对话。《可怜侬》属于白话短篇小说范畴，其他则属于文言小说范畴。但即使是文言小说，也不同于此前的传统文言语体，而是用较为浅显易懂的文言句式，甚至在文言作品中偶尔会穿插几句通俗对话。如《十万元》开头一段白话，后面故事则用文言。这是民国初期文白冲突在小说创作领域内的一个缩影，具有一定的代表性。

---

① 程华魂：《新年之恭喜一打》，《繁华杂志》1915 年第 5 期。

通过以上对程华魂生平和小说作品的考查，我们可以看到一个有拳拳报国之心却不幸为军阀所害的爱国文学青年形象。他的作品虽因其英年早逝而数量受限，但从这些仅存的作品中我们仍然能够从中感受到时代的脉搏，可以映射出民国初期社会的乱象，人们思想深处新旧冲突所带来的矛盾纠结与抗争以及由此带来的人生悲剧。

第五章　1920～1929年间的报刊文言小说

经过五四运动的冲击后，文言的影响力大大下降，政府层面也不得不做出相应的表态。1920年1月，教育部训令全国各国民学校先将一二年级国文改为语体文。4月，教育部又通令其他各科教科书亦相应改用语体文。至此，由于政治力量的介入，白话文运动终于取得了巨大的成果。这种釜底抽薪式的措施让文言语体不但失去了生存的基础，同时也让文言小说的作者们面临读者匮乏的尴尬，并且当习惯用文言写作的一批作家逐渐退出文学舞台之后，整个旧体文学领域都面临后继乏人的窘境，这一点从二十年代的文言小说中已经可以看出端倪，特别是对市场导向非常敏感的报刊。但文学创作并不能像编教材一样可以用行政命令来规定所用语体，文学创作除了具有社会责任，更重要的一点就是其个体特征和消遣性功能，既可以娱乐鼓舞大众，退而求其次亦可以自我消遣，将儒家文化的“达则兼济天下，穷则独善其身”的理念诠释得淋漓尽致。正因为此，二十年代的文学领域，仍然并非白话语体一统天下。1923年，阜山钮农在《小说话·文言白话之管见》（一）中说：

> 小说之结构立意，在于派别，而造句用词，则唯文言、白话与骈俪之分耳。在科举乍废新政方张之时，骈语说部，最为珍贵，壬癸之交，尚未减其锐利。如吾师枕亚所著之《玉梨魂》等书，传布之广，价值之巨，为他书所不能与颉颃。谅其时旧法虽废，古书未忘，犹故家子弟，虽家已中落，而耳闻目见……频年以来，新学澎湃，风靡全国，稗官家

言，亦随之转移，不独骈四俪六之体见弃于时，即普通简洁之文言，于时亦为无用，新体白话之作，乃盛行矣。遍阅今日小说界之作品，无论杂志小报，以及单行刊本，文言之作，渐成罕觏。或系因读者厌弃，故编者以文言之作濒于淘汰，遂不复注意云尔。抑作文言者寡，佳稿不易得耶？诚不能无疑也①。

在接下来发表的《小说话：文言白话之管见》（二）中说：

骈语不能行于世，势使然也。虽然，普通简洁之文言，必不至尽消灭于今时也。或云：文言未必能共赏于雅俗。然若普通简洁之文言，尚或厌其幽邃不能瞭解，则白话之意义，亦何能通晓哉？观夫近行白话，究无大异于文言，徒见其用笔累坠，易去"之乎者也"，更以"的底呢哩"，勉强效颦时俗而已。鄙意文言、白话各有所适，互有所宜。短篇写情记闻叙事之作，务必用文言，求其简洁，去其累坠。若长篇之作，描写社会现行怪状，则宜于白话，描其态度，写其曲折，使确尽事理而后止。故为小说者，宜兼习而并作。偶有所得资料，所蓄意味，当自预筹，抑适于文言，或宜于白话，随时随意而定之，则不愧天然结构，若勉强效俗守故，其必无著，可断言矣。任编辑者，亦当祗求佳稿，不论体裁，兼收并选，则不独罗集宏富，且必受过渡时代读者之欢迎焉②。

在《小说话：文言白话之管见》（三）中又说：

短篇则宜用记闻叙事之体例，或加以评判，或寓以讽刺，或专于说理，总之以简洁为贵。一篇之中，务必有精粹之处，始能动目，若布以浮文，必无精采。延长篇幅，则似成长。若缀以极累坠之白话，则更不足论矣。旧书可取者，唯《聊斋》及《阅微草堂》为最。《聊斋》系志奇闻怪事，藉以寓意，后人不但不必学，且亦不能学，何也？以其所言多出于理想

---

① 阜山鉏农：《小说话：文言白话之管见》（一），《小说日报》1923年2月28日。

② 阜山鉏农：《小说话：文言白话之管见》（二），《小说日报》1923年3月1日。

之外，一味谩诟，不顾入理与否，观之者不过略考习笔法，然亦嫌深高，似《阅微草堂笔记》为适。此外则自择六朝名家笔记阅之，虽贵在博览，不过玩其用字造句，起伏结构耳，不在沾沾乎效颦摹意焉①。

在三篇文章中他不但指出文言小说渐趋没落的现状，而且提出了文言白话相互调和的折中办法，认为长篇宜用白话，短篇宜用文言。且当时所用文言与《聊斋》的“高深”文言不同，是“普通简洁”之笔记体文言，但即使如此，在当时，这一呼吁仍然显得有些不合时宜。这种较为缓和地对待文言白话创作的思路代表了当时一部分文人的看法，因此文言小说也并不会像朝代更迭一样戛然而止，还有一部分作者和期刊在苦苦支撑。

与民国初期的成就相比，二十世纪二十年代的报刊文言小说数量减少了一半以上，纳入笔者统计范围的小说近500篇。这一时期，像许指严、徐枕亚、李定夷、李涵秋、许廑父等作家仍然在坚持用文言进行创作，而《小说新报》《心声》《游戏杂志》《劝善杂志》《益世报》等报刊仍然刊载文言小说。吴双热的《双热文科函授学社招生简章》强调“或文言或白话，不拘何类，可由学者随意请业”②。1922年北京《益世报》刊载《本报征文简章》明确表示：“小说，无论创作、译述、文言、语体，一概欢迎。”③ 1923年的《心声》杂志的《本刊征文简章》中说：“本刊不分门类，不拘体例，有以小说杂作见惠者，无论文言白话，但使简洁有味，本刊一律欢迎。”④ 1923年《小说新报》发布的《征文简章》中明确表示：“本月刊门类宽宏，各种文字皆所欢迎，文言白话悉听擅长。”⑤ 1924年《春华日报》发表《本报征文简章》中也表示：“本报不分门类，不拘体例，有以小说、剧谈、杂作见惠者，无论文言白话，但使简洁有味，本报一律欢迎。”⑥ 1925年北京《益世报》刊

---

① 阜山鉏农：《小说话：文言白话之管见》（三），《小说日报》1923年3月3日。
② 《消闲月刊》1921年第1期。
③ 《本报征文简章》，《益世报（北京）》1922年1月5日。
④ 《心声》1923年第4期。
⑤ 小说新报社编辑部：《本社征文简章》，《小说新报》1923年第8卷第5期。
⑥ 春华日报编辑部：《本报征文简章》，《春华日报》1924年3月25日。

发的《俱乐部投稿简章》中再次说明征收小说的稿件要求："无论长篇、短篇、文言、白话、翻译、创作，一律欢迎。"[①] 1926 年北京《益世报》再次刊发《本栏欢迎投稿》广告："本栏征取短篇小说、谭丛、谐著等，无论文、言，一律欢迎。"[②] 1927 年《新无锡》上刊载一篇征文广告："茗边拟创短篇集锦小说，不限题，不嵌名，文言白话兼收，各人一篇，字数在三百字以上，五百字以下，刊满五百篇，仿《春灯夜谭录》例，出一专集。投稿诸君赞成者，请通函加入，得十人，即试行，约章待成立时再定。"[③] 1929 年《真光》杂志发布的《〈真光杂志〉悬赏征文简章》中在谈到文体时则表示："以语体为佳，浅文言亦可。"[④] 由此看来，当时仍然有不少报刊刊载收录文言小说作品。虽然这一时期仍然有人坚持用文言创作小说，但其创作却也难有起色，表现出了某种劫后余生的衰飒气象，新体文言小说渐稀，倒是篇幅短小以浅显文言写成的笔记体，成为这一时期报刊文言小说的主力军，表现出顽强的生命力。

从报刊文言小说的发表情况来看，数量明显少于民初的十年，且多数趋于篇幅简短之笔记体。文言长篇章回体小说如俞牖云的《风尘双雏传》发表在《小说新报》1919 年第 2、3、5、6、7、8、9、11、12 期和 1920 年第 1、2、3 期上；《绿杨春好录》（出版后改名《春光艳影录》）发表在《小说新报》1920 年 1～12 期。此外，尚有徐枕亚的文言长篇章回体"哀情小说"《燕雁离魂记》连载于《快活》杂志 1922 年前 22 期的双数期上，1924 年由世界书局出版单行本。《燕雁离魂记》除第一人称叙事外，尚穿插书信、日记，如第十一章《函诀》[⑤] 穿插书信；第十三章《蕙馨日记》[⑥]、第十四章《漱卿日记》[⑦] 为日记形式，可以看作新体文言小说在二十年代的余响。

① 《俱乐部投稿简章》，《益世报（北京）》1925 年 2 月 24 日。
② 《本栏欢迎投稿》，《益世报（北京）》1926 年 8 月 4 日。
③ 孕璞：《信息一则》，《新无锡》1927 年 3 月 12 日。
④ 真光杂志编辑部：《真光杂志悬赏征文简章》，《真理与生命》1929 年第 4 卷第 2 期。
⑤ 《快活》1922 年第 16 期。
⑥ 《快活》1922 年第 20 期。
⑦ 《快活》1922 年第 22 期。

第一节　二十年代的报刊文言短篇小说

经历了民初报刊文言短篇井喷式的繁荣后，进入二十年代后的报刊上文言小说的创新性越来越欠缺，同时随着文言社会语境的逐渐疏离，总体上新体文言小说的发展状况堪忧。许指严、李定夷、徐枕亚、许廑父、胡寄尘、吴绮缘等人还有一些单篇见于报端，其语体则是接近于白话的新文言，去掉“之乎者也”以及其他的文言称呼语外，几乎与通行白话无异。

一、新旧体文言短篇的发展概况

1920 年，《学生杂志》刊载许指严“社会教育小说”《日曜日》[①]，写上海某学校三五青年谈如何度过周末，周六时许多学生急不可耐，不少学生借故逃课而去，写周末一天的情形。多数学生沉迷吃喝享乐而不努力求学，甚至于退学，勤奋的学生百不得一。以几近通俗的文笔反映了当时学子在上海求学的境况，也对当时社会教育的状况深表忧虑。剑山的“社会小说”《新桃园》[②] 故事从雍正朝受害三家结义写起，到咸丰朝洪杨之乱数代相传共度时艰，后三家子孙公羊贤、戚家驹、郭玉龙留学日本，归国后训练新军参加辛亥八月武昌起义并在战斗中俱牺牲，新桃园之历史告终。叙事殊为平淡，以浅近文言写成，近于白话，这也体现了在五四运动之后文言作家的自觉调试。张枕绿的“艳情小说”《婢子郎君》[③] 写凤娘新婚后郎君外出经商，凤娘空房独守，后丈夫伪为婢女潜回，凤娘竟然没认出，当丈夫表明身份后凤娘又惊又喜。故事写的相对较为粗糙，不太符合生活逻辑。逸民“侠情小说”《女丈夫》[④] 写山左王丽英自幼从父习武，有丈夫气，父亡后自择婿，夫妻二人率众

---

① 《学生杂志》1920 年第 1 卷第 2、3 期。
② 《小说新报》1920 年第 5 期。
③ 《小说新报》1920 年第 5 期。
④ 《小说新报》1920 年第 5 期。

抗贼，后寻夫途中又助商家抗击强盗进攻。这也是一篇较为传统的文言短篇小说。

1921年，许指严《三丑记》[①] 写三个教育界公众人物毛苞、老戈、狐臭先生聚赌召妓，毛苞脚踏两只船，与娼妓妙宝鬼混，而其妾小回香不知，老戈有烟霞癖，狐臭先生为报私怨引小回香捉奸。当小回香与妙宝相斗之际，狐臭先生与老戈充作好人，一拉妙宝抚慰，一拉小回香吸鸦片，结果没想到老戈之妻亦不约而至，又是一场争斗，场面乱作一团。通过一场闹剧讽刺了教育界一些在公众面前道貌岸然私下生活却污秽不堪的人物。许指严《卜世》[②] 写某村学究入民国生一子曰庆华，众人围绕抚养庆华展开争斗。如夏氏舅松生、洪氏、宋氏、卞氏，先生弟子芝山、婢女筝儿、芝山家奴安福、中山苗裔毛颖等皆参与其中。华氏又分芝、毛两派，还有老妇黄氏参与其间。该作似在讽刺批判当时军阀争夺国家领导权不顾国家疲弱不堪的社会现状，颇具寓言色彩。徐枕亚的《梦幻奇缘》[③] 先是写"余"独酌微醺时收到邵次梅寄给徐子玖的信，地址无误而接收人姓名则为徐子玖而非自己，正当"余"疑惑之际，有伟丈夫相访，自称乃"余"岳父邵次梅，送女碧琼来了却夙缘者。碧琼携婢倩儿为叙前尘往事，"余"乃得记忆本与碧琼为夫妇，后因与岳父志向不同，愤而出走，女伤心怀人以亡。因二人缘未尽，琼碧为鬼后故来重续前缘，缘尽后离去。"余"醒来时细君在侧，乃知一梦耳。以第一人称写梦中的一段情缘，其间穿插书信，叙事婉转，构思巧妙，为这一时期梦幻文言小说之佼佼者。程善之《四姑娘》[④] 以传统手法记翼王之义女四姑娘为报翼王之恩遇而让其夫替死助翼王脱难事。另外，本年度还发表程善之的笔记小说《郑均》[⑤]《陈元》[⑥]，缪贼菌（蛰庵）的"写实小说"《可怜侬》[⑦]《朱

① 《游戏世界》1921年第1期。
② 《新声杂志》1921年第6期。
③ 《新声杂志》1921年第4期。
④ 《俭德储蓄会月刊》1921年第3卷第2期。
⑤ 《俭德储蓄会月刊》1921年第3卷第1期。
⑥ 《俭德储蓄会月刊》1921年第2卷第5期。
⑦ 《小说新报》1921年第7卷第3期。

道人》[①]《孀妇日记》[②]《四指老人》[③]《情场恨场》[④]、钝根的“忏情小说”《空影》[⑤]《重婚佳话》[⑥]、喻血轮《阿谁误我》[⑦] 等文言小说。

1922 年，王钝根在《礼拜六》杂志发表《高铁头小史》[⑧] 亦用浅近文言语体写成。许指严《遇人不淑》[⑨] 写毗陵不才子年少学博，然择配不淑，情路坎坷。许指严《吾欲云云》[⑩] 叙南非洲刚果虽宣布共和但崇尚金钱与武力之争，写东西几内亚的纷争。

1923 年，徐枕亚在《心声》杂志发表《榴云惨史》[⑪]，这是一篇只刊发一期并未完成的哀情小说，篇幅较长，开篇有枕亚氏曰：

> 呜呼！我今握笔记我友榴云女史之事，笔才着纸而霪霪之泪已不觉泣下沾襟也。余夙喜作哀情小说，顾今已无情可哀，无泪可洒，数年以来，此调不弹久矣。乃今以我友故，不惮重振其伤透之精神心力，袭冯妇之故智，复存此歌哭无端之作。我则不自解其何以至此，而我友之所遭际与其结果，其有以撩我愁肠，动我感想，因而使我于不自知觉之中有此无聊之挥写，遂令我之哀情文学复与读者眼帘为一度之接触。嗟夫！是孽之甚者也。

故事写榴云者姓柳，原籍维扬，先为商以盐业致富，其父入仕途，官至尚书，值洪杨之劫。榴云上有兄曰绍芹，入京游学，榴云为父母晚年所得，幼而聪慧秀媚，长而求婚者接踵，无当意者。父则开明，母则独断，母以其族侄思忠者为榴云夫婿人选，榴云不从。榴云父毅庵世交之子沈剑新者，为榴云所

---

① 《小说新报》1921 年第 7 卷第 3 期。
② 《礼拜六》1921 年第 108 期。
③ 《礼拜六》1921 年第 125 期。
④ 《礼拜六》1921 年第 127 期。
⑤ 《礼拜六》1921 年第 110 期。
⑥ 《礼拜六》1921 年第 115 期。
⑦ 《游戏世界》1921 年第 4 期。
⑧ 《礼拜六》1922 年第 166 期。
⑨ 《游戏世界》1922 年第 12 期。
⑩ 《游戏世界》1922 年第 13 期。
⑪ 《心声》1923 年 1 卷 5 期。

赏，思忠恨之，窃榴云母饰物以诬剑新。榴云母决意以榴云配思忠，并对剑新下逐客令。剑新无奈离去，留书信一封与榴云，结尾为书信全文。该篇此后未见续作连载，但既为“惨史”，其结局为悲剧无疑。

许廑父《时辰珠》[①] 写何觐王偶得明珠十二，后知为时辰珠，无价之宝，因此得某藩王赏识，又与皇帝对弈得上欢被留于宫中，赐第及财宝无算。康熙六十年辞归，后因开罪雍正查抄家产，时辰珠归于和珅家。篇后“廑父曰”评论又记陆大口事，写陆为乞丐拾金不昧，终得善报，入贵人之门，又得咸丰皇帝赏识。故事采用传统写法，靠情节之奇吸引读者。许廑父《碧海双精》[②] 篇幅较长，开头为“廑父曰”议论。写余觉生、余鸣苍兄弟之妻皆被其姑虐待而死，兄弟二人竟无可如何。后又有“许廑父曰”评论。许廑父《冰霜桃李》[③] 叙卖艺奇女子胡三姑事。写胡三姑先是打破无赖妄想而使之死心。辛亥夏，刘子星为某军营长，汉阳之役被围而获救，救人者为胡三姑与其兄胡铁拳。期间插叙兄妹二人学艺经过。后三姑欲嫁子星，然未得师命，往请命，次年不返。子星不忍负之，纳妾生子，不复娶妇。胡寄尘《朝鲜英雄传》[④] 写清末奉天人张仲泉好交纳天下英雄，遇朝鲜遗民申岳。申欲借仲泉之力以恢复故国，最终未能如愿。

1924年，胡寄尘又作《越南义士传》[⑤] 记越南亡国后十年，闽人李某商于越南，因不堪其税逃至深山，遇一逃难客，李对其有一饭之恩。后二年，李子入城闻有谋叛被击者，则客也。李探望之，见其能于狱中出入自如然不外逃，亦奇人也。许廑父《何雅秋小传》[⑥] 记伶人何雅秋的沪上经历。徐枕亚《亡妻蕊珠事略》[⑦] 则为纪实短篇。1925年，许廑父《粤海贞魂》[⑧] 写一对有情男女的爱情悲剧。粤地某校女生周文玉为同伴冯次青之未婚妻，后冯

---

① 《红杂志》1923年第13期。
② 《心声》1923年第7期。
③ 《侦探世界》1923年第5期。
④ 《侦探世界》1923年第14期。
⑤ 《侦探世界》1924年第21期。
⑥ 《心声》1924年第6期。
⑦ 《半月》1923年2卷22期。
⑧ 《社会之花》1925年第2卷第18期。

父嫌贫爱富不许次青与文玉交往，期间几经波折，后被逼无奈双双投海，次青被救，而文玉溺亡，次青伤心欲绝得狂疾。1927 年，《紫罗兰》杂志《清明时节应时特刊》发表朱鸳雏遗著《过茔记》① 写张君夫妇及其母与妹清明上坟途中的所见所闻，有因亡夫而相争之二女子，有老翁哭股票者，有丐哭狗者，有少女哭鹦鹉者，种种情态不一。徐碧波《余香记》② 写一对青年男女的恋爱场景。

此外，这一时期的吴绮缘也有一些文言短篇发表在报刊上。1920 年，吴绮缘在《先施乐园日报》1 月 30 日 ~2 月 3 日发表《武侠小说：崖下孤花》；2 月 4 ~11 日发表《武侠小说：剑底情人》；2 月 21 ~27 日发表《武侠小说：十三颗珠》；3 月 6 ~ 15 日发表《武侠小说：钿匣明珠》；4 月 4 ~6 日发表《纪事小说：薄情郎》；4 月 17 ~25 日发表《武侠小说：蛮女戕奸》；5 月 2 ~ 10 日发表《侦探小说：玫瑰花刺》。在 1921 年 8 月 31 日 ~9 月 3 日《申报》上发表《绝爱记》；11 月 28 ~30 日发表《述梦记》（上、中、下）。1922 年 1 月 10 ~13 日吴绮缘在《申报》上发表《感恩记》。此后，在近二十年的时间里报纸上少有吴绮缘的文言小说发表。

二、“集锦体”文言小说

如果说二十年代的“别体”小说还有什么“建树”的话，那就是“集锦体”小说的数量上超越了民初。1921 年《新声》杂志发表集锦小说，如《哀鹈记》（集锦小说之一）③ 由瘦鹃、天虚我生、小蝶、大可、颍川秋水、浩然、谔声、寄尘、济群、澹安、剑云、民哀、枕亚、独鹤、际安接力续写而成。“集锦体”的规则是在每人撰写结束时句中嵌入接续人姓名，依次类推。如该篇第一部分后云：“嫁夫而夫不吾爱，天虚我生矣。”接下来天虚我生接续，续完后末云：“似花间小蝶方展翅而飞也。（以下小蝶）”小蝶续完末尾云：“姊夫虽藏此影而竟为吾盗，乃不一觉，毋亦大可笑也。（以下大可续）”

---

① 《紫罗兰》1927 年第 2 卷第 8 期。

② 《紫罗兰》1927 年第 2 卷第 8 期。

③ 《新声杂志》1921 年第 2 期。

虽然这类小说从情节上少有能出类拔萃者，但却体现出这一时期小说作者的探索和尝试，也体现了他们以小说为游戏笔墨的创作心态。涵秋、大可、澹安、济群、枕亚、山农、寄尘、指严、律西、瘦蝶等人的《红鸳语》[①] 也是较为著名的“集锦体”篇目。此外，还有指严、明道、牖云、双热、逸梅、眠云“集锦小说第一篇”《戍卒语》[②]；明道、指严、双热、牖云、眠云“集锦小说第二篇”《香闺绮语》[③]；双热、眠云、逸梅、指严、牖云、明道“集锦小说第三篇”《诗声》[④]；明道、指严、双热、牖云、眠云、绮缘、烟桥、逸梅、牖云、双热、明道、指严“集锦小说第四篇”《兰蹇修》[⑤]；瑞瑛、冷芳、寿梅、吟芳“名闺集锦哀情小说”《玉洞桃花》[⑥] 等均在本年度发表，皆以新体浅近文言写成。

较为特别的是，李涵秋还曾模仿“集锦体”自著《离鸾记》[⑦]，开了独撰“集锦体”的先河。其篇前作者自记曰：“《新闻报》《快活林》中近刊集锦小说，篇末衔著者之名，语极新颖可喜。惜余未得躬与其列，长日多暇，因搜集古大小说家姓氏以资游戏，博读者一粲。然文中事实则确乎不诬，读者略其戏而悲其遇可矣。”篇中提到俞仲华（即俞万春）、曹雪芹、施耐庵、蒲留仙等人姓名，并模仿集锦小说形式在段末戏署“以下请俞仲华续”“以下请曹雪芹续”“以下请施耐庵续”“以下请蒲留仙续”。

1923 年，有恕谴、伴春、云上、留梅的“家庭集锦小说”《心之声》[⑧]；陶报癖、何海鸣、贡少芹合著“滑稽集锦小说”《狗之自述》（上、中、下）[⑨] 以狗的自述口吻写更换三个主人的经历，通过狗的视角观世事。1924 年有辱刚、静宜、晓岚、冠三、猷轩、向初、念初、燠若、补庵、席孙的“集锦小

① 《新声杂志》1921 年第 10 期。
② 《消闲月刊》1921 年第 3 期。
③ 《消闲月刊》1921 年第 4 期。
④ 《消闲月刊》1921 年第 5 期。
⑤ 《消闲月刊》1921 年第 6 期。
⑥ 《消闲月刊》1921 年第 6 期。
⑦ 《新声杂志》1921 年第 1 期。
⑧ 《心声：妇女文苑》1923 年第 1 卷第 7 期。
⑨ 《心声》1923 年第 4、5、6 期。

说”《执鞭日记》[①]，是一篇将日记体与集锦体结合起来的文言小说，由元旦直到十二日的日记组成。当然，也有用白话创作的，如雪门、梦痴、纽若、因时等人的集锦小说《华府》[②]，知心、林逸、亚华的点将小说《月饼》[③] 等均用白话写成。由此可见在这一时期文白语体仍然有各自的创作群体和市场。

通过以上对文言单篇小说的列举和分析，我们可以看到这一时期报刊文言小说数量明显减少，且作品的创新性也明显不足，语言上日益浅近通俗，表现出某种文白合流的趋向。

第二节　二十年代报刊上的笔记体文言小说

1922 年，徐卓呆发表《别体小说之沧桑》一文中说：

> 在笔记体小说盛行的时候，有人说我的小说不像小说。也有人因为见上海房子都有石库门与天井，便叫那没有石库门与天井的房子称东洋房子。于是把我这非笔记体的小说，也叫做东洋小说。还有一种杂志更滑稽，替我加几幅插画在我的小说中，把小说中人一齐画成了日本人。小说中人名，明明是中国人名，他强要他入洋籍，不是太可笑么？还有把我小说另列一栏，叫做别体小说，以示与笔记体小说不同。不过近来笔记体小说逐渐消灭，将来杂志中仅剩了一二篇，只好把这非别体小说，也另辟一个别体小说栏，请他进去咧。这可以叫做别体小说之沧桑[④]。

指出了传统文言小说逐渐衰落的事实，但也承认文言小说并未消失，只不过与新体小说相比显得有些落寞罢了。这一时期郑逸梅、徐枕亚、李涵秋、许廑父等人仍然在创作篇幅简短的笔记体小说，而《劝善杂志》《崇善》《消闲

---

① 《行余学社社刊》1924 年第 1 期。
② 《余光》1923 年 4 ~7 期。
③ 《鸳湖杂志》1923 年 2 期。
④ 徐卓呆：《别体小说之沧桑》，《最小》1922 年第 1 卷第 1 期。

月刊》《木铎周刊》《钱业月报》《礼拜六》《紫罗兰》《广益杂志》则成为这一时期刊载因果劝善类笔记小说最多的期刊。

一、《游戏世界》上的笔记小说

郑逸梅的《谈鬼录》系列笔记载于《游戏世界》。1921年第6期上发表《鬼恻隐》《鬼唱和》①，1921年第7期发表《鬼游戏》《鬼养亲》《鬼宴客》②，共5篇志怪笔记小说。其中《鬼养亲》写绩溪金孝子以贩瓜菜为业，事父母至孝，后不幸感时疫而殁，其妻子赡养双亲力不从心，孝子鬼魂通过托梦帮助其妻贩卖瓜菜获利以赡养双亲。营业两年余，颇有储蓄。一夕梦孝子云木价将腾贵，嘱为父母治寿具，其妻从之，治毕而价增。后其父母去世时，木价增至两倍。某先生闻之曰："家各有鬼，不闻以未来事告。孝子殆一诚不溟，故有此灵异云。"《鬼唱和》写才女被继母逼死后，鬼魂仍与才子互为唱和的事。以浅近文言写成，写鬼而颇具人情味。1922年，郑逸梅《双梅龛杂记》中的笔记小说发表在《游戏世界》上。其中《阿唐》③写婢女阿唐貌丑但诚实勤劳得到主人邹子筠赏识，纳为妾。《江兰》④写江兰有才落魄得某书院山长汪潜庵太史之女淑垂青且不责其考取功名与否，二人结为连理。

喻血轮的《绮情楼杂记》也发表在《游戏世界》上，收录《徐阿春》《米生》（《游戏世界》1921年第1期）、《碧玉双沉记》（《游戏世界》1921年第2期）、《奇盗》《灵魂破案》（《游戏世界》1921年第3期）、《荒山艳塚》（《游戏世界》1921年第4期）、《忆凤楼情史》（《游戏世界》1921年第5期）。其中《忆凤楼情史》记赵苕狂与青楼女凤珠有情但碍于家人不许终难结合的伤感经历。

许廑父《清风明月庐笔记》载于《游戏世界》⑤，收录《二老爷》《顾

① 《游戏世界》1921年第6期。

② 《游戏世界》1921年第7期。

③ 《游戏世界》1922年第13期。

④ 《游戏世界》1922年第13、14期。

⑤ 《游戏世界》1922年第13～18、24期。

生》《金和尚》《洛阳妖妇》《男女道苦》《嘉鱼》《果子狸》《桂伦》《蔡玉如》等笔记体小说。《二老爷》[①] 写女扮男妆且娶妻事。《金和尚》[②] 写金和尚幼学木工以养母事。《桂伦》[③] 写粤妓桂伦为人所诱堕落风尘之悲惨经历，后从良又为其夫所误解，乃出家终不还俗。《蔡玉如》[④] 写蔡玉如之母为培养儿子成才而在其父亡后忍辱改嫁事。许廑父还有《能静庐杂缀》之《张金福》《僧戒莲》[⑤] 等作品发表在《游戏世界》上。

二、赵眠云的报刊笔记小说

这一时期，赵眠云[⑥]则在不同刊物上发表《心汉阁笔记》系列小说：《小说新报》1923 年第 8 卷第 6、7 期发表《虎穴》。《半月》1925 年第 4 卷第 11 期发表《奇梦》《古云庄》《张雨岑》；第 13 期发表《王心筠两梦》《柴才子》《林孝子》；第 15 期发表《杨默默》《王勇姑祠》《潘公子轶事》；第 17 期发表《阿银》《前身卫玠》《双星会》；第 20 期发表《中丞俭德》《小劫》《新念秧》；第 21 期发表《红榴阁》《嵇笠庵》《玉杯》《乌栖曲》；第 22 期发表《梅孝子》《狼山三诗人墓》《大士治疟》等。在《紫罗兰》1927 年第 2 卷第 19 期发表《雪珠》《诗扇缘》；第 21 期发表《骆乔年》《萧颖若》；第 22 期发表《秋水》《卫亚风》；第 23 期发表《屠龙》《妻之忏》《风流儒将》等。又在《半月》1925 年第 4 卷第 6 期发表《心汉阁纪侠》系列笔记之《贾松》《赵小楼》《金七郎》《枯树》。《如是我闻录》系列笔记发表在《联益之友》杂志上，其中《联益之友》1925 年 7 期发表《兰蕤》；第 8 期发表《鞠步洲》《赵存义》；第 9 期发表《秋风官》；1926 年第 11 期发表《孝义婚》；第 12 期发表《老僧再世》；第 13 期发表《黄道婆祠》；第 14 期发表《方敏恪

---

① 《游戏世界》1922 年第 13 期。

② 《游戏世界》1922 年第 14 期。

③ 《游戏世界》1922 年第 16 期。

④ 《游戏世界》1922 年第 18 期。

⑤ 《游戏世界》1922 年第 11 期。

⑥ 赵眠云（1902～1948），原名绍昌，字复初，号眠云，别署心汉阁主，江苏吴县（今苏州）人。室名心汉阁、羽翠鳞红馆、酒痕春绿馆。清民之际著名小说家。

报德》等。

此外，他还在《香海画报》1940年第190～202期上以“云庐”笔名陆续发表《如是我闻录》系列笔记之《李云槎》《黄道婆祠》《张本明》《秋风官》《孝义婚》《鞠步洲》《兰蕤》《黄祠狐》《陆元和买书事》《曼月》《卜会异事》《游魂术》等。

三、《劝善杂志》中的因果笔记

《劝善杂志》是许廑父主编的以刊载果报类笔记为主的期刊，也成为这一时期发表果报类笔记小说最多的杂志，虽然这些作品篇幅简短，命意不深，但在文言小说整体趋向衰落的情况下还是为保留文言做出了不小的贡献。徐枕亚《劝善杂志跋》中说：“余友许廑父始编《劝善杂志》，叩余意见如何。余维今之社会，道德、良心、政治、法律，凡古圣先贤所以维系人心者，业已破产无余，而廑父独有《劝善杂志》之作。吁！亦迂矣。”[①]

徐枕亚《无聊斋说荟》中的笔记发表在《劝善杂志》上，如《小鬼索命》[②]写某甲之妻小老枪因相信算命先生之言而以善堂中的幼童为己子替死，最终受到死者之鬼的报复，亲生子亦殇。《荒村鬼报》[③]记嘉善陆某因无意害死人命并以死者之钱财而致富，但陆内心愧疚，颇自敛节为善人，有二子一女。后陆某得到死者鬼魂谅解并善待死者托生之周木匠之子，但最终为木匠之子误伤而亡，可谓报应不爽。后有枕亚氏曰：“天不言而运行至巧，善者降祥，恶者降殃，此定例也……自科学进步无鬼之说兴报应之理泯矣。夫如陆某之事，其报施之巧而精当，虽使无鬼学者闻之，其何言以辟之乎?”《狐友》[④]记忏情簃主人隐居峨眉山中，一夕遇狐仙，自言能知休咎，并劝其返里探视其妻，否则将难以见其妻最后一面。主人归家，妻已病重，妻亡故后，

① 《劝善杂志》1924年第12期。
② 《劝善杂志》1924年第1期。
③ 《劝善杂志》1924年第2期。
④ 《劝善杂志》1924年第6期。

主人披发入山不知所终。徐枕亚《无聊斋说荟》之《许廑父谈鬼》① 记族人某甲轻薄无行，遇一女子结果被祟，殆鬼报怨耳。许一厂（廑父）《清风明月庐笔记》之《欧阳生》② 写欧阳生游普陀遇异僧授以点金术，生以此发家，数年后忘记僧之告诫，恣意为非作歹，则僧复现身叱之，生得狂疾而死。妻妾星散，居室易主。《爱奴》③ 记蔡炳臣先生之犬爱奴数次救主并忠于职守事。

仲侃的《江南呼猫客漫录》之《旅崇异闻》（一）④ 写崇明庙镇水中有怪，迎之则死亡相继。有施某者，为民除掉水中作怪的蛇、蚌精，居民感其义，为建庙祭祀，其镇改名为庙镇。陈彭年《剑侠》⑤ 写浙人王怀芝被尤某与贪官陷害，尤某图怀芝之妻，贪官图怀芝家产。怀芝被毒死狱中，其妻、妹亦被尤某所害而亡。妻弟文敏抚养怀芝幼子剑青成人，剑青学得剑术杀仇人报仇，成剑侠。蝶影楼主《彩票毒》⑥ 写绍兴孙桂芳因中彩票五千元而挥霍滥赌，其父又被匪所劫，破产以赎，最后竟成乞丐。应石麟《僵尸》⑦ 写僵尸夜出害人，几乎被焚。单启鹄《情场琐志》⑧ 写葛君自谈一生悲苦经历。其九岁丧父，十六丧母，四年后丧妻。又写与其同学姜嫣然之曲折情路，始不为女父所许，后二人得病，女父不得已而许之，婚后伉俪甚偕，然其妻产后不久亦去世。

其他篇目多以劝善为主旨，宣扬因果，如许廑父《眼前报应录》⑨、窦敬之《命穷》⑩、石麟《怪鱼记》⑪、吴涵秋《鞠阴纪略》⑫、梁留生《留生因果谈》⑬、

① 《劝善杂志》1924 年第 5 期。
② 《劝善杂志》1924 年第 11 期。
③ 《劝善杂志》1924 年第 11 期
④ 《劝善杂志》1924 年第 1 期。
⑤ 《劝善杂志》1924 年第 3 期。
⑥ 《劝善杂志》1924 年第 4 期。
⑦ 《劝善杂志》1924 年第 5 期。
⑧ 《劝善杂志》1924 年第 6 期。
⑨ 《劝善杂志》1924 年第 1 期。
⑩ 《劝善杂志》1924 年第 1 期。
⑪ 《劝善杂志》1924 年第 1 期。
⑫ 《劝善杂志》1924 年第 2 期。
⑬ 《劝善杂志》1924 年第 2 期。

瑞庭《狐异》[①]、不疑《蟒祟》[②]、陈彭年《侠女》[③]、诸葛痴魂《石梅室随笔》之《曹三姑》[④]、秦蓁蓁《焚膏继晷盦笔记》之《彭生》[⑤]、吴涵秋《烈女》[⑥]、行素《记陆素贞》[⑦]、许廑父《胡大仙》[⑧]、许廑父《眼前报应录》之《拾遗获报》[⑨]、窦敬之《敬之笔记》[⑩]、吴涵秋《客窗述异录》[⑪]、周楚善《秋恨阁笔记》之《记周荣宗先生言》《记先外祖徐公事》[⑫]、许心父（廑父）《水碓血》[⑬]、金检廷《逆妇变犬》[⑭]、黄人侠《破镜重圆记》[⑮]、陈建子《胡老二》[⑯]、雅英女士《梦魂情语》[⑰]、恒庐《恒庐笔记》之《吴生》[⑱]、金智周《养愚庐笔札》之《俞氏女》[⑲]、吴涵秋《延陵簃谈丛》之《李氏仆》《吴氏子》《王永祺》《游僧》《恶报》《余孝子》[⑳]、徐枕亚《无聊斋说荟》之《狐友》[㉑]、郑畏庵《鸾坛志异》[㉒]、王誉清《延寿确证》[㉓]、周荚生《报应丛谈》[㉔]、程闲云《恒庐笔记》之《义婢》[㉕]、沈秋白《爱

① 《劝善杂志》1924年第2期。
② 《劝善杂志》1924年第2期。
③ 《劝善杂志》1924年第2期。
④ 《劝善杂志》1924年第3期。
⑤ 《劝善杂志》1924年第3期。
⑥ 《劝善杂志》1924年第3期。
⑦ 《劝善杂志》1924年第3期。
⑧ 《劝善杂志》1924年第3期。
⑨ 《劝善杂志》1924年第3期。
⑩ 《劝善杂志》1924年第4期。
⑪ 《劝善杂志》1924年第4期。
⑫ 《劝善杂志》1924年第4期。
⑬ 《劝善杂志》1924年第4期。
⑭ 《劝善杂志》1924年第4期。
⑮ 《劝善杂志》1924年第4期。
⑯ 《劝善杂志》1924年第4期。
⑰ 《劝善杂志》1924年第6期。
⑱ 《劝善杂志》1924年第6期。
⑲ 《劝善杂志》1924年第6期。
⑳ 《劝善杂志》1924年第6期。
㉑ 《劝善杂志》1924年第6期。
㉒ 《劝善杂志》1924年第7期。
㉓ 《劝善杂志》1924年第7期。
㉔ 《劝善杂志》1924年第8期。
㉕ 《劝善杂志》1924年第9期。

莲》[①]、马薇甫《客窗述异录》[②]、季庐《季庐谈荟》之《记何孝川事》《李小福》《秦翁》[③]、许一厂（廑父）《清风明月庐笔记》之《赤面虎》《欧阳生》[④]、程闲云（恒庐）《恒庐笔记》之《苛报》[⑤]、秦蓁蓁《蓁蓁笔记》之《陆聋子》[⑥]、邱瘦蝶《蝶影楼录异》[⑦]、许允良《改过》[⑧] 等均属此类作品。

四、其他报刊发表的笔记小说

这一时期除了《劝善杂志》上发表的以果报劝善为主旨的大量笔记体小说外，其他不少发表文言小说的杂志所发作品也以笔记为主，新体文言小说日渐稀少。如小草（李中一）在《小说新报》1920 年第 6 卷第 1 期发表《小草庐笔记》之《阿青》《某氏女》；1920 年第 6 卷第 3 期发表《赵爱儿》《金娟娟》《情痴双缢》等。1921 年《小说新报》第 7 卷上发表《武侠丛谈》系列笔记，包括（缪）贼菌的《陈二姑》《李国泰》《跛道人》《瞽丐》《史因》，民哀的《藤棚壮语》，仲侠的《张稚雪》，许廑父的《胡春深春渊合传》，书庭的《纪义侠石某事》等。永修在 1920 ~ 1921 年的《消闲月刊》发表《瓮牖绳枢室随笔》，其中收录《淫神》《狐祟》《阿戆》《榧子却盗》等文言笔记小说。（胡）石予[⑨]在《消闲月刊》1921 年第 1 期上发表《半兰旧庐随笔》。永修在《小说新报》1920 年第 6 卷第 3 期发表《瓮牖绳枢室随笔》之《榧子却盗》《乞丐诗》《张生》《勇仆》《诗解夫狱》《王福》《节妇》《兰英》；第 5 期发表《阿戆》《麻疯女》《黄叟》《孙生》《吴君》等笔记小

① 《劝善杂志》1924 年第 10 期。
② 《劝善杂志》1924 年第 10 期。
③ 《劝善杂志》1924 年第 11 期。
④ 《劝善杂志》1924 年第 11 期。
⑤ 《劝善杂志》1924 年第 11 期。
⑥ 《劝善杂志》1924 年第 11 期。
⑦ 《劝善杂志》1924 年第 12 期。
⑧ 《劝善杂志》1924 年第 12 期。
⑨ 胡石予（1868 ~ 1938），名蕴，字介生，号石予，别署石翁、瘦鹤、萱百、丹砾、老跛、胡布衣、闲主人等，江苏昆山人。南社社员。曾任教私立振华女校、江苏省立苏州第一师范学校。

说。(孙)臞蝯(又作癯蝯)在1921年《小说新报》发表《寒蘠草堂笔记》收录《叶名琛佚事》《阮大铖末路之丑状》《钱东涧及河东轶事》《吴三桂及陈圆圆佚事》等轶事体笔记小说。澹盦在1921年《新声》杂志发表《琼华馆笔记》收录《如意儿》《何宇平》《白泰官母》《翁慧生》《当炉女子》《戴祖武》《翠姑娘》《珊姑》《伍平》《跛僧》《燕锷》《宋坤》《金陵菜佣》《吉祥》《许三先生》《一阵风》。律西发表在1921～1922年《新声》杂志上的《含犀霏玉轩笔记》收录《黄虾蟆》《方正学有后》《炮异》《某宫保》《借寿》《花会之害》《荆道人》《煞神椎》《畏鸡子》《秃尾龙》《花塔》《光孝寺钟》《神仙粉》《仙猫》《索债鬼》《湘姬》《鲍超轶事》《燕支诗谶》《新念殃》《满清之名器》《房山县狐》大同炮怪《岭南风灾》《钱塘江沙滩》《天镇县碑》《合肥知县之难为》《张国梁轶事》《左文襄轶事》《广东抚署后园鬼》等笔记小说。1921年吴绮缘在5月22、24～27日的《盛京时报》上发表《妖妇》;9月14日发表《卖解女儿》;10月25日发表《忆红楼漫录:黄儿》都是笔记体小说。

林绍樵原稿、张乙庐润词的《筠碧馆笔记》发表在《大世界》报1922年12月9、10日、12月16、17日;1923年2月5、6、7、11,3月11、25;6月30日和1922年12月的《小说日报》上。如1923年2月6日的《大世界》报上发表有《筠碧馆笔记》之《双鸳塚》记歌妓霞娘与阮生定白头约并在阮生暴卒后自经身亡,阮生家人将二人合葬并题其墓为双鸳塚。

李涵秋《灵学缀闻》之《何仙姑》《粪杓》《回头是岸》《三秀才》《谢安》[①]等为传统志怪小说,发表在《新声》杂志上。李涵秋《沁香阁笔记》之《记杜寿田查办河工毙命案》《段合肥轶事》《钱癖》《石君五子》[②]等笔记体文言短篇小说也发表在1922年《新声》杂志上。李涵秋之《沁香阁笔记》之《袁项城轶事》《鸡眼钱》《飓风》《树异》《天后》《布商》《孙瓦匠》《王棠轩》《神卜》《龙风》《邱鹏》等篇目发表在1923～1925年的《民

① 《新声》1921年第4期。
② 《新声》1922年第7期。

众文学》。

庄纶仪发表在《俭德储蓄会会刊》1923 年第 4 卷第 4 期上的《秋水轩笔记》收录《记常州郑生之狱》《记常州胡玉山之狱》《记陕西临潼县狱》《记长武两奇案》《记鬼》《记毛秀卿》《记肃顺》《记苏蕙贞》《记怪僧人》《县署狐》《说治狱》《记马杰》《记雷异》。1923 年哈尔滨《道德月刊》上的《近时因果录》收录《天授真穴》《科名有定》《两次报德》《片语回天》《大魁多士》《案上奇光》《曹二虎在兴京县衙署》等笔记小说。1924 年，悲厂在《木铎周刊》发表《碧桃花馆笔记》之《绿珠》《袁生》等。（聂）云台在 1926 年《聂氏家言选刊》《聂氏家言旬刊》上发表《耕心斋笔记》收录部分果报类笔记，如《怨鬼见相》《鬼不忘怨》《供职阴曹》等。

顾明道在《武侠小说丛语》中指出："在昔我国武士道之雄风，泱泱乎大陆，黄帝苗裔，本非弱种，厥后尚文抑武，民风日弱……不克自振，遂为区区三岛所藐视……故为武侠小说，足以振聩发聋、挽弱扶敝，尚武尚武，其强国强种之基础乎？因为《武侠小说丛谈》。""或曰：武侠小说何为而作也？夫闾巷游侠，亦国家之国民耳。世有奸乱暴恶之辈，国家自有法律在，亦不容其公然为非作恶也，于游侠何预而使其越俎代庖耶？余谓国家吏治之坏、法律之废有以激之使然耳。试见欧西各国当十七十八世纪时，政治黑暗，草野豪侠遂亦有劫官杀人、锄强扶弱、干涉国政之事，而其后政治日渐改良，凡为国民，同受国家正当法律之保护，无复有含冤召屈、控吁无门之事以烦游侠，而稗官家遂亦辍笔而不之作矣。而中国则何如？政治之颠倒，民生之日蹙，法律之腐败，可谓极矣。文人学士目击不平，于是亦喜握管染翰描摹英雄侠士之奇闻以作一时快心之言，使政体果能修明，游侠之徒自不复见重于世矣。"① 正是在这种危机意识的驱使下，顾明道在《大方》1926 年第 14 期至第 17 期发表《石破天惊室志侠》之《白衣侠》《袁生》《义丐》延续了顾氏武侠笔记的一贯风格。此外还有发表于 1924 年《侦探世界》的胡寄尘

① 顾明道：《武侠小说丛语》，《新月》1925 年第 1 卷第 3 期。

《新七侠传》[1] 收录《朱欣第一》《太仓庖人第二》《大汉第三》《朱先生第四》《大力哥第五》《章铁拳第六》《飞将军第七》7篇传记体侠客故事。

1927～1929年的《钱业月报》上发表系列笔记小说，如黄叶村《金肆遇骗记》[2]、南湖《野僧钉关记》[3]、傅根发《古轴归赵记》[4]、沈忆梅《篮中鸡斗记》[5]、怀凤《雨濯青莲记》[6]、邵来茂《寒寺惊魂记》[7]、李如松《记一义犬》[8]、胡醉天《记墓中女郎》[9]、影花《记侠丐》[10]、娄东赵氏《义犬》[11]、竹孙《扇媒记》[12]、赵季杰《记丐僧》[13]、亚庐《张松》[14]、亚庐《蒲觞会》[15]、亚庐《赵生》[16]、徐子美《飘行塾师》[17]、苏建吾《陈万康》[18]、垩庐《小娥》[19]、垩庐《胡大姑》[20]、泉《辰州符》[21]、许图南《庞宗吉》[22] 等。

除了以上提到的杂志和作家作品外，1920～1929年这十年间发表在其他杂志上的旧体笔记小说还有陆大陆《醉霞阁笔记》之《毛荷生》[23]、周浩泉

---

① 《侦探世界》1924年第22期。
② 《钱业月报》1927年第7卷第6期。
③ 《钱业月报》1927年第7卷第6期。
④ 《钱业月报》1927年第7卷第8期。
⑤ 《钱业月报》1927年第7卷第8期。
⑥ 《钱业月报》1927年第7卷第10期。
⑦ 《钱业月报》1928年第7卷第12期。
⑧ 《钱业月报》1928年第8卷第1期。
⑨ 《钱业月报》1928年第8卷第5期。
⑩ 《钱业月报》1928年第8卷第8期。
⑪ 《钱业月报》1928年第8卷第10期。
⑫ 《钱业月报》1928年第8卷第11期。
⑬ 《钱业月报》1929年第8卷第12期。
⑭ 《钱业月报》1929年第9卷第4期。
⑮ 《钱业月报》1929年第9卷第4期。
⑯ 《钱业月报》1929年第9卷第4期。
⑰ 《钱业月报》1929年第9卷第4期。
⑱ 《钱业月报》1929年第9卷第6～7期。
⑲ 《钱业月报》1929年第9卷第6～7期。
⑳ 《钱业月报》1929年第9卷第6～7期。
㉑ 《钱业月报》1929年第9卷第6～7期。
㉒ 《钱业月报》1929年第9卷第10期。
㉓ 《小说新报》1920年第6卷第6期。

《鹦鹉楼闲笔》之《颠酒翁传》《阿宝》《陈箍桶》《僧盗》《白太官》《席文贤》《某妇》《鳄儿》《记龙》[①]，马鞍山樵《诸生》《情痴》《绿牡丹》[②]，刘秋影《王奇遇记》[③]、新旧废物（王均卿）《蝼屈庐笔记》之《狐》（二则）[④]、华鬘《蒋小宝》[⑤]，石翁《乩仙别传》[⑥]，华鬘《王双龙》[⑦]，民哀《寓楼琐纪》[⑧]，钝铁《雪雪》[⑨]，华鬘《云凤》[⑩]，萱百《结发》[⑪]，率公《纶巾》[⑫]，半塘《秋窗琐记》[⑬]，萧清珊《青山室笔记》之《侠丐》[⑭]，姚赓夔《静香楼笔记》之《狐异二则》[⑮]，鸱夷（范烟桥）《鸱夷室笔记》之《金士松轶事》[⑯]，俭父《金风铁雨楼笔记》之《狐祟》《木怪》《于七》[⑰]，陆律西《含犀霏玉轩笔记》[⑱]，许廑父《清风明月庐笔记》[⑲]，濑江浊物（许夔）《石达开轶事》[⑳]，指名《记陆叟事》[㉑]，顾肃良《笑梅庐笔记》之《王翁》[㉒]，朱啸云《啸庐笔记》之《六指翁》[㉓]，《龚四桐》[㉔]，詹绍基《环翠轩笔记》之《李阿宝》[㉕]，

① 《锡秀》1920 年第 4 卷第 1 期。
② 《嘤声月刊》1921 年第 1 期。
③ 《嘤声月刊》1921 年第 2 期。
④ 《新声》1921 年第 4 期。
⑤ 《消闲月刊》1921 年第 1 期。
⑥ 《消闲月刊》1921 年第 2、4 期。
⑦ 《消闲月刊》1921 年第 3 期。
⑧ 《消闲月刊》1921 年第 3 期。
⑨ 《消闲月刊》1921 年第 3 期。
⑩ 《消闲月刊》1921 年第 4 期。
⑪ 《消闲月刊》1921 年第 6 期。
⑫ 《消闲月刊》1921 年第 6 期。
⑬ 《消闲月刊》1921 年第 6 期。
⑭ 《妇女旬刊》1922 年第 89 期。
⑮ 《礼拜六》1922 年第 149 期。
⑯ 《吴江》1922 年第 18 期。
⑰ 《新声》1922 年第 9 期。
⑱ 《红杂志》1923 年第 2 卷第 9 期。
⑲ 《小报》1923 年第 10 期。
⑳ 《小说新报》1923 年第 8 卷第 8 期。
㉑ 《鸳湖杂志》1923 年第 1 期。
㉒ 《绿竹》1924 年第 1 卷第 14 期。
㉓ 《绿竹》1924 年第 1 卷第 18 期。
㉔ 《绿竹》1924 年第 1 卷第 19 期。
㉕ 《鸿光》1924 年第 7 期。

王雪亭《魏孝子传》[1]，翁小琴《素琴轩笔记》之《艳过记》[2]，胡肖向《潇湘笔记》之《剑侠》《马回桥》[3]，靖亚《景雅阁笔记》[4]，刘合民《周老人轶事》[5]，蕙风（况周颐）《餐樱庑漫笔》之《死不失节》[6]，谭踽厂《泽芬室笔记》之《贾义士》《某翁》[7]，毕素波《秦厂笔记》[8] 等。二十年代报刊发表文言笔记小说数量之多由此可见一斑，从而成为这一时期报刊文言小说的主体。

第三节　二十年代孙朣蝯报刊文言小说论略

民国初期，清末异常活跃的《神州日报》主笔孙朣蝯曾一度停止了小说创作，其作品的政治批判色彩与晚清相比也有所减弱，直到二十世纪二十年代我们才重新在报刊上发现了他的身影。孙朣蝯小说主要发表在《小说新报》《晶报》等报刊上。从创作语体来看，除了1924年1月27日至6月21日在《晶报》上分16期连载的《列宁小史》属于白话小说外，其余作品所用语言多数为浅近文言。在孙朣蝯民国发表的小说中，数量更多的是笔记体小说。接下来我们对孙朣蝯进入民国后发表的文言小说进行梳理。

（一）《小说新报》上的孙朣蝯文言小说

这一时期孙朣蝯在《小说新报》上发表的作品有：《啸廛剩墨》（1921年第7卷1、2、3、7、11期）多轶闻趣谈类笔记作品。《咄咄何物》（1921年第7卷第2期）写某生对守寡之妻妹图谋不轨结果受到惩戒事。采用传统写

---

① 《崇善》1925年第17期。
② 《礼拜》1925年第1期。
③ 《巽社丛刊》1926年第1集。
④ 《崇善》1926年第28期。
⑤ 《凤藻》1926年第8期。
⑥ 《圣公会报》1926年第19卷第14期。
⑦ 《紫罗兰》1927年第2卷第3期。
⑧ 《南金》1927年第1期。

法，篇末有“外史氏曰”评论。《星轺秘史》（1921年第7卷第3期）记晚清醇亲王之“随从”述义和团之后醇亲王找一替身代其到德国赔礼道歉事。后有“记者曰”评论。另外，其笔记小说《寒藕草堂笔记》中的篇目如《日人诱降丁汝昌之颠末》《日俄战时之佚话》《澳门痛史之写真》《清季梨园轶事》（1921年第7卷第1期）、《钱东涧及河东轶事（一）》《东坡海外之遗裔》（1921年第7卷第2期）、《钱东涧及河东君轶事（二）》（1921年第7卷第3期）、《钱东涧及河东君轶事（三）》（1921年第7卷第4期）、《阮大铖末路之丑状》（1921年第7卷第6期）、《叶名琛佚事》（1921年第7卷第7期）、《吴三桂及陈圆圆佚事（二）》（1921年第7卷第12期）等也在《小说新报》上发表。

（二）《晶报》上的孙臞蝯文言小说

孙臞蝯在1920年12月3日至1921年7月9日间的《晶报》三日刊上连载文言小说《宝盖图宫秘史》，先后共三十四期两万余言，针对清末民初外蒙古库伦在外国势力的策动下发生叛乱而描写库伦活佛宫闱淫乱史。作者在《宝盖图宫秘史》开篇交代了创作发表该作品的社会背景：

> 此次库伦之乱，表面以活佛哲布尊丹巴为主动，实则内幕中之种种诡秘，皆女佛彭楚克多尔吉所为，女佛者，哲布尊丹巴之妻，蒙人所称为菩萨者也。其人淫秽无行，自嫁哲布尊丹巴后，种种踰闲荡检之事，几于不可胜纪。数年前，余曾有《宝盖图宫秘史》之作，刊诸沪上某日报，乃发端未几，某报倏已停版，遂以中辍。今于百忙之暇，检出旧稿，庚续成之，亦良足以助人谈柄也①。

小说开篇也对当时的社会背景有所交代：

> 民国成立以后，外蒙负固不服，拥兵独立者二年有奇，至中俄协约告成，库伦内犯之兵，犹未尽解。此两年间之反侧，虽强半由俄人煽诱

① 孙臞蝯：《宝盖图宫秘史》，《晶报》1920年12月3日。

而成，而活佛哲布尊丹巴，与其三数陪臣，包藏祸心，仇视祖国，破坏共和统一之大局，其罪尤不可逭也。

对此，郑逸梅（际云）曾经有过介绍和评论：

孙君臞蝯没世有年，亦为予所恸之一人。犹忆民十之际，库伦叛乱，臞蝯撰《宝盖图宫秘史》都若干万言，刊于某报，以揭库伦活佛与其宠姬所谓菩萨者之种种淫乱，盖仿郑所南记胡元秽行而为《心史》一例也。臞蝯工于词章，《秘史》蕴藉出至，有如匣剑帷灯，耐人玩索。不料租界当局，指为有伤风化，由会审公廨，判罚四十金[①]。

其实这也体现了孙臞蝯对试图分裂国家的反叛分子的鲜明态度，也正是因为《宝盖图宫秘史》的发表，孙臞蝯还莫名其妙地被上海的租界当局扣上“有伤风化”的帽子并罚款，刊载有该作品而印售的部分《晶报》也被租界当局付之一炬。

除《宝盖图宫秘史》之外，孙臞蝯发表在《晶报》上的小说还有：《猴异补述》（1921年2月21日、3月1日）、《猴异》（1922年3月9日，3月27日，4月6、12、21、30日）记录与猴有关之奇闻异事。《好春簃摭谈》中的部分笔记小说发表在1923年9月3日至1924年1月27日间的《晶报》上，其中包括像《记客谈顾某事》（1923年9月6日）、《张勋佚事》（1923年10月12日）、《张勋佚事续》（1923年10月27日）、《越南之奇疾》（1923年11月21日）等。

（三）其他报刊上的孙臞蝯文言小说

孙臞蝯《常惺惺斋笔记》的部分篇目发表在《益世报》（天津版）上，如《张啬翁之奇梦》（1921年8月1、3日）、《拳乱纪实》（1921年10月20～23日）、《陈友谅妻》（1921年10月24～26日）、《汉惠帝后裔》（1921

① 郑际云（郑逸梅）：《纪孙臞蝯〈宝盖图宫秘史〉一案》，《上海报》1937年6月30日。

年 10 月 27、28 日)、《郑板桥道情楔子》(1921 年 10 月 29 日)、《宗子相佚事》(1921 年 11 月 24、25 日) 皆逸闻轶事类笔记小说。他创作的佚事小说《赛金花杂事》发表于《小说新潮》1921 年第 2 期。另外，他还曾以“啸庼”署名发表《常惺惺斋笔记》的部分篇目在《忱乐杂志》1921 年第 1、2 期上，其中《洪秀全妻》发表于第 1 期，《清季两义伶》《武训佚事》发表于第 2 期。孙臞蝯的笔记体小说《啸庼笔乘》发表在《半月》杂志 1922 年第 1 卷第 9、10、11、14、15 期。孙臞蝯《好春簃笔记》中的部分作品则发表在 1923 年的《心声》杂志上，其中包括《金圣叹》(1923 年第 1 卷第 3 期)、《佛骨灰之发见》(1923 年第 1 卷第 8 期)、《奇孕类志》(1923 年第 1 卷第 9 期)、《郑成功佚事》(1923 年第 2 卷第 5 期) 等篇目。孙臞蝯《茜窗璅录》发表于 1923 年 11 月 4、12 日；1924 年 1 月 1、6、30 日，2 月 5 日的《星华》杂志上，每期收录笔记数则。

这一时期，孙臞蝯还有文言短篇《薄命红颜》发表于《说部精英甲子花》1924 年第 1 期，是以日俄战争和国外人物为背景所撰文言小说。直到 1929 年孙臞蝯去世以后，仍有文言小说在报刊上发表，如其记录逸闻轶事的笔记小说《啸廛剩墨》中的部分篇目还曾发表在《金刚钻月刊》1933 年创刊号中。其《杀人魔王张献忠之一生》就曾在 1938 年 3 月 25～28 日的《力报》上连载，记录与张献忠有关之轶闻。

纵观清末民初孙臞蝯的文言小说，多数不以辞采见长，但都紧扣现实而有所寄托和讽喻，体现了清民易代之际一个报人作家的社会责任感和入世情怀。其笔记体小说则体现出其文人逸趣，继承了传统文人笔记的自娱精神。在清末民初这一特殊时期，孙臞蝯的文言小说具有一定的代表性，值得我们进一步关注和探究。

第六章　1930～1939年间的报刊文言小说

二十世纪三十年代，文白之争曾经在中期掀起了最后一次波澜。1933年，“说话人”在《珊瑚》上开辟《说话》栏目，在《说话》（一）中指出：“在前几年，中国的短篇小说非常之多，虽然有‘新文学派’与‘礼拜六派’的不同，但是各有特长。新文学派里，确有当得起‘新’，够得上‘文学’的作品。礼拜六派里，也有极‘新’极‘文学’的作品。”① 白羽《再谈文言与白话——给读者的第二十七封信》指出文言文在社会上仍有其存在与应用的必要，年轻人不必去为了模仿欧化句法，使文字和语言脱节，否则即使用白话文写作，同样是滥调套语②。杨公达《文言白话与大众语》中说：“顾据我人的观感，‘五四运动’的革新，只获得一半的成功。中国如果再没有像‘文艺复兴时代’那样的剧变，则文言白话应该并存，并存是没有什么妨害的。”“文言白话不特应该并存，更应互相为用”③。1935年，林语堂在《论语半月刊》上发表《我的话：与徐君论白话文言书》一文中说：

> 让我把今日文白之形势阵伍细说一下，从中你可以窥见我的结论了。今日中国学生学白话，毕业做事学文言，此一奇。白话文人做文用白话，笔记小札私人函牍用文言（参见刘半农遗札），此二奇。报章小品用白话，新闻社论用文言，此三奇。林语堂心好白话与英文，却在拼命看文

---

① 《珊瑚》1933年第2卷第1期。

② 白羽：《再谈文言与白话——给读者的第二十七封信》，《自修》1939年第91期。

③ 杨公达：《文言白话与大众语》，《时代公论》1934年第125期。

言，此四奇。学校教书用白话，公文布告用文言，此五奇。白话文人请帖还有“谨詹”“治茗”“洁樽”“届时”“命驾”，此六奇。古文愈不通者，愈好主张文言维持风化，此七奇。文人主张白话，武夫偏好文言，此八奇，这是今日文白分野对垒的现象。

同时指出：“白话确已走上迂腐之路了，写来比文言还难读。白话文人若不反躬自省，痛改前非，单骂人是无用的。这是犹如古直自己古文不肯用功，单骂白话也是无用的，你站在旗帜鲜明的白话文学运动之下，他人却不站在这麾下，无论谁，文易懂便读，文不易读便不读。你不能强天下之人读你佶屈聱牙拗断喉舌的白话文。此吾所以提倡文言之语录，要以其文言之白羞杀白话之文，使白话作家愧死。请你把那提倡语录之文细读，才有个是非。”[①] 何庸人在《文言与白话》中说：“在理论上：白话文自较文言文好得多，容易读，容易写，对于一般初学的人，非常便利。但在事实上，近年来文言文偏偏占势力，政府用的公文，普通一般的信札，要人们的通电，新闻报纸的记载等等，莫不以文言文为主体，白话文用得太少了……在文字上形成两种趋势：一个趋势是复古，不但赞成文言文，而且赞成古文，愈古愈好，古老到使一般人读不懂做不出更佳；另一个趋势是革新，不但反对文言，连现在流行的白话也反对，主张提倡大众语，希望文字为大众所有，人人能读能写。”[②] 1934 年，针对保存文言的一些言论，李独清在《文言文与小脚》一文中说：

目前社会的复古运动使死了两千年的文言文有复活的模样，僵尸虽然会得作祟，但只消有力的一击，就会倒下去的。本来，“五四”的文学革命早已发出了“古文死了”的讣文（胡适语），只因为当时干的不彻底，所以并没有把这封建的残骸埋葬掉。加以当时的白话文的提倡者们都穿过文言文的紧鞋子，一旦写起白话文来，就好比刚放脚一样，总有点扭扭捏捏的，文言文的气味重得很，如果我们现在不来一个自觉的白

---

① 林语堂：《我的话：与徐君论白话文言书》，《论语半月刊》1935 年第 63 期。
② 何庸人：《文言与白话》，《现实》1935 年第 2 卷第 6 期。

> 话文的洗清运动，自然流露的文言文的痕迹，恐怕还是难以免掉的吧①。

胡适也发表《所谓中小学文言运动》② 一文表达了自己的看法。餤生在《国民语文文学：文言文白话文大众语与文学》一文中说："五四时代文言文与白话文之争，重新发生于现文坛上，被败于白话文已有十五年之久的文言文，偏能复起而抗争，使拥护白话文者，要劳师动众，问题的重大，留心我国文化现象的人，是不能忽视的。""渗有若干文言的白话文之不为人所厌弃，并不是偶然的。盖以此种文字，新旧能懂，雅俗共赏，无文言之艰涩，无欧美日本化及幼稚无聊病的白话文之讨人厌。这样一来，文言文的遗老遗少，便以此为续命汤，乘白话文弱昧之点，便起而反攻。""文言文之所以要由古墓中挣扎，和翻印《孝经》恢复旧道德一样复古的精神的提倡不但相通，而且一致的。新文化工具之不健全，和新文化运动后新道德新制度没有建立的结果一样，文言文的复起，不过一切都陷于混乱中的我国之一个角落的现象而已。"③ 另外，还有杨公达《文言白话与大众语》④、佩弦《文言白话杂论》⑤、金絮如《文言白话大众语论战之经过及其批判》⑥ 等文章则提出文言、白话、大众语的问题。同时《侨务月报》上发表《一月大事记：文言白话大众语之论战》一文，提出文言文、白话文、语体文的区别，也指出当时的现状是"文言是白话的文言，白话是文言的白话，距离语体文还有一定差距"⑦。

1935年，范烟桥在《短篇小说的怒潮》一文中对新旧派短篇小说的发展状况进行比较并指出其异同和互为消长的态势：

> 国民革命北伐以后，中国的政治舞台换了新班子，演新脚本，小说自然也不能不大受刺激。因为新文化派的思想，比较的接近些，所以结

---

① 《十日谈》1934年第48期。
② 《独立评论》1934年第109期。
③ 《新垒月刊》1934年第4卷第1期。
④ 《时代公论》1934年第125期。
⑤ 《清华周刊》1934年第3～4期。
⑥ 《众志月刊》1934年第2卷第3期。
⑦ 《侨务月报》1934年第7～8期。

> 果，中国的小说界大部分，给新文化派占领了去，旧时的作者，间或还做些长篇小说，至于短篇小说，绝对的没有人做了。这是五四运动潜伏的蕴酿的爆发。这时候，中国的短篇小说，已成了“清一色”……二十一年的中国短篇小说界，又渐渐呈现两派不同的作品了。似乎这边的一派，也在迎合世界潮流，也把本来的面目抛开，另换一种新的格调了，因此两派渐渐在接近，但是这是小说的本质上如此，在小说的作者的度量上，却是永远不会妥协，或是配合的。最近的新上海，就是中国小说界的缩影①。

1931 年 9 月 18 日开始，中国人民就开始了此后长达十四年的抗日战争，因此，三十年代的中国抗日救亡成为压倒一切的主题，在这样的社会形势下，文学报刊的发展和文言小说的创作均受到不同程度的影响。从二十年代以后，专门的小说期刊陆续消失殆尽，如《小说季报》（1920 年终刊）、《礼拜六》（1923 年终刊）、《小说新报》（1923 年终刊）、《小说月报》（1931 年终刊）。同时，随着黄金一代的民初文言小说作家的相继离世，如吴双热 1934 年去世，徐枕亚 1937 年去世，胡寄尘 1938 年去世，其他残存作家如周瘦鹃等人也多数开始转型从事白话小说创作，吴绮缘则因身体原因创作上进入低谷期。

由不同报刊的征稿要求来看，社会上对待文言小说的态度也与此前相比有了很大变化。1932 年北京《益世报》登载《本刊稿约》明确提到征稿要求：“中外名人轶事、短篇评论、短篇小说、社会写真、名胜风景、旧京掌故、新旧诗词、青年生活之游记杂感以及其他一切之讽刺小品，文笔以生动清畅为主，不拘语体文言。”②《南中》杂志上的《中国文系征文简章》中也提到“文言语体不拘”③。而《云南省立双江简易师范学校校刊》发表的《悬奖征文简章》中提到：“文体以语体为主，文言文须平易明达者始收。”④ 1934 年《汉口中西报》则表示：“本刊从第四十三期起，对于文言作品及超

---

① 《俱乐部》1935 年 1 期。
② 《本刊稿约》，《益世报》1932 年 2 月 5 日。
③ 《南中》1932 年冬季刊。
④ 《云南省立双江简易师范学校校刊》1936 年创刊号。

过二千字之小说，一概谢绝。”①

在这种情况下，二十世纪三十年代的报刊文言小说创作在内忧外患中萧条渐冷似乎是必然的结果。这一时期，即使有少量报刊仍然发表文言小说，多数也是篇幅简短的笔记体，并且集中在《道德月刊》和《三六九小报》等坚持发表文言小说的报刊之上，但已经很少看到新体短篇小说，在语言上也几近于通俗白话，只不过保留了一些文言的语体特征罢了。

第一节　三十年代报刊上的新旧体文言小说

1931年，《崇善》杂志发表许图南②“文言小说”《塾缘》③是一篇新体文言小说。故事写朝玉与阿兰自幼青梅竹马，同窗学习，两情相悦，双方父母也通情达理赞成二人婚事。虽期间小有波折，朝玉随父江南求学，三载毕业后入某大公司服务，后归家与阿兰完婚。情节设置波澜不惊，所用语言虽有“之乎者也矣乎”之类虚词，但已接近通俗，如《塾缘》开头文字：

> “上学去矣？上学去矣？”——黄口呼声，牙牙乍起。绣帘倏搴间，一年甫八龄之稚子，跳跃自房中出。展靥而笑，摇首而嬉，衣新衣，冠新帽，映以粉妆玉琢之面庞，修长之眉，漆黑之瞳，固一玉雪可爱活泼泼地之聪明宁馨儿也。

《塾缘》（二）中的对话和叙事风格亦趋于通俗：

> 慈母望子，倚门倚闾，朝玉甫入门，谓阿母曰：“母乎！儿归来矣。”母絮絮而问：“先生喜汝否？亦曾问汝否？腹颇饥否？”朝玉一一对，且告母曰：“先生嘱老仆，以后毋须候儿，冯家兰阿妹，亦在彼上学，先生

① 编者：《启事一则》，《汉口中西报》1934年12月5日。
② 许鹏，字图南，江苏兴化人。
③ 《崇善》1931年第78、79、80期。

命儿即与之同行也。”母曰：“固佳，唯勿争闹也。”

韶华易逝，如月如梭，年复一年，朝玉年十五矣，阿兰已十四，两人同学，七载于兹矣。在此过去七年中，形影相随无日或间，在塾则同席，在途则同行，在家更是同处以嬉。呜呼！天乎！自孩提时代为芳邻，至幼稚时代为同学，始终不离不散，而时时与以联络可合之机，更内得家庭慈母之欢，外蒙塾师优异之爱，即朝玉阿兰二人性天未凿，不解言情，然而相处既久，积习难忘，彼弱小之心房，不期然而发生灵犀相印之点，虽非不见不欢，遽使一日分离，恐亦情未能已也。此盖纯粹之情，天真之情，谓之曰原情，得其宜矣。

这一时期的《崇善》杂志上还发表马梦西《书痴》① 和沈宝珩的《徐仆》② 等一些带有笔记特点的小说。

1934 年，吴绮缘的《喜相逢》③ 记青年男女学校相恋，但不敢告知父母，毕业后各奔东西，相隔千里，只能靠书信互通情愫。后双方均迫于家庭压力而订婚未识之人家，二人觉得缘分已尽，接受了父母的决定，直到成婚之夕才知道双方家庭所订婚姻恰好就是对方，最后皆大欢喜。从构思上来说，未能出奇，但继承了我国传统文言小说的团圆结局和叙事手法。

三十年代，仍然有文言游戏体“集锦小说”存世，如孙漱石、徐枕亚、朱大可、卢溢芳、黄南丁、姚民哀、钟吉宇、顾佛影、冯若梅、许廑父多人合撰的“集锦探险小说”《万花谷》④ 用浅近文言写成。1939 年 1 月 1 ~21 日在《上海报》发表红薇、剑鸣、珍一、八郎、哀王孙、孤干、九公、健帆、逸尘、庆霖等人合撰的“集锦点将小说”《群莺夺宝》亦用文言语体。这一时期其他多数“集锦体”小说就已经几乎采用白话叙事了。

在这一时期的报刊笔记小说创作领域，成就比较突出的有顾明道、郭则沄、黄书云、钟吉宇、半规老人等人。顾明道在《申报》1932 年 5 月 4 ~30

---

① 《崇善》1930 年第 69 期。

② 《崇善》1931 年第 78 期。

③ 《金钢钻月刊》1934 年第 1 卷第 9 期。

④ 《社会月报》1935 年第 9 期。

日发表《磨剑录》系列武侠小说之《面店老人》《黄闯》《项强》《何哑虎》《冉振》《梁某》《左懋第》《麻面刘》等作品，保持了他侠客技击类笔记小说的一贯风格，在当时民族危亡时刻将抗日爱国精神和民族意识融入其中。如其《项强》一篇：

> 项强，打虎山人，自幼臂力逾常，好习武。有奔牛狂逸，乡人追之不及，适遇项强，抠衣而前，以双手扳牛角，牛惊跳不得脱，遂絷之归。由是神勇之名大著。其父以项强虽勇，徒具蛮力而不谙武术，欲造就之。适有名教师袁一飞自京师来，项父乃款留在家，命其子请益焉。孰知项强年轻气盛，傲睨一切，不肯拜师。遽谓袁曰："若能受我拳乎？"袁笑曰："古有强项令，今有强项弟子。项强强项，诚不虚矣。"乃袒衣屹然而立曰："请试子拳。"项强即一跃而前，举拳猛击。孰知拳中袁胸，软若败絮，不能伤其微末。不信，挥拳再击。袁略一举手而项强已跌出丈外，将仆地。袁忽执以手曰："止！"乃得不倒。于是项强折服，愿执弟子礼随袁学武术。袁爱其勇，因留其家教之。逾年余，项强已得袁技之大半，较前日之蛮勇已不可同日而语。袁遂别去。项强既挟高深之武术，乃练民团，以保卫桑梓自任。盖关东多盗，时患焚劫之苦也。项强自练民团后，曾击破大股胡匪，颇著威名。中日之战，左宝贵战死平壤，聂士成以孤军坚守摩天岭，能以少许胜，敌有戒心。项强闻之，奋袂而起曰："天生我一具铜筋铁肋，当向沙场立奇功去，挥我十万横磨剑，不杀倭奴誓不休！"即日仗剑往投聂军，但未几《马关条约》成，聂亦率其部下言旋，而项强仍随聂去。其后庚子之役，聂士成战死津沽，闻项强亦于斯时殉难云①。

《麻面刘》一篇则写抗日战争中的普通英雄形象：

> 淞沪之役，十九路军奋勇抗日，虽以敌人飞机大炮之威胁，海陆空

① 《申报》1932年5月5日。

军队之众而独能血战逾月，屡败强敌，宜外人之闻风钦敬也。健儿中如机关枪圣手陈君及炮手老张，外人尤多津津称道之。而大刀队中之麻面刘，名虽不著，亦其一也。麻面刘以其面多斑点，故名。善舞大刀，身健硕无伦。当其杀敌于闸北时，与其同侪当先肉搏，冲入狄思威路，刀光飞处，血雨四溅，日海军陆战队之死于其刀下者甚众，因此勇名颇著。战后憩息，则喜吸淡芭菇，谈笑风生，自言以身许国，为公理而战，誓杀倭奴，此身不欲生还矣。后日人以坦克车来冲锋，麻面刘身悬数炸弹首先迎战，陷阵而死。曾以炸弹毁敌人之坦克车一辆，敌因是不得逞其威焉。大场张君避难来沪，纵谈沪战，为余言如此。嗟夫！若麻面刘者，虽死犹荣，其勇尤胜于古之贲育远矣①。

另外，顾明道在《金钢钻月刊》1933 年第 1 卷第 3 期发表《磨剑录》节录明季抗倭事迹。又在《广播周报》1937 年第 149 期发表《磨剑录》之一《聂士成》以晚清名将聂士成抗击日寇事迹来激励民众的抗日情绪。在 1938 年 3 月 26 日至 8 月 23 日《社会日报》上发表《磨剑录》系列武侠短篇小说，其中《箭侠》② 记郑成功麾下侠客赵继云事迹。

顾明道《尘海缤纷录》系列小说发表在《上海生活》1939 年第 3 卷第 12 期至 1941 年第 5 卷第 12 期，共发表《龙潭奇女》《偷儿破案》《黄村三杰》《海国英雄》《荒村魔窟》《方外异人》《盘肠捕盗》《荒村剑客》《荒村魔窟》《裸妇立功》《同命鸳鸯》《刎颈报主》《孤臣折臂》《处女自沉》《海外党会》《盲目老人》《讼师恶智》等作品。又在《新闻报》发表《虎啸龙吟录》系列小说，从 1938 年 9 月 13 日开始至 1939 年 12 月 30 日。此外，顾明道以“虎头公子”署名的《屠龙解牛录》系列小说先在 1938 年 7 月 9 日的《时报》上刊载，后又在 1939 年的《五云日升楼》周刊上发表，其中包括《僧了凡》（1939 年第 1 卷第 1 期）、《张燕儿》（上、下）（1939 年第 1 卷第 2、3 期）、《胡三姑》（上、下）（1939 年第 1 卷第 10、11 期）、《吹箫客》（上、下）

---

① 《申报》1932 年 5 月 6 日。

② 《社会日报》1938 年 4 月 20 日。

（1939 年第 1 卷第 12、13 期）、《李牧儿》（上、下）（1939 年第 1 卷第 15、17 期）等作品。

郭则沄在《青鹤》杂志 1934 年第 2 卷第 16 期上发表其笔记小说《寒碧簃琐谈》（一），直到 1937 年第 5 卷第 17 期的《寒碧簃琐谈》（五十二），其文笔简洁凝练，属于民国中后期笔记体小说的杰出代表。后来这些作品被结集后冠以《洞灵小志》题名付梓。云书（黄觉）[①] 的《觉园笔记》[②] 系列劝惩类笔记小说发表在 1937 年的《正俗》杂志上，多善恶果报故事，宣传佛教教义。1938 年 11 月 1 日《东方日报》开始发表吉言（钟吉宇）的《齐谐外史》系列笔记小说，到 1944 年 11 月 10 日截止，共发表 1869 期，多为志怪轶事类文言短篇。《上海日报》1938 年 12 月 1～31 日；1939 年 3 月 10 日～9 月 11 日连载半规老人的《沪濡搜异录》系列志怪类笔记小说。1939 年 10 月 20 日王伯恭在《中国商报》上发表《蜷庐笔记》，至 12 月 31 日，共发表 72 期，亦多为笔记体文言小说。

这一时期还有些发表在报刊上的以“聊斋”命名的篇幅简短的小说，如《上海日报》从 1939 年 7 月 1～31 日连载杨琨的《新聊斋志异》系列短篇小说。1938 年 8 月 10 日《锡报》上发表有《新聊斋》一篇，篇幅简短，近于笔记体。其他如署名“芳”的《外人之新聊斋》[③]、蒲筱仙的《聊斋新篇》[④] 等，皆成为报刊的补白文字。

第二节 《三六九小报》和《道德月刊》上的文言小说

1930～1935 年台湾《三六九小报》由于特殊的社会文化环境刊载文言短篇小说甚夥。据刘永文先生《民国小说目录》统计：1930～1935 年台湾《三

---

① 黄觉（1861～1950），原名黄芝，字书云，四川荣县人。晚清优贡生，知名佛教居士。

② 《正俗》1937 年第 2 卷第 6～10 期；1937 年第 3 卷第 1～7 期。

③ 《万有周刊》1931 年第 1 卷第 37 期。

④ 《社会月报》1934 年第 1 卷第 3 期。

六九小报》刊载文言小说94篇，白话小说119篇①，其文白比例大体相当，在这一时期已属罕见。据柯乔文《〈三六九小报〉古典小说研究》附录《三六九小说总表》共统计小说314篇②，“史遗”专栏92篇短篇文言小说未列入其中。又统计出志人小说204篇，志怪小说60篇，杂记小说32篇，共计296篇，皆短篇文言小说。该报上发表作品除了署名“恤红生”的《蝶梦痕》③为文言长篇章回体小说外，其余多数为短篇。如署名“某丁”的“折狱短篇”《夏知县》、“鹤”的“社会短篇”《茶尚热》、植历的《易妻记》、今吾的“技击小说”《某僧》、今吾的“技击小说”《李生》、濬川的“讽世小说”《贼神童》、冷红生的“写情小说”《前尘》、守顽的“幻情小说”《鹦鹉梦》、钓翁的《鬼妻》、荒唐懦夫的“浪漫小说”《杨花恨》、“恤”的“武侠短篇”《飞将军》、“恤”的“武侠小说”《铁脊臂》、“伯”的“短篇小说”《盗隐》、霜猨的《述异记》、野狐禅室主的“短篇闲谈”《猷生》、“吉”的《侠鸨》《迷夫教》《闺谑》《文媒》《诸生恨史》《珠江尘影记》《义婢延嗣》、“荒”的“现代小说”《冤孽缘》等，虽然手法上新旧杂陈，语言上近于通俗，但却在报刊文言小说整体趋于衰微的状况下证明了文言的顽强存在。

三十年代的小说在《道德月刊》的“灵异述闻”栏目上比较集中，时间跨度从1933到1936年，多数用浅显文言写成，篇幅简短。如1933年发表的《医生被戏》（鹤伴）、《冤魂告状》（鹤伴）等；1934年的《冤魂告状》、《冤魂告状其二》（鹤伴）、《借尸还魂》、《慧眼人》（问樵）、《白羽仙》（问樵）、《兄好禅弟好多闻》（问樵）、《病中见鬼》、《湖南杨某二则》（问樵）、《周传铭亡室显灵》（周传铭谨述）、《雷殛孽子》（赵新儒）、《电学质疑》（鹤伴）、《观音现梦救劫记》（刘仁航）、《异境现前》（鹤伴）、《李公介石轶事》、《割禾认异》（华群）、《汕头冤鬼复仇》、《郭家异事二则》（问樵）、《观音灵感》（问樵）、《果报特征》（问焦）、《赵氏仙屏》（佛明、鸣珂黄山人、纯阳吕道

---

① 刘永文：《民国小说目录》（1912～1920），上海古籍出版社，2011年，第618～628页。

② 柯乔文：《〈三六九小报〉古典小说研究》，台湾南华大学文学研究所硕士学位论文，2003年，第203～216页。

③ 《三六九小报》1930年第1号～1931年第47号。

人）、《还魂奇迹》（鹤伴）等。

1935 年发表《雷殛悍妇》（鹤伴）、《女变为男》、《灵异述闻附：宁夏行程记》（素爽）、《梁朝凤与寺僧》、《宁夏常将军之前生》（问樵）、《悍妇变猪》、《莲圣灵异记》、《鬼戏目兵》（问樵）、《守尉嘘鬼》、《力士斗鬼》、《雷殛师生》（正修）、《铁岭狐》（正修）、《鬼索债》（正修）、《缢鬼》（正修）、《屠狗》、《缢鬼》（正修）、《仙人衣》（洁莲）、《女师表》（洁莲）、《冤报》（洁莲）、《猪身人手》、《狱囚冥罚》、《李妇惨遇》（正修）、《雷殛窃妇》（正修）、《躐蹋张》（洁莲）、《鬼物入肤》（正修）、《供奉击怪》（正修）、《龙宫》、《毛遂墓》、《忤逆惨报》、《青岛水族馆》、《李马儿》、《三度梦征的是乐园》、《浦生》、《异梦》、《索六》、《死儿为生父说法》、《蔡总长茹素原因》、《魏某为冥官》、《刘文清公》、《某太史》、《吹笛致怪》、《晴天霹雳》、《还金苏子》、《金龟肇瑞》、《冤魂索命》、《战死鬼冥中优待》、《奇疮获愈》、《李良桥》、《不敬获谴》、《道士犯戒被神责》等。

1936 年发表《邱真人书海蟾入道歌》、《赫和尚》、《任风子》、《颠倒李》、《淫妇巧诛》、《东京大震灾异事追记》、《活饿鬼狱》、《诸城道士》、《巨宦变牛》、《芜湖僧》、《救苦观音》、《殓尸变猪》、《安南人于中土还魂》、《张氏女》、《三姑娘》、《狐仙与善人讲理》、《源阳笔记：初夫人》（张洁莲著）、《源阳笔记：李海蓬》（张洁莲著）、《源阳笔记：邓公判》（张洁莲著）、《源阳笔记：诚感》（张洁莲著）、《源阳笔记：张半仙》（张洁莲著）、《狐作枪》、《八村燎祭》、《张相国》、《嫁祸报》、《源阳笔记（续）：女王群》、《源阳笔记（续）：梦溺》、《钱囊》、《淫贼惨报》、《鬼唱名》、《奇梦解冤》、《史中丞》、《祖荫》、《造活佛》、《神车》、《邯郸道》、《泗水生》、《再生》、《老南瓜》、《鬼胎》、《源阳笔记：陈司狱》、《源阳笔记：尼僧》、《源阳笔记：洋钱》、《源阳笔记：葛毕氏》、《源阳笔记：双节烈》、《源阳笔记：洪太守》、《源阳笔记：佟解元》、《源阳笔记：王鼎》、《源阳笔记：萧四子》、《源阳笔记：孙大肚》、《源阳笔记：人豕》、《源阳笔记：急智》、《源阳笔记：僧安宅》、《源阳笔记：瘗女》、《源阳笔记：田豁子》、《源阳笔记：攘金》、《源阳笔记：张截足》、《源阳笔记：油葫芦》等。

通过以上我们对三十年代报刊文言小说的梳理，可以看到这一时期产生的新体文言小说和旧体传奇类短篇已经非常少见，报刊文言小说依靠存在数量还算可观的笔记体勉强维持着局面。这种状况的产生与当时的抗日战争民族大环境及其对报刊出版与小说家创作产生的影响有着不可分割的联系。

第七章　1940～1949：最后十年的报刊文言小说

民国最后十年，多数报刊的小说创作已经改用通俗白话，但仍然有部分报刊坚持文白并用的选稿原则，这也就意味着文言小说并不会完全消失。1940年《南华日报》发布《稿约》明确表示："文体不拘文言或白话，以幽默轻松有趣为主。"①《力报》发表征稿启事注明："本报一二版，欢迎读者投稿，文言白话不拘，稿酬从优。"② 1942年《西京日报》发布的《稿约》中也指出："（一）凡足激发抗战情绪、发扬民族精神之小品、诗歌、戏剧、小说以及战地速写、随军杂记，均所欢迎。（二）来稿不拘文言、语体，以千字左右为限，请勿过长。"③ 1942年，《三六九画报》发表《短篇小说展览会征稿》启事中提到："体裁不拘，文言白话均可。"④ 1945年的《西京日报》发布《稿约》仍然明确表示："来稿形式不拘，内容不拘，文言白话不拘。"⑤这种较为开明的用稿标准无疑对文言小说的延续起到了一定的鼓励作用，也让民国末期的报刊文言小说与三十年代相比有了一些起色。民国廿九年（1940）六月一日《时代教育》上发表署名"白文"的《白话文言之相对性》一文中说："白话文言之争辩，在五四运动时轰动全国，其后以大众语问题，

---

① 《稿约》，《南华日报》1940年7月26日。
② 《稿约》，《力报》1940年8月16日。
③ 《稿约》，《西京日报》1942年6月13日。
④ 《三六九画报》1942年第17卷第7期。
⑤ 《稿约》，《西京日报》1945年10月16日。

又一度热烈讨论，至于最近，似已成为定案，小学用白话，初中白文参半，高中大学，大抵文言。”指出白话文言无从绝对的划分义界，“之乎者也”和“的了么呢”并非文言和白话的绝对标志，同时指出“白话文言不可整个的区分优劣”“不宜一概而论”。得出的结论是：“在文白过渡而汉字未废之今日，白话文言二者，可以并行不悖，一元两面，相需正殷。文字为人生之表现，社会之反映，人生依时代而变，文字亦准此而演进，人生无尽，文字永新。”①1944 年，大迂居士《文言作品又抬头了》一文中说：

> 民初的报章杂志，所刊载的，文言作品占十之七八，即单行本小说，也都是文言的。如林琴南所译的欧美小说，都是文言出之。从五四运动后，提倡语体，当局推波助澜，荡为风气，刊物上的文言作品，逐渐减少，直到后来，文言作品，几乎绝迹。但物极必反，近来社会认识，觉得语体老是一套洋八股，有些厌憎了，于是文言作品，应运而起。大报上如《新闻报》附刊《新园林》首载刘禺生《世载堂杂忆》，《正言报》附刊《大众》又载郑逸梅的《味灯漫笔》，和《杂忆》相匹敌，内容偏重于朝野掌故以及文坛的遗闻轶事，很受社会人士的欢迎。据说这两种都有发行单本的提议，继之《文汇报》上发表马夷初的《石屋余渖》，《新闻周刊》上发表叶恭绰的《遐庵漫录》，笔墨都是很隽美的。可是《文汇报》和《新闻周刊》忽因故停刊，而禺生的《世载堂杂忆》和逸梅的《味灯漫笔》可谓四美不具，二难却并了②。

民国最后十年，文言小说创作领域成就最高的只有吴绮缘和钟吉宇了。吴绮缘从民国四年（1915）开始在报刊上发表文言小说，在去世的 1949 年仍然坚持文言小说创作，从而成为民国末期文言小说创作的中流砥柱。而钟吉宇（吉言）则以在报刊上发表志怪类短篇为主，与吴绮缘的传奇体小说互为补充。另外，这一时期的一些劝善报刊如《五云日升楼》《木铎声》《弘化月

---

① 《时代教育》1940 年第 1 卷第 2 期。

② 《快活林》1944 年第 66 期。

刊》《鬼》杂志半月刊等也发表了一些用浅近文言写成的果报类笔记，然篇幅简短，命意不深。

第一节　吴绮缘对报刊文言小说最后的坚持

民国旧体文学大家吴绮缘在经历了二三十年代的创作低谷之后，进入四十年代后，特别是1942年之后，在报纸上发表的各类小说均明显增多，为了谋生，他需要同时为多家报社供稿。在若耶的《吴绮缘小说》一文中特别提到："闻吴君笔政甚征，同时为各刊所撰作品，无虑十数家，因之日鲜暇晷，因此大半的时间，均耗于绞脑汁的生活中，为了应付高生活，说穿了也是一件大苦事……章回小说，以张恨水享盛名最久，而今南吴北张，竞爽文坛，宜其争为读者所欣赏也。"① 因为吴绮缘小说受到读者欢迎具有庞大的读者群，1946年华成烟（草）公司为了给其香烟做广告而花重金聘请吴绮缘在《新闻报》的广告栏上刊载笔记小说"今古奇谈"，此后又接着连载其通俗小说《小桃红》，与其香烟广告刊登在一起，取得了非常好的宣传效果。当然，在这一过程中吴绮缘也得到了比较丰厚的稿酬。进入四十年代特别是抗战胜利之后吴绮缘迎来小说创作的高峰期与各报社的争相约稿和香烟公司的商业广告刺激有很大关系。

一、民国后期吴绮缘报刊文言小说考索

1942年5月2日至1943年6月2日吴绮缘在《海报》上发表"新聊斋"系列文言小说61篇，其中包括：《天宫仙侣》《神相》《断足僧》《罗浮君》《巴山猿》《白莲教》《苦禅上人》《异丐》《天开门》《捕蛇叟》《奇门遁甲》《奇疾》《赖债庙》《进士啖鬼》《隔夜数》《飞石怪》《善治心疾》《奇魅》《新黄粱》《静海僧》《鬼语致富》《古刹奇案》《麻风女》《灭门盗》《心神》

① 若耶：《吴绮缘之小说》，《大锡报》1947年12月30日。

《番女》《巨蛇》《听骰子》《祝由科》《嵩山道士》《狐异》《尸行术》《葛三娘》《奇骗》《天师府》《洞房恶剧》《狐妾》《分尸术》《尸变》《铁算盘》《宿孽》《朱子玉》《异兽》《缝工奇遘》《范筱湖》《仙霞叟》《狐女避劫》《崇法寺僧》《口技》《营弁》《文登狱》《东鲁叟》《骷髅怪》《狐博士》《馋疾》《堪舆术》《鼠异》《人妖》《黄将军》《石狮妖》《蜸虫》。

1942 年 9 月 1 ~ 15 日，《力报》上发表吴绮缘《秋灯煮梦录》系列文言小说之《虬髯客》；9 月 17 ~ 20 日发表《义犬》；9 月 23 ~ 29 日发表《侠盗》；9 月 30 日 ~ 10 月 3 日发表《邋遢僧》；10 月 6 ~ 17 日发表《灵箫》；10 月 19 ~ 21 日发表《奇嗜》；10 月 22 ~ 26 日发表《银儿》；10 月 31 日 ~ 11 月 1 日发表《僵尸》；11 月 2 ~ 4 日发表《奇婚》；11 月 5 ~ 8 日发表《豪博》；12 月 19 ~ 22 日发表《银髯叟》。

1945 年 5 月 19 ~ 27 日吴绮缘在《海报》上发表《割爱记》；7 月 15 ~ 23 日吴绮缘以“钝斋”别号发表《吴扆晋》；7 月 24 ~ 27 日发表《我来也》；7 月 28 日 ~ 8 月 2 日发表《姑嫂庄》；8 月 3 ~ 18 日发表《婉姑》。此后又以“钝斋”别号在 1945 年 8 月 21、28 日在上海《正报》上发表《旅社主人》；9 月 4 ~ 7 日发表《华国明》；9 月 9 日、10 日、12 ~ 15 日发表《岣嵝山人》；9 月 16 ~ 18 日发表《蓝衫客》；9 月 19 日发表《舟中少年》；9 月 20 ~ 21 日发表《蒋傻子》；9 月 5 ~ 30 日发表《质肆盗》；10 月 4 ~ 9 日发表《徐盛》；10 月 11 日在《铁报》上继续完成《徐盛》的发表；10 月 12 ~ 17 日在《铁报》上发表《曹州妪》；10 月 18 ~ 27 日，12 月 10 ~ 13 日发表《侠隐村》；12 月 14 ~ 22 日发表《陆英姑》；12 月 24 ~ 31 日发表《长腿王》。

1946 年的《茶话》杂志第 4 期上发表吴绮缘的传奇小说《濮二姑》，此后又在《茶话》第 6 期上发表其传奇小说《梅娘》。本年度吴绮缘以“冷红”署名在《永安月刊》第 87 期上发表传奇小说《英儿》，还在《永安月刊》第 88 期上以“钝斋”笔名发表《剑媒》。还有以“冷红”署名的三篇传奇小说《渔家女》《捉鬼记》《侠婢》分别发表在《万花筒》1946 年第 10、11、12 期。又以“冷红”署名在 1946 年的《香海画报》《香雪海》杂志上发表“一百奇女子传”系列之《史静仪》《曹紫瑜》《曹涵芳》《何逸君》《金宝珠》

《史雪雯》《何燕娘》《何惠若》《小凤仙》《徐雪英》等篇。

1946年1月4～18日，吴绮缘在《铁报》上发表《石屋老人》；1月20～26日发表《周伴娘》；1月28日～2月1日发表《巢居客》（亦作《穴居客》）；2月6～12日发表《罗台山》；2月13～15日发表《太平飞将》；2月16日～3月15日发表《太行王者》；3月17日～4月3日发表《当垆女》；4月4～13日发表《周癞子》；4月14～23日发表《邯郸客》；4月24日～5月10日发表《佟家庄》；5月11日～6月6日发表《青凤丹凰》；6月7～20日发表《衡岳翁》；6月21日～7月20日发表《黄玉辉姊弟》；7月21日～8月18日发表《绝塞双雄》；8月28日～9月15日发表《卖花女》；9月16～27日发表《水老虎》；9月30日～10月12日发表《舆夫王二》；10月16～26日发表《关西汉》；10月27～31日发表《白氏双云》；11月7～26日发表《酒丐》；11月28日～12月18日发表《许寒玉》；12月20～31日发表《冯大力》；1947年1月11日～2月10日发表《韩玉华》；2月13日～3月11日发表《荒徼猎遘》；3月13日～4月5日发表《柔儿》；4月9～29日发表《崂山丑女》；5月6日～6月5日发表《奇人奇事录：李孝廉》；6月6日～7月2日发表《江湖异人传：义民周立》；7月5～31日发表《江湖异人志：陆茂才》。

1946年8月16～20日吴绮缘在《诚报》上发表《心狱》；9月1～6日发表《狐女》；9月9～12日发表《现代五通》；9月13～15日发表《艳窃》；9月16～18日发表《怪室》；1946年9月25～27日发表《黑白无常》；9月22～24日发表《三宿》；1946年9月30日～10月2日发表《医院鬼语》；1946年10月10～12日发表《狐惩恶》。

1946年8月22～23日吴绮缘在《大锡报》上发表《俪影楼》（《黛痕剑影录》之一）；10月3日～11月16日发表《江湖异人传：空谷双姝》；11月17日～12月16日发表《长发头陀》；12月18～29日发表《太行郡主》。1947年1月5日～2月10日发表《鸳鸯教》；3月1～7日发表《天师府》；3月9～14日发表《罗浮君》；3月15～18日发表《绛衣女》；3月20～22日发表《致富奇谈》。1946年9月11～20日吴绮缘在《时事新报（上海）》

发表《盗癖》；1946年9月21日~10月14日在《时事新报（上海）》上发表《仇婚》。

同年，受邀为华成烟公司在《新闻报》广告栏连载“今古奇谈”系列小说：1946年10月1~7日吴绮缘在《新闻报》发表《重圆记》；1946年10月8~17日发表《换容记》；1946年10月18日~11月23日发表《伏虎记》；1946年11月24日~1947年1月11日发表《求婚记》；1947年1月12~21日发表《守岁记》；1月25日~2月7日发表《赐福记》；2月8~25日发表《哀弦记》；2月26日~3月12日发表《捉鬼记》；3月13日~4月9日发表《祸水记》；4月10~24日发表《从军记》；4月25日~6月8日发表《怨女记》；6月9~26日发表《逐臭记》；6月27日~7月23日发表《贪夫记》。

1946年，吴绮缘受华成烟公司聘请在《申报》广告栏发表“今古奇谈”系列小说，在1946年10月1日、3日《申报》发表《满员笑史》；10月5~19日（单日）发表《好友易妻》；10月25日发表《犬奴》；10月27、29、31日发表《新婚惨案》；11月6~16日（双日）发表《梦游奇症》；11月18日~12月2日（双日）发表《捕蛇绝技》；12月4~12日发表《三婿争婚》；12月14~28日（双日）发表《博徒奇遇》；12月30日~1947年1月1日发表《烟癖》。

1947年，吴绮缘在《永安月刊》第100期上发表《栖鸾庄》；在《新光》杂志第1期上发表《厉鬼：今聊斋之一》；在《茶话》第12期上发表《萧娘娘》；在《茶话》第16期发表《奇人奇事续录一：义僧德悟》；在《茶话》第17期发表《奇人奇事续录：陈孝廉》；在《茶话》第18期发表《奇人奇事续录：咸阳少年》。此外，吴绮缘还以“冷红”署名发表“湖海奇人录”系列小说之《渔家女》《秀儿》分别在《新光》1947年革新第1期、革新第2期上；“湖海异人志”系列小说之《卖解女金莺》《女侠甘兰娘》《盗窟因缘》《山行奇遇》分别发表在《新光》杂志1947年革新第11、12、13、14期上。

1947年以“钝斋”署名在1月11日~2月10日《铁报》上发表《奇人奇事录：韩玉华》；2月13日~3月11日发表《奇人奇事录：荒徼猎谴》；3

月13日～4月5日发表《奇人奇事路：柔儿》；4月9～29日发表《奇人奇事录：崂山丑女》；5月6日～6月5日发表《奇人奇事录：李孝廉》；6月6日～7月2日发表《江湖异人传：义民周立》；7月5～31日《江湖异人志：陆茂才》。

1947年2月14日吴绮缘在《大锡报》上发表文言短篇《万花谷》。1947年4月1日～5月31日吴绮缘在《导报（无锡）》发表《游侠外传白燕儿》；此后，在无锡《导报》上，6月1日～8月27日发表《游侠外传：沈晚霞》；8月28日～10月10日发表《游侠外传：引凤（山）庄》；10月12日～12月26日发表《游侠外传：朱孝子》；1947年12月27日～1948年2月9日发表《游侠外传：薛灵珠》；2月14日～3月31日发表《游侠外传：博徒邹二》。

1948年在《茶话》第20期发表吴绮缘《奇人奇事续录：出林虎》。在1948年9月1日至1949年3月27日的《力报》上吴绮缘又发表"新聊斋"系列小说，共包括《黄金梦》《神仙眷属》《群蛇参王》《神相叶先生》《天宁异僧》《金甲神》《蜀山老猿》《曾生》《峨眉神僧》《侠丐》《王二》《捕蛇杨叟》《魍魉》《黄粱梦》《静海僧侣》《古刹奇案》《天师符》《洞房恶剧》《狐妾》《吴扆晋》《婉姑》《我来也》《姑嫂庄》《灭门盗》《巨蛇》《心神》《祝由科》《听骰子》《嵩山道士》《行尸术》《狐异》《石狮妖》《蜰虫》《人妖》《巴山猿》《白莲教》《苦禅上人》《异丐》《天开门》《神相》《断足僧》《罗浮君》等43篇志怪传奇类文言小说，其中部分作品与《海报》上发表的篇目有重复。

1949年，吴绮缘在《上海风》第1期上发表传奇小说《生死恋》。1949年2月27日～3月8日在无锡《导报》上吴绮缘以"钝斋"别号发表《周癞子》；3月9～18日发表《邯郸客》。1949年7～11月，中国新光印书馆先后出版吴绮缘的《奇人奇事录》四集，收录吴绮缘创作的传奇小说46篇，其中不少篇目是曾经在报刊上以"奇人奇事录"为总标题发表过的作品。吴绮缘的报刊文言小说与他的《奇人奇事录》一起，成为我国文言小说的最后绝响。

二、吴绮缘笔下民国最后的旧体传奇

1946年的《茶话》杂志发表有吴绮缘《濮二姑》①，为传统文言小说，篇幅长达七千字，善于铺排，继承了他创作的一贯风格。故事叙山左曹州濮飞虎武艺雄于一乡，以为人护镖为生，从未失手。飞虎无子，有二女，长女羸弱，次女二姑则聪慧矫捷，尽得其父真传，然从未一试其技。后飞虎押镖途中为盗首宋大刚设计杀害，二姑乃设法入盗穴而手刃大刚为父报仇。后女扮男妆为人押镖以维持生计。一次押镖途中遇一女盗，年少貌美，色艺双绝，二姑与之斗不分胜负。女盗之父赶来，自言与飞虎有旧，邀请二姑与众人上山。女盗名玉儿，其父郝武因见男装之二姑人才出众，欲以玉儿妻之。二姑无奈假意应允，新婚之夕，二姑遁去，然因不熟路径，为玉儿追及，二姑吐露实情，并与玉儿结为异姓姊妹，并承诺为玉儿觅一嘉婿。二姑归家探姊途中病于逆旅，又逢川资被窃，为偿旅店主人食宿之费，无奈勉为飞贼，后入某少年公子叶挹之宅邸，为公子所觉，不但赠送百金且邀其为座上宾。公子门下有号为武勇之士十数人，然多滥竽充数，其中金耀、金辉兄弟为其长。二人见公子待二姑逾于他客，忿忿不平，借机与二姑较艺。二姑以一敌二并击败金氏兄弟，公子待之愈厚。一次偶然机会，公子发现二姑的女子身份并道爱慕之意，二姑拒绝公子但承诺为公子觅一佳妇，后携公子入山见到玉儿并撮合二人婚事。亲见公子与玉儿成婚，二姑飘然离去。故事并未采取新的叙事手法，其情节曲折亦继承传奇体写法，是一篇民国末期较为纯正的旧体传奇作品。吴绮缘《梅娘》② 为旧体传奇小说，记梅生侣鹤年少美容仪，后于某中表加观剧得见菊部有玉兰者色艺双绝，一见倾心，念念不忘。归家后有女子夜访，虽非玉兰但亦魅人心魂。生不能自持遂成欢好，自是每有所念，女则飘然而至，亦不知其何以来去自如。女自言小字梅娘，与俗人有殊，然亦非鬼非狐，与梅生有前缘，故来相会。生欲梅娘引之游仙境，梅娘则引仙

① 《茶话》1946年第4期。
② 《茶话》1946年第6期。

姬丽姝数人共来欢聚。“唯皆作时世装，不类长裙高髻之画中人耳”。诸姬举止轻佻，生心窃疑之。梅生自此日渐羸弱，梅娘毫不顾惜。戚友有过访者，闻声而不见其人，知梅生遇魅，生不得已而吐露实情。生有姊居上海，其姊夫归，闻其事乃伴梅生同榻，然亦无济于事。后携生迁居上海以避之，女无奈，于临别前语生以十年后重续前缘。生居沪十年，娶妻成家，渐忘前事。后归家祭扫，再遇梅娘，媚惑如故，生自是遘疾，医治无效而去世。然梅娘行径，介乎仙鬼妖魅之间，究不知其为何物。

1947 年，《永安月刊》发表吴绮缘《栖鸾庄》[①]，故事写洛阳士人凌子俊，美丰姿，博学能文，赴泰山游玩半路迷途，遇一锦衣少女，红绡抹头，跨小骊驹，仿佛绝艳。又一少女骑黑卫，衣皆玄色，眉目韶秀，不亚前女。后途中不见村市，为红绡女子携至一处，款以酒食，欲与欢好。子俊收心自持，红绡女子大怒，欲杀之。前玄衣女子赶到，与红绡女子作殊死斗，子俊仓皇而逃。玄衣女子追及，告子俊已剔去红绡女子一目以示惩戒，免其媚惑行人。又扶子俊跨黑卫并导之旧途以去。子俊归后，回忆往事，仿佛梦幻，终不知两女子究为何人，栖鸾庄之所在之地，亦茫然莫辨。吴绮缘民国三十六年（1947）三月廿九日写成之《萧娘娘》[②]记太平军之西王萧朝贵之妻女将领萧娘娘之传奇经历。萧娘娘自幼好兵法布阵演习武艺不输男子，后辅助其夫征战南北，屡建奇功数事。后萧朝贵战死，萧娘娘发誓为夫报仇。后太平军定都后自相残杀，萧娘娘痛心疾首，自此每遇战阵必冲锋于前，以求战死沙场。后知大事不可为，后与清军鏖战，被困重围，部属丧尽，独自突围，不知所终。同样继承了吴绮缘人物传奇的一贯手法，重视铺排。

1949 年，吴绮缘在《上海风》上发表传奇小说《生死恋》[③]，写兰陵刘子实调署台南城尹，到任后处理汉人与土人之间长期积累的矛盾纠纷，化解仇恨。后因帮助某番人保住被攘夺之田产且拒不受酬，番人感激，乃献其少女

① 《永安月刊》1947 年第 100 期。

② 《茶话》1947 年第 12 期。

③ 《上海风》1949 年第 1 期。

以侍奉刘之起居报恩。女善伺人意，聪慧妍丽。刘独居无伴，深怜爱之，未尝以婢仆视之。女来自山野，喜生食，好动成性，常于署后园中攀摘山果以分于家人，择其鲜美者献刘。又曾夜中捉拿行刺之奸徒。刘任期已满，携之归中土。女亦能善侍太夫人与大妇，善待婢仆，举家无不爱怜之。后刘病笃，医药无效，女刲臂肉和药以进，刘终不起，刘病故后，女自投于井殉节而死。篇末写道："节义无亏，求之当世士大夫中，犹不多见，而女出自蛮陌之邦，独能酬恩感德，生死相依，殆所谓璞玉浑金，自足珍异，固不烦雕琢而后成器也。"接下来，又在《上海风》发表《天开门》[①] 是一则带有讽刺意味的短篇小说。写击柝者王二因闻人述郭子仪在天开门时祈得富贵寿考事而妄思效仿之，每夜仰望碧空，冀有所见。一夕忽见天际划然中裂，光华灿烂不可逼视，王急伏于地，然仓促间其愿望虽多竟不能出诸口。又忆乡人言此时可抛物成金，乃遍搜全身，空无所有，唯携有值更所用锣一面，急抛之空际，落地破裂不可复用。王以为必变为金，翌日携之市上，将求善价，人以疯癫视之。王沮丧而返，又无力购新锣，因此失业，竟成心疾，不久困顿以殁。

通过以上梳理，我们可以看到吴绮缘对《聊斋》为代表的文言小说的继承和创新成就。虽然民国最后十年的报刊上并非只有吴绮缘一个人在坚持文言小说创作，以"聊斋"名篇的作品也并不少见，如在1940年的《锡报》上也发表有"新聊斋志"系列小说，如大豹的《段生艳遇记》[②]、鹤群的《双鱼护轮记》[③] 等，在1947年5月5日至6月3日的《群报》上发表有临川散人创作的"聊斋新志"系列文言体志怪传奇小说数十篇，但从总体成就来看，吴绮缘却无疑属于其中最杰出的代表。随着1949年吴绮缘的传奇小说集《奇人奇事录》四集的相继出版，标志着我国的文言小说创作在文坛上走到了一个结点。

---

① 《上海风》1949年第2期。

② 大豹的:《段生艳遇记》,《锡报》1940年4月6日。

③ 鹤群:《双鱼护轮记》,《锡报》1940年4月12日。

第二节　钟吉宇的报刊笔记体文言小说

除了吴绮缘的新旧体文言小说之外，民国末期另一个需要重点关注的作家是钟吉宇。钟吉宇（1901～1986），笔名吉言，浙江绍兴人。佛教居士，法名慧成。民国时期著名小说作家，在报刊上发表有文言小说多部。后曾任《世界晨报》主编，《时代日报》编辑，还曾任世界书局出版部经理。1941年12月，日军进占上海期间因不同意在出版的地图上改东三省为“满洲国”而遭到迫害。中华人民共和国成立后，到当时在上海的中华书局任编辑，参加过《辞海》的修订。他还是一位虔诚的佛教居士，在佛学上有一定的造诣，曾主编《觉有情》杂志。中华人民共和国成立后曾任上海市佛教协会副会长，1986年12月30日在上海去世。

钟吉宇二十世纪三四十年代在上海已经名声很大，其创作出版的小说有《北方豪侠王五传》《玉楼花影》《海外仙山传》《怨凤啼凰》《江南酒侠传》（《江南酒剑》）《东北豪侠传》《女学生外传》《歇浦战潮》《战地鸳鸯》《怒史》《真无聊斋谈荟》《混世魔王》《多情女侠》等通俗小说，其文言小说创作成就主要有《牛鬼蛇神录》《沪滨谈怪录》等。

钟吉宇以“吉言”署名在《东方日报》连载其《齐谐外史》系列文言短篇小说，从1938年11月1日起至1948年7月30日几乎不间断，1944年11月11日《齐谐外史》改为《齐谐新篇》继续在《东方日报》连载。其所发表的小说多为短篇文言，如《山魈求偶》《狐侠》《伏虎》《山魈》《送缢死鬼》《火神与虎》《僵尸窃鸡》《缢鬼掮木头》《吃煞神与驱煞神》《陶半仙》《狐祟》《缢鬼现形》《索冤》《包力士之道术》《钟进士驱鬼》《曼尼斗鬼》《见鬼》《蛇》《大海蛇》《真假僵尸》《狗掘坟墓奇法》《缢鬼炼圈》《退鬼》《夜叉食人》《蛇叉》《吞舟之鱼》《召蛇术》《人化为龙》《老虎口》《江底有市镇》《溺鬼四则》《木龙》《狐仙求差》等千余篇短篇志怪小说。

其中仅1947年6月26日～1948年7月30日间在《东方日报》上发表的

笔记体小说篇目就有《印度戏法》《绝技》《奇鬼》《骑虎石》《阳神阴神僧道斗法》《死妇嫁人》《鬼与昏夜》《黄巢未死》《金陵吴生》《原子弹》《天香国》《白日见鬼》《熊报恩》《娇女报冤》《糊涂鬼》《乩仙》《鼓神》《万花筒》《鼓神》《龙王庙》《怪声》《怪物呼名》《锥儿》《鼠穴婴儿》《狐乞援》《幻境》《再志幻境》《月华》《不食》《神仙柱》《牛化人》《病魔》《朱生》《饿龙》《夸大狂》《再记饿龙》《钟进士》《梦异》《儿童奇想》《奇僧》《妖斗法》《今古奇谭》《赤老》《厕神报恩》《多目星》《狐伏虎》《鼠诱猫》《酒鬼》《酒鬼报恩》《穷鬼》《钟语》《钱神罚恶》《虎畏经》《大兽国》《刘生》《僵尸》《狐谋记》《狐婢求婚》《鬼妒》《鬼母》《玫瑰女王》《天气预测法》《数钱鬼》《树中美人》《桃源岛》《狐迷鬼》《戏言取死》《心散为将死之兆》《本生作猪》《烛花世界》《鬼赌场》《医师艳遇》《奇女重婚》《枣核钉》《黄金国》《黄金岛》《凶宅》《应哥》《陈铁口》《姊妹易夫》《汤若士》《雪夜奇梦》《栋梁化龙》《阴差谈贫富》《预知死期》《美人鱼》《齐大人》《劳生旧宅怪》《奇女侠》《多情女侠》《钱神之狗》《怪火》《本生作猫》《妖斗法》《赤老》《厕神报恩》等百余篇。如此看来，钟吉宇在《东方日报》上对志怪小说的十年坚持，的属不易。这些作品以浅显文言写成，文笔简洁，在民国晚期的文坛上异军突起，成为当时民国末期笔记体志怪小说的杰出代表。

另外，钟吉宇还在 1940 年 7 月 31 日～12 月 1 日的《品报》上发表《沪滨谈怪录》系列文言小说，其代表作品如《梦中奇遇记》《武当山道士》《鬼丐》《奇足》《黑弄中缢鬼》《狗漏洞》《鬼役之语》《善棍罚为妓女》《陈祖庵》《天目山顶泉》《客店丽人》《洛阳夫人》《官衣鬼》等，同样以志怪短篇为主，沿袭了其笔记体志怪的固有风格。

《春秋日报》1940 年 10 月 1～22 日发表钟吉宇的《秋窗谈鬼录》系列小说，从 10 月 23 日起改为在《上海小报》接着发表，至 1941 年 2 月 14 日中止。代表作品有《汪国柱》《木鸭子》《又记壁虎妖》等篇目。

从 1942 年 2 月 21 日开始钟吉宇还在《万象报》上发表《牛鬼蛇神录》系列文言小说，3 月 1 日开始《万象报》改名为《万言报》，继续发表《牛鬼蛇神录》系列小说，1942年4月21日截止，共发表60期。

钟吉宇在1946年10月19～25日的《飞报》上发表《邛崃奇遇记》；10月30日～11月1日发表《山魈》；11月4、6、9日发表《虎异》。又在1948年8月1～9、10～14、26日的《大风报》上发表《山魈娶妇》《黄金洞》《雷神收徒》等短篇小说。

钟吉宇的笔记体志怪短篇小说以简短的篇幅，补白的功能，有趣的内容和浅显的文言成为民国末期与吴绮缘的旧体传奇相掩映的另一抹残霞。

第三节　《五云日升楼》及其他报刊的文言小说

一、《五云日升楼》的文言小说

五云日升楼本来是个茶楼的名字，后来为了招揽顾客，就以此为名办了个杂志。1939年3月4日，茶博士在《五云日升楼》周刊第1卷第1期的《卷头闲话》中说：

> 今天为本报诞生出世之第一日，也就是本楼开张骏发的第一天，本报拾这五个字为名，很显明的本报是像开一爿茶馆店，无老无少，无贵无贱，都可以到本楼来，化上一毛钱，泡上一壶茶，谈谈天，说说地，纵横九万里，上下五千年，古往今来，海阔天空，尽许你高谈阔论，但是本楼开设在孤岛中心，先挂起了“非常时期，莫论国事”的牌子，今夕只可谈风月了，请各位茶客原谅①。

五云日升楼主人为顾怀冰，刊物还邀请海上漱石生、许月旦、谢啼红、张秋虫、蔡陆仙、汪剑鸣、金小春、顾醉萸、不消魂斋主、虎头公子、悔九生等

① 茶博士：《卷头闲话》，《五云日升楼》1939年第1卷第1期。

撰稿，从而让《五云日升楼》成为旧派文人的聚集地。

蔡选青[①]在《五云日升楼》发表《蛰存斋笔记》系列小说，从1940年第45期开始连载，至1941年第3卷第9期共刊载26期，收录《大鸟》《雷击物》《山阳丁氏妇》《曾国藩》等轶事类笔记小说若干则。1939~1941年许月旦[②]在《五云日升楼》发表《念萱室谈荟》系列轶事笔记。

凌霄（徐凌霄）[③]在《五云日升楼》发表《英雄义》系列豪侠小说，自1939年第1卷第26期至1942年第3卷第11期收录《白太官》《林道坚》《杨无敌》《徐占一》《大刀王五》《石英娘》《吕七》《汤秀》《马七》《杨八》等共44篇文言侠客小说。

二、其他报刊上的文言小说

1940年《小说月报》上发表陈蝶衣的《媚惑记》，该篇用浅近文言写成，同样是一篇带有劝诫意味的小说。故事叙其友邓乐圃因嗜好跳舞而被一舞女媚姑诱惑，邓欲纳媚姑为外室，结果受蒙骗吃亏上当耗费不资，苦不堪言事。作者说："舞榭原为陶情作乐之地，然陶情作乐之结果，往往有转滋烦恼者，若吾友邓乐圃之所遇，亦足以为优逸耽乐者诫矣。"[④]

顾明道在《新闻报》1940年1月9日~4月10日发表《虎啸龙吟录》系列小说，其中包括如《秦燕子》《杜宪英》等侠客技击类作品。又在《小说日报》1940年12月17日发表《江湖异人志》系列武侠小说。还在《浙江公报》1940年第1卷第2期发表《磨剑续录》之《南海酒徒》等作品，也成为民国文言武侠小说的坚持者。

---

① 蔡选青（1870~?），名云万，字选青，又字蛰存，江苏盐城人。希社社员，著有《蛰存斋笔记》。

② 许月旦（1863~?），名舜屏，浙江杭县（今属杭州市）人。晚清民国间著名文人，1948年尚在世。

③ 徐凌霄（1882~1961），原名仁锦，字云甫，号简斋，笔名彬彬，凌霄汉阁主，江苏宜兴人。近现代报人小说家。

④ 《小说月报》1940年1期。

1941年在《广播无线电》杂志上发表《天台馆主人笔记》系列小说，其中第2期发表《冯彩苞》《鬼仆》《虎报》；第3期发表《薛茗华》《褒忠宴》；第4期发表《窃贼巧破》《撞骗巧破》《捕鬼》《小鸦儿》；第5期发表《盖生》《闹房奇案》《跛先生》《医孽》；第6期发表《南洋水师援闽纪闻》《白无常三则》《金圣叹》《借屐》《信阳盗》；第7期发表《金四姐》《刑部吏》《降头》等作品，继承了古代笔记传统。对比其中所收篇目，皆取自高太痴[①]《退藏斋笔记賸》（原名《三憾赘谈》）。高太痴《退藏斋笔记賸》刊载于《希社丛编》1913年第1期、1914年第3期和1915年第4期，署“上海高翀太痴氏著”，前有“癸丑（1913年）春太痴自志”序言中提到：“此稿始于光绪乙未（1895）冬，至丙申（1896）春而得二卷，虽一时戏作，自谓寄慨遥深，故名曰《三憾赘谭》，盖自伤虚生天地之间而于忠孝义三者皆不能无所阙憾也。及庚子夏，北方乱炽，沪上风鹤频惊，余挈妇避地沪西，乡居无事，辄追录旧日见闻约又得两卷。嗣后偶有所作，不复成卷，散置故箧久矣。”[②] 后检点旧稿拟编成若干种，结果虫蚀鼠啮，“什不存五”，经过修补后交给希社丛编出版，改名为《退藏斋笔记賸》。

关于天台馆主人身份，我们可以从其在报刊上发表的小说和其他作品中找到一些线索。如他在《宋词三百首释句》前有序言提到：

> 岁在己卯仲冬之月，余读先君《阏伽坛词》不禁感慨系之矣。曩者先君子与先师程十发老人及诸世丈等诗词唱和，几无虚日，余得与斯时，故于诗词之学稍通门径，偶亦侍和一二，盖欲藉以承欢而聆师教也[③]。

---

① 高太痴（1863～1920），原名莹，字俊芬，号惺轩，别署太痴、侣琴、怅花、玉琴仙侣、漱芳斋主、云水山人、小窗金缕翠笺词客、爱与嫦娥分小影楼主等。清光绪二十三年（1897）考取秀才后改名翀，字莹玉，晚年号退藏斋。江苏长洲（今属苏州）人，寄籍上海。清民之际著名报人作家，先后任《时报》编辑，《申报》助理编辑，后进《字林沪报》《苏报》《消闲报》《同文沪报》任编辑等职。

② 《希社丛编》1913年第1期。

③ 《文友月刊》1941年第1期。

由此可知其父为作有《阏伽坛词》的近代著名文人刘肇隅。刘肇隅（1875～1938），又名萃隅，字廉生，号晓初，湘潭人。曾署巴陵教谕，后留学日本，入早稻田大学习法律。民国后任教湖南省立一师、上海光华大学、正风文学院、群治大学等。据《湘潭长湖刘氏五修谱》载萃隅（刘肇隅）有子五人，依次为：国元、国亨、国鼎、国峰、国典，其中长次子在修谱时已早卒，在世最长者即刘肇隅为族谱作序时提到的抄录者三子国鼎。“国鼎，字万金，号万钧，民国四年乙卯十一月初十日未时生”；“国峰，字麓玉，民国四年乙卯十一月二十四日卯时生”；“国典，字叙五，民国七年戊午十二月十二日未时生”[①]。刘肇隅在《湘潭长湖刘氏五修族谱序》中提到“岁在昭阳作噩秋七月”，“源本堂二十一派孙肇隅谨撰，命男国鼎恭书”，作序时间为民国癸酉年即1933年。那么1941年在《广播无线电》中发表笔记小说的天台馆主人应该是国鼎、国峰、国典中的一人，极有可能就是替父抄录家谱序言的刘国鼎。不过所发表的笔记皆为前人所作，这一点天台馆主人并未注明，也就容易造成误导。

1944年，丁道衡在《黎明》杂志发表《怨偶记》[②] 文言短篇小说，以词友洪君转述方式记录洪与其妻的离婚经过，写上海纸醉金迷生活对婚姻造成的影响，具有新的时代特点。

1946年，邓竹如[③]在《皖商周报》上发表系列笔记《效竹斋笔记四种》，在《编者小言》中谈到笔记的写作过程：

> 余弱冠，曾涉猎旧文学，十年之间，成初稿四种，统名为《效竹斋笔记》，植薄才疏，不敢以示人，抗战军兴，流亡西南，瞬经十载，多有散失，唯《悼亡杂记》一种，曾印送友好征文，幸存全豹。此次承乏商会并主办《皖商周报》，琐务庞杂，甚少暇晷，加以笔砚久荒，勉索枯肠，殊少合意之作，可飨读者。爰另辟《业余游艺》一栏，敬希各界友

① 刘肇隅修：《湘潭长湖刘氏五修谱》卷三《明塘房世系录》，源本堂，第86页。
② 《黎明》（蚌埠）1944年复刊第1号。
③ 邓竹如（1905～），名延祥，字竹如，合肥人。生平经历不详。

好，源源赐稿，俾得充实，倘承多加指导，尤深感幸焉[1]。

《效竹斋笔记》之一的《童年志异录》发表在《皖商周报》第12～23期，共收录笔记体文言小说《积善》《折狱》《义犬》《木神》《操舟人》《朱跛足》等篇。在《皖商周报》1947年第12～13期上发表的《童年志异录·小序》中作者说：

> 余髫龄，读《聊斋志异》及《阅微草堂笔记》诸书而好之，环阅不下数十遍。稍长，读《史记》及《左氏春秋传》而尤好之……年十六七时，偶记录师友所道之奇闻异说，三数年间，积稿近百篇。自觉年稚学浅，力不从心，遂颓然而罢。弱冠后，间取旧稿阅之，觉虽童年之作，今犹莫之过也。乃就原稿，删其重赘难稽者，约得十数篇。丁卯以来，奔走衣食，文事益以荒废。今夏，复检旧稿，稍加修饰，分为上下二卷，名之曰《童年志异录》。

后署"民国十八年己巳邓延祥竹如时年二十有五"，可推出作者生于光绪三十一年（1905年）。由此可知，其《童年志异录》也并非民国末期所作，不过是后期将年轻时所作的笔记体小说拿出来发表罢了。无论是将前人作品拿来冒充己作发表的《天台馆笔记》，还是将年少旧作翻出来发表的《效竹斋笔记》，都说明民国末期原创性文言笔记也日渐减少。

1947年，无聊斋主人《新聊斋志异：蝶仙作祟》[2]写周生因迷信蝶仙而梦与古代女子有缘结果病入膏肓事。无聊斋主人的《新聊斋志异：神媚西施》[3]写何氏女有"豆腐西施"之名，嫁给本乡陆某为妻。陆外出经商，何氏被邪神所祟，后陆带其迁居上海，终被邪神寻及而亡故。其他如上官妄《今聊斋：吊死鬼讨替身》[4]、木西《新聊斋：鬼怕处方》[5]、无聊斋主人《新

---

① 《皖商周报》1946年11月24日。
② 《新上海》1947年第72期。
③ 《新上海》1947年第75期。
④ 《中外春秋》1947年第20期。
⑤ 《医潮月刊》1947年第2期。

聊斋志异：鬼妻生子》①、无名氏《今聊斋：三生》②、蒲留鬼《今聊斋：佛改容》③、《今聊斋：活钟馗》④、刁克的《新聊斋志异：鬼作祟离奇死》⑤ 等虽以“聊斋”名篇，但篇幅简短，皆类于报刊补白。而菊尘《无线电聊斋》⑥皆生活中的怪事，如《收音机自开》《电灯自明》《新乌盆记》《铁器开会》等，文言日趋浅显，篇幅日趋简短，小说意味日趋单薄。

这一时期的劝善报刊如《木铎声》《弘化月刊》《鬼》杂志半月刊等也发表了一些用浅近文言写成的果报类笔记。《鬼》杂志前的《发刊旨趣》说："本刊名《鬼》，自然所谈的都是鬼话。可是而今这个时道，不谈鬼话又谈些什么话呢?"⑦ 其《征稿》启事中提到："欢迎一切有关鬼情及讽刺性之文稿与漫画，每千字白米五斗，照出版日米价折算。"⑧ 可以看出杂志的编辑者们其实还是有劝世和讽世苦心融入其中的。如《木铎声》发表有唐文治《木道人灵异记》⑨、唐伯耆《木祖师灵异记》⑩ 等文言语体短篇。《弘化杂志》则发表有郑颂英《屠猪报》⑪、良缘《杀业现报记》⑫、秦宝航《灵异纪闻》⑬ 等，篇幅简短，除了谈因果之外基本上已经没有多少文学色彩。

1946～1949 年的《鬼半月刊》上发表篇幅简短用浅近文言写成的鬼故事。如刘树成《柜面鬼影》（1946 年第 1 卷第 1 期）、陈竞秋《巨室鬼群》（1946 年第 1 卷第 2 期）、罗珍奎《鬼友》（1946 年第 1 卷第 2 期）、桥生《鬼应》（1946 年第 1 卷第 2 期）、宇骥《鬼妻》（1946 年第 1 卷第 3 期）、蔡娃《鬼语》（1946 年第 1 卷第 4 期）、丛森《鬼斗》（1946 年第 1 卷第 6 期）、

---

① 《新上海》1947 年第 76 期。
② 《大地周报》1947 年第 83 期。
③ 《大地周报》1947 年第 85 期。
④ 《大地周报》1947 年第 86 期。
⑤ 《新上海》1947 年第 85 期。
⑥ 《实用无线电杂志》1941 年第 6 卷第 4 期。
⑦ 《鬼》1948 年第 1 期。
⑧ 《鬼》1949 年第 2 期。
⑨ 《木铎声》1943 年第 2 期。
⑩ 《木铎声》1943 年第 3 期。
⑪ 《弘化月刊》1942 年第 10 期。
⑫ 《弘化月刊》1943 年第 22 期。
⑬ 《弘化月刊》1947 年第 67 期。

画工《冥国记》（1947 年第 1 卷第 12 期）、一厂《鬼友》（1947 年第 1 卷第 12 期）等，但只是为新奇刺激而谈鬼故事，并无深刻寓意和寄托，已经很难称得上是真正意义上的小说了。

民国最后十年的报刊文言小说，代表着文言小说最后的坚持和流连，更像是夕阳落山前的返照余晖，在榆柳桑柘间留下的一抹霞光。

结　语

“莫道桑榆晚，为霞尚满天。”（唐·刘禹锡在《酬乐天咏老见示诗》）这是对晚清民国报刊上文言小说虽颓势难挽却依然多姿绚烂的发展历程的最好写照。从1872年的《瀛寰琐纪》和《申报》，到清末的《大陆报》《广益丛报》《中外小说林》《振华五日大事记》《半星期报》《宁波小说七日报》《扬子江小说报》《十日小说》《小说时报》《小说月报》《时报》《神州日报》，再到民国时期的《小说月报》《礼拜六》《眉语》《七襄》《民权素》《小说丛报》《小说旬报》《小说新报》等灿若繁星的报刊，逐渐成为小说发展和变革的中坚力量。报刊的发展也催生了报人作家群体，出现了众多的靠撰稿为生的作家，产生了王韬、韩邦庆、许指严、徐枕亚、吴绮缘、刘铁冷、蒋箸超、李涵秋、程瞻庐、王钝根、王蕴章、孙朦蝯、黄花奴、罗韦士、程华魂、胡寄尘、顾明道、许廑父、钟吉宇等一系列在当时炙手可热的报人作家。正是有了这些作家和报刊的存在，才让已经日薄西山的文言小说重新焕发出生机和活力，从而在清末民初这一特殊时代变局期能够守中求变，变中求生，演绎了别样的一份精彩，完成了我国文言小说继往开来的任务。

应该说晚清民国文言小说的变革创新首先是在报刊上开始的，文言小说从传统的传记体叙事开始向注重场景展示的新体文言过渡，也出现了集锦体、日记体、书信体、对话体、自叙体、假传体、骈体等多种多样的小说创作模式，这在我国的文言小说史上是从未有过的百花齐放的局面，也让我国文言小说在报刊上展现了其顽强的生命力。这跟清末民初的时代变局和文化的多元性并存有着不可分割的联系。

通过对晚清民国报刊文言小说发展脉络的梳理，我们可以看出整个文言小说新变繁荣直至消亡的过程。清末民初是文言小说创作体式和手法上的最具创新性的时期，也是我国文言小说史上从未有过的繁荣和新变期。在这一时期我国小说完成了从传统史传体到新体的转变，从而为我国小说的现代化迈出了关键性的一步，此后虽经五四新文化运动提倡白话的冲击而日趋衰微，但并未由五四运动戛然而止，其真正的结点是民国的结束。

通过对晚清民国重点报刊上发表小说文白数量的统计对比，我们也可以看到文言小说在不同报刊上的地位差异和逐渐走向衰微的趋势。通过不同时期报刊文言小说作家及其作品的研究我们可以看到这些作家的生活、生命轨迹和思想的演变过程，有利于我们从微观角度探讨报刊上文言小说数量逐渐减少的个体原因。

中国文言小说最后的消亡一方面是由于社会力量的干预，另一方面是由于人们自我意识的增强，民主观念的普及，带有特定阶层特权印迹的旧体文言小说注定要退出历史的舞台，这是历史的必然。从文学自身的角度来看，此消彼长盛极必衰是任何文学发展的必然趋势，退出历史的舞台也未必就意味着这一时期没有好的作品。随着民国的结束，发表文言小说的报刊停止或转型，最后一批文言小说家也所剩无几，我国的文言小说最终被通俗白话所取代，但其形成的创作模式和创作精神却融入到了新文学的血液里得到继承并重获新生。

参考文献

《民国时期总书目》（中国文学），国家图书馆编，书目文献出版社，1992年。

《晚清小说目录》，刘永文编，上海古籍出版社，2008年。

《民国小说书目（1912～1920）》，刘永文编著，上海古籍出版社，2011年。

《晚清民国志怪传奇小说集研究》，张振国著，凤凰出版社，2011年。

《民国文言小说史》，张振国著，凤凰出版社，2017年。

《收官：中国文言小说的最后五十年》，庄逸云著，商务印书馆，2019年。

《鸳鸯蝴蝶派研究资料》（上、下），魏绍昌、吴承惠编，上海文艺出版社，1984年。

《中国小说史》，范烟桥著，苏州秋叶社，1927年。

《中国近代小说演变史》，武润婷著，山东人民出版社，2000年。

《民国通俗小说论稿》，张赣生著，重庆出版社，1991年。

《清末民初笔记小说史》，吴礼权著，台北：商务印书馆，2011年。

《中国近代小说编年史》，陈大康著，人民文学出版社，2014年。

《中国近代文学编年史：以文学广告为中心（1872～1914）》，袁进著，北京大学出版社，2013年。

《民国文学史研究（1912～1949）》，汤溢泽、廖广莉著，吉林大学出版社，2011年。

《民国初年骈体小说研究》，郭战涛著，广西师范大学出版社，2010 年。

《中国现代小说的起点　清末民初小说研究》，陈平原著，北京大学出版社，2005 年。

《晚清、民国时期上海小报研究》，李楠著，人民文学出版社，2005 年。

《嬗变——辛亥革命时期至五四时期的中国文学》，刘纳著，中国社会科学出版社，1998 年。

《中国小说的近代变革》，袁进著，中国社会科学出版社，1992 年。

《近代文学的突围》，袁进著，上海人民出版社，2001 年。

《中国近代小说编年》，陈大康著，华东师范大学出版社，2002 年。

《中国小说戏曲理论的近代转型》，程华平著，华东师范大学出版社，2001 年。

《传承与反叛——中国文学现代转型研究》，黄轶著，河南人民出版社，2008 年。

《多重文化空间中的鸳鸯蝴蝶派研究》，胡安定主编，中华书局，2013 年。

《从古典到现代中国文学演变主潮之 1840～1916》，尚静宏、杨亮著，河南大学出版社，2012 年。

《中国现代文学小说版本闻见录续集（1906～1949）》，张泽贤著，远东出版社，2012 年。

《媒介文化视域下的报人小说研究（1920～1929）》，胡朝雯著，新华出版社，2012 年。

《上海近代报刊史论》（增订版），秦绍德著，复旦大学出版社，2014 年。

《中国近代小说史论》，陈大康著，人民文学出版社，2018 年。

《〈盛京时报〉近代小说叙录》，张永芳、王金城、冯涛主编，沈阳出版社，2010 年。

《中国近代小报小说研究》，孟兆臣主编，朝华出版社，2020 年。

《民国旧体文论与文学研究》（二），黄霖主编，凤凰出版社，2020 年。

《南社小说研究初探》，姜国著，吉林大学出版社，2012 年。

《近代上海小报图录》，郭骥、黄薇主编，上海大学出版社，2018 年。

《前尘旧梦》，郑逸梅著，北方文艺出版社，2016 年。

《林下云烟》，郑逸梅著，北方文艺出版社，2009 年。

《当代报纸副刊及其媒介转型》，田建平著，中国传媒大学出版社，2019 年。

《五四时期四大副刊研究》，员怒华著，华中师范大学出版社，2018 年。

《近代上海小报与市民文化研究》，洪煜著，上海书店出版社，2007 年。

《近代中国》（第 32 辑），上海中山学社编，上海社会科学院出版社，2020 年。

《隐蔽的风景　清末民初女性小说创作研究》，马勤勤著，南开大学出版社，2016 年。

《中国报纸副刊史》，魏剑美、骆一歌著，新华出版社，2015 年。

《民初“文化遗民”研究》，罗惠缙著，武汉大学出版社，2011 年。

《打开历史的尘封　民国报纸文艺副刊研究》，郭武群著，百花文艺出版社，2007 年。

《清末民初翻译小说目录（1840～1919）》，陆国飞主编，上海交通大学出版社，2018 年。

《晚清主要小说期刊译作研究（1901～1911）》，杜慧敏著，上海书店出版社，2007 年。

《中国现代文学作者笔名录》，徐乃翔、钦鸿编，湖南文艺出版社，1988 年。

后　记

采菊东篱悠望南山的陶渊明，曾在《自祭文》中寄托“人生实难”的感慨；人生失意心绪怅惘的李商隐，在登乐游原时发出夕阳黄昏之叹。面对时光流转，沧桑变迁，所有生命个体都渺小得像一粒尘埃。

这本小书原来是没有准备后记的，我曾经坐在老家医院重症监护室外的地板上面，强迫自己理清纷乱如麻的思绪，去完成本书部分章节的文字。现在我坐在书斋中，回想过去一个多月恍如梦幻般的这段经历，最后决定写一篇不是后记的后记，来纪念一位因新冠感染而最后离开这个世界的老人——我的父亲。从父亲因新冠感染发烧而住进重症监护室，到医院束手无策而不得不出院回家，前后一个多月的时间，在每一次充满希望和失望的探视中纠结挣扎，最后却只能接受现实的残酷。父亲陪伴了我四十八年，但回想起来，自外出求学到异地谋生的近三十年的时间里，我给父亲的陪伴还是太少太少。两年前，父亲因患有小脑萎缩而越来越认不清人，忘掉了很多事，但却一直牵挂远在异乡的游子。2023 年 8 月 8 日晚，因发烧几近昏迷且呼吸困难的父亲在我赶回家的那一刻竟然少有地清醒，他伸出枯瘠的手摸着我的头，含糊不清地说：“我的孩子……回家了。”这是我的父亲在这个世界上留给我的最后一句话。此后被送到医院后二十余天一直处于昏迷状态，从医院回到家后的十多天里也一直靠呼吸机维持生命，他在人生最后的清醒时刻认出了亲人和孩子，又在家人的陪伴中静静地离开，也算是一种圆满吧。父亲的人生是平凡的，年轻时我曾嘲笑父亲的胆小怕事和谨小慎微，总喜欢与父亲背道而驰，可如今已为人父，才明白原来这份牵挂是那么温暖和幸福。

这本书是研究最后阶段的文言小说的，一种文体的终点未必辉煌，就像一个普通老人的生命尽头。这本书还有很多不足和遗憾，就像勤劳善良的父亲并不完美的一生。一种文体的消逝和一个生命的消逝都会给后人留下一份怀想，但消失的是躯壳，不灭的是灵魂，其精神则会在血脉之中传承下去。有些缺憾是可以弥补的，比如本课题的后期研究；有些缺憾是无法弥补的，比如我希望父亲能够多陪我走一程。本书是笔者在陪伴父亲的最后时刻完成校改的，疏误之处在所难免，祈请读者诸君见谅。

谨以这本不完美的小书献给我长眠的父亲。

张振国

癸卯年七月记于古徽州率水畔之对影斋